Couvertures supérieure et inférieure
en couleur

COUVERTURES SUPERIEURE ET INFERIEURE D'IMPRIMEUR.

LE

SECRET TERRIBLE

ROMANS D'ADOLPHE BELOT

Le Drame de la rue de la Paix, 1 vol.

Mademoiselle Giraud, ma femme, 45ᵉ édition, 1 vol.

La Femme de feu, 33ᵉ édition, 1 vol.

L'Article 47, 8ᵉ édition, 1 vol.

Deux Femmes, 6ᵉ édition, 1 vol.

Les Mystères Mondains, 8ᵉ édition, 4 vol.

Hélène et Mathilde, 10ᵉ édition, 1 vol.

AUTRES ROMANS ÉCRITS EN COLLABORATION

La Vénus de Gordes, 3ᵉ édition, avec M. Daudet, 1 vol.

Le Parricide, 4ᵉ édition, avec M. Dautin, 2 vol.

ADOLPHE BELOT & JULES DAUTIN

LE
SECRET TERRIBLE

MÉMOIRES D'UN CAISSIER

HUITIÈME ÉDITION

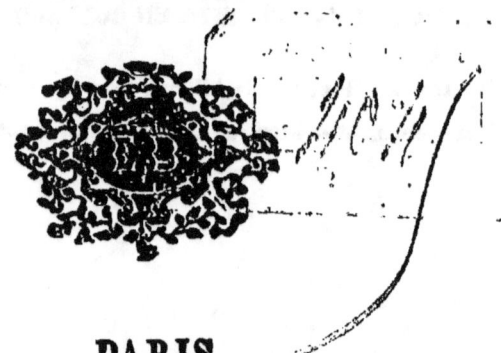

PARIS

E. DENTU, ÉDITEUR

LIBRAIRE DE LA SOCIÉTÉ DES GENS DE LETTRES

PALAIS-ROYAL, 17 ET 19, GALERIE D'ORLÉANS

1883

LE
SECRET TERRIBLE

MÉMOIRES D'UN CAISSIER

PREMIÈRE PARTIE

LE CAISSIER

I

Des circonstances particulières firent tomber, l'année dernière, entre nos mains un manuscrit d'une écriture fine et serrée, sans titre, avec cette dédicace :

A MON FILS

Ce manuscrit, où l'auteur, ancien caissier d'une importante maison de banque, racontait sa vie en toute sincérité, contenait un trop grand enseignement et répondait trop bien aux préoccupations du jour, pour que l'autorisation de le publier ne fût pas vivement sollicitée par nous.

Cette autorisation nous fut accordée et nous en usons aujourd'hui.

C'est donc la confession de Causson qu'on va lire; confession scrupuleusement respectée, alors même que, par suite des exigences de cette publication, nous substituons à la citation textuelle un récit analytique qui en élimine les longueurs ou en comble les lacunes.

. . . .

. . . .

Causson était né à Ch..., à deux lieues de Joigny, dans l'Yonne. Ses parents étaient de simples cultivateurs, possédant quelques terres et les faisant valoir eux-mêmes. A onze ans, il quitta l'école primaire de son village et fut placé à Joigny, dans la pension Maximet. Là, il eut pour condisciple et pour camarade Frédéric Bodard, le fils d'un escompteur de Joigny. Cette connaissance décida de son avenir; il sortait avec Frédéric les jours de congé; M. Bodard remarqua ce jeune garçon à la physionomie honnête et intelligente, et lui donna une place dans ses bureaux.

Causson y resta quatre ans. Puis, tourmenté d'un grain d'ambition, il vint à Paris et entra comme employé aux appointements de 1,500 francs chez MM. Drevot frères, banquiers, rue de la Chaussée-d'Antin.

Ses espérances furent durement déçues : après six ans d'assiduité et de consciencieux travail, il avait la même place et ses appointements ne s'étaient élevés que de 300 francs.

Chez MM. Drevot, il fit la connaissance de Maheurtier et se lia intimement avec le vieux père Michelin, dont il devint le gendre.

Ce mariage fut célébré dans les premiers mois de 1841.

. . . .

Alors, écrit Causson, s'écoulèrent les deux plus belles années de ma vie; deux années d'un bonheur immense. Que de fois je les ai regrettées depuis!

Je quittai mon logis de la rue de la Harpe et j'allai demeurer rue d'Enfer avec ma femme et mon beau-père. C'était une économie, d'abord; puis, nous ne voulions pas nous séparer. M. Michelin n'avait besoin que d'une pièce, dont je fis depuis mon bureau. L'appartement, tout mesquin qu'il fût, nous suffisait; n'eût-il pas suffi, nous nous serions arrangés pour y vivre. C'est là que nous avions commencé à nous aimer!...

C'est le seul temps où nous n'ayons pas connu la gêne. Nous avions au delà de nos besoins. Mon beau-père gagnait trois mille francs, moi dix-huit cents : nous faisions des économies!

Tu vins au monde dans cet appartement, mon cher Richard. Je ne sais pas quelle bienvenue sourit aux enfants des riches; mais je doute qu'aucune naissance puisse être accueillie avec plus de joie et de tendresse.

De t'envoyer en nourrice, il n'en fut pas même question : ta mère prit seulement une femme de ménage. Quel bonheur pour nous tous de te voir là, près de nous, d'observer tes progrès, de te soigner, de t'embrasser!

Ce bonheur dura peu.

Un matin, comme nous allions, selon notre habitude, partir ensemble pour le bureau, M. Michelin se sentit tout à coup indisposé. Il passa sa main sur son front, balbutia quelques mots et tomba inerte entre mes bras. Une hémiplégie l'avait frappé. Tous les soins qui lui furent prodigués ne réussirent qu'à prolonger pendant

quelque temps un semblant d'existence. Il s'éteignit en
janvier 1843.

Je le vois encore sur son lit de douleur. Sa langue
paralysée ne put articuler un suprême adieu ; ses mains
ne purent presser les nôtres ; son regard où s'étaient
réfugiés les dernières lueurs de son intelligence et les
derniers élans de son cœur, se fixait sur nous avec
une douce tristesse et une sorte de commisération,
comme s'il eût pressenti les dures épreuves que ses
enfants devaient traverser.

Ce fut pour nous, à tous les titres, une cruelle perte.
Outre la douleur qu'elle nous causait, sa mort nous
laissait dans un véritable embarras. Nous nous trouvions
réduits, pour vivre, à mes seuls appointements, et cette
ressource ne pouvait nous suffire.

Je parlai à MM. Drevot. J'espérais que la place deve-
nue vacante par la mort de mon beau-père me serait
accordée : cela m'était dû, pour ses longs services, à
lui, pour les miens, et enfin en considération du malheur
qui nous frappait.

Il n'en fut rien. La place était promise et déjà
accordée à un autre employé. On me laissa seulement
espérer une augmentation d'appointements qui ne vint
jamais.

Pendant toute l'année 1843, je tentai inutilement de
me procurer un emploi mieux rétribué. Je dus me
résigner à aller tenir, le soir, de huit à dix heures, les
livres d'une maison de commerce de la rue de Seine, ce
qui ajoutait deux cents francs à mon maigre budget ;
nous vivions ainsi, mais à grand'peine.

Enfin, dans le courant de décembre, je reçus de
Maheurtier une lettre par laquelle il m'invitait à venir
sans retard, rue Vivienne.

J'y courus.

Maheurtier avait trente-trois ans, la taille élancée, une tenue élégante et recherchée, des moustaches et des favoris noirs, le front large et droit, un regard intelligent, ferme et doux. Chez MM. Drevot, où il ne resta que quelques mois, il s'était fait remarquer par une activité et une sagacité merveilleuses. La banque n'avait pas de secrets pour lui : il devinait toutes les combinaisons de finance ; il les eût inventées. Je me souviens qu'un jour il nous dit en riant :

— Je suis entré très-jeune dans les affaires : à treize ans j'étais constitué en nantissement.

C'était vrai. Sa mère, un matin, était venue dans la boutique du vieux Folster pour engager un paquet de nippes ; Maheurtier était avec elle. Folster refusa les nippes ; mais il avait besoin d'un petit commis. Le prêt fut conclu, à condition que le jeune Maheurtier resterait, sans appointements, au service de l'usurier, jusqu'au remboursement. La mère mourut peu de temps après, et il fallut que Maheurtier se dégageât lui-même.

Il avait travaillé ensuite dans dix maisons, chez des banquiers, des agents de change, des courtiers, — partout supérieur à sa tâche, partout regretté à son départ. En dernier lieu, il était revenu chez Folster, qui savait l'apprécier. C'est là qu'il avait pris l'idée d'une société importante, qu'il venait de fonder.

Il m'avait donné rendez-vous dans ses bureaux, rue Vivienne. Quels bureaux !... Maheurtier avait des goûts de luxe et d'élégance, et surtout il comprenait son époque.

L'entretien fut court et le marché vite conclu.

— Vous savez, me dit-il, que je viens de fonder la *Caisse centrale des capitalistes ?*

— En effet.

— Vous avez vu mes bureaux. Tout mon personnel est arrêté, sauf le caissier. J'ai hésité longtemps. Enfin, en cherchant parmi mes vieilles connaissances, je me suis souvenu de vous. Cela vous irait-il?

— Dame! oui.

— Combien gagnez-vous chez Drevot?

— Dix-huit cents francs.

— Je vous en donne deux mille cinq. Est-ce convenu?

— Certainement.

Je lui serrai la main avec reconnaissance. J'exprimai seulement quelques doutes sur mon aptitude à remplir ces nouvelles fonctions.

— Laissez donc! fit Maheurtier. Ce qu'il me faut avant tout, c'est une probité et une discrétion à toute épreuve. Le reste n'est que de l'enfantillage. En deux jours, je vous aurai mis au courant. Ainsi, je compte sur vous. Demain vous donnez votre démission à Drevot, et, la semaine prochaine, vous vous installez ici.

En effet, quelques jours après, j'entrais sous sa direction et je commençais à remplir mes fonctions de caissier.

Maheurtier ne s'était pas trompé. Au bout de quelques jours, j'étais complétement au fait de mon emploi; bientôt même, je pus suppléer mon directeur dans la plupart des opérations de détail.

Voici en quoi consistaient ces opérations:

L'idée, plusieurs fois réalisée depuis et toujours avec succès, qui avait présidé à la création de la *Caisse centrale des Capitalistes*, n'appartenait pas en propre à Maheurtier. Il la devait à son ancien patron, Folster; mais il faut lui rendre cette justice, qu'il avait su en étendre singulièrement la portée.

Folster était le prêt sur gages fait homme. Il ne voyait dans la société que des créanciers et des débitours. Il avait un aphorisme favori : « On ne prête pas à quelqu'un, on prête sur quelque chose. »

Par extraordinaire, cet avare avait progressé dans son art. Un jour, il avait compris, en face de la mobilisation toujours croissante de la fortune publique, que le bon temps du prêt sur gages, sur ces gages lourds et encombrants qui faisaient ployer les deux étages de sa maison, était passé. Il se dit aussi que tous ces spéculateurs nouveaux qui venaient d'éclore, seraient un jour ou l'autre pressés par quelque détresse. Alors vendront-ils leurs titres ? Mais s'ils sont en baisse, et s'ils ont l'espoir d'une hausse énorme, certaine ?... Non ! ils essayeront d'emprunter sur leurs chiffons de papier. Dès ce moment, il inaugura le prêt sur titres et valeurs : ses greniers se vidèrent et son secrétaire s'emplit. Il doubla ses gains.

Rentré au service de Folster, Maheurtier applaudit à cette transformation ; mais il la trouva insuffisante, incomplète. Souvent Folster, à court de fonds, était obligé de limiter ses opérations, d'arrêter ses prêts.

— Montez une commandite, lui dit Maheurtier, et au lieu d'opérer sur deux millions, vous opérerez sur vingt.

— Non. Je ne fais d'affaires qu'avec mon argent.

— C'est un tort. Les affaires, c'est l'argent des autres.

Folster refusa. Et j'ai, plus tard, entendu dire à Maheurtier :

— Folster ! sans doute il avait du génie ; mais grand comme sa poche, pas plus.

Autre critique, plus radicale. Un jour que le comte de la Roche-Houais venait d'emprunter quarante mille fr. à Folster, Maheurtier se mit à feuilleter sur le comptoir les titres laissés par le comte en nantissement :

c'étaient des actions des *Houillères belges*, toutes au porteur.

— Bonnes actions, fit Mahourtier; et cependant, avant quinze jours, elles auront baissé de dix pour cent.

— Vous croyez?

— J'en suis sûr. Qu'est-ce que vous allez faire de ces papiers?

— Je vais les serrer dans ma caisse.

— Ce n'est pas très-fort.

— Qu'est-ce que vous feriez, vous?

— Je ne sais pas précisément; mais celui qui négocierait ces titres aujourd'hui pour les racheter dans quinze jours, ferait un bénéfice de sept à huit mille francs.

Folster réfléchit un instant, et répondit :

— Ce serait de l'improbité.

Mahourtier se contenta de sourire.

Un mois après cette conversation, Folster mourait presque subitement. Mahourtier, plein de son idée longtemps méditée et mûrie, résolut de la mettre immédiatement à exécution. Les deux faits rapportés ci-dessus expliquent, sans qu'il soit besoin d'y insister, quels étaient son but et ses moyens. Mais cette entreprise, telle qu'il la rêvait, ne pouvait être lancée et conduite par lui seul. Il lui fallait absolument un allié, un aide. Il alla trouver ce même comte de la Roche-Houais, l'ancien client de Folster, dont les dépôts étaient si scrupuleusement respectés.

Cinquante ans, — un beau nom qu'il avait compromis par ses folies et même par des actes plus graves, — homme du monde et homme de plaisir, — brouillé avec sa famille, — endetté de longue date et aux trois quarts ruiné, — légitimiste par sa naissance, son éducation et ses goûts, — toujours au courant des nouvelles politiques, — choyé dans les salons officiels comme une importante recrue, et dans ceux du noble faubourg comme un aimable renégat dont la défection n'avait rien de définitif, — tel était le comte de la Roche-Houais.

Ces deux hommes devaient s'entendre.

Séance tenante, les statuts furent arrêtés ; le comte se chargea d'obtenir et obtint en effet, quelques jours après, l'ordonnance d'approbation. Il devait présider le conseil de surveillance avec vingt mille francs de gratification annuelle.

Ce conseil fut composé de noms connus, quelques-uns presque célèbres, et les membres choisis donnèrent d'autant plus facilement leur adhésion, qu'ils ne devaient, en échange des quinze mille francs que le comte offrit à chacun d'eux, engager dans cette sinécure aucune part de leurs loisirs ni de leur responsabilité.

La *Caisse centrale des Capitalistes* était désormais fondée au capital de vingt millions. Les affiches et les réclames firent ensuite leur effet. Les actions s'enlevèrent avec une rapidité merveilleuse ; elles furent d'emblée cotées à la Bourse, où elles firent prime.

Au bout de quinze jours, la direction et les bureaux fonctionnaient activement. Maheurtier était ravi, et, ce qui était le plus important pour moi, il était satisfait de mon travail.

Ma vie se passait ainsi :

Le matin, à neuf heures, j'arrivais à mon bureau.

Nous étions cinq employés ; mais je ne relevais que du directeur, et j'étais maître absolu dans le compartiment, séparé par une cloison grillée, qui était affecté à la caisse. Maheurtier, d'ailleurs, avait avec moi des façons familièrement amicales, qui me donnaient une sorte d'autorité et de contrôle sur les autres employés : la

1.

distinction dont j'étais l'objet, jointe à l'importance du travail que j'accomplissais, constituait pour moi une véritable sous-direction, très-réelle, sinon nominale.

Maheurtier ne faisait que de très-courtes apparitions dans les bureaux, avant midi, et le soir, de trois à cinq heures. Pendant ce temps, il trouvait moyen de suivre le travail de chacun de nous, de donner ses ordres, de dicter la correspondance, et tout en recevant des clients, d'étudier les questions et les dossiers à l'ordre du jour : tout cela comme je l'avais vu faire chez MM. Drevot, simplement, vite, et, pour ainsi dire, en se jouant.

Presque chaque jour, il me faisait entrer chez lui. Je passais par un étroit couloir qu'on avait cru devoir laisser subsister lors de notre installation, et qui communiquait de la caisse à son cabinet. Nous causions : d'affaires d'abord ; mais bientôt, la conversation déviait et prenait un autre tour. Il me parlait de sa façon de vivre, des salons brillants où il était reçu, du monde interlope où il se fourvoyait de temps à autre, de ses succès, de ses folies, de ses amusements et de ses ennuis. Toutes confidences très-personnelles et très-intimes qui me faisaient ouvrir de grands yeux, et me laissaient entrevoir quel sens il attachait à ces mots : *Je veux vivre !*

Je me souviens qu'un jour il me dit, avec une nuance de mélancolie ironique :

— Vous croyez peut-être que je m'amuse ?... Je voudrais me le persuader, mais ce n'est pas vrai. Je me venge. Oui ! je me venge de trente-trois ans de misère et d'obscurité... Ce n'est pas très-gai.

Je ne sais vraiment pas pourquoi il se laissait aller à ces confidences : besoin de s'épancher sans doute ou plutôt de s'entendre causer ; car je ne le comprenais guère et je lui répliquais à peine. Il riait de mes éton-

nements et de mon silence : — « Ce bon Causson!...
« Ce sage et vertueux Causson!... En somme, il est
« plus heureux que nous autres!... etc. »

A cinq heures, j'étais libre, et je me hâtais de revenir
chez moi par le plus court. Car, moi aussi j'avais mon
monde, ma joie, ma folie; et ce monde, c'était ma famille, c'est-à-dire ta mère et toi.

S'il faisait beau, je n'allais pas directement rue
d'Enfer. J'étais sûr de te trouver sous les grands
arbres du Luxembourg ou dans la pépinière, à jouer
et à gambader; et ta mère, sur un banc, à quelques
pas de toi, cousant ou brodant. Comme tu courais à
ma rencontre! J'entends encore ton cri joyeux : —
Maman, voici père! Et de me sauter au cou, et
de nous embrasser. T'en souviens-tu?... Ta mère se
levait, serrait son ouvrage, et nous faisions un tour
dans le jardin... Souvent tu t'attardais derrière nous, à
regarder d'autres enfants, — privilégiés ceux-là, car
ils avaient des jouets. Cela t'amusait de les voir. Tu
étais bon déjà : tu ne connaissais pas l'envie.

Parfois ta mère avait reçu dans la matinée une lettre
de mes parents. Quel plaisir en apercevant ce pli incorrect, ce cachet rustique et cette bonne grosse écriture de mon père! Ta mère la relisait avec moi; nous
revenions sur certains passages. Et les commentaires!...
Nous en avions pour toute la soirée. Nous revoyions
ces bons parents. Ils ne nous oubliaient donc pas!...
Comme ils seraient contents, eux aussi, de nous avoir
près d'eux! Vivrions-nous jamais ensemble, tous réunis?... Et alors, des rêves, des projets, qu'au fond
nous sentions bien irréalisables, mais qui du moins
nous égayaient le cœur un instant.

Le soir, après dîner, nous faisions une promenade,
le plus souvent du côté des quais, et jusqu'aux Tuileries.

En rentrant, je m'arrêtais rue de Seine pour ma tenue
de livres que j'avais conservée ; et, vers dix heures,
je te trouvais endormi depuis longtemps ! Tu recevais,
sans t'éveiller, le baiser du soir, et, un instant après,
la lampe était éteinte et nous reposions comme toi.

Le lendemain ressemblait à la veille, car c'est surtout de l'employé qu'on peut dire que toutes ses journées se ressemblent.

Mais le dimanche faisait exception. Ce jour-là, c'était
fête pour nous trois. Nous déjeunions ensemble, et,
après le déjeuner, s'agitait l'importante question de
savoir de quel côté nous dirigerions notre promenade.
Tu prenais la plus grande part dans cette discussion,
et presque toujours ton choix nous décidait. Nous allions
ainsi, le plus souvent seuls, mais quelquefois accom-
pagnés des Urbain, avec lesquels ces parties de campagne étaient concertées longtemps à l'avance. Il en est
une, entre autres, qui m'a laissé un doux et cruel souvenir.

C'était vers le milieu de septembre. Nous devions,
cette fois, aller à Montreuil, chez madame Prévot, une
cousine de madame Urbain. Dès la veille, ta mère avait
préparé un panier de provisions, car nous ne voulions
par arriver à Montreuil comme des affamés, et nous
songions à indemniser quelque peu nos hôtes des ra-
vages que toi et les petits Urbain alliez faire dans le
jardin.

Il y a loin de la barrière à Montreuil. Plusieurs fois
nous nous arrêtâmes le long de la route pour vous faire
reposer. Mais c'était une attention perdue. Tandis que
nous étions assis sur le rebord du chemin, il nous fut
impossible, toi et les petits Urbain, de vous faire tenir
en place : vous couriez de ci, de là, sans égard pour nos
remontrances sur la longueur et la difficulté du retour.

Enfin nous arrivons. Je vois encore cette petite maison, blanche, proprette, charmante, surtout du côté du jardin : un grand et beau jardin dont on avait eu tort de vous parler d'avance, car vous le saviez garni de treilles déjà mûres, d'espaliers chargés de fruits ; il était déjà le but de vos convoitises.

Quel bon accueil nous fut fait, à vous surtout, les enfants! Cette pauvre dame Prévot avait perdu les siens. Elle ne cessait de vous embrasser. Elle se détourna même pour essuyer une larme... Mais vous ne vous souciiez guère d'elle ni de nous. Vous vous soustrayiez aux caresses aussi bien qu'aux gronderies, et vous étiez impatients de vous éparpiller dans le jardin, — où bientôt il fallut vous suivre pour vous surveiller et vous contenir un peu.

Le grand air et la marche vous avaient mis en appétit. On dîna dans le jardin, sous une tonnelle. Le gai repas! la bonne causerie à laquelle vous mêliez vos cris joyeux et votre babil!

La chaleur un peu tombée, nous songeâmes au retour. Nous nous mîmes en route, à pied, laissant seulement nos paniers, qui nous revinrent le lendemain bourrés de fruits superbes.

Tout alla tant bien que mal jusqu'à la barrière ; mais, arrivés là, tu déclaras que tu ne pouvais marcher davantage ; ce qui détermina de la part du petit Urbain une déclaration pareille. Je te pris sur mon dos, te le rappelles-tu, tes deux bras passés autour de mon cou, et Urbain en fit autant pour son fils. Deux ou trois passants se mirent à rire en nous voyant ainsi chargés ; ces gens-là n'avaient probablement pas le bonheur d'être pères et ne comprenaient pas la légèreté de certains fardeaux.

Rentrés chez nous, il y avait un quart d'heure que tu

dormais, ta tête blonde posée sur mon épaule. Ta mère, ce soir-là, te déshabilla et te coucha sans que tu t'en aperçusses.

. . . .

Comme je m'attarde à ces souvenirs ! Comme je m'y réfugie et voudrais y rester !..

II

Au nombre des folies que Maheurtier se plaisait à commettre et dont il convenait avec tant de bonne grâce, il eût été extraordinaire que le jeu ne se rencontrât pas. Il jouait, en effet. Plusieurs fois, fatigué d'une nuit sans sommeil, il m'avait dit en bâillant :

— Quel niais je fais ! je me suis laissé dévaliser cette nuit chez une telle. (Il citait le nom de quelque courtisane à la mode.)

Il me chargeait alors de prendre dans la caisse la somme qu'il avait perdue, de la porter à son débit et de la remettre à son créancier. Comme, en payant une dette de jeu, il n'est pas d'usage d'exiger un reçu, Maheurtier n'était pas fâché de trouver en moi un témoin qui, au besoin, pût attester la régularité du payement. Du reste, l'intimité de nos rapports lui permettait de me demander ce genre de service.

Un jour il m'envoya rue Taitbout, chez le vicomte de la Coudraye. Il s'agissait de deux cents louis, quatre mille francs, presque deux années de mes appointements !

Au numéro indiqué, je demandai monsieur le vicomte de la Coudraye.

— Deuxième cour, au second, la porte à droite, répondit le concierge.

Je sonnai. Un domestique en casaque rouge vint m'ouvrir.

— M. le vicomte est chez lui, me dit cet homme; mais je doute qu'il puisse recevoir Monsieur.

— Dites-lui que je viens de la part de M. Maheurtier.

Le domestique me fit entrer dans un petit salon, disparut un instant et revint en me disant :

— M. le vicomte sera à vous dans une minute.

Je restai seul. Ce salon, où je me trouvais, était propre et coquet, d'une décoration toute fraîche. Cependant les tentures en étaient trop voyantes et trop criardes; l'ameublement, d'un luxe cherché et d'un goût douteux.

Bientôt la porte de communication s'ouvrit, et M. le vicomte entra.

C'était un grand et beau jeune homme, de vingt-cinq à trente ans, aux traits réguliers, au sourire fin et railleur, avec une petite moustache et de magnifiques cheveux blonds. Ce visage eût été tout à fait charmant sans l'expression du regard, fuyant et divers, pour ainsi dire, car il était doux et presque voilé par instants, puis tout à coup clair et dur.

Je dis en deux mots ce qui m'amenait, et j'excusai Maheurtier de n'avoir pu venir lui-même à cause de ses occupations.

— Très-bien, fit négligemment le vicomte; il a sa boutique. Je comprends cela.

Ce mot de *boutique* sonna mal à mon oreille. Évidemment M. le vicomte avait fait trop d'honneur à Maheurtier en lui gagnant son argent.

Je déposai sur la table trois billets de mille francs et un rouleau de louis, et je me disposai à me retirer

en saluant assez légèrement. Cela froissa M. le vicomte :
on lui devait un salut plus profond et plus respectueux.

— Hé ! dites donc... fit-il en me rappelant, vous
oubliez quelque chose.

Il cassa tranquillement le rouleau de louis, et m'en
tendit une part.

— Tenez, pour votre course, mon ami.

— Monsieur !

Je reculai, le rouge au front. Il me regarda avec un
sourire impertinent.

— Hein ?... Vrai ?... fit-il. Ah ! bah !

Un petit éclat de rire acheva de m'exaspérer ; cependant je me contins.

— Vous vous trompez, dis-je froidement.

Il y avait à côté de la cheminée un cordon de sonnette. Je le tirai violemment.

— Eh bien ! qu'est-ce qu'il fait donc ?...

Le domestique à jaquette rouge parut.

— Votre maître vous demande, lui dis-je.

Le domestique regarda la Coudraye, attendant ses
ordres.

— Allons ! pas trop mal, fit le vicomte en riant.

Puis, au domestique :

— John, ce n'est rien. Laissez-nous.

John sortit.

— Vous voudrez bien m'excuser, monsieur, me dit
le vicomte ; vous êtes un ami de Maheurtier, et je vous
prenais pour un de ses commis.

— Je suis son caissier.

— Ah ! ah ! très-bien... fonctions honorables et extrê-
mement intéressantes, monsieur.

Le ton dont il prononça ces mots en atténuait singulièrement l'ironie : ce titre de caissier ne lui était pas
indifférent et me relevait quelque peu dans son estime.

Comme j'allais enfin sortir, il vint à moi, et, me retenant par le bras :

— Hé ! monsieur le caissier, un moment, s'il vous plaît. Depuis une minute je vous regarde, et il me semble que votre figure ne m'est pas totalement inconnue. Je vous ai certainement vu quelque part... où et quand ? je ne saurais vous le dire. Est-ce que je me trompe ?

Je crus à une nouvelle impertinence, et je répondis froidement :

— C'est plus que probable. Je ne fréquente pas le même monde que M. le vicomte.

— Je sais bien, mais c'est égal. Eh ! attendez donc.. J'y suis ! Est-ce que vous n'avez pas été élevé à Joigny ?

— A Joigny ?... en effet...

— Dans le boui-boui du père Maximet ?

— C'est vrai, j'ai été pensionnaire chez M. Maximet.

— Allons donc ! C'est là que je vous ai connu, il y a une quinzaine d'années, vous ou votre frère.

— Je n'ai pas de frère.

— Alors c'est vous forcément. Vous vous appelez Chaudron... Non, pardon !... Chausson...

— Causson.

— C'est cela ! Causson. Eh bien, mon cher, nous avons été élevés ensemble, nous sommes condisciples.

— Monsieur, dis-je, je regrette..., je suis honteux de ne pas me rappeler...

— Allons, c'est bien... entre donc, mon cher... que nous causions un peu.

Il me prit la main, et me fit entrer dans la pièce à côté, qui était sa chambre à coucher ; puis me poussant dans un fauteuil et se posant carrément devant moi :

— Ah ça, vrai ! dit-il, tu ne me remets pas ?

— Non, j'ai beau chercher...

— Voyons, Léonce Pelletier de la Coudraye !...

— Ah !... oui... Léonce Pelletier... en effet.

— Ah ! enfin, ce n'est pas dommage ! Seulement, je
suis peut-être changé ; et puis, j'ai un an ou deux de
moins que toi, et, entre bambins, ça fait quelque chose.
Les petits remarquent les grands, mais les grands ne
font pas attention aux petits, ils les dédaignent... tu me
dédaignais alors, ajouta-t-il avec son fin sourire.

— Oui, dis-je, après un instant de silence, je crois
maintenant me rappeler vos traits. Seulement, alors,
vous ne vous...

— D'abord, mon bon ami, fais-moi le plaisir de ne
plus me dire *vous*.

— Soit, mais je voulais dire qu'alors... tu ne t'appe-
lais pas de la Coudraye, et tu ne t'intitulais pas vicomte.

— Pure modestie, mon cher. Le titre et le nom m'ap-
partiennent parfaitement, je m'en suis assuré... Pelletier
de la Coudraye, on ne connaît que ça dans le nobiliaire
français. Mon père, qui fait le démocrate, s'est dépouillé
de son titre et de sa particule... Je suis plus décent,
moi, je ne renie pas mes aïeux. Et puis, vois-tu, dans
notre patrie égalitaire, les distinctions aristocratiques
font bien...

— La Coudraye, dis-je, n'est-ce pas le nom d'un
village ?...

— Dans la Nièvre, oui. Ma famille sort de là. Mes
aïeux étaient seigneurs de cette bourgade. Ils y avaient,
paraît-il, de forts beaux domaines, qu'ils ont négligé de
nous transmettre. A défaut de domaines, il est convenable au moins que leur titre nous reste ; d'autant mieux,
entre nous, que c'est à peu près mon seul patrimoine.

— Diantre ! on ne s'en douterait guère, à la façon dont
tu prodigues l'or.

— Ah ! ah ! tu fais allusion à mon incartade de tout-à-l'heure. Que veux-tu? mon cher, tu avais un petit air raide et cassant qui ne m'allait pas. J'ai voulu te ployer. Pas mal réussi, dis? Je *pose* avec un certain cachet...

— C'est possible; mais cela pouvait te coûter cher. Si j'avais accepté...

— Allons donc! je savais bien que non. Je ne t'avais pas encore reconnu, mais je t'avais déjà jugé. Mais il faut que j'achève de m'habiller... Nous allons sortir ensemble. Tu permets, n'est-ce-pas?

— Comment donc! ne te gêne pas.

La chambre où nous nous trouvions était en désordre; une foule de choses y traînaient çà et là. Le lit venait d'être quitté. Cependant il était peu probable que Léonce eût dormi jusqu'à trois heures du soir. Il avait dû fumer couché; cela se devinait à l'odeur de tabac répandue dans la pièce et à quelques débris de cigares qui jonchaient le parquet.

Il avait aussi, probablement, égayé son réveil par une lecture, car je vis sur la table de nuit à côté de la bougie, un volume que je ne connaissais pas, intitulé : *Mémoires de Casanova.*

Autre détail :

Comme Léonce ouvrait un placard, j'aperçus sur un des rayons plusieurs piles de cartes à jouer : il y en avait bien une vingtaine de jeux. Cela me surprit, et j'en fis la remarque, qui parut le contrarier; mais il me répondit le plus naturellement du monde :

— Que veux-tu? il faut bien tuer le temps. Quelquefois ici, avec des amis, faute de mieux, nous faisons une bouillotte, un lansquenet ou un baccarat...

Toutes ces particularités auraient dû m'inspirer de graves soupçons, au moins me faire réfléchir. Il n'en fut rien. Je vis dans tout cela une existence irrégulière, mais rien de plus. Maheurtier, mon directeur, en menaitil une plus édillante ? Puis Léonce avait un air si gai, si *bon enfant;* il avouait si naïvement qu'il avait posé tout à l'heure devant moi ; il avait si bien quitté cette morgue d'emprunt pour causer familièrement et à cœur ouvert que je me laissai aller à ma conflance naturelle.

Tout en s'attifant avec un soin de petite-maîtresse, dont je me permis de le plaisanter, il me fit sur sa famille et sur lui-même des confidences que je n'aurais pas eu l'indiscrétion de provoquer, et qui me plurent par un air d'étourderie et de franchise.

— Vois-tu, me dit-il, je ne suis pas au mieux avec ma famille. Mon père a ses idées, moi les miennes. Aussi, depuis longtemps, m'a-t-il coupé les vivres.

— Comment as-tu fait, dis-je; tu avais donc des ressources particulières?

— Que cela ne t'inquiète pas, répliqua Léonce. J'étais moins embarrassé, et je le suis moins encore aujourd'hui, que si j'eusse passé, comme on m'y conviait, trois ou quatre ans sur les bancs de l'Ecole de droit. La bonne plaisanterie! Tu as pu voir, à Joigny, quelles belles dispositions j'avais pour l'étude!... De toutes mes classes, je n'ai retenu qu'un peu d'escrime, que je dois au prévôt de la garnison... Un brave homme! il m'a bien commencé. Je me suis fini ici, et assez proprement, j'ose le dire. Veux-tu que je te donne un échantillon de mon savoir-faire?

— C'est inutile.

— Si! allons, arrive ! il y a longtemps que je n'ai tiré et j'éprouve le besoin de me refaire la main.

— Mais je ne sais pas tenir un fleuret.

— Ça ne fait rien. Tu me serviras de plastron.

Léonce me remit un fleuret, me plaça en garde, me donna des indications auxquelles je ne compris rien

et des coups de bouton que je ne sentis que trop. Je
le priai sérieusement de finir.

— Allons, fit-il en remettant en place les fleurets,
je ne suis pas rouillé.

— Je m'en suis aperçu.

— Il ne ferait pas bon de s'y frotter, ça piquerait.
Oui, mon cher, continua-t-il, voilà ce que j'ai retiré de
plus net de mes études. Au pistolet, j'ai dû me former
seul, et j'y suis également d'une assez jolie force :
je te ferai voir cela quelque jour.

— S'il faut encore que je te serve de plastron...

— Tiens ! tu as le mot pour rire... Allons, très-bien !

Il avait fini de se pomponner. Il était superbe. On
pouvait seulement lui reprocher une chevelure trop
soigneusement lissée et une trop grande profusion de
bijoux. Ses habits étaient de la meilleure coupe et
faisaient admirablement ressortir l'élégance de sa
taille. Il sonna son domestique.

John, dit-il, faites avancer le coupé.

— Il avait un coupé au mois.

Je voulais lui dire adieu ; il me força de rester.

— Je ne te lâche pas comme cela, dit-il... Un vieux
camarade que je retrouve !

— Mais... mon bureau...

— Qu'est-ce que tu y ferais ? Il est quatre heures
et demie.

— Maheurtier m'attend.

— Allons donc ! je le vois d'ici, il est assis dans le
fumoir de Tortoni où il prend son absinthe.

— Il faut que je sois rentré chez moi avant six heures
pour dîner.

— Mais non, tu dînes avec moi.

— Cependant ma femme...

— Tiens! au fait, je n'y songeais pas... C'est vrai, tu devais être marié!

— Sans doute, je ne veux pas faire attendre ma femme.

— C'est d'un bon mari; mais tu vas lui écrire un mot que John portera.

Après quelques hésitations, il fallut que je fisse encore ce qu'il voulait. Je ne sais quelle faiblesse, quelle curiosité malsaine, quelle implacable fatalité me poussaient à céder ainsi.

— Soit, dis-je à Léonce; mais il est bien entendu qu'à huit heures et demie au plus tard je suis libre.

— Parfaitement.

J'avertis ma femme de ne pas m'attendre. C'était la première fois depuis mon mariage, que j'allais dîner sans elle.

Avant de descendre, Léonce ramassa sur la table les quatre mille francs que j'avais apportés et les mit insoucieusement dans les poches de son gilet.

Un instant après, son coupé nous emportait vers les Champs-Élysées.

Nous suivions la ligne des boulevards. Nous allions faire, selon l'habitude du vicomte, un tour au Bois de Boulogne; on ne disait pas encore *le Bois*, tout court.

En route, Léonce fit arrêter rue de l'Arcade, où il resta quelques minutes. En me rejoignant, il était tout joyeux, et je l'entendis murmurer:

— Cette Angélina! elle est adorable, ma parole d'honneur!

Comme Maheurtier était, lui aussi, violemment épris d'une artiste de la Porte-Saint-Martin, nommée Angélina, je pensai que le hasard, qui les avait mis en face l'un de l'autre devant un tapis vert, pouvait parfaitement les avoir réunis sur un autre terrain.

Nous eûmes bientôt gagné les Champs-Elysées.

C'était un va-et-vient incessant d'équipages, de cavaliers et de piétons. Le vicomte, à la portière, suivait ce mouvement et faisait ses observations. Il saluait de la main ses amis, souriait aux femmes, qu'il paraissait toutes connaître, critiquait celle-ci, faisait l'éloge de celle-là : il semblait s'épanouir dans cette poussière.

Tout cela m'était fort indifférent ; cependant, comme il répugne à notre vanité de paraître ignorer certaines choses, je me donnais l'air de suivre attentivement cette revue et de goûter les remarques de la Coudraye, — souriant quand il souriait, haussant les épaules quand il haussait les siennes.

A la Porte-Maillot, Léonce, qui tenait à m'édifier complétement sur son adresse, entra dans un tir, familièrement, en homme qui a là ses habitudes, appelant le garçon par son nom.

Il prit une douzaine de balles, jeta les six premières au hasard sur les plaques et les couvrit avec les six autres. J'étais émerveillé.

— Oui, fit-il, ce n'est pas trop mal.

Nous prîmes un verre de Xérès, et, un instant après, tout en cheminant dans le bois, je lui demandai s'il avait un duel en perspective, pour s'exercer ainsi.

— Non, dit-il ; mais on ne sait pas ce qui peut arriver, et je tiens à vendre ma peau le plus cher possible.

En revenant à Paris, il fut question de moi. Léonce me demanda ce que j'étais devenu depuis le jour où nous nous étions connus sur les bancs de la pension Maximet. Je lui dis toute ma vie, car je n'avais absolument rien à cacher. Plusieurs fois, pendant ce récit, il eut sur les lèvres un léger sourire de dédain.

— Et cela te suffit? me demanda-t-il.

— Mais oui, parfaitement.

— Ainsi cette existence prosaïque, ton ménage, ta femme, ton enfant ?...

— C'est mon bonheur !

— Allons ! on a bien raison de dire qu'il ne faut pas disputer des goûts. Pourtant il est impossible que ton imagination ne porte pas plus loin.

— C'est vrai, dis-je, j'ai une ambition.

— Ah ! je savais bien ! A la bonne heure ! Tu regagnes un peu dans mon estime. Et que rêves-tu, sans indiscrétion ?

— Au lieu de deux mille cinq cents francs d'appointements, j'en voudrais trois mille.

Léonce éclata de rire.

— Voyez-vous, l'ambitieux ! mais tu es insatiable, mon bon ami, il faut te modérer.

Et, comme il vit que son persiflage commençait à m'impatienter :

— Allons, ne te fâche pas, mon vieux spartiate, dit-il, j'ai tort. Chacun a sa *tocade :* Napoléon veut conquérir le monde ; le paysan un champ ; la fourmi, une gerbe... Quel est le plus ambitieux des trois ? grave question.

Le coupé s'arrêta sur le boulevard, devant le Café Anglais.

— Laissons ces considérations, dit Léonce. Nous voilà arrivés, et la promenade a dû te donner comme à moi un appétit respectable. Dînons, c'est plus sérieux.

Nous entrâmes, et Léonce se fit ouvrir un cabinet particulier, où bientôt le maître de l'établissement vint lui-même se mettre à vos ordres. Ici encore le vicomte avait ses habitudes et jouissait de la considération due à un consommateur émérite. Il fit la carte avec le tact d'un gourmet.

Jamais dîner ne me sembla plus exquis, jamais vins plus parfumés. Mon palais n'était point habitué à ces saveurs délicates. Quant à Léonce, il mangeait comme à son ordinaire, tout simplement, sans témoigner ni mécontentement ni satisfaction.

Singulière influence de la sensualité ! Le ton, les manières, le langage de la Coudraye m'avaient été jusque-là assez antipathiques : je lui reconnaissais une charmante veine de bonne humeur, et même un air de cordialité ; mais, j'entrevoyais là-dessous des dérèglements et des dissipations qui ne pouvaient m'aller. Eh bien ! quand nous fûmes au dessert, ces irrégularités ne me semblèrent pas aussi blâmables ; j'étais tout disposé à les pardonner, et il n'eût pas été nécessaire de me pousser bien fort pour me faire passer de l'indulgence à l'approbation.

Cependant je gardais quelque rancune à Léonce de ses plaisanteries sur ce qu'il appelait mon existence de marmotte, et je n'oubliais pas que s'il avait reçu toutes mes confidences, il ne m'avait fait, tout en jasant beaucoup, qu'une partie des siennes. Je résolus de le presser sur ce point, et quand on eut servi le café et qu'il eut allumé un cigare :

— Ma parole d'honneur, lui dis-je, tu m'as fait dîner comme un prince.

— Tu trouves ?

— Oui. C'est là ton ordinaire ?

— A peu près.

— Mais alors tu dépenses un argent fou : comment fais-tu ? Tu m'as avoué que tu n'avais pas de revenus.

Il sourit, lança une bouffée en l'air, et, sans répondre, se balança nonchalamment sur le dossier de sa chaise. Je pensai qu'il trouvait ma question indiscrète, et je m'excusai.

— C'est que, lui dis-je, je suis souvent embarrassé pour la moindre somme, et je ne serais pas fâché de connaître tes expédients pour les utiliser, ne fût-ce que dans une faible proportion.

— Oui, je comprends ça, fit-il ; malheureusement, tout ce que je pourrais t'apprendre ne te servirait à rien. Il faut, pour tirer parti de ce que tu appelles mes expédients, un tact et une habileté que tu es incapable d'acquérir, après la vie morne et atrophiante que tu as menée jusqu'ici.

— S'il ne fallait pourtant que me lever à trois heures du soir, comme toi...

— Oui, tu t'y ferais, je conçois ça. Mais il y a autre chose.

— Dis toujours, pour voir.

Sans me répondre directement il ajouta :

— Je comprends, du reste, ton étonnement et tes questions. Tu te dis : « Ah ça, comment fait-il, ce Léonce ? Tandis que je m'épuise à gagner maigrement ma vie et celle des miens, lui, qui n'a ni patrimoine, ni profession, ni place, qui ne fait pas œuvre de ses dix doigts (tu exagères peut-être un peu), il ne se refuse rien, il vit largement ! » Eh ! mon Dieu, oui, c'est comme cela ! Que veux-tu ? C'est toujours la vieille parabole des Lis, qui ne filent ni ne tissent, et dont cependant l'éclat faisait honte à la garde-robe du roi Salomon... Et moi non plus, je ne file ni ne tisse, je ne moisis pas douze heures sur vingt-quatre dans un bureau ; et cependant, je me balance agréablement sur ma chaise, le cerveau doucement stimulé et réjoui par les vapeurs d'un bon dîner.

Il avait, en effet, le teint animé et la langue déliée. Que ne broda-t-il pas sur ce thème !...

— Pourquoi me regardes-tu avec ces grands yeux

stupéfaits ? C'est vieux et banal comme tout, ce que
je te dis là. Ton père, un campagnard de bon sens, a
dû te répéter vingt fois que ce ne sont pas les chevaux
qui gagnent l'avoine qui la mangent : axiome trivial,
mais juste... si juste, que mon cocher est probablement
occupé en ce moment à boire l'avoine des siens... Et
maintenant, jette-moi à la figure les gros mots de
frelon, de *parasite* ; ne te gêne pas ; tu me feras plaisir.
Oui, pardiou ! je suis un parasite, et je m'en vante...
Ah ça, qui donc vit ici-bas, si ce n'est le parasite ? Car
je n'imagine pas que tu donnes le nom de *vie* à cet
épouvantable régime de labeur, de privations et de
misère auquel tu te soumets avec tant d'autres ? vous
végétez, le parasite seul vit. Oh ! je sais bien ! tu vas
m'objecter que l'homme n'obtient rien sans travail...
Qui te dit le contraire ! Mais aussi que m'importe que
le travail dont je bénéficie soit celui d'un autre ou le
mien ?

Il m'entraîna vers la croisée et continua.

— Regarde donc avec moi sur le boulevard, et de-
mande-toi si, dans cette cohue qui défile, chacun a
produit aujourd'hui l'équivalent de ce qu'il a consommé.
Aurait-il réalisé ce rêve cher aux économistes, ce grave
monsieur riche de six traitements qu'il n'a que la peine
de toucher ?... Et ce gros ventre qui se balance sur le
trottoir en face, de quelles sueurs entretient-il sa
graisse ? — Tiens ! Boule-de-Neige qui vient fortifier
mon raisonnement. Comme elle s'étale dans son huit-
ressorts ! Délicieuse enfant, je n'aurai jamais l'impertinence de te demander ce que tu pourrais avoir produit dans ta journée. Bon ! Ne voilà-t-il pas ton patron,
Maheurtier ?... Mais oui, c'est lui-même. Il donne le
bras au comte de la Roche-Houais. Ah ! mes gaillards,
je vous soupçonne fort de méditer un bon petit tripo-

tage, aussi productif pour vous que ruineux pour de
pauvres diables...

— Tu as tort, interrompis-je, de parler ainsi de Maheurtier. Il travaille...

— Dix fois plus que toi, sans doute, puisqu'il émarge
dix fois plus ! Au reste, défends-le : c'est dans ton rôle.
Seulement, quand toi et les tiens pâtirez d'une nourriture insuffisante, d'un logement étroit et malsain, d'un
foyer sans feu, de vêtements trop froids ou trop chauds,
de ces mille misères enfin qui sont le châtiment de
l'inconduite et de la paresse, tâche de ne pas te rappeler
que ce supplément de salaire, qui ferait votre bien-être,
Maheurtier, hier, en a risqué et perdu dix fois la valeur
sur un coup de cartes... Mais, fit-il, en tirant sa montre,
voilà qu'il est huit heures. Assez jasé comme cela. J'ai
affaire.

Nous sortîmes, et, sur le trottoir :

— Adieu, dit-il, je suis pressé... A propos, où donc
demeures-tu?

Je lui donnai mon adresse.

— Tiens ! fit-il... quand je m'égarerai par là, j'irai te
serrer la main; un dimanche bien entendu. Toi aussi,
il faut venir de temps à autre me voir. Ah ! mais, j'y
songe ! pas tout de suite : je pars dans quelques jours
pour un assez long voyage d'agrément et d'affaires...
A mon retour, n'est-ce pas? Adieu.

Il remonta dans son coupé, et je pris la route de mon
logis, la tête baissée et rêveur.

Cette rencontre produisit sur mon esprit le plus funeste effet. Elle me poussa sur la pente où je ne devais
plus m'arrêter, à moins d'une énergie de volonté et
d'efforts qu'il n'était guère possible d'attendre de moi.
En effet, si ma probité n'eût pas déjà été sourdement
minée, Léonce l'aurait-il si facilement abattue, rien

qu'en la souffletant de ses paradoxes et de ses sarcasmes! Non, sans doute; et, quand j'interroge mes souvenirs, je suis forcé de reconnaître qu'avant de rencontrer Léonce, je portais en moi des germes mauvais
qui se développèrent rapidement sous son influence.

Où les avais-je puisés? M'était-il venu tout à coup,
comme il serait naturel de le supposer, une ardente
soif de luxe et de jouissance? Non, je n'étais tourmenté
d'aucune convoitise personnelle; mais je souhaitais
ardemment pour ta mère et pour toi un peu de bien-être
dans le présent et un peu de sécurité dans l'avenir. Que
deviendriez-vous, si tout à coup je venais à mourir;
si, pour une cause ou pour une autre, il m'arrivait de
perdre ma place?

En même temps, ma reconnaissance pour Maheurtier
n'était plus aussi vive. Je commençais à m'avouer que
je lui donnais en travail au moins l'équivalent de mes
appointements, et qu'il tardait beaucoup à m'offrir
l'augmentation promise... Mais probablement ces idées,
encore vagues, se seraient bientôt assoupies dans une
résignation maussade, si Léonce n'était venu les exaspérer en les envenimant.

Je ne m'aperçus pas tout d'abord du changement qui
venait de s'opérer en moi. En sortant du Café Anglais,
ce que j'éprouvais de plus distinct, au milieu d'une
confusion d'idées et de sentiments, c'était une irritation
croissante contre Léonce. J'étais furieux contre lui, et
je m'en voulais à moi-même d'avoir subi, sans un mot
de protestation, son ridicule et insolent persiflage.

— Mais c'est stupide et honteux! m'écriai-je. Belle
théorie, vraiment!... et neuve! Le plus vulgaire des
coquins doit se la faire à lui-même. Des frelons, des
parasites, on sait bien, parbleu! qu'il y en a!... Les
fainéants, les lâches, les voleurs et les assassins sont

2.

ils donc autre chose? Eh bien, après? Est-ce une raison
pour quitter mon métier d'honnête homme?... Soyez des
drôles, si vous voulez, peu m'importe!...

Je traversais en ce moment la rue de Rivoli; la roue
d'une voiture me frôla la cuisse et me couvrit de boue.

— Oui, éclaboussez-moi, continuai-je en montrant le
poing à l'équipage qui fuyait, je vous méprise, et je
suis plus heureux dans ma misère et ma dignité que
vous dans votre opulence!...

Pourquoi cette colère?... Il n'y a que les probités
chancelantes pour s'exciter et se raidir ainsi. Le trait
qui venait de frapper la mienne, je l'arrachais, je le
brisais avec rage; mais il était empoisonné.

Rentré chez moi, je continuai. Je racontai à ta mère
ma soirée, accompagnant mon récit de réflexions qui
étaient le développement passionné des précédentes. Je
n'avais rien de particulièrement blâmable à dire contre
Léonce; mais je critiquai son oisiveté et ses dissipations dont il m'avait fait l'aveu, ses façons de voir et
de juger qui me révoltaient!... Comme notre vie à nous,
simple, laborieuse, pénible, mais embellie par notre
amour et par celui de notre enfant, était préférable à
ces dévergondages!... Jamais on n'exalta avec plus de
chaleur les charmes de la vie calme et honnête, les
épanchements de la famille, la sainteté du foyer domestique. Il semblait que ma pauvre Clémence eût éprouvé
des tentations d'indépendance et de révolte et que je
voulusse la ramener. Hélas! c'est moi-même qui me
sentais vaguement défaillir et tâchais de ranimer ma
probité expirante.

Quelle était heureuse ta mère de m'entendre parler
ainsi! Léonce m'avait raillé de mon mariage: suivant
lui on ne devait aliéner sa liberté qu'après en avoir largement usé, et en échange d'une énorme dot. Comme

je relevai ce propos! Quelle diatribe contre les mariages intéressés, contre ces *viveurs* incorrigibles qui osaient prétendre à l'amour d'une jeune fille simple et aimante!... que résultait-il de tout cela? quelles dépravations! quels scandales!...

Je fis cette critique avec tant de feu, que ma femme, tout émue, me jeta les bras autour du cou, et m'embrassa.

III

Ainsi s'acheva cette soirée. Le lendemain et les jours suivants, je fus sombre, ennuyé, maussade. Un immense découragement s'infiltrait en moi; et, à propos de n'importe quelle chose, j'avais l'air de dire : A quoi bon?

Je ne revoyais plus Léonce : il était en train de faire ce long voyage dont il m'avait parlé. Pendant près de six mois il fut absent de Paris, et cependant je croyais le sentir à mes côtés, tant sa froide ironie m'avait pénétré. Ainsi, le soir, vers cinq heures, quand je restais seul au bureau, et que, mes comptes terminés, je fermais mes tiroirs et cadenassais mes caisses, il me semblait voir la figure railleuse du vicomte; je l'entendais me crier d'une voix sèche et sarcastique : « C'est bien, mon ami; soit exact et vigilant; garde-toi des voleurs, conserve précieusement ces trésors dont d'autres jouiront et dont il ne sera pas distrait une obole à ton profit !... » Je sortais alors, les nerfs irrités, et en proie à une sourde colère.

Rien ne transpirait de ces agitations. Maheurtier était trop confiant, et trop occupé d'ailleurs, pour s'en douter lo moins du monde. Il me continuait, comme par le passé, ses confidences. Elles ne m'intéressaient guère autrefois, elles m'exaspéraient maintenant ; pourtant, je les écoutais avec un air de complaisance.

Il s'était sottement épris d'une Angélina Proutan, mauvaise actrice de second ordre, qu'il s'obstinait à considérer comme une grande artiste, qui le trompait (je l'ai su depuis) avec Léonce et probablement avec d'autres : il me fallait entendre parler des perfections de son idole, de leurs brouilles où il avait tous les torts, de leurs raccommodements dont elle avait tout le profit, et de la nécessité évidente d'offrir à ce pauvre ange un cachemire ou un collier de mille écus. Comme je devais, n'est-ce pas? sentir cette nécessité, moi, dont l'honnête femme avait à peine de quoi vivre, et s'abîmait les yeux et les doigts à gagner cent cinquante francs par an !

Du reste, d'augmenter mes appointements, il n'en était pas le moins du monde question : il avait bien le temps de songer à cela !

Tout, au surplus, semblait conjuré pour m'enfoncer davantage dans la triste voie où Léonce m'avait fait faire le premier pas. Quand le couloir qui communiquait avec le cabinet de Maheurtier était ouvert, je pouvais, en prêtant un peu l'oreille, entendre ce qui se disait dans cette dernière pièce. Que de secrets j'ai surpris ainsi, dans le commencement! De quels tripotages entre lui et le comte de la Roche-Houais je fus, sans qu'ils s'en doutassent, le confident !

C'était bien simple : Le comte avait, je suppose, appris une nouvelle qui devait faire, dans deux ou trois jours, baisser la rente. Il venait aussitôt le dire à Maheurtier, qui, un instant après, se faisait remettre par moi, sur récépissé, tout ce que j'avais en dépôt de rentes françaises dans ma caisse, vendait immédiatement

en hausse, rachetait, quelques jours après, en baisse,
et me restituait des titres équivalant à ceux que je lui
avais remis. Le tour était joué. Cela se traduisait par
des différences de dix, quinze, vingt mille francs, plus
ou moins, qu'ils se partageaient en frères.

Autre exemple édifiant : Dans le courant de décembre
devait avoir lieu la réunion du conseil de surveillance.
Je préparai le rapport que Maheurtier était obligé de
lire au conseil. De mon travail parfaitement régulier et
conforme aux livres, il résultait que le produit des opérations de la *Caisse* donnait aux actionnaires, pour la
présente année, un dividende de 6,85 pour cent. C'était
fort convenable ; mais cela ne faisait pas l'affaire de
Maheurtier, qui voulait frapper un grand coup, et spé-
culait depuis quelque temps en prévision d'une hausse
énorme des actions de la *Caisse :* cette hausse, il fallait
absolument la provoquer.

Il fit une légère moue en voyant les conclusions de
mon travail. Puis il l'emporta dans son cabinet, le ré-
visa, le remania d'un bout à l'autre, tant et si bien qu'à
force d'empiéter sur le fonds de réserve, et de présenter
comme certains et déjà réalisés des produits éventuels,
il arriva à un dividende de 10,25 pour 100, qui serait payé
à bureau ouvert à compter du 2 janvier prochain. Il me
montra ce résultat avec un sourire de satisfaction.

— Mais jamais le conseil n'approuvera ce rapport !
m'écriai-je.

— Soyez-donc tranquille ! Faites recopier... Maheurtier avait raison. Huit jours après, le conseil approuvait
le rapport et le signait avec enthousiasme.

Je devenais de jour en jour plus morose. Maheurtier,
un matin, crut s'en apercevoir. Il me demanda ce que
j'avais.

— Rien, répondis-je.

— Vous êtes un peu souffrant, peut-être?

— En effet, je ne me sens pas très-bien.

— Il faut veiller à cela, mon cher, vous ménager, vous soigner...

Et il me parla d'autre chose.

A plus forte raison, ce changement ne devait pas échapper à Clémence. Je n'étais plus le même chez moi. Plus de gaieté ni d'épanchement. J'étais là, entre vous deux, distrait, songeur, taciturne. Ton babil d'enfant, dont je m'amusais autrefois, m'irritait; tes carosses, devenues presque timides, m'impatientaient.

— Qu'as-tu donc? ne cessait de me demander ta mère.

Je lui disais, comme à Maheurtier, que j'étais un peu souffrant; il fallait bien qu'elle se contentât, en apparence du moins, de cette vague et insignifiante réponse; mais, seule, elle réfléchissait et cherchait.

Elle crut enfin deviner que ce brusque revirement d'humeur tenait uniquement à la gêne et à l'incertitude de notre position. C'était vrai, en partie du moins, et elle m'en fit, un jour, convenir. Alors comme elle s'ingénia à dissiper mes appréhensions! « Pourquoi tant s'inquiéter? Quel malheur nous menaçait? Et, quand même je viendrais à perdre ma place, ne trouverais-je pas à m'employer ailleurs? La Providence n'abandonnait jamais les honnêtes gens et les bons cœurs, » etc.

Je la laissais dire, me contentant de sourire à ces raisons, sans répondre...

. . . .

Ainsi, dans ma pensée s'était accomplie cette évolution, cette sorte de travail préparatoire, qui, à moins d'une dépravation innée, précède fatalement toutes les grandes fautes. Il suffisait maintenant qu'une impulsion

me fût donnée, ou même peut-être qu'une occasion se
présentât. Elle ne se fit guère attendre.

Léonce n'était pas encore de retour à Paris ; cependant j'avais eu de ses nouvelles par une voie indirecte
et tout à fait inattendue. Un matin, j'avais lu, dans un
des journaux que nous recevions à *la Caisse,* un fait
divers dont voici à peu près le sens :

« Aux environs de Bruxelles, à la suite d'une alter-
cation dont la cause n'avait pu encore être précisée,
une rencontre avait eu lieu, au pistolet, entre un
Français, M. le vicomte de la Coudraye, et un jeune
Belge, M. Albert van Borghem, fils d'un riche négociant
d'Anvers : ce dernier, atteint d'une balle en pleine
poitrine, était mort sur-le-champ ; le vicomte avait été
mis en état d'arrestation ; la justice belge informait. »

Cette nouvelle, parfaitement vraisemblable pour quiconque connaissait l'adresse du vicomte aux armes,
m'avait laissé assez indifférent ; car il se passait en
moi ce phénomène singulier, que, tout en subissant les
idées de Léonce, tout en me laissant dominer et emporter par elles, je n'éprouvais cependant pour lui
aucun redoublement d'affection : c'était même plutôt le
contraire qui avait lieu. Je me réjouis donc médiocrement de l'issue de ce combat, et j'attendis sans la
moindre anxiété que Léonce se tirât du pas désagréable
où il s'était mis.

Il paraît qu'il y parvint, car, un dimanche, vers midi,
je reçus sa visite.

C'était au commencement de février. J'étais, depuis
un mois, plus sombre et plus mécontent que jamais.
Tu venais d'être assez gravement malade, mon cher
Richard ; et les soins, les inquiétudes, et, il faut bien
le dire, les frais de ta maladie avaient produit en moi
un surcroît d'irritation.

Par je ne sais quelle pudeur, je tâchai de la cacher à Léonce, et j'affectai de paraître tel qu'il m'avait vu la première fois. Lui, au contraire, il me sembla changé, mais à son avantage. Je le trouvai beaucoup moins railleur et moins extravagant; il raisonnait sainement et avec calme. Ces façons nouvelles le rendaient plus séduisant que jamais.

Il me dit, du ton le plus naturel et le plus cordial, qu'une affaire importante l'avait attiré dans mon quartier, et qu'il n'avait pas voulu passer devant ma porte sans monter me serrer la main. De son aventure en Belgique, pas un mot; ce fut moi qui en parlai le premier.

—- Tiens! tu sais cela? fit-il.

— Oui, j'ai vu ton duel dans un journal.

- - Et qu'en disait-on?

— On le racontait, tout simplement.

— On n'en indiquait pas la cause et les suites?

— Non. Je ne sais rien de tout cela. Que s'est-il donc passé?

—- Ah! mon cher, ne m'en parle pas... C'est affreux. Moi qui croyais faire un voyage d'agrément!

Il me fit un conte dont il résultait que tous les torts étaient du côté de son adversaire, et cependant il n'avait échappé qu'à grand'peine aux rigueurs de la justice belge!

— Tout cela est maintenant passé, dit-il en terminant. J'ai beau examiner ma conduite dans cette affaire, je ne vois aucun tort à me reprocher : tous mes amis me sont restés fidèles; toutes mes connaissances m'ont conservé leur estime... Et cependant je suis triste! je ne sais pourquoi. C'est qu'il est pénible, vois-tu, mon cher Causson, d'avoir sur le cœur la mort d'un homme!...

Il dit cela avec une adorable nuance de sensibilité.
Je lui pris la main et la lui serrai chaleureusement.

Nous parlâmes d'autre chose, et Léonce fut charmant.
Il ne laissa percer ni ironie ni dédain en présence de
mon modeste intérieur; il salua ma femme avec une
politesse respectueuse; et toi, mon cher Richard, il
trouva ta pâleur intéressante, te prit sur ses genoux
et t'embrassa à plusieurs reprises. Ces façons, si différentes de celles que j'attendais de lui, m'allaient au
cœur.

Il parla de lui-même avec une entière franchise, et
se blâma généreusement de ses folies. Il semblait qu'il
voulût, indirectement et sans en être prié, glorifier à
ses dépens ma façon de comprendre et de pratiquer
la vie.

— Car enfin, dit-il, un honnête ménage, à condition, bien entendu, qu'il y règne une certaine aisance,
n'est-il pas préférable à tout cela?

Il n'était pas éloigné, lui non plus, de songer à la
vie de famille : il ressentait de temps à autre de vagues
aspirations de ce côté. Et il répétait avec une sorte
de pitié :

— A quoi, en définitive, toutes ces dissipations
aboutissent-elles?

Et comme, en continuant sur ce sujet, il en était
venu à ce qui le concernait particulièrement :

— Vois donc, me dit-il, à quel point je suis étourdi,
imprudent! J'ai si bien dépensé sans compter qu'aujourd'hui il m'est à peu près impossible de profiter
d'une occasion superbe, unique... cent mille francs à
gagner pour le moins! Pourquoi? parce que je n'ai pas
eu l'esprit de réserver la mise de fonds nécessaire; peu
de chose cependant, une trentaine de mille francs...

                                        3

— Tu les trouveras, s'il est vrai que l'occasion soit aussi bonne que tu dis.

— Je sais parbleu bien que je les trouverai; ce n'est pas ce qui m'embarrasse. Mais crois-tu donc qu'on me les confiera pour rien? Ne faudra-t-il pas que je partage avec un bailleur de fonds un bénéfice que j'aurais encaissé seul, sans ma stupide imprévoyance?

— Je comprends, en effet, que ce partage te déplaise. Mais, pardonne-moi ma curiosité, je me demande quelle est cette occasion superbe et imprévue qui...

— Peu importe, interrompit-il, comme s'il eût craint d'en trop dire sur ce point. Tout ce que j'ai voulu te faire voir, c'est qu'on regrette parfois amèrement les sottes dépenses qu'on a faites... Et, ajouta-t-il en riant, c'est parce que je sens aujourd'hui l'inconvénient des miennes que je suis si sensé et si moral.

Tout cela était dit avec gaieté et naturel.

Cependant, j'étais tourmenté d'une vive curiosité. Quelle était donc cette spéculation qu'il me laissait entrevoir et qui devait lui rapporter une aubaine de cent mille francs? J'essayais en vain de ramener la conversation sur ce sujet; à chaque fois, il éludait adroitement la question qu'il voyait pour ainsi dire poindre sur mes lèvres, et il parlait d'autre chose.

Bientôt il se leva et prit congé de moi. Mais plus il affectait de crainte de laisser pénétrer son secret, plus j'éprouvais de désir de le connaître. Je descendis avec lui, et je le conduisis jusqu'à l'extrémité du jardin du Luxembourg. Au moment de le quitter, je lui posai nettement la question. Cela parut le contrarier.

— Voyons, dit-il d'un ton de gronderie amicale, pourquoi insistes-tu là-dessus? C'est mal. Tu dois cependant comprendre qu'il s'agit là d'une de ces opérations délicates que la moindre indiscrétion suffit à faire échouer.

— Une opération de Bourse ?

— Sans doute, parbleu !

— Et tu te défies de moi ?

— Mon Dieu, non. Je te sais parfaitement incapable de trahir une confidence ou d'en abuser à ton profit ; mais il y a de ces idées... de ces nouvelles qui sont pour ainsi dire dans l'air, que chacun flaire et devine... Un mot est de trop en pareil cas, un signe même... surtout lorsqu'on passe, comme moi, pour puiser ses renseignements à bonne source.

— Bah ! comment donc cela ? dis-je en lui prenant le bras et en le ramenant dans le jardin.

— Est-ce que tu n'as pas entendu quelquefois Maheurtier, ou le comte de la Roche-Houais, envier mes privilèges ?

— Non, jamais.

— Ça m'étonne... Eh bien ! mon cher, à tort ou à raison, on assure, dans un certain monde, que j'ai la primeur des nouvelles politiques les plus importantes et les plus décisives ; en un mot, fit-il en baissant si mystérieusement la voix que je l'entendais à peine, je passe pour le confident de...

Il me souffla dans l'oreille le nom du personnage politique le plus considérable du temps.

— Oh ! fis-je avec un brusque mouvement de surprise, est-ce que c'est vrai ?

— Plus bas, donc !... Non, ce n'est pas vrai ; mais je suis l'ami d'un confident du personnage en question ; ce qui revient au même. Bref, assez sur ce point. Seulement, tu dois comprendre combien, avec la réputation qu'on m'a faite et que je mérite dans une certaine mesure, je dois m'observer, me contenir. On a été jus-qu'à me suivre et à m'espionner, ajouta-t-il en jetant un regard de défiance sur les honnêtes promeneurs qui circulaient autour de nous.

— Je ne pense pas, dis-je, qu'il y ait le moindre danger.

— Heu! dans un moment comme celui-ci! On voit bien que tu ne suis pas attentivement la politique... La paix ou la guerre, qu'aurons-nous demain? Voilà ce que chacun se demande. Et maintenant suppose qu'à l'insu encore de tous, en haut lieu, ait été prise une de ces résolutions qui...

Il s'arrêta tout à coup et ajouta :

— Mais je ne t'en ai déjà que trop dit. Adieu.

Et malgré tous mes efforts pour le retenir, il s'éloigna d'un pas rapide.

Agité par une foule de réflexions, je m'enfonçai dans les allées les plus reculées du Luxembourg.

On ne les devine que trop, ces réflexions.

— Est-il heureux, ce Léonce! me disais-je. Sans travail, en quelques jours, grâce à un ordre donné à propos chez un agent de change ou un coulissier, il va gagner une somme considérable dont la moitié seulement suffirait pour assurer dans mon ménage la vie, le bonheur... Trente mille francs, — ne cessais-je de me répéter... Si j'avais trente mille francs!...

Il y avait longtemps qu'une voix intérieure me criait : Tu les as, ces trente mille francs!... Ils sont sous ta main, à ta disposition, quand tu voudras... Et bien d'autres sommes avec.

Mais cette voix, je m'efforçais de l'étouffer, de ne pas l'entendre, de la nier... Ma caisse, toucher à ma caisse! Y faire le plus léger emprunt, même avec la certitude de n'être pas aperçu et de pouvoir restituer! Il faut avoir été comptable pour bien comprendre le frisson qui s'empara de moi à cette idée.

Et cependant, el'> était là, cette idée, c'était incontestable. Je m'épouvantai qu'elle me fût venue si vite. Je la sentais qui grondait et s'agitait en moi, prête à m'envahir et à me subjuguer. Je m'efforçais de la fuir, de ne pas la voir passer, pour ainsi dire, à côté, — sûr d'avance, si j'avais l'imprudence de la fixer, qu'elle me donnerait le vertige. Cependant elle me sollicitait avec tant de force, que je dus enfin la regarder franchement et en face; je l'examinai et la discutai. Je ne fis que cela toute la soirée et toute la nuit, car je dormis à peine.

Le dirai-je? ce qui m'effrayait et me retenait par-dessus tout, c'était la crainte d'être surpris et d'échouer. J'en étais venu à cet état de dépravation, que la moralité de l'acte n'avait à mes yeux qu'une importance secondaire, et je me serais considéré suffisamment absous par le succès.

Mais ce succès, quelles en étaient les chances? Vingt fois je me dis : — Non, décidément, c'est impossible; n'y songeons plus! Et j'y songeais toujours.

Le lendemain, j'étais à mon bureau, et là, tout en travaillant d'une façon distraite et machinale, je me représentai plus nettement, *de visu* en quelque sorte, les facilités qui m'étaient offertes, la sécurité dont je jouirais.

Maheurtier avait une telle confiance en moi que jamais l'idée ne lui était venue de comparer mes écritures avec ma caisse. Pourquoi s'aviserait-il tout à coup de se livrer à ce contrôle, de manifester envers moi une défiance injurieuse? Puis, cette idée lui vînt-elle, comment se ferait la comparaison? Sommairement, à la hâte; et serait-il bien difficile, sur cinq ou six millions composés de valeurs différentes, de dissimuler un déficit de trente mille francs?...

Et, tout en raisonnant ainsi, je comptais trente mille francs dans ma caisse; je les rangeais à part; je les ôtais afin de voir quel vide cela faisait à l'œil... Puis je les replaçais : pas de différence, à moins de faire un compte complet qui durerait bien deux heures. Maheurtier, à moins de graves soupçons contre moi, aurait-il jamais cette patience ?

Dans l'après-midi, le comte de la Roche-Houais vint voir Maheurtier et s'enferma avec lui dans son cabinet. De quoi causaient-ils? De spéculations de Bourse, probablement. Et qui sait s'il ne s'agissait pas entre eux précisément de celle que Léonce avait en vue ? Une vive curiosité s'empara de moi. Je me glissai doucement dans le couloir, et, en prêtant l'oreille, je distinguai assez nettement ce qui se disait dans le cabinet.

— Ah ça! fit Maheurtier, les journaux ont le ton belliqueux aujourd'hui; qu'est-ce que cela signifie? Est-ce que la rupture avec l'Angleterre serait décidée?

— Je ne l'ai pas entendu dire.

— C'est que, si cela éclatait, il y aurait un joli coup à faire.

— Je crois bien !... Aussi soyez tranquille, je tâcherai d'écouter aux portes.

Ainsi, Léonce m'avait dit vrai : une nouvelle importante allait faire hausser ou baisser la Bourse. Je retombai dans mes réflexions et mes perplexités.

Enfin, le mardi matin, à force d'agiter cette question, de la résoudre dans un sens et dans un autre, de la quitter pour y revenir un instant après, j'en étais arrivé à un tel état de courbature morale et d'hébêtement, que, cette décision suprême, je me surprenais à la faire dépendre, non d'un reste de volonté que je ne me sentais plus, mais d'un hasard, de telle circons-

tance imprévue, qui me ferait pencher d'un côté plutôt
que de l'autre...

Je descendis pour me rendre à mon bureau en
suivant mon chemin habituel.

Comme j'allais prendre le pont des Arts, un homme
qui courait me heurta si violemment que je faillis être
renversé.

— Faites donc attention, maladroit !

— Faites attention vous-même !

— Tiens ! Léonce, m'écriai-je en reconnaissant le
vicomte.

— Causson ! fit-il avec une surprise parfaitement
jouée.

Il me tendit la main.

— Je te demande mille pardons, dit-il, mais je suis
si pressé !.. Une affaire de la dernière importance...

— Ah ! oui, je me doute...

— Comment ! tu te doutes ? Qui peut te faire soupçonner ? fit-il d'un air inquiet.

— Parbleu ! après ce que tu m'as dit avant-hier...

— C'est vrai, je n'y songeais plus. Et tu n'en as pas
ouvert la bouche ? fit-il en me regardant fixement.

— Pour qui me prends-tu ?

— Pour un honnête homme, c'est vrai ; mais souvent on laisse échapper un secret sans le vouloir,
surtout quand on n'a pas un intérêt majeur à le garder.

— Tu peux être parfaitement tranquille.

— Oui, je te crois, et, puisqu'on peut se fier à toi,
apprends, mon cher ami, que le moment est venu de
frapper le coup dont je te parlais. Aussi, tu vois,
je n'ai pas hésité, malgré ma paresse, à me lever de
bon matin. Mais je suis pressé. Tu m'excuseras.
Adieu.

Il me prit la main et me la serra de nouveau.

— Écoute donc! lui dis-je en le retenant. Il n'y a pas une telle urgence... Nous pouvons bien échanger deux mots...

— Voyons! parle vite.

Je l'attirai à l'écart du côté de l'Institut.

— Ah! ça, lui dis-je, c'est donc vrai, certain, positif, ce que tu conjecturais l'autre jour au sujet du différend survenu entre?...

Il me jeta un regard soupçonneux.

— Pourquoi me demandes-tu cela?

— Voyons, tu sais que je ne suis pas capable de surprendre tes confidences et d'en abuser.

— Non, tu as raison. Eh bien! continua-t-il en baissant la voix et en se promenant avec moi sur le quai, son bras passé sous le mien, oui, c'est décidé, irrévocablement décidé : il y a rupture, nous avons la guerre! Et, par conséquent la baisse... une de ces baisses brusques... folles, vertigineuses... Tu le vois, j'ai tout juste le temps de préparer mes batteries.

— Tu as donc trouvé tes trente mille francs?

— Je sais où les trouver ; je vais les avoir dans un instant.

— Écoute donc! Pourquoi diable te faut-il trente mille francs?

— Es-tu singulier! tu ne comprends pas à quelles opérations je vais me livrer?

— Si, tu vas vendre...

— A mort! et tu t'imagines qu'un agent de change, un coulissier, travaillera pour mon compte, sans avoir la moindre *couverture*?

— C'est juste.

— Ah! seulement, voilà l'ennui! L'homme qui va me remettre ces trente mille francs est le plus rusé compère. je n'ai qu'à bien me tenir! D'abord il peut me deman der, au lieu de moitié, trois cinquièmes ou même deux tiers des bénéfices; il faudra bien que j'en passe par là. Puis, mon secret, une fois connu, qui me dit qu'il ne feindra pas de renoncer à l'opération, de la trouver mauvaise, et, moi sorti, qu'il ne courra pas chez son agent de change la faire pour lui seul?

— Oh! ce serait une infamie.

— Eh! mon cher, il faut être défiant en certaines circonstances. Tout le monde n'a pas ta loyauté. Que n'ai-je affaire à toi!

— A moi? tu sais bien que c'est impossible.

— Sans doute, je sais bien...

Il s'arrêta net, comme si une idée subite l'eût frappé.

— Quoi? qu'est-ce que je sais? reprit-il; mais non! Et pourquoi donc impossible?

— Parce que je n'ai pas trente mille francs à te confier.

— Mais tu as dix, cinquante fois cette somme-là.

— Moi? où donc? demandai-je — comme si je ne l'avais pas compris!

— Dans ta caisse, parbleu!

— Oh! quant à cela... fis-je avec un geste de dénégation énergique.

Il n'eut pas l'air d'entendre.

— En vérité, je m'admire, continua-t-il, de n'avoir pas eu cette idée tout d'abord; je suis stupide, ma parole d'honneur! Comment! je vais me livrer à un homme dont la loyauté m'est suspecte; je lui abandonne un bénéfice énorme, quand tu es là, toi, un brave garçon, incapable d'une perfidie, et qui ne seras certes pas fâché de l'aubaine qui t'arrivera. Seulement, mon bon ami, je te préviens d'une chose...

— Tu me préviens?

3.

— Oui, nous partageons par moité, ni plus, ni moins. Ne vas pas montrer des exigences...

— Il ne s'agit pas de cela.

— Je te demande pardon, je ne concède rien de plus. Que diable ! ce sera déjà fort joli ; car je n'estime pas à moins de cent mille francs...

— Encore une fois, dis-je avec impatience, je te répète que c'est impossible !

— Quoi ? impossible ?

— Que je tente une pareille chose. Je ne peux pas puiser dans ma caisse.

— Par exemple ! Et qui donc s'y oppose ?

— Mon devoir.

— Ton devoir ! Ah ! ah ! tu me fais rire.

— Ce n'est pas risible. L'argent dont je suis dépositaire est sacré.

— Vraiment !... Est-ce que par hasard ton directeur ne serait pas dépositaire des titres qui lui sont remis en nantissement ? Il se permet pourtant de les distraire et d'en trafiquer de mille façons.

— Maheurtier agit comme il l'entend.

— Et il a raison ! Il serait, certes, un grand innocent de s'en priver. Qu'importe qu'il spécule sur ces titres, si, au jour voulu, il les représente exactement ? De même, toi...

— Moi, c'est différent.

— C'est absolument la même chose. Pourvu que tu suffises au roulement journalier (et ce ne sont pas ces trente mille francs, distraits pour un instant, qui peuvent t'en empêcher), qu'importe le reste ? Qu'est-ce que cela peut faire à Maheurtier et aux actionnaires, que cet argent travaille au dehors pour toi et te gagne une petite fortune, au lieu de rester bêtement enfoui dans ta caisse, sous triple serrure ?

— Comme tu y vas ! Ainsi, tu t'imagines que si on venait à s'apercevoir...

— D'abord, permets : pourquoi s'en apercevrait-on ? Il faut pourtant raisonner un peu. Tiens, rappelle-toi : je parie que ton encaisse en numéraire n'a jamais été au-dessous de trois ou quatre cent mille francs...

— En effet.

— Eh ! tu vois donc bien ! Tu pourrais même garder ces trente mille francs pendant des années.

— Mais, si on venait à me demander une vérifi-cation ?

— Une vérification ? Qui ça ?

— Maheurtier, par exemple. C'est son droit.

— Combien de fois, depuis que tu es chez lui, en a-t-il usé, de ce droit-là !

— C'est vrai, il ne m'a pas encore...

— Eh bien alors !... Ah bien oui ! une vérification... Il est trop occupé ailleurs, ce brave Maheurtier, pour se livrer à une fantaisie pareille.

— Cependant, admets qu'elle lui vienne...

— Pourquoi lui viendrait-elle, encore une fois ? Est-ce qu'il n'a pas une confiance absolue en toi ? Est-ce qu'il te suppose capable des exercices de haute voltige qu'il accomplit si bien chaque jour, lui ? Allons donc ! Tu t'en fais accroire, mon bon ami. Maheurtier, permets-moi de te le dire, te regarde comme un être nul, insignifiant, bonasse, comme une machine qui fonctionne régulière-ment. Il te dédaigne et te méprise trop pour te soupçonner.

— Oh ! il me méprise...

— Mettons qu'il t'estime, c'est la même chose. Et puis, voyons. Je suppose que cette fantaisie le prenne, qu'il constate un déficit dans ta caisse...

— Eh bien ?

— Eh bien! Qu'est-ce qu'il peut te faire?

— Mais il peut me perdre; il n'y manquerait pas.

— Et tu te laisserais abîmer comme cela, tranquillement, sans rien dire?

— Dame!

— O mon pauvre ami!... Écoute, si j'étais à ta place, et que la mésaventure que nous supposons, fort gratuitement du reste, m'arrivât, sais-tu ce qui se passerait?

— Qu'est-ce qui se passerait?

— Je ne demanderais pas dix minutes pour que Maheurtier fût à mes genoux, me pressant, me suppliant de ne rien dire.

— Ah! par exemple!...

— Est-ce que tu ne vois pas la scène d'ici? — « Il « vous manque trente mille francs. — C'est vrai. — Où « sont-ils? Qu'en avez-vous fait? — J'ai spéculé avec. « — Vous êtes un misérable, un voleur! — Comme « vous! — Comment! vous osez!... — Sans doute: « vous spéculez avec des titres qui ne vous appartien- « nent pas; moi, je spécule avec de l'argent qui n'est « pas le mien. Où est la différence? — Ce n'est pas « vrai; vous n'avez pas de preuves. — Pardon, j'en « ai... »

— Mais non, interrompis-je, je n'ai pas de preuves.

— Comment! tu n'as pas de preuves contre Maheurtier?

— Non, encore une fois.

— Alors, mon cher, tu es indigne d'être employé: un employé a toujours des preuves contre son directeur. Mais, je parie que, sous ce rapport, tu es mieux nanti que tu ne crois... Voyons, assez de paroles. C'est entendu, tu viens me trouver chez moi dans le courant de de la journée, le plus tôt que tu pourras, et tu me remets...

— Un instant! m'écriai-je ; non, vois-tu, je ne peux pas...

— Tu ne peux pas... Tu refuses?

— Mets-toi à ma place... C'est si grave!...

Léonce fit un brusque mouvement d'impatience.

— Adieu, dit-il, n'en parlons plus. Je suis un fier imbécile. Je perds un temps précieux à t'expliquer une combinaison qui doit t'enrichir, comme si tu étais homme à me comprendre !

— Ne te fâche pas ; mais c'est que... dans ma position...

— C'est bien! Passe à côté de la fortune qui te tend la main. Croupis dans un travail ingrat et stérile. Inflige à ta femme et à ton enfant une misère irrémédiable. Et là-dessus proclame-toi un parfait honnête homme, le modèle des époux et des pères !

— Oui, sans doute, murmurai-je, si je savais que les choses dussent tourner comme tu dis...

— Vraiment! s'il poussait des billets de banque à tes pieds, tu consentirais à les ramasser. Et encore, il n'en faudrait pas répondre! Mais je me suis assez attardé comme cela. Bonsoir, homme vertueux.

Il s'éloigna.

— Léonce ! dis-je en le rappelant.

Il se retourna brusquement.

— Eh bien, quoi? Est-ce oui? est-ce non? Finissons-en.

— Écoute, dis-je. Il s'agit là de choses sérieuses. Où en serais-je si l'affaire venait à tourner mal?...

— Soit ! dit-il avec impatience, j'admets qu'elle tourne mal. Je me suis trompé; nous avons la paix... Qu'en résulte-t-il? que la baisse n'a pas lieu; les cours se maintiennent; l'opération manque, et nous perdons quoi? le courtage, ni plus, ni moins, c'est-à-dire quelque

chose comme cinq cents francs ou mille francs. Et nous
ne pouvons pas risquer cette misère pour gagner cent
mille francs !

— Ainsi tu m'affirmes qu'au pis-aller il ne s'agirait
que d'une perte de...

— Non ! je n'affirme rien, fit-il brusquement. Je te
laisse dans ton heureuse tranquillité, et tu m'obligeras
de me laisser aller à mes affaires.

— Eh bien ! m'écriai-je en courant après lui... c'est
entendu !

— Ah ! ce n'est pas dommage ; quelle hardiesse de ta
part !

— Seulement, tu comprends...

— Un instant ! Je comprends qu'il me faut une parole
nette et formelle de toi : oui ou non.

— Oui.

— Tope ! fit-il, en me prenant la main. Donc, dans la
journée, le plus tôt que tu pourras, tu m'apportes tes
trente mille francs, et, sans perdre une minute, je cours
chez mon coulissier...

Je ne l'écoutais plus. Abattu par l'effort que je venais de faire, je demeurais absorbé et murmurais vaguement :

— Oui... je me fie à toi, tu ne voudrais pas mon déshonneur, ma mort...

Il remarqua cette attitude molle et indécise.

— Ah ça ! dit-il en me secouant par le bras et en me
regardant fixement, pas de plaisanterie ! C'est sérieux ;
j'ai ta parole !... Si par hasard tu venais à reculer ; si,
par ta faute, je manquais une spéculation de cette importance...'il n'y aurait pas d'excuse ni de pardon, tu aurais affaire à moi !... Ainsi, ne manque pas, ce soir, à
quatre ou cinq heures, au plus tard...

— Oui, dis-je d'une voix émue.

— C'est bien, fit-il. Au revoir!

Il me quitta.

Je restai quelques secondes sur le quai, seul, indécis... Tout à coup l'engagement que je venais de prendre me revint nettement: je tressaillis, je voulus rappeler Léonce; il avait disparu...

Je repris lentement mon chemin.

IV

Sans doute, il y avait dans mon air quelque chose d'étrange, car il me sembla, en entrant au bureau, qu'Antoine, le garçon, me regardait curieusement en dessous.

Je m'assis ou plutôt je me laissai tomber à ma place ordinaire, tâchant de rassembler mes idées. Cela me fut impossible. Je ne cessais de me répéter machinalement: — « Ce soir, à cinq heures, au plus tard, sans faute... » C'était comme un assourdissant et implacable refrain qui dominait tout le reste.

Impatienté de ces divagations sans résultat, je me secouai et me levai brusquement.

— Travaillons! me dis-je; cela me distraira et rafraîchira mes idées... J'ai le temps d'ici à ce soir!...

D'ordinaire, mon premier soin était de vérifier mes caisses. Je les ouvris. La vue de l'or et des billets me causa une sorte de commotion. Je m'arrêtai. Encore le problème qui se posait devant moi, matériel et tangible en quelque sorte! La brusque scintillation de l'or, le froufrou des billets agités par le déplacement de l'air et retombant mollement sur leurs liasses, me firent l'effet d'une agacerie et d'une séduction diaboliques, à moi, qui autrefois voyais cela d'un œil si indifférent ! Je refermai les deux caisses, sans vérifier ni oser toucher à rien.

— Travaillons ! me répétai-je.

J'ouvris mes livres ; j'essayai de faire des comptes... Quelle tension d'esprit pour des choses dont j'avais l'habitude et que je faisais d'ordinaire si lestement !

Vers onze heures, Maheurtier entra. Il était, lui, en belle disposition de s'occuper d'affaires. Il me fit passer dans son cabinet et m'entretint longuement. Dire de quoi, cela me serait difficile : j'avais beau me contraindre, mon esprit était ailleurs ; je ne répondais que par monosyllabes, et parfois de travers. Il n'eut pas de peine à s'apercevoir de mon trouble ; il me demanda ce que j'avais.

— Peu de chose, répondis-je, un peu de fièvre, de fatigue...

— Il fallait me le dire tout de suite, mon cher Causson ; je ne vous aurais pas ennuyé comme j'ai fait. Remettons ces affaires à un autre jour.

Je rentrai dans mon bureau.

A midi, on vint de chez l'agent de change, et, un instant après, Maheurtier, passant à la caisse, me restitua des valeurs qu'il s'était fait remettre par moi quinze jours auparavant ; je lui rendis son reçu, qu'il déchira comme d'habitude. Cette circonstance secoua ma torpeur et fouetta mon imagination.

— Voilà, m'écriai-je intérieurement, dès que Maheurtier eut tourné le dos ; le tour est fait... Ni vu ni connu : Maheurtier a son bénéfice en poche, et les titres sont à leur place... Qui peut dire maintenant que ces titres ont été distraits et négociés ? Qui pourrait même, à la rigueur, s'en plaindre ? Personne...

Autre accident… car, il était écrit que tout, dans cette fatale journée, servirait à m'exciter, à m'exaspérer, à me pousser à ma perte… Il était deux heures, déjà deux heures !… Tout à coup ma porte s'ouvrit brusquement. Une femme entra. Elle était grande, svelte, élancée; elle avait des yeux noirs, pleins de langueur et un peu allongés comme ceux des Indiennes; un nez droit aux narines dilatées; des dents fort petites, d'une blancheur transparente et pressées les unes contre les autres; des lèvres rouges et charnues, un teint mat: sous le riche mantelet qui la couvrait à demi, on devinait un buste merveilleux, et sa robe de velours noir, presque collante, dessinait nettement le voluptueux contour des hanches.

Je ne remarquai certes pas alors tous ces détails, mais ils m'ont frappé depuis. Cette femme, dans un costume de féerie, devait être splendide. On s'explique le succès qu'elle obtint sur plusieurs scènes.

— Monsieur Maheurtier? me demanda-t-elle d'une voix brève, presque impérieuse.

— Il est occupé, madame, mais je puis le remplacer.

— Je ne crois pas, fit-elle avec une nuance d'ironie.

— S'agit-il donc d'affaires personnelles? demandai-je naïvement.

— D'affaires des plus personnelles.

— Alors, je vais le prévenir.

— Dites-lui, je vous prie, mon nom. Angélina Proutan.

Ce nom ne m'était que trop connu: dans les confidences dont il me gratifiait, Maheurtier l'avait souvent prononcé. Aussi ne se fit-il pas prier pour recevoir la belle visiteuse : dès qu'il eut appris sa présence dans nos bureaux, il accourut lui-même la chercher et la conduisit par la main dans son cabinet.

— Qu'est-ce qui me vaut une visite si charmante et si inattendue ?... Telles furent les paroles que je l'entendis prononcer au moment où il refermait la porte sur Mlle Proutan et sur lui.

Je n'eus pas besoin d'entendre la réponse pour être bientôt édifié à ce sujet. Au bout de dix minutes, Maheurtier me rejoignit pour me demander trois rouleaux de cinquante louis : Mlle Angélina avait besoin de trois mille francs et venait les demander à son banquier ordinaire.

Ainsi, il avait suffi de quelques douces paroles, d'un sourire provocateur, pour qu'une somme aussi forte, plus d'une année de mes appointements, passât de ma caisse dans les mains de cette effrontée !... Et j'hésitais !...

D'un bond je fus à ma caisse et j'y pris trente mille francs que je fourrai dans ma poche. Léonce eût été là, que je les lui aurais jetés en lui criant : — Va !... En veux-tu d'autres ?

Mais cet emportement dura peu. Bientôt mes craintes, mes irrésolutions me reprirent.

Quatre heures et demie, puis cinq heures sonnèrent. Léonce m'attendait. Que faire ?...

Je sortis, mes trente mille francs en poche. Je me dirigeai vers le boulevard, lentement. Il semblait que quelque chose me retînt, que mes jambes refusassent de me porter. Sur le boulevard, sans pensée et sans énergie, je me mis à regarder les affiches des spectacles : on eût pu croire que je les lisais attentivement, que je les méditais et voulais les apprendre par cœur.

Je m'arrêtais aux vitres des boutiques, stationnant tous les dix pas, *traînant le temps*, enfin.

Tout à coup une idée me traversa le cerveau :

— Léonce n'est peut-être pas chez lui! me dis-je.

Supposition folle, stupide ; mais je m'y arrêtai, je m'y cramponnai.

— Évidemment, continuai-je avec un soupir de satisfaction et en marchant moins lentement, l'heure est passée ; il s'est lassé de m'attendre, il est allé se pourvoir ailleurs. Allons ! c'est une affaire manquée, n'en parlons plus.

Et je continuai à marcher, libre, dégagé maintenant ; et, m'enfonçant dans cette idée :

— Quelle sottise, me disais-je, de me tourmenter ainsi !... quand il n'y a plus à s'occuper de ce projet... Depuis plus d'une heure, il est tombé dans l'eau. C'est dommage, cependant ! Cette spéculation offrait de belles chances ; elle m'aurait presque enrichi... Oui, c'est fâcheux ! Mais, c'est égal, je n'ai aucun reproche à me faire.

Tout en raisonnant ainsi, j'étais arrivé rue Taitbout.

— M. le vicomte de la Coudraye ? demandai-je au concierge, bien convaincu que cet homme allait me répondre : Il est sorti.

— Deuxième cour au second, la porte à droite, cria une voix du fond de la loge.

Cette réponse si simple m'atteignit en pleine poitrine ; je tressaillis de tout mon corps, et, par un mouvement instinctif, je reculai vers la porte cochère. Mais la fatalité s'en mêlait. Le concierge vit ce commencement de retraite, et sortant de sa loge :

— Il est chez lui, que je vous dis, monsieur le vicomte, me cria-t-il ; au second, la porte à droite.

— Ah ! oui ! dis-je en revenant sur mes pas, très bien.

C'était fini ; il n'y avait plus à s'en dédire. Je traversai la cour et je montai lentement l'escalier.

Je n'eus pas la peine de sonner. Léonce m'attendait, sa porte ouverte, sur le palier.

— Eh! allons donc! me cria-t-il, dépêchons-nous! Quel lambin! Qu'est-ce que ça signifie?...

Je m'excusai : j'avais été retenu à mon bureau.

— Il n'y a pas de bureau qui tienne, fit-il, dans ces occasions-là. Tu veux donc faire manquer l'opération! Voyons ces trente mille francs, où sont-ils? vite!

— Attends un peu.

Nous étions entrés chez lui. Je voulus faire quelques observations, quelques recommandations; mais il me coupa la parole.

— Ah! ça, qu'est-ce que tu veux encore? s'écria-t-il avec impatience. Des raisons, des démonstrations? Je t'en ai comblé ce matin, tu devrais en être fatigué.

— Mon cher ami, lui dis-je avec un regard de supplication, sois prudent, je t'en conjure; fais en sorte...

— Eh oui, que diantre! je serai prudent; mais hâtons-nous, pour l'amour du bon Dieu! il n'est que temps. C'est Michaud qui doit s'amuser à m'attendre!...

— Michaud... qui donc?

— Mon coulissier, pardieu! Moi qui lui avais promis... Ah! tu traites joliment les affaires... Si j'avais su!...

— Ne te fâche pas.

— Voyons, cet argent, où est-il? que je file... vite!

— Voici, mais...

— Bon!

Il mit vivement la main sur les trente billets de mille francs que j'avais tirés de ma poche; mais je les retins de mon côté.

— Un instant! dis-je.

— Qu'est-ce encore?

— Donne-moi un reçu.

— Un reçu ! fit-il en fronçant le sourcil; est-ce que tu te défies de moi ?

— Non, mais il faut tout prévoir...

— Quoi prévoir ?...

— Si on faisait une vérification dans ma caisse, il faut que je puisse montrer quelque chose à la place de mes trente mille francs. Ton reçu serait là ; sauf plus tard à expliquer...

C'était je ne sais quel instinct de défiance, — ridicule, au point où j'en étais, — auquel je voulais donner satisfaction.

— Cela n'a pas le sens commun ! s'écria-t-il ; c'est une injure gratuite...

— Je te demande pardon, c'est une précaution indispensable ; je ne fais rien sans cela.

Il vit que je ne céderais pas.

— Soit ! dit-il avec un haussement d'épaules ; il faut en passer par ce que tu veux ; il est trop tard pour reculer.

Il prit un chiffon de papier, et griffonna ces quatre mots, qu'il me remit :

« Aujourd'hui, 17 février, reçu de M. Causson trente
« mille francs.

« Vte DE LA COUDRAYE. »

— Es-tu content enfin?

— Oui... Seulement n'oublie pas de me tenir au courant de l'affaire. Je vais être sur des charbons...

— C'est moi qui y suis, sur des charbons, dit-il en fourrant les trente billets dans sa poche. Allons ! en route. Descendons.

Une minute après, nous étions dans la rue.

— Adieu ! me dit-il. Et il me quitta brusquement.

Je le vis s'éloigner dans la direction du boulevard, et je restai planté sur le trottoir, étonné, stupéfait. Par un

mouvement instinctif et irréfléchi, je portai vivement la
main à la poche de ma redingote où tout à l'heure étaient
mes trente mille francs... Plus rien!... que le reçu de
Léonce. Cela me ramena à la réalité.

Ainsi, c'était fait, il n'y avait plus à revenir là-dessus.
Impossible, d'ailleurs : Léonce était loin, et quand
même j'aurais pu le rattraper, comment lui faire rendre
ces billets sur lesquels il venait de se précipiter comme
sur une proie?... Le mieux était donc d'en prendre
mon parti ; c'est ce que je m'efforçai de faire. Je refoulai
mes regrets. J'essayai de me persuader que j'avais cédé
à une bonne inspiration, que j'avais bien fait, qu'il était
impossible que cette spéculation ne réussît pas. Ce
fut en moi un concert de congratulations et d'espérances,
d'autant plus vif que je tâchais d'étouffer le grondement
de mes appréhensions. J'étais comme un poltron, qui,
passant dans un lieu mal famé, chante à tue-tête pour
s'étourdir.

Je revins sur le boulevard. Je m'y promenai lentement, rôdant, me faufilant parmi les groupes, tâchant
de saisir un mot qui eût trait au grave événement qui
allait éclater et sur lequel était basée la spéculation de
Léonce. Je me prenais peut-être déjà pour un spéculateur; j'en avais la mine réfléchie et soucieuse. Probablement aussi j'avais l'air d'autre chose, car plusieurs
flâneurs me jetèrent un regard de travers et me tour-
nèrent le dos.

On pense bien que mon imagination ne s'arrêta pas
en si bon chemin. Tout en revenant chez moi, je me
mis à évaluer ce que pouvait me rapporter mon opération avec Léonce : j'arrivais à des sommes énormes,
fantastiques.

Mon humeur s'en ressentit pendant la soirée. Je cau-
sai, je fus gai. De la gaieté !... il y avait si longtemps

qu'il n'en était apparu sur mon visage ! Ta mère était
tout heureuse et souriait à me voir ainsi... pauvre
femme !

Pourtant il me restait un vague pressentiment et
comme une sensation de précipice. J'eus peine à m'endormir — et de quel sommeil ! entrecoupé de sursauts
et de cauchemars. Le matin, en rouvrant les yeux,
j'étais brisé.

J'allai à mon bureau longtemps avant l'heure. Je
m'emparai avidement des journaux et les parcourus :
Rien ! pas la moindre nouvelle, pas une allusion au
changement de politique qui allait se manifester. Je
devais me dire encore, comme la veille : Tant mieux !
Mais non : il était extraordinaire qu'il n'y eût pas quelque bruit, quelque cancan... Cela me parut inquiétant.

J'avais une demi-heure devant moi. Je repris mon
chapeau et courus chez Léonce : il était sorti, — peut-
être n'était-il pas encore rentré.

Je revins tristement rue Vivienne. Je trouvai au fond
de ma poche le reçu de Léonce, et le considérai piteusement. J'eus la prudence — j'ai presque dit la pudeur
— de ne pas le mettre dans ma caisse à la place des
trente mille francs qu'il était censé représenter ; je continuai à le garder sur moi.

A dix heures, quand Maheurtier entra, j'eus un frisson. Il n'y avait rien de changé dans son attitude ; et
cependant je croyais lire un soupçon dans chacune de
ses paroles, dans le moindre de ses gestes.

Le soir, à cinq heures, je courus de nouveau rue
Taitbout. Léonce était encore absent.

Bien différentes, cette fois, mes pensées de celles de
la veille ! Vainement je tentai de me raccrocher à mes
rêves de richesse et de bonheur. J'entrevis, comme au
fond d'un gouffre, la misère, la honte, le châtiment.
J'étais désespéré.

Ce fut pis encore, s'il est possible, les jours suivants. Les journaux que je lisais fiévreusement ne contenaient aucune nouvelle. Pas de guerre ! Sauf d'insignifiantes oscillations, le cours de la Bourse restait le même : Léonce s'était-il donc trompé ? ou bien m'avait-il donc trompé ? qu'avait-il fait, enfin ?... Je ne savais rien.

Matin et soir, et dans la journée, dès que j'avais un instant de libre, j'allais rue Taitbout : impossible de le rencontrer ! pas de réponses aux billets que je lui laissais. Cela dura huit jours, huit siècles !

Enfin un matin, à bout de patience, de conjectures et d'angoisses, j'insistai ; et, repoussant John qui me bernait de son éternel *Monsieur est sorti*, et voulait me barrer le passage, j'entrai.

Cette irruption n'avait pas eu lieu sans bruit.

Du fond de l'appartement assombri par les persiennes fermées et les rideaux tirés, j'entendis la voix de Léonce qui criait :

— Qu'est-ce que cela signifie ? John, qu'est-ce qu'il y a ? J'avais pourtant défendu...

— C'est moi ! dis-je, en me dirigeant vers la chambre à coucher. Ah ! je te trouve enfin ! Ce n'est pas dommage !

— Causson ! le diable t'emporte !

— Comment ! c'est comme cela que tu me reçois ?

Il était au lit ; le tapage qui s'était fait à la porte l'avait éveillé. John, entrant en même temps que moi, s'excusait de son mieux.

— Ah ça, dis-je en me posant devant le lit où Léonce clignait des yeux et se retournait avec des mouvements d'impatience, — te moques-tu de moi ou m'oublies-tu ? Voilà plus de vingt fois que je viens ici sans pouvoir te trouver. Tu as dû cependant recevoir mes lettres...

— Sans doute, je les ai reçues, tes lettres! Laisse-moi tranquille ; je suis harassé.

— Tu n'as pas compris que je devais être dans une inquiétude mortelle ?

— Mais c'est stupide! pourquoi inquiet ?

— Comment ! cette rupture dont tu m'avais parlé...

— Oui, eh bien ?

— Eh bien, elle n'arrive pas, et alors...

— Qu'est-ce que ça me fait !

— Comment ! ce que ça te fait ? .. plaisantes-tu ? Je consulte le bulletin de la Bourse, il ne varie pas ; et ce matin encore...

— Eh ! s'il ne varie pas, ton bulletin, raison de plus pour ne pas t'inquiéter.

— Cependant, cela prouverait que tu as été induit en erreur.

— Pas le moins du monde.

— Alors explique-moi, je t'en prie...

— Tu m'ennuies, laisse-moi tranquille !

Il s'enfonça sous ses couvertures et me tourna le dos.

— Ah ! si j'avais su !... m'écriai-je dans une explosion de colère et de regrets. Avoir engagé, comme un sot, dans cette affaire, mon honneur, mon avenir, celui de ma femme et de mon enfant ;... et ne pas pouvoir obtenir le moindre éclaircissement... ne pas savoir...

Léonce, par un brusque mouvement, sauta à bas de son lit, et se plaçant devant moi :

— Voyons ! quelle est cette comédie ? me demanda-t-il énergiquement. As-tu confiance en moi, oui ou non ?

— Je ne te dis pas que je me méfie, mais...

— Crois-tu que je m'entende en spéculation mieux que toi, qui n'y comprends absolument rien ?

4

— Je l'avoue, je n'y entends rien ; et c'est justement pour cela...

— C'est justement pour cela qu'il faut me laisser tranquille, que diable ! et ne pas me persécuter comme tu le fais.

— Je te demande pardon. Je voulais seulement savoir où nous en sommes. C'est bien naturel.

— L'affaire est en bonne voie... pas aussi productive que je pensais, mais bonne néanmoins... Là ! es-tu content, enfin ?

— Oui, je te remercie. Mais est-ce que tu ne pourrais pas me dire au juste le résultat ?

— Ah ! voilà ! Monsieur ne peut pas attendre !

— Si !... il faut bien !... Dans combien de temps saurons-nous ?...

— Dans huit jours.

— Ainsi, dans huit jours, je pourrai revenir et tu me diras...

— Oui, mais pas avant.

— A cette heure-ci ?

— A cette heure-ci, je t'attendrai. Maintenant, par grâce, laisse-moi dormir, je suis brisé !

Il se recoucha en gémissant. Il me fut impossible d'obtenir d'autres explications.

Je ne vécus pas pendant les huit jours qui suivirent. On comprend mon anxiété. Elle fut d'autant plus vive que, dès le lendemain de ma visite chez Léonce, la Bourse s'était mise à hausser. En effet, tous les journaux étaient à la paix : ils célébraient à l'envi la prudence et l'habileté du gouvernement. Seules, deux ou trois feuilles de l'opposition jetaient les hauts cris, prétendant que les intérêts du pays étaient sacrifiés, et, ce qui était plus grave, que l'honneur national venait de recevoir une atteinte. Quelles chances ces protestations isolées avaient-elles de se faire écouter et de changer la marche des événements ?...

— Allons ! m'écriai-je avec désespoir, c'est fini, tout est perdu !

Tous les soirs, en sortant de mon bureau, j'allais rôder sur le boulevard et dans la rue Taithout ; mais je n'osais pas monter et sonner à la porte de Léonce. D'abord, je craignais une rebuffade : il m'avait si gracieusement reçu la dernière fois !...

— Puis, me disais-je, à quoi bon ? qu'apprendais-je ? le désastre n'est-il pas évident, certain, ne saurai-je pas assez tôt mon sort ?

Je voulais me ménager un reste d'espérance et d'illusion qui me fuyait.

Un soir, comme je prolongeais cette sorte de faction, et que, abîmé dans de sombres pensées, j'allais et venais à pas lents sur le trottoir, je m'entendis tout à coup appeler : je me retournai vivement; c'était Léonce.

— Ah ! ça, qu'est-ce que tu fais là ? me dit-il ; tu venais me voir ?

— Non.

— Je conçois. Ma réception de l'autre jour n'était pas très-engageante ; pardonne-moi : un homme harassé, qu'on éveille dans son premier somme ne peut pas être aimable.

— Il ne s'agit pas de la réception...

— A la bonne heure ! tu es sans rancune. Mais qu'est-ce que tu as donc ?... ces yeux mornes... cette figure défaite... serais-tu malade ?

— On le serait à moins. Et je m'étonne que, toi, tu paraisses si gai, si content...

— Pourquoi veux-tu que je sois triste ?

— Comment ! tu ne sais donc pas ce qui se passe ?

— Qu'est-ce qui se passe ?

— Mais, malheureux, à quoi songes-tu ? Tu as perdu la tête ?

— A quel propos ces compliments ?

— Est-ce que nous n'avons pas joué à la baisse ?

— Oui, eh bien ?

— Eh bien ! lis les journaux, consulte les cours de la Bourse...

— Il y a hausse, d'accord. Et cette hausse ne s'arrêtera pas là : elle continuera jusqu'au jour de la liquidation....Après ?...

— Tu n'es pas épouvanté ?...

— Pourquoi le serais-je ?

— Mais tout est perdu, anéanti... pour moi du moins ?

Léonce haussa les épaules.

— Mon cher Causson, dit-il, veux-tu me faire l'amitié de couper court à tes tremblements nerveux et à tes désolations qui sont du dernier ridicule ?

— Mais cette hausse ?...

— Eh bien, quoi ? cette hausse, je la connais parbleu ! crois-tu m'apprendre une nouvelle ?

— Tu as joué à la baisse ?...

— D'abord, oui : mais me prends-tu pour un niais, et t'imagines-tu que j'aie attendu jusqu'à présent pour changer mes batteries ?

— Comment ! tu as changé... tu es à la hausse ?...

— Pardieu !

— Ah ! mon cher ami !...

La joie, l'émotion me suffoquaient.

— Chut ! en voilà assez, fit Léonce. Viens me trouver, chez moi, vendredi matin, à huit heures : je t'attendrai ; d'ici là du calme, de l'impassibilité.

— Oui, je te le promets !

— Adieu. Je suis pressé : on m'attend.

Il s'éloigna.

Je restai un moment immobile et délicieusement re-
cueilli ; puis, je revins sur le boulevard, et je me promenai, la tête haute, triomphant, heureux. Je me faisais
des reproches : Avais-je été sot ! Pourquoi, sur de vagues présomptions, m'être abandonné à ce désespoir?
Sans doute Léonce aurait bien dû, charitablement, m'a-
vertir de ce revirement dans son opération ; mais à
quoi bon? quelle nécessité? et n'était-ce pas plutôt à
moi de lui continuer jusqu'à la liquidation cette confiance que j'avais placée en lui!. J'avais bien souffert,
à qui la faute?

Enfin ! je respirais ; je rentrai chez moi, bercé par les
plus agréables pensées.

Je n'étais plus altéré de carnage ; j'exaltais les bien-
faits et les loisirs de la paix : n'était-ce pas monstrueux
de se battre et de s'entr'égorger ? Pouvait-on, pour de
méchantes questions d'amour-propre, prodiguer l'or et
le sang des nations?... Je rencontrai sur le quai un ba-
taillon d'infanterie qui défilait ; je le suivis d'un regard
attendri : comment se trouvait-il des hommes assez dé-
pourvus de cœur pour envoyer à la boucherie ces jeunes
et beaux soldats?... Les journaux de l'opposition, qui
prêchaient la guerre, me faisaient l'effet d'affreux vam-
pires.

Le lendemain, les jours suivants, nouvelle hausse à
la Bourse. Avec quelle joie je la constatai !

Enfin le jour fixé pour notre rendez-vous arriva. On
pense si je fus exact ! A sept heures et demie je sonnai
chez Léonce, le cœur palpitant.

4.

V

Léonce était levé et m'attendait. Il avait le sourcil froncé et l'air en colère.

— Bonjour, me dit-il, d'un ton sec.

— Ah! mon Dieu! m'écriai-je, tu parais contrarié. Qu'est-ce qu'il y a?

— Il y a que je suis furieux! C'est inimaginable, ce qui m'arrive...

— Tout est perdu! balbutiai-je.

Et, pris d'une sueur froide, je me laissai tomber sur une chaise en me cachant la tête entre les mains. Il ne parut pas s'apercevoir de cette pantomime, et, marchant dans la chambre, à grands pas, il continua :

— N'est-ce pas affreux... une opération si bien conduite!... des ordres si précis! et un animal qui ne fait rien, qui se croise les bras!... Ah! pourquoi ne suis-je pas allé chez Lentague! C'était d'abord mon intention...

— Allons, dis-je d'une voix étranglée, parle ; achève-moi d'un mot, j'aime mieux cela.

— Comment, que je t'achève!... Est-ce que tu vas recommencer tes manières? Je n'aime pas ça ; et je te préviens que si tu crois me toucher par tes gémisse-ments, tu peux les rengaîner!... Oui, je le répète, c'est affreux!... La déclaration de guerre était réso-lue, imminente, tu te le rappelles. Je vais trouver Mi-chaud, mon coulissier; je lui donne l'ordre de vendre. Bien! il exécute l'ordre à la lettre... Tout à coup, j'ap-prends que le vent a tourné, que le gouvernement est pour la paix, qu'on va s'embrasser... Vite, je cours

chez Michaud... Contre-ordre... qu'il achète... à
mort!

— Est-ce qu'il n'en a rien fait?

— Si! le brigand! mais il m'a trahi, volé, j'en suis
sûr; malheureusement je n'en ai pas la preuve.

— Enfin, qu'est-ce que nous perdons?

— Ce que nous perdons... cinquante, soixante mille
francs peut-être !

— Ah! miséricorde!

Je me sentais prêt à m'évanouir.

— Oui! continua Léonce, il a fait ce que je lui avais
ordonné ; seulement, comme l'opération était excellente,
il a jugé à propos de se l'appliquer.

— En sorte que nous sommes ruinés?

— J'aimerais presque autant cela, je serais moins en
colère. Le beau venez-y voir! Tiens! voici ta part,
c'est joli!

Il me jeta sur les genoux un billet de mille francs et
deux cents francs en or ; quelques louis roulèrent sur
le parquet.

— Ma part? demandai-je d'un air ahuri.

— Oui. Le courtage déduit, voilà notre gain : deux
mille quatre cents francs à partager entre nous deux,
c'est brillant!

— Mais alors, nous ne perdons rien?

— Comment rien? s'écria-t-il en se croisant les bras
et en me regardant en face, deux mille francs, quand il
nous en revenait, j'en suis sûr, au moins cinquante mille?
Tu appelles cela rien? Je te trouve plaisant !

— Ah! mon cher ami... mon bon Léonce, Dieu!
quelle peur tu m'as faite !

Je tremblais, je balbutiais; mes yeux roulaient des
larmes.

— Ah ça, qu'est-ce qui te prend encore? fit-il d'un
air fâché.

— Quel bonheur ! m'écriai-je... Pardon, mon cher ami... mais j'avais cru entendre que non-seulement nous ne gagnions rien,... mais que les trente mille francs, la *couverture*, comme tu dis, étaient perdus.

— Il ne manquerait plus que cela !

— En effet,... tu comprends dans quelle position je me trouvais !... tandis que... C'est à moi ces douze cents francs ?

— Sans doute ; c'est ta part, comme je t'ai dit.

— Ah ! je renais, quel bonheur !

— Pauvre garçon ! dit Léonce avec un sourire de compassion amicale. Et tu as du cœur, car tu n'as pas songé à me faire le moindre reproche.

— Pourquoi ?... Quel reproche veux-tu que je te fasse ?

— Mais... de ce que je me suis laissé duper, voler comme un enfant.

— Oh ! mon cher ami..., je sais bien que ce n'est pas de ta faute.

— Si ! c'est ma faute !... Je ne devais pas avoir cette ridicule confiance ; je devais surveiller plus strictement...

— Oublions cela, c'est fini maintenant.

— Oh ! on ne m'y reprendra plus. Je réparerai ma maladresse, sois tranquille !... C'est déjà fait.

— Déjà fait ?...

— Oui. Lentague est un honnête homme, lui, incapable de ces tours de passe-passe... Et d'ailleurs, capable ou non, j'aurai l'œil sur lui.

— Bien, c'est ton affaire. Mais, quant à moi, qui ne suis pas fait pour de pareilles émotions, — car elles dépassent mes forces, vois-tu, elles me tuent, — je vais me dépêcher de remettre dans ma caisse ces trente mille francs.

— Comment ! remettre dans ta caisse !... plaisantes-tu ?

— Non. Il me tarde de régulariser ma situation...

— Ah ! ça, tu rêves... Est-ce que tu t'imagines bonnement que je vais rester sous le coup d'un échec comme celui-là, que je n'ai pas déjà cherché à prendre ma revanche ? Quelle idée te faisais-tu de moi ?

— Comment ! tu veux encore tenter ?...

— C'est déjà fait, je te l'ai dit tout à l'heure. Tu ne comprends donc pas ?

Je laissai tomber mes bras avec accablement.

— Ah ! mon Dieu ! murmurai-je, moi qui espérais si bien être quitte de toutes ces transes ! Depuis quinze jours, je ne vis pas, je sèche d'inquiétude...

— Laisse-moi donc ! tu t'y habitueras.

— Je préférerais rentrer dans mes trente mille francs...

— Ils sont entre les mains de Lentague, où ils feront des petits, je t'en réponds !

— Lentague ?

— Oui, mon nouveau coulissier, je te l'ai dit. Tiens ! voici son reçu. Il est honnête, celui-là, je le sais ; et malgré cela, tu vois, je prends mes précautions.

— C'est égal, tu aurais dû me consulter.

— Pour être encore accablé de tes observations, de tes recommandations ? Et puis, est-ce que cela n'allait pas tout seul ?... Voyons, écoute-moi tranquillement, et tâche de comprendre, si c'est possible...

Il m'expliqua sa nouvelle spéculation. Il paraissait si sûr du résultat, que j'en arrivai à donner une sorte d'acquiescement à ce qu'il avait fait.

— Mais c'est égal, lui dis-je en le quittant, quoi qu'il arrive, c'est la dernière fois que nous tentons fortune ensemble.

— Peureux, va !

— Peureux tant que tu voudras, c'est ainsi. Quand faudra-t-il que je revienne ?

— Le deux avril, à cette heure-ci, pas avant !

— Allons, soit ! au deux avril... Adieu.

Je descendis. Il était neuf heures, et je me rendis à mon bureau.

J'avais éprouvé une contrariété très-vive en me voyant engagé sans mon aveu dans une nouvelle spéculation. Cependant je ne tardai pas à en prendre mon parti sans trop de répugnance. D'abord, je ne me défiais en aucune façon de la probité de Léonce ; puis j'étais quelque peu aguerri à la situation irrégulière de ma caisse, et je ne voyais pas de danger sérieux à ce qu'elle se continuât pendant un mois encore ; enfin, c'était la dernière spéculation à laquelle je me trouvais mêlé. Il fallait donc attendre le résultat patiemment, et surtout ne pas retomber dans mes folles terreurs.

Ce fut un mois de calme relatif, égayé de temps à autre par l'espérance. Car ces douze cents francs que m'avait remis Léonce, c'était mon gain, à moi, un commencement de fortune qui ne s'arrêterait peut-être pas là ! J'étais heureux de les sentir dans ma main ; je rêvais en les regardant à la dérobée : je les employais à nous procurer un peu de bien-être, ou bien je les ménageais pour ton éducation.

Ah ! malheureux, quel réveil m'attendait !

Le 2 avril, j'allai chez Léonce.

— Je t'attendais avec impatience ; enfin, te voilà. Tiens, lis ! dit-il en me tendant un papier en tête duquel se trouvait cette mention lithographiée :

VENTES ET ACHATS

Valeurs et Effets divers.

M. LENTAGUE,

7, rue Saint-Marc, 7,

PARIS.

C'était un bordereau, signé Lentague, et commençant ainsi : *Doivent MM. Causson et de la Coudraye...* Suivait le détail, et, au bas, un total de *quarante-cinq mille trois cents et quelques francs !*

— Comment ! m'écriai-je stupéfié, quarante-cinq mille francs ?

— Il le faut bien, si ce ridicule bordereau dit vrai. Aussi, quoique je ne manque pas de sang-froid, j'ai été bouleversé en le recevant hier soir. Je me disais : « Mais c'est impossible ; il y a erreur !... Ces quarante-cinq mille francs représentent juste ce que nous devons gagner. »

— Comment ! ce que nous devons gagner ?... nous gagnons donc quelque chose ?...

— C'est forcé ! s'écria Léonce ; cela résulte de ce bordereau même.

Il m'expliqua qu'il avait acheté des *Houillères belges* au cours du jour, livraison fin courant, lesquelles *Houillères* avaient haussé ; puis, prenant les chiffres mêmes du bordereau, en substituant au mot *vendu* le mot *acheté*, il trouvait que les quarante-cinq mille francs de différence devaient constituer un profit et non une perte pour nous.

— En effet, dis-je, il me semble qu'il en doit être ainsi.

— C'est ce que je ne cesse de me répéter ; et cependant, vois ce bordereau !

— C'est forcément une erreur.

— N'est-ce pas ? il n'y a pas d'autre explication possible.

— Dame ! je n'en vois pas...

— Ah ! Dieu merci ! fit-il avec un soupir de soulagement. Allons vite chez Lentague ; je t'attendais pour cela : je vais lui donner une rude leçon pour la peur qu'il m'a faite.

Un quart d'heure après, nous étions rue Saint-Marc, 7.

Nous montâmes à l'entre-sol, dans une chambre éclairée par deux fenêtres sur la cour. Cette pièce avait l'aspect d'un cabinet d'affaires. Devant un bureau était assis un homme d'une quarantaine d'années, court, trapu, les épaules larges et fortes, coiffé d'une calotte de velours noir à gland : ses traits durs et sa figure sanguine et couperosée s'encadraient dans d'énormes favoris bruns ; il cachait sous de grosses lunettes bleues ses yeux malades, dont on entrevoyait de temps à autre les paupières bordées de rouge.

Léonce, saluant à peine, alla à lui, en présentant le bordereau :

— Monsieur Lentague, fit-il d'un ton sec et irrité, voudriez-vous me dire ce que signifie cette note que vous vous êtes permis de m'envoyer hier soir ?

L'homme aux lunettes bleues jeta un regard froid sur le papier, et répondit d'une voix calme et ferme :

— Rien de plus simple, monsieur le vicomte. Cela signifie que votre dernière spéculation sur les *Houillères Belges* vous coute 45,374 francs et des centimes.

— Et comment cela, s'il vous plaît ?

— Lisez ce bordereau.

— Ce bordereau me fait l'effet d'une impertinence, et je vous serais obligé d'entrer dans quelques détails.

— Soit ! depuis que j'ai eu l'honneur de recevoir et d'exécuter vos ordres, les Houillères ont haussé de 25 fr. 40.

— D'accord. Eh bien ?

— Eh bien ! cela vous prouve que vos prévisions étaient mal fondées. Je comprends l'ennui que vous cause cette déception...

— Mes prévisions étaient justes, monsieur, et la

seule surprise que j'aie éprouvée, a été de voir la
hausse s'arrêter là ; j'espérais qu'elle serait plus considérable.

— Alors, monsieur le vicomte, je m'explique difficilement les ordres que vous m'avez donnés.

— Au contraire, ils s'expliquent tout naturellement.

— Pardonnez-moi... Si vous comptiez sur la hausse,
il fallait acheter.

— C'est précisément ce que je vous ai dit de faire.

— Non, vous m'avez dit de vendre.

— D'acheter ! Le nieriez-vous ?

— Oui, puisque c'est le contraire qui est vrai.

— Monsieur ! cessons ce jeu. Vous m'avez fait vous
donner mes ordres par écrit.

— En effet, ce qui se passe en ce moment me
prouve que j'avais éminemment raison.

— Avez-vous eu la bonne foi de les conserver, et
pourriez-vous me les présenter ?

— Rien de plus facile.

Lentague ouvrit un des tiroirs du bureau et y prit
un écrit qu'il mit sous les yeux de Léonce, mais sans
le lâcher, comme s'il eût craint quelque perfidie à propos
d'une pièce de cette importance.

Léonce, après y avoir jeté un regard, fit un brusque
mouvement de surprise.

— Est-ce que je rêve ? s'écria-t-il.

Je m'approchai de l'autre côté, tremblant d'émotion.
Léonce, lut et je lus avec lui :

« Je prie M. Lentague de *vendre*... »

— De *vendre*, vous voyez ! insista Lentague.

— En effet, dis-je, il y a bien *de vendre*.

— Mais c'est absurde ! mais je n'ai pas pu écrire
cela, fit Léonce.

5

— Nierez-vous votre écriture et votre signature? demanda Lentague.

Léonce examina la pièce.

— En effet, dit-il, c'est bien ma main. Mais comment se fait-il?...

Je craignais qu'il n'y eût sur ce papier une surcharge, un grattage quelconque. O naïveté! j'examinai cette pièce avec une attention méticuleuse, à l'endroit, à l'envers. Comme ces gredins devaient rire derrière moi, tandis que j'appliquais le papier sur la vitre de la fenêtre pour me convaincre qu'il n'y avait pas de transparence suspecte à l'endroit où était écrit le malencontreux mot! Tout était, bien entendu, d'une netteté et d'une régularité irréprochables.

— En effet, dis-je à Lentague en lui rendant l'écrit, qu'il plaça dans son tiroir, sous clé, il me semble qu'il n'y a rien à dire contre cette pièce.

En ce moment, Léonce, qui était depuis une minute plongé dans un morne abattement, se releva tout à coup, et apostrophant Lentague d'un air furieux :

— Que m'importe ce chiffon? s'écria-t-il. Il n'y en a pas moins de votre part une trahison!

— Monsieur!... fit sévèrement Lentague.

— Oui, une trahison, car vous saviez mes intentions. Je vous avais dit que je prévoyais une hausse.

— Monsieur, répliqua Lentague du ton d'un homme qui cherche à se contenir et qui n'y parvient qu'à peine, j'ai l'habitude de m'en rapporter exclusivement aux ordres écrits que je me fais donner par mes clients.

— Et quand, par suite d'une erreur, ces ordres se trouvent absurdes?...

— J'en suis fâché.

— Vous les exécutez tout de même, sans crier gare? Mais c'est une infamie! car enfin... Oh! oui, je me rappelle maintenant. . je comprends comment cela a pu se faire... C'était ici, à cette même place : vous me dites de vous donner mandat par écrit; j'y consens. Il y avait là deux de vos clients, deux imbéciles qui, pendant que j'écrivais, ne cessaient de parler avec vous, et tout haut, de vendre, de vendre, à n'en plus finir. Le mot qu'ils avaient à la bouche sera venu sous ma plume.

— C'est possible, mais, que diable! on se relit... c'était assez important!... Enfin, mon cher monsieur, je comprends votre désappointement, mais à qui la faute?

— A vous, pardieu! Car, je le répète, en revoyant cet écrit, vous avez dû nécessairement vous apercevoir qu'il était en contradiction avec mes paroles.

— Est-ce que je me les suis seulement rappelées, vos paroles ?... Quand j'ai reçu dans la matinée trente ou quarante clients, comment voulez-vous que je me souvienne des raisons plus ou moins bonnes, dont chacun d'eux a jugé à propos de m'entretenir?

— L'absurdité du mandat que je venais de vous donner devait vous sauter aux yeux !

— Croyez-vous donc que ce soit le premier mandat absurde que j'exécute ?

— Mais enfin, dans ces cas-là, on avertit par un mot. On ne s'en tient pas à la lettre, on recherche l'esprit.

— Ah ! ah! l'esprit, fit Lentague en ricanant, dans les ordres de mes clients !

— Monsieur, s'écria Léonce exaspéré, vous osez plaisanter... Vous m'insultez !

— Eh ! laissez-moi tranquille !

— Vous êtes un insolent !

Et Léonce, menaçant, s'avança sur Lentague, qui se

mit en position de repousser toute espèce de voies de
fait. Je me précipitai entre eux afin d'éviter une col-
lision. Enfin ils parurent se calmer.

— Sortons! me dit Léonce comme s'il eût craint de
se laisser emporter de nouveau.

Et il m'entraînait avec lui vers la porte.

— Pardon, dit froidement Lentague. Un mot, s'il
vous plaît. J'ai trente mille francs à vous; c'est par
conséquent quinze mille et quelques cents francs que
vous me redevez... Si demain, avant midi, cette somme
n'est pas comptée ici par l'un de vous, je vous poursuis
tous deux; je porte plainte.

— Jamais! s'écria Léonce. La sottise est pour ceux
qui la commettent, c'est-à-dire, dans l'espèce, pour vous.

— Nous verrons bien! fit Lentague.

— Et non-seulement je ne vous compterai rien, mais
encore j'entends bien vous faire rendre les trente mille
francs que je vous ai déposés.

— Oh! oh! ce serait plaisant.

— Pas si plaisant que cela! et si vous avez bonne
envie de nous donner de vos nouvelles, prenez-garde!
vous pourriez bien recevoir des nôtres. Au revoir!

— Au revoir! Mais n'oubliez pas ce que je vous ai
dit : Demain, à midi, dernier délai.

Nous sortîmes.

On peut se figurer dans quel état cette scène m'avait
mis : j'étais consterné. Quant à Léonce, il ne se possédait plus :

— Le butor!... le maroufle! s'écriait-il; oser me
parler comme il vient de le faire... Pourquoi m'as-tu
retenu?

— Tu te serais fait assommer.

— Au fait, c'est possible; ces gens-là sont forts
comme des brutes. Allez donc maintenant demander
raison, envoyer des témoins à ces espèces !

— Il ne s'agit pas de cela.

— C'est vrai... un coup d'épée leur ferait trop d'honneur ; c'est la bastonnade qu'il faudrait.

— D'accord ; mais, en attendant, comment allons-nous sortir de là ?

— Sortir ?... c'est bien simple. D'abord, je l'envoie promener avec son bordereau.

— Il ne me paraît pas homme à se contenter de cela.

— J'en suis fâché. Et quant à tes trente mille francs, sois tranquille, je le forcerai bien à me les rendre. Je m'en vais de ce pas porter plainte.

— On ne t'écoutera pas.

— Et pourquoi ne m'écouterait-on pas ?

— Parce que les apparences sont toutes en sa faveur, parce qu'il a une preuve positive contre toi, tandis que tu n'en as aucune contre lui.

— Encore une fois je n'admets pas cela. Quand on rapprochera de cette commission écrite mes explications verbales, celles que j'ai dû forcément lui donner...

— Eh bien, soit ! je le veux bien. Tu élèves des difficultés, tu formules des plaintes, et tu finis par obtenir gain de cause. Mais, moi, en attendant, qu'est-ce que je deviens ? Je suis déshonoré, perdu.

— Comment cela ?

— Tu as entendu Lentague : si demain, à midi, il n'est pas payé intégralement, il nous poursuit, il nous assigne tous deux... comprends-tu ? tous deux.

— Bon ! et après ?

— Après ?.. que cela te soit égal, je le conçois ; mais crois-tu que ces poursuites, ce procès qu'il faudra soutenir, puissent passer inaperçus ?.. que Maheurtier ou quelque actionnaire de la *Caisse* n'en aient pas connaissance ?...

— Ah ! diable !... c'est vrai !

— On me soupçonne, on me demande des comptes.

— Mille tonnerres!.. tu as raison... c'est impossible.

— Pourquoi faut-il que tu m'aies entraîné dans cette affaire?.. Si encore tu n'y avais pas mêlé mon nom.

— Ah! oui, c'est là le tort que j'ai eu; c'est là le reproche que tu es en droit de m'adresser. Je te demande mille pardons. Mais, mon pauvre ami, n'accuse que ma trop grande loyauté: c'est à toi surtout que je songeais en faisant cette spéculation, et j'ai tout naturellement accolé ton nom au mien. C'était une imprudence, oui!... et maintenant elle est irréparable.

— Tu le reconnais!

— Sans doute. Et, comme tu dis, il faut régler tout de suite et, une fois l'affaire réglée, c'est fini, plus de recours possible!... Oh! ce Lentague!...

— Si tu avais seulement les quinze mille francs qu'il nous faut verser demain...

— Ah! si je les avais!... Ce soir même tout serait terminé.

— Où les prendre?

— Dame!.. je ne vois qu'un moyen.

— Ma caisse? c'est impossible.

— Il faut pourtant bien que ce soit possible, puisque c'est forcé.

— Je ne veux pas!... On finirait par s'apercevoir.

— Bah! quinze mille francs de plus ou de moins.

— Oh!... à force d'y puiser...

— Enfin, mon cher ami, réfléchis, tâche de trouver autre chose... Pour moi, je ne vois que cela.

— Et comment combler ce déficit?

— Sois tranquille, nous y parviendrons; que diable! nous ne serons pas toujours malheureux: il me viendra quelques fonds, une autre opération se présentera...

— Oui, mais quand?

— Je ne sais pas ; mais cela ne saurait tarder beaucoup.

— Et, en attendant, il faut que je reste à découvert avec ma caisse. Un danger de tous les instants, et indéfini !

Nous étions rentrés chez Léonce ; tandis que je restais morne et abattu, il se promenait dans sa chambre, cherchant un expédient qui pût me tirer de là.

— En y réfléchissant, dit-il tout à coup, je trouve que tu n'as pas tout à fait tort de craindre que Maheurtier ne te demande une vérification : il peut s'en aviser, un matin, pour une raison ou pour une autre ; c'est là, en effet, un véritable danger.

— Quand je te le disais !

— Oui, il faut obvier à cela. Tiens ! voici une idée qui me venait tout à l'heure, et qui me semblait assez ingénieuse. Je te la donne pour ce qu'elle vaut ; toi qui es un homme pratique, tu verras jusqu'à quel point elle est applicable.

— Qu'est-ce que c'est ?

— Voici. Prêterais-tu cent mille francs à quelqu'un qui se présenterait à ta caisse avec cent mille francs de titres.

— Non. Il faut qu'il y ait un écart entre le nantissement et le prêt.

— Naturellement. Et qui est juge de cet écart ?

— Maheurtier. Il me donne des indications générales auxquelles je dois me conformer dans chaque affaire.

— Si les valeurs étaient excellentes, tu donnerais bien quatre-vingt mille francs ?

— Oui.

— Si pourtant on ne t'en demandait que cinquante ?

— A plus forte raison...

— Est-ce qu'il n'arrive pas quelquefois qu'on n'épuise pas tout son crédit ?

— Assez souvent ; beaucoup d'emprunteurs ne sont pas fâchés de se débarrasser de titres au porteur, qui peuvent se perdre ou se voler.

— Alors... mon cher ami, tu es sauvé !

— Sauvé... comment ?

— Sans doute. Tu n'as qu'à utiliser pour toi la différence entre le crédit demandé et celui qu'on eût pu obtenir.

— Je ne saisis pas bien...

— Ainsi, pour continuer mon exemple, tu aurais pu prêter quatre-vingt mille francs, et on ne t'en a demandé que cinquante.

— Bien.

— Différence : trente mille. Dans le certificat de nantissement délivré à l'emprunteur, tu es forcé de porter cent mille francs ; mais sur tes registres, tu peux très bien n'en porter que soixante-dix.

— Ce serait un faux !

— Tu crois ?

— Mais certainement !... un faux en écriture de commerce.

— Diantre ! c'est dommage ; car il y avait du bon dans mon idée : ces trente mille francs non grevés, tu les affectais à un prêt sous un nom supposé, et ainsi de suite, jusqu'à concurrence de ce que tu dois à la caisse ; et même bien au delà, si ça te fait plaisir. Vienne une vérification, tu es en règle : conformité parfaite entre ta caisse et tes écritures.

— Oui, mais le remboursement auquel tu ne songes pas ?

— Pardon, j'y ai songé. L'emprunteur rembourse : tu lui rends ses cent mille francs de titres et tu annules outre l'opération sérieuse, celle qui ne l'était pas. Quand à celle-ci, tu la reportes immédiatement ailleurs, tu l'accoles à un autre emprunt, un simple déplacement, comme tu le vois.

— C'est-à-dire un nouveau faux, une série interminable de faux !

— Dame ! oui... mais aussi, une sécurité complète ; à moins de posséder le secret de cette manœuvre, il est impossible de te trouver en faute.

— Non ! encore une fois... c'est trop grave.

— Alors tâche d'imaginer un autre expédient.

— Nous n'avons qu'une chose à faire, c'est de nous mettre en mesure de combler le déficit, je te l'ai déjà dit.

— Sans doute, mais en attendant... Combler le déficit, crois-tu donc que je n'y songe pas ? c'est mon ambition, mon rêve ! et je n'aurai pas de repos qu'il ne soit réalisé. Oh ! sois tranquille... je vais me mettre à l'œuvre et j'espère bien que tu ne tarderas pas à avoir de mes nouvelles. C'est un peu moi qui t'ai fourré dans ce guêpier ; je veux avoir le plaisir de t'en tirer.

— Oh ! je t'en prie, mon cher ami...

— Compte sur moi !

Neuf heures et demie sonnèrent à la pendule. Je me hâtai de sortir pour aller à mon bureau. J'étais en retard ; c'était peut-être la première fois. Ce retard n'allait-il pas être fâcheusement interprété ?.. Heureusement Maheurtier n'était pas encore là. Il me fallut devant les autres employés paraître naturel, gai, me donner l'air de travailler ; mais de travail véritable, il n'en fallait pas demander ; j'en étais incapable. Pourtant je n'éprouvais pas de ces déchirements terribles, cette exaltation de désespoir auxquels je me fusse attendu après une catastrophe. Non, le coup qui venait de me frapper était si violent que j'en étais écrasé ; je demeurais là, inerte, dans un engourdissement stupide et douloureux.

5.

Le peu de pensée qui me restait, je l'employais à retourner en tous sens ma situation. Je réfléchis à l'expédient que m'avait conseillé Léonce. Oui, sans doute, cette simulation d'emprunt était praticable et même facile, et je pourrais avec cela affronter une vérification même minutieuse ; mais c'étaient des faux ! j'aggravais mon crime ! Ainsi donc j'en étais là.., à discuter avec le code pénal ! et pourtant si, d'ici à quelques jours, rien ne changeait, il faudrait bien en venir à cette extrémité. Je sentais déjà que je n'y échapperais pas !

Le soir, en vous revoyant, ta mère et toi, j'éprouvai une émotion si vive et si subite, que je chancelai et que je fus obligé de m'appuyer contre un meuble.

— Ah ! mon Dieu, qu'as-tu donc?... demanda ta mère.

— Rien... ce n'est rien, balbutiai-je.

— Mais tu es pâle, oppressé...

— Oui..., un étourdissement...

Elle me fit asseoir, s'empressa autour de moi. Je me remis peu à peu ; mais mon cœur était trop plein, je fondis en larmes.

— T'est-il arrivé un malheur? me demanda-t-elle.

— Mais non, je te dis que ce n'est rien, une sorte d'accès nerveux, une puérilité... Tiens ! c'est tout à fait passé.

Et je souriais !

— Ah ! que tu m'as fait peur !... dit-elle.

Je l'attirai contre ma poitrine ; toi aussi, mon pauvre Richard ; et, tous deux, je vous couvris de baisers précipités, fiévreux, comme s'il se fût agi d'un dernier adieu.

VI

Le lendemain, à peine habillé, je courus rue Vivienne. Mon parti était pris : il fallait payer Lentague ; je ne pouvais rester sous le coup des menaces de cet homme.

A onze heures et demie, je me rendis chez lui. Je le trouvai dans son cabinet, assis devant son bureau; il semblait fort occupé à feuilleter un tas de paperasses. Il leva sur moi ses lunettes bleues derrière lesquelles le regard disparaissait.

— Ah ! c'est vous, M. Causson. Veuillez vous asseoir, je suis à vous.

Il referma ses paperasses.

— Vous faites bien de venir, me dit-il. Il n'est pas dans mes habitudes d'user si promptement de rigueur envers mes clients; mais vous comprenez que les procédés employés par M. de la Coudraye n'étaient pas faits pour me disposer à la moindre complaisance.

Nous causâmes de la scène de la veille. Il me félicita de la modération que j'avais montrée ; mon sang-froid dans cette circonstance indiquait, selon lui, que j'étais doué d'une qualité sans laquelle il n'y avait pas de spéculateur sérieux, l'impassibilité. Et cela l'avait d'autant plus frappé que dans ce moment j'avais véritablement à me plaindre du vicomte.

— Voyons, monsieur, ajouta-t-il, vous avez un sens droit et rassis; eh bien, je m'en rapporte à vous, que pensez-vous de cette difficulté ?

— J'avoue, dis-je, que toutes les apparences sont contre lui, mais il est déplorable que...

— Déplorable, en effet, fit-il en m'interrompant, je dirai plus, c'est un véritable malheur ; et je le regrette aussi, je dois le dire, à cause du vicomte, dont j'ai su quelquefois apprécier la loyauté.

Il fit l'éloge de Léonce ; la seule chose qu'il blâma en lui, ce fut une légèreté d'esprit excessive.

— Il traite, me dit-il, avec un sans-façon et une étourderie déplorables les affaires les plus importantes. Grâce à ces malheureuses dispositions il a su rendre médiocres des opérations qui étaient excellentes, et détestables celles qui n'étaient que médiocres. Je serais désolé, ajouta-t-il, de gâter les bons rapports qui paraissent exister entre vous et lui ; mais s'il m'est permis de vous donner un conseil, ce serait de ne jamais engager de spéculation dont le vicomte aurait la direction tout seul, — et uniquement, je vous le répète, à cause de cette insouciance qui amène, comme vous voyez, de si fâcheux résultats.

Je remerciai Lentague de ce conseil, en lui disant qu'il était à peu près superflu ; car, après ce qui s'était passé, je n'avais pas envie de mettre de nouveau le vicomte à l'épreuve. Puis je comptai sur le bureau les quinze mille trois cents et quelques francs que j'avais à payer. Lentague s'apprêta à m'en donner quittance au bas du bordereau.

— Mettez, lui dis-je, que vous recevez cette somme par mes mains, et de mes deniers.

Il eut sur les lèvres un léger sourire et fit ce que je demandais. Je pris congé, et il me reconduisit.

— Je suis fâché, me dit-il gracieusement, que nos relations aient commencé dans des conditions aussi désagréables pour vous. Mais vous ne m'en voudrez pas, je l'espère ; vous n'en garderez même pas mauvais souvenir, et je suis convaincu, si plus tard vous vou-

lez tenter quelque nouvelle spéculation, qu'il ne vous
répugnera pas de me donner vos ordres.

Je le remerciai, et je revins rue Vivienne.

Dès le jour même, je me mis à faire ce que Léonce
osait appeler la régularisation de ma situation vis-à-vis
de la caisse. Dirai-je mes hésitations, mes angoisses,
l'agitation qui fit trembler ma main, quand, pour la
première fois, je traçai une note qui n'était pas sincère,
quand il me fallut signer d'un nom qui n'était pas le
mien, quand j'altérai mon écriture ? Comment ai-je pu
franchir un tel pas ? Il fallait que ma tête fût complétement perdue. En effet, l'engrenage terrible où je
m'étais laissé prendre paralysait ma volonté et ma
conscience.

Cette infamie une fois commencée, je l'achevai fiè-
vreusement, rapidement ; j'eusse fait ainsi des faux pour
un million ! Puis, je retombai lourdement sur mon
bureau, brisé, pris d'un tel dégoût de moi-même et
de la vie, que je me demandais si je ne me tuerais
pas.

Maheurtier entra. Il était de joyeuse humeur ce
matin-là, et je dus paraître comme lui gai, content,
et sourire ; suivant son habitude il me demanda un
aperçu des opérations de la veille. De quel frisson je
fus saisi à cette demande si naturelle, et qu'il me faisait tous les jours ! Puis, quand il jeta sur mes registres un œil distrait, je crus remarquer que, sans
rien dire, il suspectait certaines opérations, qu'il regardait curieusement certaines signatures. Il n'en était
rien cependant. Au contraire, par une fatalité étrange,
il se mit à me féliciter de mon assiduité et de mon
travail. Quel moment il choisissait pour cela !

— Et véritablement, ajouta-t-il, mon cher Causson,
avec tant de bonnes qualités, vos appointements ne

sont pas suffisants. Je prends sur moi de les porter
à trois mille francs. Plus tard, bientôt même, je l'espère, je les ferai porter à trois mille cinq.

Ce fut le comble. Je faillis éclater, avouer mon in-
dignité. Je lui pris les mains, et je balbutiai des paroles
inintelligibles. Il ne vît dans tout cela qu'une mani-
festation un peu excessive de ma reconnaissance, et il
me dit doucement :

— Voyons, mon cher Causson, ne me remerciez pas
avec cette chaleur. Je ne vous accorde même pas ce
qui vous est dû.

Pourquoi n'a-t-il pas deviné la vérité ? pourquoi ne
la lui ai-je pas avouée ? Oui ! il aurait pardonné à ma
faiblesse, à mon repentir, il eût réparé mes fautes ; il
m'aurait tiré des griffes des gredins qui m'exploitaient,
et il aurait démasqué leurs manœuvres que, dans ma
simplicité, je n'apercevais pas ; mais il était écrit qu'il
en serait autrement !

Les jours d'après, bien que Maheurtier n'eût aucun
soupçon, je me dis que je ne pouvais pas rester dans
cette position, que tout cela devait avoir un terme,
qu'un seul homme pouvait me tirer de cette impasse,
celui-là même qui m'y avait poussé, Léonce. Je me décidai donc à aller chez lui. Mais, j'eus beau le demander,
toujours je trouvais porte close. J'écrivis ; pas de réponse.

Enfin un jour, en passant sur le boulevard pour me
rendre rue Taitbout, je l'aperçus qui conduisait lui-
même un élégant tilbury. Je courus au-devant de lui
sur la chaussée, au risque de me faire écraser par les
autres voitures ; je fis signe, j'appelai : Léonce !... Il
m'aperçut, me fit un léger et gracieux salut et passa :
la roue du tilbury frôla ma cuisse et faillit me renver-
ser. Je restai stupéfait,

— Gare donc ! crièrent deux ou trois cochers.

Je n'eus que le temps de revenir sur le trottoir. J'étais exaspéré. — Quoi ! après ce qui s'était passé, il se jouait ainsi de moi, il me délaissait. « Tire-toi de là comme tu pourras ! » Et monsieur continuait à mener joyeuse vie ! — Pas un mot ; à peine un petit signe dédaigneux et protecteur ;... l'éclaboussure par-dessus le marché !...

Je serrais les poings de rage et j'avais soif de vengeance. Mais me venger, comment ? quelle plainte pouvais-je élever sans me perdre ?... Ah ! que le misérable comptait bien sur cette impossibilité ! J'étais désarmé, impuissant !

Je n'avais qu'une idée, une idée fixe : combler le déficit de ma caisse. Ce déficit était de cinquante mille francs ; que m'importait de l'augmenter ! Ne serais-je pas perdu aussi bien pour cinquante mille francs que pour cinq cent mille ?

J'étais dans un tel état de surexcitation que le plus naïf chevalier d'industrie, avec les promesses les plus dérisoires, aurait eu raison de moi. Mon digne ami, le vicomte de la Coudraye le savait bien !

Un soir, comme je revenais de mon bureau, je rencontrai Lentague au coin de la rue de la Banque. Ce fut lui qui me reconnut.

— Tiens ! monsieur Causson, si je ne me trompe... dit-il.

— En effet... monsieur Lentague.

— Et qu'est-ce que vous faites, sans indiscrétion, depuis que je n'ai eu le plaisir de vous voir ? Avez-vous revu M. de la Coudraye ? Il est revenu chez moi.

— Ah !

— Oui. Cela m'a surpris. Le premier moment de vivacité passe, il a reconnu ses torts, et a su les réparer.

— Eh bien! vous êtes plus heureux que moi. S'il a réparé ses torts envers vous; il en a envers moi que j'aurai peine à lui pardonner jamais.

Lentague passa amicalement son bras sous le mien et me pria de lui faire connaître mes griefs contre Léonce.

— Que voulez-vous? me dit-il, quand j'eus fini, le vicomte est comme cela : c'est un bourreau d'argent. Aujourd'hui il vous jettera à la tête cinquante mille francs que vous ne lui demandez pas; demain, vous ne pourrez pas tirer de lui un sou de ce qu'il vous doit Cependant, ce que vous me dites là m'étonne; si léger, si étourdi qu'il soit, il aurait dû songer que votre position, à vous, est exceptionnelle.

— Exceptionnelle?...

— Oui. Vous le caissier d'une grande administration; vous avez avancé, tant pour lui que pour vous, une cinquantaine de mille francs. Sans doute, je ne voudrais pas que le vicomte vous fît l'injure de supposer que vous n'êtes pas en règle avec votre caisse; mais il devrait au moins songer à la défaveur où vous tomberiez auprès de votre administration, si cette perte était connue.

Cette longue phrase, dite lentement et scandée, pour ainsi dire, m'entra dans les chairs comme une lame d'acier, et je sentis une sueur froide sur mon visage.

— Sans doute, dis-je machinalement, il aurait dû songer à cela

— D'autant mieux, ajouta Lentague, qu'en ce moment il est en fonds. J'en sais quelque chose.

— Comment, il est en fonds?...

— Oui, car il m'a déjà versé une douzaine de mille francs, sans compter ce que j'attends de lui sous peu.

— Et il n'est pas venu me trouver! il me fuit, il se cache, il me laisse dans l'embarras!

— Écoutez, fit Lentague, il ne faut peut-être pas trop vous hâter de l'accuser. Dans mes rapports avec le vicomte depuis votre visite, j'ai cru remarquer en lui une certaine préoccupation de ce qui vous concerne. Ce qu'il tente en ce moment a peut-être pour but de vous indemniser de vos pertes.

— Ah! il tente quelque chose? S'il réussit aussi bien que la dernière fois!

— Oh! ceci est une autre affaire. Dans l'opération dont il s'agit, il n'a aucune direction, heureusement C'est à moi que cette direction appartient, et je réponds du succès. Le vicomte n'a fait que souscrire et me confier ses fonds. Quoi qu'il en soit, oubliez ce que je vous ai dit. J'ai peut-être trop causé. Ne lui parlez pas, si vous le voyez, de mon indiscrétion; il m'en voudrait. Mais cela peut vous profiter. Je vous répète que j'attends, dans quelques jours, un versement de la part du vicomte. Il est en fonds, et pour vous c'est une occasion que vous ne devez pas laisser échapper. Adieu.

Lentague me quitta. Je restai quelques instants à réfléchir. Ma colère contre Léonce était à son comble.

— Il faut absolument que je le voie! me dis-je.

Et sans songer aux innombrables courses que j'avais déjà faites inutilement, je revins sur mes pas et me dirigeai vers la rue Taitbout. Léonce était chez lui.

— Ah! enfin, m'écriai-je. Ce n'est pas malheureux!

Il vint à moi d'un air amical. Mais il fallait que ma colère se passât. Je lui fis les plus vifs reproches : je lui parlai de son indifférence, de l'abandon où il me laissait, du parti qu'il semblait avoir pris de ne pas me recevoir, de ne pas répondre à mes lettres. Il m'écouta sans m'interrompre avec une sorte de résignation triste, et dans l'attitude d'un homme dont on méconnaît les sentiments, mais qui subit, sans plainte, cette injustice.

— Ainsi, dit-il, voilà ce que tu pensais de moi ! Voilà comment tu me jugeais, pendant que je me préoccupais uniquement de la situation fausse où tu te trouves, quand mon unique souci était de t'en tirer.

— M'en tirer !

— Sans doute ! Ah ! quel mal je me suis donné, quelles démarches j'ai faites ! mais je n'arriverai pas, je le sens bien. C'est égal, je ne regrette rien. J'ai la conscience plus tranquille que si j'eusse employé mon temps à gémir avec toi, sans rien tenter.

— En somme, qu'est-ce que tu tentais, voyons?

— Qu'importe? Ce serait trop long. C'était une occasion unique : il faut en faire son deuil.

— Mais encore?...

Alors il me raconta que Lentague avait acheté dernièrement un brevet pour la fabrication des eaux-de-vie de betterave, et était en train de monter, à La Villette, une distillerie modèle : les constructions étaient commencées et marchaient rapidement. L'entreprise était excellente. Lentague n'était pas homme en affaires à se contenter d'*à-peu-près*. Les frais d'installation devaient être considérables et Lentague avait dû admettre quelques souscripteurs, mais en petit nombre et aux conditions les plus avantageuses. Quant à lui, Léonce, il avait vu là une occasion de regagner, et au delà, ce que nous avions perdu dans les précédentes opérations. Mais comment aborder Lentague, après ce qui s'était passé?

— Dans ces conditions, continua-t-il, convaincu que je me devais tout à toi, sans aucune réserve, je n'hésitai pas. J'allai trouver Lentague ; et, quoique ma dignité souffrît cruellement, je m'excusai des paroles qui m'étaient échappées. Ne m'en sache pas gré, si tu veux; mais je puis t'affirmer que j'aurais peine à me résigner encore à une pareille humiliation.

Bref, Lentague avait fini par accepter la souscription du vicomte pour cent mille francs. Mais celui-ci n'avait encore pu réunir qu'une partie de cette somme, et, faute par lui de compléter ses versements, la souscription allait être annulée.

Ces confidences, que j'abrège, m'avaient rendu rêveur.

— Je m'étonne, dis-je à Léonce, qu'au milieu de tout cela tu n'aies pas songé à moi pour te procurer des fonds.

Il releva ce qu'il y avait d'ironique dans cette observation.

— Causson, s'écria-t-il, c'est mal, ce que tu dis là. Tu as assez fait d'avances sans que je t'en demande de nouvelles, et je mets mon amour-propre à te tirer seul de la position où seul je t'ai mis.

Je rentrai chez moi, et je réfléchis longuement à ce qu'il venait de me dire. Cette entreprise de distillation m'avait déjà séduit; je me disais que là peut-être était la réhabilitation, le salut, mais, d'un autre côté, l'affaire était-elle aussi bonne que Léonce le disait, était-elle sérieuse même? Je résolus d'en avoir le cœur net.

Le lendemain était un dimanche. Je me levai de bon matin, je me dirigeai du côté de La Villette.

Je fis le chemin à pied. La marche, la perspective d'un but à atteindre, tout cela me transformait. J'arrivai à La Villette à l'endroit indiqué.

En effet, je vis une immense construction commencée. Les ouvriers étant absents, je pus me glisser derrière une palissade et examiner à loisir les proportions et l'importance du futur édifice. Il occupait une superficie considérable. Ainsi, tout était bien réel.

Mon imagination surexcitée se mit à travailler. Je vis l'édifice achevé; puis, bien que je n'eusse aucune idée de ce que pouvait être une distillerie en général, et celle-là en particulier, je me figurai voir la maison en pleine activité ; j'allai même jusqu'à supputer mentalement le chiffre des affaires : il devait être énorme.

Cette journée fut comme une éclaircie dans un ciel sombre. Je me voyais déjà principal actionnaire de cette gigantesque entreprise, effaçant la tache qui me souillait, riche après m'être cru ruiné.

Dès le lendemain, au lieu d'aller directement à mon bureau, je me rendis rue Saint-Marc, chez Lentague, afin d'être complétement édifié sur la situation.

Faut-il que je raconte la nouvelle comédie qui fut jouée à mes dépens ? Aveuglé, enivré, abêti comme je l'étais depuis ma faute, comment n'aurais-je pas été victime de ces habiles comédiens? Quelle mise en scène! quel art dans les moindres détails !

Dans le cabinet de Lentague étaient étalés de tous côtés des plans de sa distillerie, des devis d'architectes, des imprimés, jusqu'à des en-têtes de lettres, conçus en ces termes : *Grande distillerie de La Villette, brevet d'invention...*

Ce fut, d'abord, un refus net, absolu, presque brutal de m'admettre dans l'affaire. Et comme j'insistais, je fus éconduit.

— Nous ne voulons pas de vous, me dit Lentague, nous avons plus d'argent qu'il ne nous en faut.

Pendant huit jours, mes demandes, mes prières furent vaines. Éternelle histoire du cœur humain! plus j'étais éconduit et malmené, plus je devenais opiniâtre. Enfin, au bout d'une semaine, Lentague daigna s'humaniser.

Il fut convenu que je succéderais à Léonce comme souscripteur pour cent mille francs. Mais Lentague y mit cette condition, que ma souscription serait versée intégralement, le lendemain même.

— Je ne veux pas être exposé, dit-il, à ce que vous veniez, comme l'a fait M. de la Coudraye, rompre notre marché, faute de pouvoir remplir entièrement vos engagements.

Est-il possible que j'aie été aveugle et stupide à ce point? Hélas! oui. Et malgré le ridicule qui en résulte pour moi, ce que j'ai de mieux à espérer, c'est qu'on ajoute foi à ces détails : ma sottise est ma seule excuse (1).

Tout entier à l'espérance d'un prochain succès, c'est à peine si je songeai aux nouveaux détournements que j'allais commettre. Léonce, hélas! avait raison : on s'habitue à tout, même au crime!

Je me souviens encore de l'air de Lentague, quand je lui portai la somme convenue. Il prit mes cent mille francs avec une mauvaise humeur des plus marquées.

— J'espérais presque, me dit-il, que vous ne viendriez pas.

Dans le récépissé qu'il me donna, j'essayai de lui faire changer quelque chose.

— Si vous voulez qu'il n'y ait rien de fait! dit-il avec brusquerie, en me regardant derrière ses lunettes.

J'eus peur et je n'insistai pas.

A partir de ce moment, je ne rêvai plus que de cette distillerie. Cependant de temps à autre des craintes me prenaient :

(1) Les magistrats se sont en effet plus tard demandé comment une telle crédulité était possible de la part d'un homme qui passait pour intelligent, et s'il n'y avait pas là une naïveté factice, inventée après coup, pour dissimuler la véritable cause des détournements.

Les soupçons des magistrats s'expliquent. A cette époque, on n'avait pas encore vu un caissier (affaire Berthomé) puiser dans sa caisse pour rétablir un prétendant sur le trône de Hongrie!

— Si cela ne réussissait pas! me disais-je.

A cette idée, je frissonnais, je sentais ma tête s'égarer.

Quand ces doutes m'assaillaient, j'allais, le soir, en sortant de mon bureau, rue Saint-Marc, chez Lentague. Deux ou trois fois, j'y allai sans le trouver; cela redoublait mon anxiété. Mais vers la fin de la semaine, la confiance me revenait.

En effet, il ne se passait pas de dimanche que je ne me rendisse à La Villette. Je m'arrêtais devant l'immense construction qui grandissait à vue d'œil; je causais avec des curieux que j'ai soupçonnés depuis d'avoir été postés là par Lentague et par Léonce, et qui s'extasiaient près de moi sur la distillerie future.

— Belle affaire! disaient ces gens d'un air entendu, c'est superbe! Toutes les autres distilleries vont tomber à plat. Ah! si j'avais des capitaux à placer là... quelle fortune!

Alors renaissaient mes espérances, et je rentrais, le soir, avec de la joie pour toute la semaine.

Lentague et Léonce n'étaient pas gens à négliger ces bonnes dispositions. Déjà deux fois, sous différents prétextes, Lentague avait fait un appel de capitaux.

La première fois, il s'agissait d'un supplément de vingt mille francs; mais j'étais en pleine illusion, et je m'exécutai sans murmure; je témoignai même à Lentague ma satisfaction en lui disant que je venais de visiter les travaux.

— N'est-ce pas? j'espère que cela marche! dit-il.

La seconde fois, il ne s'agissait que de quinze mille francs. J'étais bien moins bien disposé et je laissai paraître un peu de mécontentement et de mauvaise humeur.

— Vous ne m'aviez pas parlé de ces appels de fonds, dis-je, lors de la souscription.

— Est-ce que ce n'était pas sous-entendu?

— Cependant, je ne croyais pas m'engager autant que cela...

— Ah! vous ne croyiez pas... Allez donc demander aux autres souscripteurs s'ils ne sont pas heureux de délier les cordons de leur bourse! Cela prouve que l'affaire est en bonne voie.

— Oh! cela prouve...

— Assurément. Est-ce que vous ne voyez pas qu'il s'agit de constructions complémentaires qui augmenteront la valeur de l'usine? On ne peut pas tout prévoir dans un devis.

— S'il en est ainsi...

— Parbleu!

Je payai encore.

Mais, vers la fin de juin, troisième appel de fonds : cette fois, c'était trop fort, et je me disposais à refuser énergiquement. Toutefois, avant de me rendre chez Lentague, je voulus faire un voyage à La Villette, afin de voir par mes yeux de quels ouvrages complémentaires on allait sans doute encore me parler.

Arrivé à une trentaine de pas de la prétendue distillerie, quelle ne fut pas ma stupéfaction ! Sur la façade, en grosses lettres brunes et saillantes, s'étalait cette inscription :

FERS, FONTES ET ACIERS

Dépôt central des forges Ducray et Cie.

VII

Je me frottai les yeux ; je regardai de nouveau, je m'approchai : il n'y avait pas à douter ; l'inscription était bien telle que je viens de la transcrire.

— Comment cela se fait-il ? m'écriai-je. Voyons, je ne rêve pas. C'était une distillerie.

L'idée que j'étais victime d'une affreuse mystification ne me vint pas tout de suite, ou, si elle me vint, je la repoussai énergiquement, tant cela me paraissait monstrueux, impossible.

— Lentague, m'écriai-je, aura affecté momentanément son usine à une autre industrie ; il aura loué ses bâtiments en attendant que sa distillerie soit en état de fonctionner.

Malgré ce raisonnement, je me sentais oppressé par une appréhension terrible. Évidemment il y avait là quelque chose de louche, de singulier ; je touchais à quelque dénouement sinistre : il fallait éclaircir ce mystère au plus vite.

Je rentrai dans Paris et courus rue Saint-Marc, où sans doute Lentague m'attendait. Je jugeai à propos de ne pas lui parler d'abord de la course que je venais de faire, de l'inscription que je venais de lire ; mais de me présenter comme un actionnaire mécontent du versement supplémentaire qu'on lui demande

Je m'arrêtai une minute à la porte pour reprendre haleine, puis je montai. Lentague n'était pas seul : je le trouvai en conférence avec Léonce.

— Ah! c'est vous, monsieur Causson, me dit-il, tandis que Léonce, après m'avoir salué, regardait distraitement par la fenêtre dans la cour de la maison ; vous ne paraissez pas satisfait ; je parierais que c'est le nouvel appel de fonds que j'ai eu l'honneur de vous adresser qui vous contrarie.

— En effet, monsieur. Je venais vous annoncer qu'il m'est impossible de déférer à votre invitation.

— Allons donc !... Vos moyens vous le permettent !

— Que mes moyens me le permettent ou non, je refuse. Il est inconcevable que, dans une affaire où toutes les dépenses étaient si exactement prévues, disiez-vous, vous dépassiez votre devis d'au moins 50 pour cent.

— Monsieur Causson, on voit bien que vous n'avez pas encore l'habitude de ces sortes d'affaires. Vous ne savez pas faire la part de l'imprévu.

— Je trouve que vous la faites trop large, cette part. Et, s'il est vrai qu'un appel de fonds soit indispensable, au lieu de grever vos premiers souscripteurs au delà peut-être de leurs moyens, que n'accueillez-vous de nouvelles souscriptions? Rien n'est plus facile, si, comme vous le dites, l'opération doit amener de si beaux bénéfices.

— Sans doute, rien ne serait plus facile ; mais je ne voudrais pas prendre ce parti sans l'assentiment de tous les souscripteurs, auxquels, dans tous les cas, la préférence doit être réservée.

Il ajouta qu'il ne comprenait pas mon hésitation dans une circonstance pareille, à propos d'une entreprise qui, certainement, doublerait pour le moins les capitaux engagés. Puis, pour achever de me convaincre, il se mit à expliquer les causes des dépenses supplémentaires auxquelles il fallait faire face : dans ces dépenses figuraient de coûteux appareils de distillation.

6

A ces mots, je blêmis, je frissonnai. Lentague s'en aperçut.

— Qu'avez-vous donc ? me demanda-t-il.

— Ce que j'ai ?... Osez-vous me le demander ? Il s'agit bien de vos appareils !

— Mais certainement...

— Savez-vous d'où je viens en ce moment ?... De La Villette. Je l'ai vue, votre usine ! Et savez-vous ce qu'il y a écrit dessus ? *Dépôt de fers et aciers...*

— C'est impossible, fit Lentague déconcerté. C'est une erreur. Je vais donner des ordres.

— Mais mentez donc mieux que cela ! m'écriai-je exaspéré. Dites que la destination de l'usine est changée, que l'exploitation va commencer...

Léonce intervint et me dit froidement :

— Non, mon cher Causson, l'exploitation ne va pas commencer : elle est finie !

Puis à Lentague :

— Tu vois, il n'y a plus rien à faire, ça ne mord plus.

— Ah ! misérables !... m'écriai-je.

Et, hors de moi, je m'élançai sur Léonce ; je l'aurais étouffé, je ne me connaissais plus. Mais Lentague vint à son secours : à eux deux, ils m'eurent bien vite contenu. Je me débattais sous leur étreinte ; je m'agitai, je vociférai des injures d'une voix étranglée.

— Du calme ! faisait Léonce ; j'avoue que la pilule est un peu amère ; mais à quoi cela te sert-il de te mettre en cet état ?... De la modération, que diable !

— Non ! m'écriai-je, vous m'avez déshonoré, perdu ; je veux me venger !

Mais le coup qui venait de m'atteindre était trop rude. Cette surexcitation tomba subitement ; je sentis le sang affluer à ma gorge, à mon cerveau ; mes idées se brouillèrent. Je me laissai aller inerte entre les bras de ces misérables et je m'évanouis.

Je restai ainsi environ une demi-heure. Quand je revins à moi, j'étais étendu sur le parquet, seul, la porte du cabinet fermée. Je fus quelques secondes à rassembler mes idées ; puis le sentiment de ma situation me revint et je me redressai vivement. La colère qui m'avait suffoqué me reprit tout à coup ; je vociférai des malédictions contre les infâmes qui m'avaient dépouillé.

— Et ils m'ont encore. laissé là, évanoui, sans secours... Où sont-ils?...

Je courus à la porte et l'ouvris : personne dans l'escalier. Je rentrai dans le cabinet.

— Ce Lentague n'est pas plus un homme d'affaires que moi, m'écriai-je ; c'est un escroc, un scélérat, rien de plus.

Je feuilletai les papiers qui étaient sur le bureau : c'étaient, sous des couvertures neuves et des titres pompeux, un ramassis de vieilles paperasses achetées à la livre et bonnes pour l'épicier. J'ouvris les cartons : ils étaient vides, à l'exception de deux ou trois, bourrés de foin et de chiffons. Dans ma fureur, je lacérai, j'éparpillai, je jetai sur le carreau tout ce qui se trouva sous ma main.

Au bruit que je faisais, le concierge de la maison accourut.

— Qu'est-ce qui se passe donc? demanda-t-il.

Mais sans lui répondre, je continuai mon œuvre de destruction. Il courut à moi, et me prenant le bras :

— Comment ! vous osez!... s'écria-t-il; les papiers de M. Lentague!...

— Parlez-en de votre M. Lentague, un filou, un malfaiteur !

— Mais c'est vous qui êtes un malfaiteur. Est-ce qu'on s'introduit ainsi dans les appartements pour les saccager? Je vais vous faire arrêter.

Il s'élança vers la croisée, l'ouvrit et se mit à crier au voleur.

J'allais être arrêté, conduit devant un commissaire de police, à qui il faudrait donner mon nom, apprendre ma profession, qui m'interrogerait et devinerait bientôt la vérité... J'étais perdu !

Déjà toutes les croisées de la maison s'ouvraient ; on descendait des étages supérieurs ; on accourait de toutes parts... Alors, je repoussai violemment le concierge qui me tenait au collet ; je bousculai un voisin qui venait de pénétrer dans l'appartement ; je m'élançai vers l'escalier que je descendis quatre à quatre, je traversai la cour, et, poursuivi par les cris de tous les locataires, je pris la fuite comme un voleur.

Par quelles rues je passai, dans quel dédale j'égarai les personnes que je croyais sans cesse entendre derrière moi, je ne pourrais le dire. Je sais seulement que tout à coup je me trouvai sur la place Royale, en sueur et hors d'haleine.

Je repris mon pas ordinaire, et, exténué, je me laissai tomber sur un banc. J'y restai quelques instants, inerte, dans une sensation de vide et d'écrasement, sans autre pensée sinon que c'était fini et que j'étais bien perdu ! Les promeneurs, près de moi, s'écartaient en me regardant de côté : je m'en aperçus, et, tremblant d'exciter des soupçons, je me redressai et m'efforçai de prendre une attitude moins étrange.

Quelle douce tranquillité autour de moi : les petits rentiers du Marais se promenaient en causant, les bonnes caquetaient entre elles ou parlaient bas avec leurs amoureux, les passereaux piaillaient en sautillant dans les arbres, les enfants jouaient... Une demi-douzaine de bambins, vainement rappelés par leurs mères, vinrent s'abattre auprès du banc où j'étais assis : ils riaient de ce rire franc et argentin de l'enfance; ils se chamaillaient parfois; ils m'envoyaient leurs balles ou leurs billes dans les jambes... Alors je songeai à toi, mon cher Richard, qui, à cette même heure, jouait insoucieusement sous les grands arbres du Luxembourg. De grosses larmes me jaillirent des yeux, je me levai précipitamment et m'enfuis.

Après de longs détours, je rentrai péniblement rue d'Enfer.

A la vue de la maison que j'habitais, où j'allais retrouver ma femme et mon enfant, je m'efforçai de reprendre contenance; mais sans doute j'avais bien mal composé ma physionomie, car ma femme fut douloureusement étonnée en me voyant, et sa première parole fut celle-ci:

— Qu'as-tu donc?

Je serais mort plutôt que de lui dire la vérité: j'alléguai vaguement un malaise, la fatigue résultant d'un travail excessif à mon bureau.

J'avais la fièvre; malgré les prières de Clémence, il me fut impossible de manger: je me couchai. Quelques instants après, tu vins me donner le baiser du soir. Pauvre enfant! tu étais tout triste, et je te vois encore approcher ton doux visage de ma bouche. A ce cher contact, mes nerfs se détendirent, et je me mis à sangloter. Ta mère alors s'approcha vivement et me supplia de dire ce que j'avais. Je fus effrayé de ma faiblesse; je feignis une grande irritation et je vous repoussai tous deux.

— Je n'ai qu'un peu de malaise, dis-je, laissez-mo en repos.

Et je me tournai du côté de la ruelle.

Quand tu fus couché et endormi, ta mère, qui s'était assise auprès de mon lit et se disposait à veiller, s'ap-

6.

procha de moi, et à voix basse, des larmes dans les yeux, renouvela ses supplications : en effet, ce que je lui avais dit ne suffisait pas pour expliquer mon attitude, ma manière d'être depuis deux ou trois mois.

— As-tu à te plaindre de moi ? dit-elle.

Pauvre femme! me plaindre d'elle! Qu'aurais-je pu lui reprocher? Travail, dévouement inaltérable, patience, elle avait tout.

Quelle nuit! quel bourdonnement dans ma tête! Comment sortir de là? N'y avait-il donc que la dégradation et l'infamie? Une crainte affreuse me torturait: si j'allais tomber malade! Si je gardais le lit huit jours seulement, quelqu'un me remplaçait à la caisse, on découvrait mes faux! Non, à tout prix, je ne devais pas être malade un seul jour.

Par un énergique effort de volonté, le lendemain, à cinq heures, malgré les observations de Clémence, j'étais sur pied. Je pris un peu de nourriture, et, sous prétexte que l'air du matin me ferait du bien, je sortis.

J'errai au hasard dans les rues encore désertes. Je réfléchis avec un peu de méthode à ma situation, et je me demandai ce qu'il me restait à faire.

A neuf heures, mon parti était arrêté. J'allai à mon bureau, comme d'habitude; j'y restai jusqu'à cinq heures. Alors, je pris toutes les preuves que j'avais de l'escroquerie de Léonce et de Lentague, leurs reçus, leurs imprimés, leurs lettres, leurs bordereaux; je les mis dans un petit portefeuille et je me rendis, non pas rue Saint-Marc, où l'esclandre de la veille m'empêchait de me présenter, mais rue Taitbout.

riaient de ce rire franc et argentin de l'enfance ; ils se chamaillaient parfois ; ils m'envoyaient leurs balles ou leurs billes dans les jambes... Alors je songeai à toi, mon cher Richard, qui, à cette même heure, jouait insoucieusement sous les grands arbres du Luxembourg. De grosses larmes me jaillirent des yeux, je me levai précipitamment et m'enfuis.

Après de longs détours, je rentrai péniblement rue d'Enfer.

A la vue de la maison que j'habitais, où j'allais retrouver ma femme et mon enfant, je m'efforçai de reprendre contenance ; mais sans doute j'avais bien mal composé ma physionomie, car ma femme fut douloureusement étonnée en me voyant, et sa première parole fut celle-ci :

— Qu'as-tu donc ?

Je serais mort plutôt que de lui dire la vérité : j'alléguai vaguement un malaise, la fatigue résultant d'un travail excessif à mon bureau.

J'avais la fièvre ; malgré les prières de Clémence, il me fut impossible de manger : je me couchai. Quelques instants après, tu vins me donner le baiser du soir. Pauvre enfant ! tu étais tout triste, et je te vois encore approcher ton doux visage de ma bouche. A ce cher contact, mes nerfs se détendirent, et je me mis à sangloter. Ta mère alors s'approcha vivement et me supplia de dire ce que j'avais. Je fus effrayé de ma faiblesse ; je feignis une grande irritation et je vous repoussai tous deux.

— Je n'ai qu'un peu de malaise, dis-je, laissez-mo en repos.

Et je me tournai du côté de la ruelle.

Quand tu fus couché et endormi, ta mère, qui s'était assise auprès de mon lit et se disposait à veiller, s'ap-

6.

procha de moi, et à voix basse, des larmes dans les yeux, renouvela ses supplications : en effet, ce que je lui avais dit ne suffisait pas pour expliquer mon attitude, ma manière d'être depuis deux ou trois mois.

— As-tu à te plaindre de moi ? dit-elle.

Pauvre femme! me plaindre d'elle! Qu'aurais-je pu lui reprocher? Travail, dévouement inaltérable, patience, elle avait tout.

Quelle nuit! quel bourdonnement dans ma tête ! Comment sortir de là? N'y avait-il donc que la dégradation et l'infamie ? Une crainte affreuse me torturait: si j'allais tomber malade! Si je gardais le lit huit jours seulement, quelqu'un me remplaçait à la caisse, on découvrait mes faux! Non, à tout prix, je ne devais pas être malade un seul jour.

Par un énergique effort de volonté, le lendemain, à cinq heures, malgré les observations de Clémence, j'étais sur pied. Je pris un peu de nourriture, et, sous prétexte que l'air du matin me ferait du bien, je sortis.

J'errai au hasard dans les rues encore désertes. Je réfléchis avec un peu de méthode à ma situation, et je me demandai ce qu'il me restait à faire.

A neuf heures, mon parti était arrêté. J'allai à mon bureau, comme d'habitude; j'y restai jusqu'à cinq heures. Alors, je pris toutes les preuves que j'avais de l'escroquerie de Léonce et de Lentague, leurs reçus, leurs imprimés, leurs lettres, leurs bordereaux; je les mis dans un petit portefeuille et je me rendis, non pas rue Saint-Marc, où l'esclandre de la veille m'empêchait de me présenter, mais rue Taitbout.

VIII

Léonce était chez lui, en compagnie de Lentague.

Ce dernier fronça le sourcil en m'apercevant. Mais Léonce vint à moi et me dit avec enjouement :

— Ah! te voilà, toi? Tu entends joliment la plaisanterie, je t'en fais mon compliment.

— Ah! vous appelez cela une plaisanterie? dis-je tout frémissant de colère.

Lentague, qui était assis, se leva, et, s'avançant vers moi, s'écria :

— Voyons, qu'est-ce que vous venez chercher ici?

Je fus stupéfié de cette audace.

— Rien, dis-je, je viens vous remercier. C'est trop juste, n'est-ce pas? après ce que vous avez fait! Ah! misérables gredins! vous vous êtes joués de moi; et vous croyez que cela se passera ainsi!

Lentague fit un mouvement; mais Léonce le retint, et, avec un haussement d'épaules, lui dit à mi-voix :

— Laisse-le donc dire!

J'entendis ces mots.

— Oh! je ferai mieux que dire, j'agirai, soyez tranquilles! Je suis perdu, je le sais, c'est inévitable; mais je vous entraînerai avec moi.

— Ah bah! fit Léonce. Tu vas nous dénoncer, peut-être?

— Monsieur est de la police? demanda Lentague.

— Non, je ne vous dénoncerai pas; mais avant peu, je serai découvert et on apprendra en même temps le

nom de ceux qui m'ont poussé au crime! Vous êtes
mes complices, ne l'oubliez pas!

— Vos complices? fit Lentague, plus inquiet que menaçant, cette fois.

— Oui, mes complices! C'est fort bien de commettre
des escroqueries, et vous n'en êtes pas, je pense, à
votre coup d'essai; mais ici, le cas est plus grave: il
y a faux en écriture de commerce; vous connaissez trop
bien le Code pénal pour ignorer ce qui nous attend
tous trois : les travaux forcés!

Ma voix était assurée, mon geste énergique; l'indignation qui grondait en moi me donnait des forces dont
je me serais cru incapable. Léonce s'était rembruni et
avait perdu son air aimable.

— Tes faux, dit-il brutalement, ne nous regardent
pas.

— Vraiment! Tu oublies, monsieur le vicomte, que
c'est toi qui me les as conseillés, ces faux... Ah! tu t'y
entends!... Puis, ignorais-tu ma position? Ne savais-
tu pas que j'étais appointé à deux mille cinq cents
francs, que je n'avais aucune fortune personnelle? Tu
me croyais millionnaire, peut-être? Allons donc! quels
juges persuaderas-tu?

— Moi, dit gravement Lentague, j'ignorais vos mal-
versations.

— Bien entendu! Et c'est pour cela sans doute que
vous y faisiez allusion, quand vous m'avez engagé dans
cette ridicule entreprise! Ah! j'ai compris alors que
vous aviez reçu les confidences de M. le vicomte; et
la crainte d'être dénoncé par vous n'a pas été sans influence sur mes déterminations. Combien de fois, par
un mot, par une allusion plus ou moins directe, vous
m'avez fait faire un nouveau pas dans le bourbier!
Vous ne vous rappelez donc pas ce que vous me disiez

quand je vous objectais la difficulté, le danger d'aller
plus loin ?

— Qu'est-ce que je vous disais ?

· · Vous me disiez d'une voix aigre-douce : « M. Causson, ça vous est si facile ! » Et vous avez mieux fait
que de me le dire, vous me l'avez écrit ! Vous saviez
que ces mots-là me faisaient courber la tête ; à votre
tour, cela pourrait bien vous gêner !

L'étonnement et la crainte étaient peints sur la figure
des deux coquins. Ils ne s'étaient attendus ni à cette
énergie ni à cette audace.

— Nous ne savions rien, dit effrontément Léonce.
Du reste, tu n'as pas de preuves.

— N'y eût-il que mes relations, dis-je, et elles seront
précises et remarquables de netteté, cela suffirait, je
pense, avec des gens comme vous, qui devez avoir eu
déjà maille à partir avec la justice.

— Mais des preuves, encore une fois ?

— Tu oublies donc, cher ami, la lettre que tu m'as
écrite ?... les appels de fonds que vous m'avez adres-
sés, monsieur Lontague ? vos reçus, vos bordereaux,
vos certificats de souscription, à tous deux ?. . J'imagine que ces pièces, produites à l'appui de mes déclarations, ne laisseraient pas de faire un certain effet.

— Tu ne les montrerais pas, dit Léonce.

— Et qui m'en empêcherait ?

— Ce serait infâme, et cela ne te sauverait pas.

— Qu'importe, si vous êtes perdus avec moi ! Ah !
je vous trouve plaisants de parler aux autres d'infamie !

— Tu mens ! ces papiers n'ont pas la portée que tu
dis.

— Nous verrons bien.

— Tu ne les as plus.

— Je les ai ! dis-je, en frappant ma poitrine à l'endroit où se trouvait mon portefeuille, et j'en userai !

Léonce et Lontague, convaincus de ma sincérité et de mon énergique résolution, échangèrent un rapide coup d'œil, et immédiatement leur attitude se modifia.

— Expliquons-nous, dit Léonce avec un mauvais sourire. Notre conduite te paraît abominable, et je confesse qu'elle n'est pas entièrement conforme aux principes de la morale ; mais je te prie de te mettre un instant à notre place. Pour un but que je te confierai tout à l'heure, nous avions besoin d'argent ; nous ne savions où en prendre. Tu te trouves là, sous notre main, toi, caissier, gardien des pommes d'or que nous convoitions. Si, tout d'un coup, sans préparation, je t'avais demandé 180,000 francs à emprunter, me les aurais-tu apportés ? Non. Il nous a donc fallu recourir à quelque stratagème. Cela répugnait à notre caractère ; mais il le fallait. C'est donc un emprunt que nous t'avons fait, voilà tout. Nous te devons 180,000 francs, et nous ne cherchons pas à le nier.

— Que m'importe ? vous ne me rendrez pas ce que vous m'avez pris !

— Tu te trompes, nous n'avons qu'une pensée : nous libérer envers toi. Seulement, il faut du temps. Attends que l'entreprise à laquelle nous nous sommes voués, ait prospéré.

— C'est cela ! invente encore quelque conte. S'agit-il toujours d'une distillerie-modèle, ou d'une découverte du même genre ?

— Non, l'affaire est, cette fois, des plus sérieuses. Eh ! mon Dieu, rien ne s'oppose à ce que je te la confie. Tu es trop gravement compromis toi-même pour éprouver la moindre velléité de trahison.

Alors Léonce expliqua nettement, sans aucune réticence, qu'ils avaient formé, — lui, Lentague et quelques autres, — une association de joueurs, destinée à se répandre dans les différentes maisons de jeu de Paris, et à y faire de fructueuses récoltes ; déjà on avait réalisé des gains considérables, et on formait de grands projets pour l'été : on irait en province, à l'étranger, dans différentes villes d'eaux, et tout faisait présager que la campagne serait bonne. Quant aux moyens employés par ces honnêtes joueurs, Léonce ne craignit pas de me les indiquer : ils trichaient. Et, joignant l'exemple à la parole, il prit un jeu de cartes dans un tiroir, se mit à le manier, à faire des passes, à faire sauter la coupe, à filer la carte avec une effrayante dextérité. Je le regardais avec stupeur. A quels misérables m'étais-je confié ! à quel degré d'infamie étais-je descendu !

— Et c'est toi qui te livres à un pareil métier ? m'écriai-je.

— Je n'en ai jamais connu d'autre, répliqua-t-il effrontément.

Il disait vrai ; — et, pour le noter en passant, son duel en Belgique n'avait eu d'autre cause qu'une tricherie au jeu vivement relevée par un honnête garçon, dont il avait fait le lendemain sa victime.

Ah ! si cette triste aventure m'avait été plus tôt révélée, si j'avais été édifié sur le compte de ce voleur doublé d'un spadassin !

— Et tu t'imagines, continuai-je, que je consentirai à être ton associé dans une semblable entreprise, à partager avec toi un gain honteux ?... Jamais !

A cette déclaration, Lentague partit d'un éclat de rire, et Léonce me dit avec colère :

— Vous vous y prenez un peu tard, mon cher monsieur Causson, pour avoir de ces élans d'indignation.

Fouillez donc vos papiers et vos livres, et vous les trouverez plus sales que mes cartes.

Je gardai le silence et baissai les yeux : C'était vrai ! caissier infidèle et faussaire, j'étais descendu au-dessous de ces gredins !

— Soyons donc raisonnable, continua Léonce, et n'ayons pas de ces pruderies intempestives. C'est en bel et bon argent, laborieusement gagné à la sueur de nos doigts, que nous te rembourserons, intérêts et principal. Le tapis vert tiendra les promesses de la distillerie-modèle.

Ces derniers mots me rappelèrent les contes dont j'avais été bercé.

— Tiens, tu mens encore ! lui dis-je. Tu te vantes d'une infamie dont tu es parfaitement capable, mais que tu n'as pu commettre. Tu as volé au jeu, soit !... mais monter une association de grecs, fonder une société en commandite pour exploiter les salons de jeu de Paris et de l'étranger ? c'est au-dessus de tes forces ! Tu n'as plus un sou des sommes que toi et ton digne ami m'avez escroquées. Vous les avez dissipées, man-gées !

— Ayez donc du génie pour être ainsi méconnu ! fit Léonce avec une amertume ironique. Mon cher Causson, on ne peut plus te suivre dans les soubresauts de ton imagination : hier tu étais trop crédule, aujourd'hui tu ne l'es plus assez. Ce que je te dis est l'exacte vérité. L'association dont je te parle existe et fonctionne assez convenablement, je m'en vante. J'en suis l'agent principal et par-dessus le marché le caissier,... non pas un caissier pour rire, qui n'a rien à enfermer sous clef ; ma caisse est garnie... et en règle ! nous avons de la probité, nous autres ! entre nous, s'entend. Ah ! tu m'accuses d'avoir dissipé le montant de ton prêt, de ton apport social, tu vas en juger.

Cette scène se passait dans la chambre à coucher.

Il fit jouer le ressort d'une porte dissimulée dans la boiserie, entra dans un petit cabinet tout rempli de hardes, poussa un second ressort et ouvrit la porte d'une cachette pratiquée dans le mur : dans cette cachette il y avait un coffre élégant, qu'il prit et qu'il apporta avec effort, car il paraissait lourd. Il le posa sur la table, tira une clef et l'ouvrit.

— Regarde ! dit-il ; voilà ce qui me reste de mes dilapidations.

Je regardai, et tout à coup je tressaillis : il y avait là, tant en or qu'en billets de banque, de deux cent cinquante à trois cent mille francs !

— Oh ! puisqu'il en est ainsi, m'écriai-je, rends-moi ce que tu m'as emprunté ; cela t'est facile. Il te restera encore assez.... Tu me sauveras l'honneur, la vie ; c'est une bonne action, qui te portera bonheur.

— Oh ! répliqua-t-il en souriant, il ne faut pas dire de ces mots-là aux joueurs ; les bonnes actions ne portent jamais bonheur.

Je le suppliai à mains jointes ; je lui jurai le secret le plus absolu. Il fut inflexible, et il remit le coffret en place après l'avoir fermé.

— Diantre ! fit-il en revenant, je ne savais pas exciter si fort ta convoitise.

— Il ne s'agit pas de convoitise. Cet argent est à moi ; j'en ai besoin, il me le faut absolument, tu le sais bien. Voyons, mon cher Léonce, tu ne veux pas ma honte, ma mort ?... Aie un bon mouvement...

— Laisse donc ! fit-il. Tu pousses toujours les choses à l'extrême. Prends les mesures que je t'ai indiquées, et rien ne transpirera de tes petites drôleries

— Mais j'ai la tête égarée, tu le vois bien. Malgré

7

moi, un jour, je me trahirai, et tu seras entraîné dans ma ruine.

— Non, tu te calmeras.

Et comme j'insistais toujours :

— C'est impossible, fit-il avec impatience. Ce que tu viens de voir est notre réserve pour la campagne qui va s'ouvrir : défense absolue d'y toucher. Dans trois ou quatre mois, si la chance a été pour nous, nous verrons à te rembourser ; mais d'ici là, non ! Prie donc que les choses tournent bien.

Ces paroles, loin de calmer mon irritation, ne firent que l'augmenter : la pensée que l'argent de ma caisse n'avait pas été dépensé, qu'il était là, près de moi, que ces misérables pouvaient me le restituer, et s'y refusaient, acheva de m'exaspérer.

— Je veux mon argent ! m'écriai-je tout à coup ; je le veux, je l'aurai !

Et repoussant Léonce qui se trouvait devant moi, je m'élançai vers la porte derrière laquelle il avait renfermé le coffret.

Léonce et Lentague ne cherchèrent même pas à m'arrêter. Ils savaient que mes efforts pour ouvrir cette porte habilement dissimulée dans la muraille seraient inutiles. En effet, après avoir tâtonné, essayé de toutes les façons sans résultat, je revins piteusement me laisser tomber sur un fauteuil.

Je n'avais à choisir qu'entre ces deux partis : appeler, faire arrêter ces deux gredins, et moi avec eux ; ou bien accepter la honteuse proposition qu'ils venaient de me faire. J'eus la lâcheté, il faut que je l'avoue, de prendre ce dernier parti... Oui ! j'ai fait des vœux pour cette ignoble industrie, dont je devais avoir ma part, sans songer que je ne me sauvais qu'aux dépens d'autres malheureux !

Tandis que j'étais absorbé dans ces réflexions, Léonce s'était rapproché de Lentague, à l'autre bout de la chambre, et lui avait dit quelques mots à voix basse. Bientôt il revint en souriant vers moi; et de cet air à la fois gouailleur et aimable qui lui était particulier, il me dit :

— Lentague trouve, mon cher Causson, que tu es un bailleur de fonds trop désagréable et trop compromettant; il est d'avis de se débarrasser de toi au plus vite en te remboursant.

— Oh! m'écriai-je, quel service vous me rendriez! vous avez au delà de ce qu'il faut pour cela.

— Un instant! ne faisons pas la moindre allusion au coffret: c'est sacré cela! Mais nous venons de convenir, Lentague et moi, que nos premiers profits te seraient successivement affectés jusqu'à concurrence de notre dette; et, dès ce soir, nous voulons commencer ce remboursement par fractions. Cela te va-t-il?

— Je ne puis pas poser de conditions, vous le savez bien; mais le plus tôt que vous pourrez, je vous en supplie.

— Eh bien, tout de suite: commençons. Ce soir nous avons rendez-vous dans une maison particulière, où on joue un jeu d'enfer. Nous n'en sortirons pas, bien certainement, sans un gain considérable: viens avec nous, et nous te le remettrons.

Mon premier mouvement fut de refuser, en disant qu'on pourrait tout aussi bien me remettre cet à-compte le lendemain; mais Léonce m'expliqua qu'il ne fallait jamais ajourner de pareilles perceptions, et qu'il était prudent de les faire séance tenante. J'acceptai donc.

Je n'avais jamais mis le pied dans ces sortes de réunions. Je dis à Léonce que j'allais passer un instant chez moi pour faire un bout de toilette et prévenir ma femme; mais il s'y opposa et me retint: ma mise était, selon lui, plus que suffisante; et, pour ce qui était de ma femme, je n'avais qu'à lui écrire un mot que John porterait. Je fis encore ce qu'il voulait.

Vers sept heures, après que Lontague nous eut quittés, Léonce m'emmena dîner avec lui. Pendant tout le repas, il fut enjoué, jovial, cherchant évidemment à me distraire, mais sans y parvenir; il me versait fréquemment à boire.

— Voyons! déride-toi, que diable! me dit-il à la fin. Je te répète que j'ai bon espoir; nous allons avoir des étrangers couverts d'or. Tu ne peux pas toucher demain matin moins de trente à quarante mille francs.

Nous nous promenâmes un instant sur les boulevards; puis, vers dix heures, il m'emmena vers la Chaussée-d'Antin; nous nous arrêtâmes rue Saint-Nicolas, devant une maison d'assez belle apparence.

IX

La surveillance dont les maisons de jeu clandestines sont maintenant l'objet ne s'exerçait pas, à l'époque où je fus introduit chez Mᵐᵉ Duhamel, avec la même rigueur que de nos jours.

A cette époque, une singulière industrie, qui a subsisté quelques années, mais que la police a eu le bon esprit de faire disparaître, s'exerçait dans les quartiers élégants; je veux parler des tables d'hôte tenues par des femmes.

Quelque femme galante sur le retour louait un appartement, le meublait avec un mobilier de rencontre, et annonçait à ses amies que, pour un prix relativement modique, trois ou quatre francs, elles trouveraient tous

les jours à dîner chez elle vers les six heures. L'amie
amenait un ou deux hommes de sa connaissance, et on
se trouvait bientôt une vingtaine à table. A droite et à
gauche de la maîtresse de maison se plaçaient deux
vieux habitués, qu'on appelait : *M. le major* ou *mon cher
général*, et qui étaient destinés à donner un air respectable à la maison. Après le dîner, une de ces dames
proposait, pour passer le temps, d'organiser un loto de
famille; le major se récriait et demandait le lansquenet
à la place du loto; le général, par esprit de corps,
soutenait le major; quelques œillades provocatrices des
plus jolies femmes de la société rangeaient les fils de
famille fourvoyés dans cette réunion à l'opinion du major et du général; et, bientôt, assis autour de la table
du salon, la maîtresse de la maison, ses amies et ses
fidèles allégeaient les fils de famille, les étrangers et les
imbéciles de tout l'argent qu'ils avaient eu l'imprudence
d'apporter avec eux. Le dîner n'avait coûté que trois
francs, mais la soirée revenait à cinq, dix, quelquefois
cinquante louis, suivant le milieu dans lequel on se
trouvait.

Telle était une des nombreuses industries choisies
par Lentague et sa maîtresse, Constance Duhamel, depuis leur malheureuse campagne en Belgique. Seulement, comme Lentague ne savait pas faire les choses à
demi, son salon, ou plutôt celui de Constance (car Lentague avait la prudence de se mettre à l'écart) était le
plus riche, le plus confortable, le mieux composé de
tous ceux du même genre. Le prix du dîner était de
cinq francs; mais, au restaurant, on n'aurait pu obtenir
un aussi bon repas pour quinze francs par tête; des
candélabres remplaçaient la lampe suspendue au-dessus des tables d'hôte ordinaires; deux domestiques en
livrée voyante faisaient le service.

Les femmes à la mode et les jolies femmes étaient seules admises chez Constance; et l'usage était de se décolleter, comme s'il s'était agi d'une soirée dans le meilleur monde.

Chacune de ces dames devait donner à l'avance le nom des personnes qu'elles invitaient à les accompagner ou à les rejoindre dans la soirée. Les gens trop sérieux, les mineurs dont les indiscrétions pouvaient être à craindre, les viveurs trop au courant des roueries parisiennes, les femmes qui ne savaient pas *se tenir*, les hommes mal notés, enfin toutes les personnes inutiles ou dangereuses étaient exclues de ces réunions. On recherchait au contraire les *innocents* de vingt et un à vingt-cinq ans; les amoureux qui, pour se *poser* auprès de l'objet aimé, ne craignent pas de faire des *banquos* maladroits; les joueurs qui se grisent au jeu, perdent entièrement la tête et ne font plus attention à ce qui se passe autour d'eux; les étrangers qui, peu façonnés avec nos mœurs, prenaient Mme Duhamel pour une femme du monde; enfin le ban et l'arrière-ban des naïfs et des *pigeons*, comme déjà on les appelait alors.

Lentague, Léonce, Constance et Angélina Proutan étaient l'âme de ce salon : Angélina, pour laquelle Maheurtier faisait tant de folies, était la maîtresse, l'associée de Léonce, comme Constance était celle de Lentague; elle adorait cet élégant escroc qui la battait; elle lui était dévouée dans la bonne et la mauvaise fortune, tandis que Maheurtier qui, en comparaison de Léonce, était certainement le plus honnête homme de la terre, ne parvenait à se faire supporter par elle qu'à force d'attentions et de billets de banque.

Lorsque nous entrâmes, vers les dix heures, dans le salon de Mme Duhamel, une partie de lansquenet était déjà organisée. Autour d'une grande table ovale

recouverte d'un tapis vert, et ornée de plusieurs flam-
beaux, était réunie une trentaine de personnes.

C'étaient d'abord les femmes les plus en renom, par
leur beauté, leur luxe et le retentissement de leurs
aventures. Maheurtier me les avait citées maintes fois
dans ses confidences, et je les reconnus pour la plupart :
— Pélagie, une grande belle fille, connue par ses préférences pour les officiers de l'armée de Paris ; Léonie,
une brune admirable. — La N..., un pastel vivant : de
grands yeux peints, des lèvres peintes, tout plus ou
moins peint ; — Adèle C..., Adèle T..., deux Adèle
fort connues, fort à la mode ; — Rose P..., une célébrité chorégraphique qui a joué, un instant, le rôle de
favorite dans une petite principauté danubienne ; —
Louise P..., une blonde d'une beauté et d'une froideur
proverbiales. C'est à son sujet qu'on a fait pour la
première fois cette plaisanterie : Lorsque Louise P...
se baigne, en plein été, la Seine charrie immédiatement
des glaçons ; — Constance Duhamel, petite femme, d'une
trentaine d'années, un peu fade, un peu maniérée et
ayant trop de tendance à l'embonpoint ; enfin, supérieure
à toutes, par sa jeunesse, son charme, sa beauté, son
élégance, Angélina Proutan.

On remarquait parmi les hommes assis aux côtés de
ces dames : un jeune attaché d'ambassade, entraîné
dans cette société hétéroclite par son amour désordonné
pour la plus jolie des deux Adèle ; un Allemand, un
Anglais et un Péruvien, attachés au char de la N..., — un
lieutenant d'infanterie, en faveur en ce moment, auprès
de Pélagie ; — le prince de ***, un Belge qui faisait alors
des folies pour Léonie ; enfin deux ou trois jeunes gens,
simplement attirés dans cette réunion par leur amour
du jeu, et qui avaient la naïveté de croire qu'on pouvait
y gagner.

Quant à Lentague, il avait refusé de prendre place parmi les joueurs ; il attendait ce soir-là mon arrivée et celle de La Coudraye.

On nous annonça et il vint à notre rencontre.

— La partie est-elle bonne ?

Telle fut la première question posée, devant moi, par Léonce à son associé Lentague.

— Excellente. La table est couverte d'or et de billets. Le prince de *** est fort en train ce soir ; il perdra sans hésiter ses dix mille francs pour plaire à Léonie. L'Espagnol essaye de réparer ses désastres de la nuit dernière et *s'enfile* déjà. L'attaché d'ambassade gagne une cinquantaine de louis, ce qui lui fait perdre la tête. Nous le tenons. Enfin les femmes n'ayant jamais été plus jolies, les hommes seront plus bêtes que de coutume.

— Très-bien, dit La Coudraye, et, ajouta-t-il en se penchant à l'oreille de Lentague, m'as-tu préparé des *portées ?*

— Oui.

— Combien y a-t-il de paquets ?

— Cinq : avec les deux premiers tu peux passer sept fois, avec les trois autres, onze et treize fois. Il y a moyen de gagner tout l'argent qui est ici et cinquante mille francs sur parole.

— Si l'on tient mes coups ; mais si l'on a peur de mes *mains* et qu'on ne *ponte* pas ?

— Rassure-toi, on *pontera.*

— As-tu suivi mes recommandations ? Dans tes portées, il n'y a pas plus de deux ou trois *refaits*, n'est-ce-pas ? l'autre jour il y en avait trop ; cela éveille les soupçons.

— Sois tranquille ; c'est arrangé de telle sorte que le plus habile s'y tromperait.

— Voici la première main de sept coups, fit Lentague en glissant un petit paquet de trente cartes dans une des poches de Léonce ; je te donnerai les autres à mesure.

Telle fut l'étrange conversation que j'entendis. Je ne compris pas bien alors la signification de ces mots *portée, mains, refaits*, mais ils me furent bientôt expliqués lorsque je vis Léonce à l'œuvre. Allons ! ils ne se méflaient pas de moi ; j'étais bien décidément leur complice !

— Veux-tu jouer ? me demanda Léonce avant de prendre la place qu'on lui avait faite à la table de jeu.

— Oh ! non, répliquai-je vivement.

Il crut qu'après ce que je venais d'entendre, j'avais peur, avec juste raison, de perdre mon argent, et il s'empressa d'ajouter

— Tu n'auras qu'à *ne pas tenir contre mes mains*.

— Non, non, je ne joue pas !

La façon dont je prononçai ces mots effraya peut-être Léonce ; il craignit quelque maladresse de ma part, une parole, un geste compromettant pour lui, et il ne voulut pas me laisser seul livré à mes réflexions.

Avant de gagner sa place, je le vis se diriger vers une des femmes assises autour de la table et échanger quelques mots avec elle. Cette femme, qui jusqu'alors m'avait tourné le dos et que je n'avais pu voir, se leva et me rejoignit. Je reconnus aussitôt Angélina Proutan, et je pâlis.

— Qu'as-tu donc ? me dit Léonce, à qui rien n'échappait.

— Mais, balbutiai-je, madame...

— Tu connais madame !

— Oui, il me semble, je...

7.

— Ah! je sais, reprit-il, vous vous serez rencontrés dans le bureau de Mahourtier, et tu crains qu'elle n'apprenne à ton patron ta présence ici. Rassure-toi, Angélina est discrète, lorsque je l'en prie.

Angélina fit un signe de tête affirmatif et s'assit auprès de moi.

Quelles instructions lui avait données Léonce? M'occuper sans doute, détourner mon attention du jeu, me séduire peut-être pour me jeter dans de nouveaux égarements.

Quoi qu'il en soit, Angélina, en esclave obéissante, étala bientôt devant moi toutes les ressources de son esprit, se livra aux coquetteries les plus raffinées, mit tout en œuvre pour m'éblouir, me faire perdre la tête. Comme j'aurais dû m'apercevoir, dès ce moment, qu'on en voulait à ma raison! quelle soirée je passai! D'un côté, cette femme, jolie au possible, splendide de formes, étincelante d'esprit, provocatrice au delà de toute expression; d'autre part, cette table de jeu, couverte d'or, de billets, et ces mots magiques, étourdissants, sans cesse répétés et si nouveaux pour moi : *Banquo... Je fais cent louis,... je tiens tout...* Puis les parfums qui montaient jusqu'à moi et les coupes de champagne frappé qu'on faisait, depuis l'arrivée de Léonce, circuler dans le salon... Pouvais-je refuser de boire comme les autres? Angélina prenait mon verre, l'emplissait jusqu'au bord, y trempait ses lèvres et me le rendait en me disant de sa voix la plus mélodieuse:

— A notre santé à tous deux, cher monsieur, voulez-vous?

Cependant le jeu s'animait de plus en plus. Léonce avait eu déjà deux *mains* de sept coups et avait gagné une dizaine de mille francs. Les cartes, après avoir fait le tour de la salle, allaient lui revenir, et j'avais vu Len-

tagne se glisser derrière lui et lui remettre sans doute
ce qu'ils appelaient *une portée* dans leur langage de
grecs.

— Il y a cinq louis, dit Léonce.

Les cinq louis furent aussitôt couverts et gagnés par
le vicomte.

— Il y a dix louis, reprit-il.

— Je les fais, répondit un des joueurs, le prince de ***

Léonce retourna cinq cartes et s'arrêta; il avait quatre cents francs devant lui.

— Banque! dit une voix à l'autre bout de la table.

— Non, je *suis* mon argent, reprit le prince, j'en ai le
droit.

— Parfaitement, monsieur, répliqua La Coudraye. Ah!
un *refait.* J'ai vraiment une veine insolente. Il y a quarante louis en banque.

— Je les fais.

— Il y a seize cents francs.

— Encore banque.

— Désolé, prince, vous avez perdu.

— Les voici, et je fais banque des trois mille deux.

— Mais c'est de la folie! s'écriaient les hommes :
on ne court pas ainsi après son argent.

— Laissez faire, disaient les femmes, il se *rattra-
pera.*

Sans prendre garde à ces interruptions, le prince
répétait *banquo,* chaque fois que Léonce avait gagné
un nouveau coup.

Ils en étaient arrivés à vingt-six mille six cents francs,
et la main n'avait encore passé que neuf fois. Tous les
yeux étaient fixés sur eux, tous les cœurs battaient.
Les bras croisés sur la table, les cartes posées devant
lui, Léonce, impassible, attendait : le prince était très-
pâle ; des gouttes de sueur coulaient de son front ; sa

main fiévreuse et frémissante s'égarait au milieu de
cartes placées devant lui et auxquelles, en les retournant avec impatience, il semblait demander un conseil.

Quant à moi, j'avais quitté ma place auprès d'Angélina ; je m'étais approché de la table et je regardais. Et
le croirait-on? j'avais oublié en ce moment les motifs
qui m'avaient décidé à venir dans ce salon, les espérances qu'on avait fait miroiter devant mes yeux, le
partage ou plutôt la restitution que j'attendais ; ce n'é-
tait pas au jeu du vicomte que je m'intéressais ; c'était
au jeu du prince.

— Il y a vingt-six mille six cents francs en banque,
répéta pour la troisième fois Léonce ; si on ne veut pas
tenir, je *partirai*, pour ce qu'on voudra.

Le prince hésitait.

— Allons, prince, du courage! lui cria Pélagie.

— Puisque vous avez tant fait, essayez encore une
fois, dit Constance.

Léonie se pencha à son oreille et murmura : La Coudraye commence à avoir peur ; il va perdre.

— Banquo! s'écria le prince en frappant sur la table.

Léonce retourna un roi et une dame : le roi pour lui,
la dame pour son adversaire. Puis il tira lentement des
cartes, ... la sixième fut un roi.

— Encore gagné, dit La Coudraye.

— Ce n'est pas étonnant, dit le prince à haute voix.

Et, redevenu calme comme par enchantement, il se
leva et marcha vers Léonce.

Qu'allait-il lui dire? pour moi il ne pouvait y avoir
l'ombre d'un doute : à quelque mouvement maladroit,
Léonce s'était trahi, et le prince allait le traiter comme
il le méritait : toute ma sympathie était pour le prince.

Au milieu de l'attention générale, La Coudraye, calme,
impassible, était resté à sa place. Lentague, Constance

et Angélina s'étaient rapprochés de lui ; le prince s'avançait toujours.

Tout à coup il fut arrêté dans sa marche par l'officier d'infanterie qui, depuis un instant, ne jouait plus, et s'était borné à observer attentivement le jeu. J'étais à deux pas de ces messieurs et je pus entendre les quelques mots qu'ils échangèrent à voix basse.

L'officier dit au prince qu'il était convaincu, lui aussi, que La Coudraye était un escroc, mais qu'un éclat en de telles circonstances aurait les suites les plus désagréables et les plus compromettantes. Le prince eut un mouvement nerveux, réfléchit une seconde, puis finit par confier ses intérêts à l'officier.

—Alors reprenez votre place, dit celui-ci, comme si rien ne s'était passé.

—Eh bien ! disait effrontément Léonce, qu'y a-t-il donc ? Est-ce qu'on ne joue plus ?

—Nous avions cru, fit Lentagne en montrant le prince, que monsieur avait à vous parler.

—Moi, pas le moins du monde, fit le prince. Je me suis levé pour me remettre de mes pertes et essayer de changer la veine. Mais je ne joue plus sur cette main ; j'ai assez perdu.

—Alors, je passe, dit Léonce en remettant les cartes à son voisin de droite.

Le jeu continua ; mais La Coudraye était trop fin pour ne pas avoir compris qu'on ne croyait pas à son bonheur et qu'il était l'objet de graves soupçons. A partir de ce moment, il n'eut plus de *mains*, et il négligea de se servir des dernières *portées* que Lentagne lui avait préparées ; il eut même l'esprit de tenir quelques banques et de perdre une centaine de louis pour essayer de détruire le mauvais effet que ses trois mains consécutives avaient produit.

Quant à moi, je n'avais pas dissimulé, pendant la
scène qui venait de se passer, l'intérêt que je portais
au prince. Aussi Angélina, sur un signe du vicomte,
m'enferma-t-elle dans un réseau de coquetteries plus
étroit. Jamais peut-être aucune femme ne se donna plus
de peine pour plaire à un homme, lui ôter toute volonté,
lui faire perdre la raison : sa main douce et parfumée
cherchait la mienne ; elle dirigeait sur moi ses plus
langoureux regards, sa bouche me souriait de la façon
la plus agaçante et ses épaules à demi-vêtues frôlaient
à chaque instant ma poitrine.

Vers les trois heures du matin, la maîtresse de la maison annonça qu'elle avait fait préparer à souper et
qu'on eût à suspendre le jeu.

Plusieurs personnes se retirèrent, entr'autres le
prince de*** et l'officier qui lui avait conseillé d'éviter
tout scandale ; il ne resta que les intimes.

Durant ce souper, qui se prolongea plus d'une heure
et demie, le dernier coup me fut porté. On avait voulu
me faire passer par toutes les ivresses : celle que pro-
cure la vue de l'or et des billets sur une table de jeu,
l'ivresse des sens, l'ivresse du vin ; on y était parvenu
et j'avais entièrement perdu la raison.

Que devins-je alors?.. Mes souvenirs s'arrêtent ici.
Il est probable que je m'assoupis à la fin du repas et
qu'on me transporta sur le canapé d'un boudoir attenant
à la salle à manger.

C'est dans ce boudoir que je me réveillai vers les sept
heures du matin. Les rideaux étaient fermés ; le plus
grand silence régnait autour de moi.

D'abord, je ne compris pas comment j'étais là, dans
cet appartement inconnu ; mais peu à peu la mémoire
me revint, je me rappelai les événements de la veille.

Honteux et irrité contre moi-même, je quittai ce canapé, j'ouvris les rideaux, j'essayai de réparer le désordre de ma toilette.

Tout à coup je poussai un cri... Mon portefeuille, où j'avais enfermé la veille toutes les preuves de la culpabilité de Léonce et de Lentague, avait disparu!

Je compris alors!... Ce n'était pas pour partager avec moi d'ignobles bénéfices qu'on m'avait attiré dans cette maison, c'était pour me dépouiller de ces papiers compromettants... N'avais-je pas eu l'imprudence de les en menacer la veille, de leur indiquer que je les portais sur moi?... Et en faisant un effort de mémoire, il me semblait, au moment où on me déposait sur ce canapé, avoir senti une main se glisser furtivement le long de ma poitrine, entre mon gilet et mon paletot.

Et je me laisserais voler, berner de la sorte?... Oh! non. Furieux et agité encore par les libations de la veille, je m'élançai vers un cordon de sonnette et je le tirai violemment à plusieurs reprises. Personne ne vint à mon appel. J'ouvris la porte du boudoir, et je me trouvai dans la salle à manger: les restes du souper étaient encore sur la table; mais tous les convives avaient disparu. J'entrai dans le salon; il était désert. J'allais pénétrer dans une autre pièce, la chambre de Mme Duhamel sans doute, lorsque tout à coup un domestique à moitié endormi parut devant moi.

—Que veut monsieur? me dit-il.

— D'abord me reconnaissez-vous?

Il me regarda et répondit:

—Vous êtes la personne qui s'est trouvée indisposée hier soir après souper, et que j'ai aidé à transporter sur le canapé du boudoir.

—Oui. Mais je viens de me réveiller, et je m'aperçois que mon portefeuille a disparu. Qu'est-il devenu? l'avez-vous ramassé?

— Non, monsieur.

— Il faut qu'il se retrouve.

— Mais monsieur a l'air de m'accuser ; je puis assurer à monsieur...

— Je ne vous accuse pas. . Mais je veux mon portefeuille ; je ne sortirai d'ici qu'après l'avoir retrouvé.

Ce colloque avait lieu dans le salon, devant la porte de M⁽ᵐᵉ⁾ Duhamel. Tout à coup cette porte s'ouvrit et Constance parut, en robe de chambre et en pantoufles.

— Encore vous ici, monsieur! me dit-elle. Je vous croyais parti depuis longtemps.

— Je ne demande pas mieux que de partir, madame, répondis-je, mais je désire retrouver ce qu'on m'a pris. En venant hier ici, j'avais un portefeuille contenant des papiers importants que certaines personnes avaient intérêt à faire disparaître... et il a disparu!

— Et vous accusez mes gens de vous l'avoir soustrait ?.. C'est reconnaître d'une étrange façon l'hospitalité que je vous ai offerte.

— Il ne s'agit pas de vos gens, mais...

— Assez, je vous prie, interrompit-elle. J'étais couchée depuis une heure à peine, et je commençais à m'endormir lorsque vous avez fait un bruit à réveiller toute la maison. Permettez que je regagne mon lit, et veuillez chercher votre portefeuille en silence.

— Oh! il est inutile que je le cherche, il n'est probablement plus ici...

— Alors que demandez-vous donc?

— Je demande que vous fassiez appeler ceux qui me l'ont soustrait : MM. de la Coudraye et Lentague.

— Monsieur! fit-elle avec hauteur.

— Madame, repris-je, je suis décidé à ne sortir d'ici que lorsque ces messieurs seront venus s'expliquer avec moi.

— Eh! monsieur, où voulez-vous que j'envoie chercher les personnes dont vous parlez? Allez vous-même à leur domicile.

— Non; ils ne me recevraient pas. Au lieu qu'appelés par vous, ils accourront ici dans la crainte d'un scandale.

— Ces messieurs n'ont pas plus peur du scandale que moi. Je ne les appellerai pas et je vous prie de vous retirer. Si on vous a volé, allez chez le commissaire de police porter votre plainte.

Sans doute elle connaissait ma position et elle espérait m'intimider; mais je tins bon.

— Soit! m'écriai-je, je vais de ce pas chez le commissaire de police, je déclare qu'un soi-disant vicomte de la Coudraye, sous le prétexte de me conduire dans le monde, m'a introduit hier chez une nommée Mᵐᵉ Duhamel, qui donne régulièrement à jouer tous les soirs et réunit chez elle une société de grecs et de femmes légères; j'ajoute qu'on ne se contente pas dans cette maison de voler les gens les cartes à la main, mais qu'on abuse de leur ivresse pour fouiller dans leurs poches et les dévaliser.

— Monsieur!..

— Et si le commissaire de police hésite à me croire, je le prierai d'appeler en témoignage le prince de *** et le jeune officier qui se sont retirés hier soir avant le souper : ils ne me paraissaient pas entièrement édifiés sur l'insolent bonheur au jeu de M. de la Coudraye.

J'avais touché juste. Constance parut déconcertée; au lieu de prendre le ton hautain et irrité auquel je devais m'attendre, elle se rapprocha de moi d'un air inquiet; et sans doute elle allait entamer une explication et tâcher de me retenir, lorsque le domestique, qui s'était éloigné depuis l'arrivée de sa maîtresse, rentra tout à coup en criant

— Monsieur ! monsieur ! voilà votre portefeuille. Je l'ai trouvé dans la salle à manger, sous la table, à la place que vous occupiez.

J'eus un mouvement de joie, mais bientôt réprimé.

— Le portefeuille, bien ! murmurai-je ; mais ce qu'il contenait ?...

Je l'ouvris précipitamment. Quelle fut ma surprise ! il était intact, aucun papier ne manquait.

— Eh bien ? demanda madame Duhamel, qui avait repris son attitude arrogante, vous a-t-on volé, comme vous le prétendiez avec tant d'assurance ?

J'allais peut-être balbutier quelques excuses.

— Assez, me dit-elle. Je n'ai que faire de vos regrets ; mais, à l'avenir, je prierai M. de la Coudraye de mieux choisir les personnes qu'il jugera à propos de me présenter.

Et, sans me saluer, elle rentra dans sa chambre. Je donnai quelque argent au domestique et je sortis.

Il n'y avait qu'une explication possible : au moment où l'on me transportait de la salle à manger dans le boudoir, mon portefeuille était tombé de ma poche et avait glissé sous la table sans que personne s'en aperçût ; et quand, un instant après, Léonce et Lentague m'avaient fouillé sans rien trouver, ils avaient dû se dire que je leur avais fait des menaces en l'air et qu'ils étaient bien simples de s'en inquiéter.

X

Pendant trois mois, à partir de ce jour, je n'entendis plus parler de Léonce et de Lentague. Ils avaient quitté Paris le lendemain de cette nuit de jeu, soit qu'ils eussont entrepris cette fameuse campagne à l'étranger sur laquelle ils fondaient de si belles espérances, soit qu'ils eussent craint d'être inquiétés par le prince de *** et son ami, dont ils avaient éveillé les soupçons.

Combien furent longs, douloureux, ces trois mois ! Ce n'était plus le violent désespoir qui m'avait secoué lorsque je m'étais aperçu de ma ruine et de mon déshonneur... Non, j'étais alors dans un état relativement calme : c'était une noire et morne désolation, une conviction absolue que tout était fini pour moi, que je n'avais plus aucun secours à attendre. Aussi parfois je me demandais pourquoi je ne dénonçais pas mon infamie et ne livrais pas à la justice une victime qui lui serait dévolue tôt ou tard : à quoi bon ces atermoiements? Mais ces idées, je les repoussais bientôt : j'avais peur, j'étais lâche ; je tremblais pour le moment où tout serait découvert : et je n'aurais certainement pas hésité à aggraver ma faute dans le seul but d'en retarder l'explosion : témoin la fatalité, l'indifférence avec laquelle je renouvelais les emprunts qui tombaient à échéance, et remplaçais successivement un faux par un autre.

Clémence continuait à être la femme dévouée, courageuse, que j'ai tant aimée. Ne pouvant me croire capable d'une infamie, ni accablé sous le poids d'un remords, elle me supposait atteint de quelque grave maladie qui éclaterait tôt ou tard, de quelque affection mentale qui se trahissait déjà par mon humeur chagrine et l'inégalité de mon caractère. De là une profonde tristesse, que tu n'avais pas tardé à partager, mon cher Richard. Ta gaieté enfantine se taisait devant les sombres préoccupations que tu lisais sur nos visages : tu étais devenu hésitant et timide en présence de cette douleur que tu craignais de froisser par ton rire... Ainsi déjà ton enfance se trouvait empoisonnée par mon infamie!

Quel sujet d'amères réflexions pour moi!... Le soir, lorsque je voyais ta pauvre mère, courbée près de la lampe, travaillant, se fatiguant les yeux et les doigts :

— A quoi bon, pauvre femme, me disais-je, t'exténuer à économiser quelques sous? Pourras-tu jamais regagner la centième partie de ce que j'ai dissipé? Dix existences de labeur et de courage comme la tienne n'y suffiraient pas.

Persuadée que j'étais sérieusement malade, Clémence essayait tous les dimanches de me faire sortir de Paris; elle espérait que l'air de la campagne me ferait du bien. Nous allions hors barrière, ici ou là; mais quelle différence entre nos promenades et celles d'autrefois! Parfois, par une sorte de bravade, je voulais ressusciter nos gaietés des jours heureux; je donnais l'élan, et comme vous me suiviez avec bonheur!... Mais cet entrain factice ne durait pas : tout à coup je retombais, et il vous fallait revenir près de moi, comme moi tristes et chagrins...

Nous rentrions tous trois, la mort dans le cœur.

· · · · · · · · · · · · · · · ·

A cette époque, on s'occupait beaucoup dans le monde financier de détournements, de faux commis dans la banque par des employés. Ces délits se succédaient avec une rapidité et une persistance extraordinaires.

Il y a des époques pour cela. On dirait presque de certains crimes qu'ils sévissent à la façon des épidémies : répétés, continuels, menaçants pendant une certaine période; puis devenant rares, disparaissant presque pour reparaître plus tard avec une nouvelle intensité.

Un jour j'entendis, dans le cabinet de Maheurtier, un de ses amis lui dire :

— Cela gagne partout, on n'entend parler que de di-

lapidations, de vols, de fuites à l'étranger. Heureusement tu es sûr de ton caissier?

— Causson? Oh! si celui-là venait à faillir, il faudrait
douter de tous et de tout.

Cependant la plupart de ceux dont la chute faisait
ainsi scandale avaient eu jusque-là des antécédents honorables. L'un d'eux notamment était connu de moi.
C'était un garçon modeste, doux, rangé, dont j'avais
reçu plusieurs fois la visite. Certes, j'étais alors aussi
loin de le soupçonner qu'il était loin de me soupçonner
moi-même. Et peut-être en ce moment, en fuite, poursuivi, il se souvenait de moi, et regrettait de ne pas
avoir modelé sa conduite sur la mienne!... Il venait
d'être jugé par contumace et condamné à vingt ans de
travaux forcés.

Quel avertissement! quelle sinistre perspective!

La nouvelle de son aventure avait stupéfié ma
femme : Était-ce possible? Quoi! cet homme qui était
venu me voir, que nous avions connu, qui avait l'œil si
bon, si honnête, si loyal? Elle trouvait que la condamnation n'était pas assez sévère.

— Ah! Dieu merci, s'écria-t-elle, ce n'est pas toi qui
serais capable de pareilles infamies.

— Non, certes!

Elle m'embrassa avec effusion. J'étais prêt à sangloter.

Tu étais là, mon cher Richard, près de nous, tandis
que nous causions, et tu nous écoutais. Un mot t'avait
frappé dans cette conversation, que tu ne comprenais
pas et que tu ruminais, car tout à coup tu me deman-
das :

— Papa, qu'est-ce que ça veut donc dire *les travaux
forcés* ?

Oh! cette question, je l'entends encore! Je tressaillis

comme si ta voix enfantine eût sonné mon glas. Pour
cacher mon trouble, je me levai et m'éloignai sans te
répondre.

. . . .

La catastrophe ne pouvait pas tarder plus longtemps.
Elle éclata.

XI

C'était le 4 novembre, vers cinq heures; il ne
restait au bureau que Maheurtier et moi. Nous allions
sortir, quand un vieux monsieur entra : il avait l'apparence d'un boutiquier enrichi et retiré des affaires.

Maheurtier lui demanda ce qu'il voulait, en lui faisant
observer qu'il venait bien tard et qu'il vaudrait mieux
qu'il repassât le lendemain.

— Il s'agit d'affaires urgentes. Et je vous prie de
m'accorder un instant d'entretien.

Maheurtier y consentit, et ils passèrent dans son
cabinet.

Je ne sais quel instinct me dit que cet homme allait
confier à Maheurtier quelque chose qui me concernait.

J'ouvris la porte du couloir et me mis aux écoutes.

Le visiteur se nommait Roché. Il avait, en assez
grand nombre, des actions de la *Caisse*, et, à ce titre,
il était matériellement intéressé à ce qu'il ne se commît
aucun méfait dans l'administration.

— Or, dit-il, depuis hier, il m'est venu des soupçons;
j'ai des craintes.

— Quels soupçons? quelles craintes? demanda Maheurtier en se redressant.

— Il ne s'agit, bien entendu, pas de vous, mais de vos subordonnés, de vos employés.

— Je n'en ai que trois, en ce moment, dont deux employés aux écritures, ne pourraient, quand même ils le voudraient, se livrer à aucune malversation.

— Bien ; et le troisième ?

— Le troisième est mon caissier. Sans doute celui-là serait à même de commettre des détournements ; mais je suis sûr de lui. J'en réponds.

— Oh ! vous savez que depuis quelque temps il est dangereux de répondre des caissiers.

— Je vous répète que je réponds de Causson. Mais à quel propos cette alarme ?

— Voici. Depuis que j'ai quitté le commerce je fais un peu d'escompte : or, hier, un de mes clients, je pourrais dire un de mes amis, un négociant de la plus parfaite honorabilité, m'apporte à l'escompte un effet de dix mille francs, c'est-à-dire un billet de gage endossé par la *Caisse*, puis par divers, et payable en décembre prochain.

— Eh bien ?

— Attendez ! J'escompte le billet : les divers endosseurs, au nombre desquels figure en première ligne la *Caisse*, sont parfaitement bons, par conséquent je suis bien tranquille, et je ne m'enquiers même pas du nom du souscripteur. Mais, ce matin, par hasard, cet effet étant resté sur mon bureau, j'y jette machinalement les yeux et je lis cette signature : *Vidal*, 27, rue du Faubourg-Poissonnière. Il faut vous dire que c'est là précisément mon adresse ; je demeure dans la maison depuis une dizaine d'années et j'en connais à peu près tous les locataires, tous ceux du moins à qui leur position permet de souscrire honorablement des billets de cette importance.

— Je commence à comprendre ce qui vous aura alarmé.

— Oui, n'est-ce pas? Je me dis : « Tiens! il y a donc un nommé Vidal dans la maison, cela m'étonne de ne pas le connaître. » Une demi-heure après, j'avais à sortir, et je demandai au concierge s'il avait un locataire du nom de Vidal. Le concierge me répondit que non. N'est-ce pas singulier?

Maheurtier convint que cela était assez extraordinaire; cependant il n'y avait pas, suivant lui, d'inquiétude à concevoir.

— En effet, dit-il, il peut s'agir tout simplement d'une adresse mal dictée ou mal écrite ; il se peut aussi que nom et adresse soient de pure invention : par exemple, un drôle escroque des titres, craint de les négocier, et juge à propos de venir les escompter ici, absolument comme un filou engagerait au mont-de-piété des effets volés. Quoi qu'il en soit, nous n'avons rien à craindre, car, à l'appui de votre billet, il y a certainement un gage qui en représente la valeur. C'est facile à vérifier. Vous avez là l'effet en question?

— Oui, le voici.

Ils se levèrent et passèrent dans le bureau. Je n'eus que le temps de revenir à la caisse, et de tirer la porte du couloir. On s'imagine dans quel état je me trouvais. Ce billet Vidal était précisément un de ceux que j'avais souscrits sous des noms supposés.

— Causson, me dit Maheurtier, voulez-vous chercher les titres qui garantissent le prêt n° 2,181?

J'évitai de dire un mot de peur que l'émotion de ma voix ne me trahît. Je courus à mes registres et naïvement, je lus : « Trois titres de rentes cinq pour cent, chacun de 250 francs. »

C'était vrai; c'était écrit ce que je lisais. Mais ces

titres de rente, bien réels, s'appliquaient à un bordereau contigu à celui de Vidal et de la même somme. Car, dans mon trouble j'avais entendu 2,180 au lieu de 2,181. Cette erreur certainement me sauva.

— Ah! vous voyez, dit Maheurtier à son interlocuteur, il n'y a aucun danger.

Je me remis en comprenant l'erreur que je venais de commettre involontairement.

— Emprunt Vidal? demanda Maheurtier.

— Oui, emprunt Vidal, répondis-je.

— 27, rue du Faubourg-Poissonnière?

— Oui, 27, rue du Faubourg-Poissonnière.

— Vous aurez commis ou on vous aura fait commettre une erreur dans l'adresse; mais cela se vérifiera à l'échéance. C'est bien.

Tous deux me laissèrent. Maheurtier reconduisit l'actionnaire en lui renouvelant toutes les bonnes raisons qu'il pouvait avoir de demeurer en repos. Mais celui-ci, qui sans doute avait remarqué de l'hésitation et de l'embarras dans mes façons, insista pour qu'une vérification de ma caisse eût lieu. Maheurtier ne crut pas devoir résister plus longtemps à ce désir, peut-être dans la crainte que son refus prolongé ne le fît soupçonner lui-même.

En rentrant, il avait un air embarrassé. Ses manières avec moi, qui étaient plutôt celles d'un camarade que d'un supérieur, ne permettaient guère qu'il vînt brusquement m'annoncer cette vérification. Il usa d'un détour en feignant une grande colère contre M. Roché.

— Il y a, me dit-il, des gens d'une défiance infernale. Ainsi, ce monsieur qui sort d'ici est un des actionnaires les plus importants de la Caisse et désire y engager la plus grande partie de ses capitaux; mais il a des exigences incroyables. Ne voudrait-il pas se rendre

8

compte par lui-même de nos opérations, de nos façons
de procéder, de notre comptabilité ? J'ai été forcé d'y
consentir. Il sera ici demain matin à huit heures. Venez
une heure plus tôt que d'habitude ; nous lui donnerons,
ensemble, des explications. C'est ennuyeux, mais il faut
ménager les clients.

— Je comprends cela, répondis-je sans trop savoir
ce que je disais.

Ce que je comprenais surtout, c'est que j'étais bien
décidément perdu.

Nous sortîmes ensemble, et il s'éloigna bientôt dans
la direction du boulevard.

L'idée me vint de courir après lui, de lui avouer ma
faute, pour qu'il me la pardonnât et m'aidât à la réparer... Que n'ai-je cédé à cette inspiration! Mais
j'hésitai, j'avais au cœur la timidité et la lâcheté du
coupable ; et, quand j'eus fait quelques pas pour le
rattraper, il venait de disparaître.

Machinalement, et sans trop savoir pourquoi, je revins rue Vivienne. Je montai au bureau et m'y enfer-
mai, après avoir demandé de la lumière au garçon de
service, sous prétexte de travailler.

Seul, maintenant, j'essayai de rassembler mes idées
et d'arrêter un plan. Je tâchai de me figurer la scène du
lendemain; je la répétai, pour ainsi dire : — Maheurtier consultait mes livres et ne tardait pas à en découvrir les irrégularités. Il m'interrogeait. Pouvais-je nier?
Non, c'était impossible. Je répondais : — « Eh bien!
« oui, c'est vrai, après? — Mais, malheureux, ce sont des
« vols, des faux... — D'accord ; mais suis-je beaucoup
« plus coupable que vous qui trafiquez de titres dont
« vous n'êtes que le dépositaire?...» — Comme on voit,
je suivais le système que m'avait suggéré Léonce;
j'accusais au lieu de me défendre. Tout à coup je m'arrêtai.

— Mais c'est une nouvelle infamie à ajouter aux
autres! m'écriai-je. Quoi! l'accuser, lui, qui ne m'a
jamais fait que du bien, lui que j'ai indignement trompé?
Non, non! Assez d'effronterie et de mensonge comme
cela! L'heure du châtiment a sonné; courbe la tête,
misérable! Résigne-toi!

Et, passant brusquement d'un extrême à l'autre, fiévreux, à moitié fou, je me mis à mon bureau, et j'é-
crivis rapidement quelques pages où je confessais mon
crime et en demandais pardon.

Sans signer et sans relire ce papier, je le pliai et le
mis dans ma poche. Puis, incertain sur ce que j'allais
faire, je me dis qu'il me fallait un peu d'argent, soit
pour moi si je fuyais, soit pour ma femme et mon
enfant, si je me décidais au suicide.

J'ouvris ma caisse. Elle était bourrée d'or et de billets. J'y pris deux rouleaux de mille francs, et je sortis.

Je ne suivis pas mon chemin ordinaire, qui m'eût
trop vite ramené chez moi : j'avais besoin de réflexion,
de répit. La nuit tombait. J'errai par les rues, tellement engourdi dans ma douleur, que j'allais devant
moi au hasard, heurtant les passants.

Sur le boulevard des Italiens, abîmé de fatigue, je
m'assis sur un banc. Bien qu'on fût au commencement
de novembre, la soirée était douce et tiède. Je regardais les voitures, les promeneurs, et il me passait dans
la tête que tous ces gens-là étaient différents de moi,
qu'il y avait entre nous une ligne de démarcation
idéale, mais profonde et absolue. En effet, ils avaient
un but, des espérances, l'avenir devant eux; moi, je
n'avais plus rien; ma carrière se coupait et finissait
brusquement; je sombrais dans un trou boueux. J'étais
mort; eux, ils étaient vivants.

Je vis passer une escouade de gardes municipaux qui se rendaient à quelque théâtre.

— Si ces gens-là savaient qui je suis! pensai-je.

Un sergent de ville m'effleura la jambe en passant; je la retirai brusquement.

— Demain peut-être, me dis-je, cet homme aura mon signalement et me cherchera.

Je me levai et me remis à marcher, cherchant instinctivement les rues étroites et sombres.

Tout à coup une idée me traversa l'esprit : — Si j'allais voir Léonce?

Je pris la direction de son logis en doublant le pas.

Qu'espérais-je? Peu de chose, et même rien : je connaissais si bien mon homme maintenant! Mais enfin, il y avait peut-être là une dernière ressource; celui qui avait été si ingénieux à me perdre m'aiderait à me sauver.

Devant la maison, je vis un petit attroupement : douze ou quinz' curieux, et trois sergents de ville faisant le guet. Je m'avançai avec précaution

— Circulez, messieurs! faisaient les sergents de ville en écartant les curieux.

Sur le trottoir en face on causait; je m'approchai pour écouter.

— Est-ce que ce sont des assassins?

— On ne sait pas.

— Non, ce sont d's filous.

— Il paraît qu'ils ont été pincés hier dans un tripot.

— Oui, et on fait, en ce moment, une perquisition chez eux.

— Est-ce qu'ils sont beaucoup?

— Deux. Il y a longtemps qu'ils sont là; ils devraient sortir.

Je soupçonnai qu'il pouvait être question de Léonce

et de Lentague. Bientôt plusieurs personnes apparurent à l'entrée de la maison.

— Tenez ! les voici.

Chacun se précipita de ce côté. Je pus m'approcher assez pour voir et distinguer les personnes : je reconnus Léonce et Lentague.

Un agent de police et un commissaire les accompagnaient. Ils montèrent dans le fiacre qui attendait et qui se mit à rouler dans la direction de la Préfecture de police.

— Emballés, mes drôles ! fit l'homme qui nous avait donné des renseignements.

. . . .

Certes, la scène à laquelle je venais d'assister ne devait pas me causer un grand étonnement : cependant je restai stupéfié : n'y avait-il pas là quelque chose de providentiel, de fatal ?

— Moi aussi, pensai-je, demain je serai arrêté. Un passant, un curieux, s'écriera : — *Emballé, mon drôle !*

Tout ce qu'il y avait de noir, de désespéré en moi reparut à la surface. Tel était mon sort, je n'y échapperais pas...

— Eh bien, non ! jamais ! m'écriai-je : il me reste le suicide.

J'embrassai d'un coup l'avenir qui m'était réservé : mon arrestation, la prison, les larmes de ma femme et de mon enfant, le compte rendu des journaux, la publicité des débats, ma condamnation inévitable, la malédiction de mon père et de tous les miens, la vie du bagne... Et si je me tue ? mon enfant n'a pas même la honte d'une condamnation, d'une flétrissure ; on ne juge pas les morts... Ah ! plutôt mille fois le suicide ! Comment n'avais-je pas résolu cela de suite ?

8.

Je marchais d'un pas ferme maintenant. Je savais ce que j'allais faire.

En passant rue de la Monnaie, je vis la boutique d'un armurier. J'étais si bien décidé que, spontanément, j'allais entrer pour acheter un pistolet, de la poudre et des balles. Déjà j'avais la main sur le bouton de la porte, lorsqu'une réflexion m'arrêta. « Suffit-il de demander ces choses-là pour qu'on vous les donne? L'état dans lequel je suis peut inspirer des soupçons à l'armurier. Il me fera suivre peut-être... Non ! »

Je repris mon chemin. — « A quoi bon un pistolet ? l'homme décidé à mourir, comme je le suis, a des moyens infaillibles ! »

J'étais arrivé sur le Pont-Neuf.

« Ceci, dis-je en regardant le fleuve, est à la portée de tout le monde. »

Je m'accoudai sur le parapet, je regardai l'eau brune et profonde. Je n'éprouvais plus la moindre agitation ; mes idées étaient nettes, précises. En effet, pourquoi du trouble ? C'était un parti pris ; une chose résolue, fatale.

En une minute mon plan fut arrêté.

« Je suis sûr de la mort, me dis-je ; je n'aurai qu'à me lier les bras ou les jambes de façon à ne pouvoir nager... Mais pourquoi me précipiter maintenant ? Il y a trop de monde ; on voudrait me secourir. Il ne faut pas que mon dessein puisse avorter. Je dois revoir ma femme, mon enfant, les embrasser une dernière fois. Je rentre : ils ne se doutent de rien ; je prétexte un travail qui me retiendra une partie de la nuit ; je veille, et, pendant qu'ils dorment, je sors doucement, je me fais ouvrir la porte, et je reviens sur le pont. Il est deux ou trois heures du matin, tout est désert. Je me précipite. C'est fini. »

Satisfait de cette résolution, je passai sur la rive gauche et je rentrai chez moi.

A mesure que j'approchais, je sentai le cœur me battre plus fort ; arrivé rue d'Enfer, je m'arrêtai : Pourrai-je cacher mon trouble ! à Richard, oui ; mais à ma femme ?... Et, à supposer qu'elle ne se doute de rien, si la vue de ces deux êtres chéris allait m'enlever mon courage ?... si j'allais manquer de cœur ?

J'hésitai ; je fus prêt à revenir sur mes pas, et à en finir tout de suite.

— Non ! me dis-je, Clémence n'aura aucun soupçon. Sa vue et celle de Richard ne peuvent que m'encourager. N'est-ce pas pour eux, encore plus que pour moi, que je veux mourir ? Allons ! pas de faiblesse.

Je montai.

J'avais eu tort de douter de moi : je soutins admirablement mon rôle. J'eus un air naturel, et même peut-être moins préoccupé que d'habitude.

Depuis longtemps je rentrais en retard. Je donnai mon prétexte habituel : j'avais été retenu à mon bureau par un travail pressé ; ce travail était même si considérable, que je serais probablement obligé de passer une partie de la nuit pour l'achever.

Clémence accepta ces raisons ; elle se borna à me faire observer qu'elle craignait que je ne tombasse malade à me fatiguer ainsi. Je la rassurai.

Le dîner m'attendait depuis longtemps. Je mangeai avec appétit. Le repas fini, près du feu, — toi, Richard, entre nous deux, nous causâmes longtemps, bien plus longtemps que d'ordinaire : il semblait que je ne pusse me rassasier de vous deux.

Je te pris sur mes genoux, mon cher enfant, je t'embrassai à plusieurs reprises, mais doucement, sans démonstration, froidement pour ainsi dire. Et cependant

quel cœur dans ces baisers, les derniers ! Je prome-
nais mes mains sur ton cou, sur tes épaules, sur ton
visage ; je roulais tes boucles blondes autour de mes
doigts, comme si j'eusse voulu m'imprégner de toi et
emporter quelque chose de ton être dans la tombe que
j'allais m'ouvrir. Et toi, qui ne pouvais te douter de
cela, pauvre enfant ! tu t'impatientais de ce manége.
Tu criais de ta voix mutine : — Veux-tu bien finir ?
vilain papa qui me tire les cheveux !

Je me dis qu'il fallait que ta mère fût endormie aussi
bien que toi pour que je pusse exécuter mon projet. Je
parlai de mon travail, et j'engageai Clémence à se
coucher. Elle manifesta le désir de veiller de son
côté. Je m'y opposai énergiquement : cela la fatiguait ;
je ne le voulais pas. Elle céda ; et, sans affectation,
presque tranquillement, je la serrai dans mes bras et
l'embrassai... Oh ! la chère femme !... Mais non ! il ne
fallait pas. Ce dernier adieu, ce suprême baiser, devait
être froid et tranquille !

Elle se coucha, et bientôt je fus seul dans la pièce
qui me servait de cabinet. Je plaçai ma montre sur la
table. Il était dix heures. Je décidai que je sortirais à
deux heures après minuit. J'avais quatre heures devant
moi.

Était-ce l'influence produite par cette dernière scène
ou par l'approche de l'heure fatale ? je ne sais ; mes
pensées prirent une teinte de mollesse et d'attendrissement ; je m'apitoyai... Je ne voulus plus songer à
ma femme et à mon enfant ; mais je revis mon village, mon
père et ma mère ; je me souvins de mes jeunes années,
des débuts si heureux de mon mariage... Des larmes
sillonnaient mes joues... Je chassai brusquement ces
souvenirs énervants.

Il était dix heures et demie.

— Allons ! me dis-je, écrivons à Clémence un mot qu'elle trouvera demain. Quel réveil ! Pauvre femme ! Cela est capable de la tuer... N'importe ! il le faut.

Et, avant d'écrire, moi qui me croyais si résolu, si ferme, je m'arrêtai. Je réfléchis encore. Je me mis à douter que le suicide fût mon seul refuge. Une question se posa devant moi: — « Ai-je le droit de me tuer ? » Ce n'étaient pas, je l'avoue, des considérations religieuses qui me faisaient hésiter : non, je doutais de mon droit au point de vue purement humain. Je me disais qu'il y avait des compensations nécessaires. — « J'ai lésé la société par mon crime : je lui dois une réparation, une expiation. J'ai contracté une dette envers elle ; je renie cette dette en me tuant ; je me rends insolvable ; je fais banqueroute à la société. »

Je me laissai aller quelques instants à ces idées ; tout à coup, je les repoussai comme une lâcheté. C'était une insidieuse façon d'éviter la mort ; je reculais ; je cherchais des biais, des prétextes !... Pourquoi donc ces scrupules ne m'étaient-ils pas venus tout de suite ? Pourquoi ne m'avaient-ils pas agité quand, après avoir été témoin de l'arrestation de Léonce et de Lentague, j'avais vu si clair dans ma destinée, j'avais compris d'une façon si nette qu'il ne me restait plus qu'à mourir ? Que venais-je parler d'expiation et de réparation esquivées ? Non sans doute, il n'est pas bon que le crime reste impuni ; mais le mien le sera-t-il donc ? Quelle est la plus redoutable peine infligée par les hommes ? La mort ! N'est-ce pas cette peine-là que je m'inflige ?... Une réparation ?... Lorsque j'aurai pourri le reste de mes jours dans un bagne, où sera la réparation ? quand, par l'éclat d'un procès scandaleux, j'aurai imprimé la honte sur mon fils et ma femme, qui sont innocents, où sera l'équité ?... Allons ! plus d'hésitation:

Je me mis à écrire rapidement, fiévreusement. Mes idées se heurtaient, s'enchevêtraient. Tout le désordre de mon cœur et de mon esprit jaillissait pêle-mêle sur le papier... Quels élans ! Comme je m'accusais et demandais pardon !... Quels adieux !...

Il était une heure du matin. Je terminai ce griffonnage. Je ne voulus pas le relire ; j'avais peur de retomber dans quelque nouvelle hésitation : il fallait marcher sans s'arrêter ni retourner la tête ; il fallait en finir.

Je me levai doucement et me disposai à sortir.

Mon cabinet était au fond de l'appartement : il me fallait passer par la chambre à coucher. Je la traversai avec des précautions infinies. Clémence avait les yeux fermés et semblait reposer. Je la regardai un instant ; j'eusse voulu l'embrasser, c'était impossible... Les yeux mouillés de larmes, le cœur défaillant, je dus me contenter de me tourner vers elle, et avec la main de lui envoyer un baiser, en murmurant tout bas :

— Adieu !

Elle n'était pas endormie, elle feignait de l'être ! Elle avait vu mon geste, et si bas qu'eût été prononcé ce mot *adieu*, elle l'avait entendu. Comme si une commotion électrique l'eût frappée, elle se leva ; d'un bond elle fut à moi, me prit dans ses bras, et, effrayée, folle, impérieuse ;

— Pourquoi ce baiser ? Pourquoi cet adieu ? Qu'est-ce que cela veut dire ? Dis-le moi. Je veux le savoir.

Je fus épouvanté de ce réveil et de ces questions ; j'affectai cependant un air tranquille, et posant la lampe sur la cheminée :

— Il n'y a rien, dis-je ; qu'as-tu donc ?

— Si, s'écria-t-elle, il se passe quelque chose d'extraordinaire. Tu as beau retenir tes larmes; je les vois rouler dans tes yeux.

— Moi! ah! par exemple!

— Tu pleures.

— C'est peut-être la fatigue d'avoir veillé.

— Non, il y a autre chose. Pourquoi ces airs mysté-rieux, cette lampe baissée, ce baiser de loin, du bout des doigts?

— J'avais peur de t'éveiller.

— Enfin, ce mot adieu?

— L'ai-je dit ? Je ne me souviens pas.

— Et ton émotion, ta figure altérée ?

— Pas le moins du monde. Je n'ai pas la figure al-térée. C'est tout naturel, je... Eh ! mon Dieu ! m'é-criai-je, qu'est-ce que tout cela signifie ? Je suis là, dans cette chambre, à travailler. Ma besogne même n'est pas encore achevée, et il faut que je me hâte de la reprendre. Pendant que je griffonne, vous êtes là tous deux, toi et Richard, à côté de moi. Je songe à vous, je laisse une minute mon travail pour venir voir si vous reposez, si vous dormez bien...

Elle m'interrompit : — Non ! ce n'est pas cela, ne mens pas, je t'en conjure...

Elle m'enlaçait dans ses bras, suppliante, éplorée.

— Mais non, dis-je, il n'y a pas autre chose Voyons, Clémence, je t'en prie, laisse-moi finir ma tâche, et vite, recouche-toi. Il fait froid, tu es impru-dente, tu peux attraper du mal...

— Comment veux-tu que je dorme, quand tu me ca-ches un secret, quelque chose d'affreux, peut-être ? Oh! il y a longtemps que je m'en doute, que je souffre, que je gémis en silence. Qu'ai-je fait pour ne plus avoir ta confiance ?

Elle s'assit sur le lit tristement, les bras pendants,

et de grosses larmes lui sillonnaient les joues. J'allai vers elle, je l'embrassai et la suppliai de se remettre au lit, d'être calme, de dormir.

— Non, fit-elle, en m'écartant avec un mouvement triste et découragé, je ne pourrais fermer l'œil, je vais m'habiller.

Elle prit en effet ses vêtements.

J'étais au désespoir. Il était deux heures du matin. Elle allait veiller, se tenir là tout le reste de la nuit. Il me serait impossible d'éviter son regard, de sortir...

Je me laissai tomber sur une chaise et cachai ma tête dans mes mains. Puis, mon pauvre cœur, meurtri par toutes ces terribles émotions, se brisa tout à coup, et je sanglotai.

Clémence ne fit qu'un bond, elle se jeta à mes genoux, me prit les mains, me les pressa, et, en larmes, elle aussi :

— Ah ! je savais bien, s'écria-t-elle, que tu souffrais ! Tu as depuis longtemps un secret qui te pèse, qui te tue. Partage-le avec moi, confie-le moi.

Je détournai la tête, je voulus, par un suprême effort, nier encore, protester ; elle ne m'en laissa pas le temps.

— Ne nie pas, s'écria-t-elle. Ce serait inutile. N'affecte pas un calme, une tranquillité que tout dément. Me crois-tu donc aveugle ? Ah ! il y a près d'un an que je sens planer sur nous un malheur. Quel est-il ? J'ai inutilement cherché ; j'ai tout supposé, et je n'ai pu m'arrêter à rien. Mais ce malheur est sûr, imminent. Comment ne l'aurais-je pas soupçonné ? Depuis un an, tu n'est plus le même : toujours sombre, préoccupé, insensible à mes caresses et à celles de ton enfant, comme si une barrière se fût élevée entre toi et nous. Que t'avons-nous fait ? Ne nous aimes-tu plus ?

— Ah ! m'écriai-je, tu le sais bien, que je vous aime !

— Alors pourquoi n'as-tu plus avec nous de ces bonnes expansions d'autrefois ? Les gentillesses de Richard te font mal, t'irritent. Pauvre enfant ! il s'en aperçoit, il en est tout triste. Moi, tu me repousses. Tu ne peux rester auprès de nous, ou tu y restes silencieux, farouche. As-tu à te plaindre de moi ? Ah ! je t'en supplie, parle. Je ferai tout pour tâcher de te plaire, pour ramener un sourire sur tes lèvres.

— Non, dis-je, il ne s'agit ni de toi, ni de Richard ; tu es la meilleure des femmes, comme il est le plus doux des enfants. Ce sont vos bonnes qualités à tous deux qui redoublent mon ennui, qui achèvent de m'accabler.

— De t'accabler ! fit-elle avec stupeur ; c'est à n'y rien comprendre, à en perdre la raison ! Comment notre amour, qui devrait faire ton bonheur, te rend-il plus malheureux? Où trouver un remède à un mal qu'on ne connaît pas, que tu t'obstines à cacher ? Bien des fois je t'ai interrogé, et non-seulement tu ne m'as pas répondu, mais encore mes questions t'irritaient. Alors, je me suis tue, j'ai tâché d'imaginer, mais quoi ? à quelle supposition m'arrêter ? J'aurais peut-être dû t'épier, peut-être aurais-je surpris ton secret : je n'ai pas eu ce courage ; cela me répugnait. Cependant, sans le vouloir, que de symptômes alarmants, terribles, j'ai saisis ! Ta tristesse qui devenait de plus en plus sombre, tes inquiétudes, ces terreurs qui parfois te donnaient la fièvre... mon Dieu ! qu'y a-t-il là-dessous ?... Et tes regards, tes absences, ces nuits passées, sous prétexte de travail ? Pourquoi n'en était-il jamais ainsi il y a un an ? Que faut-il que je croie ? Ah ! cette incertitude est effrayante; elle me tue.

9

— Pourquoi te tourmenter ainsi ? Il n'y a vraiment pas sujet... Remets-toi... Aie confiance...

Je balbutiais, je ne savais plus que dire. Le terrible aveu me brûlait les lèvres, et cependant je ne pouvais me décider à le laisser échapper.

— Que j'aie confiance, fit-elle avec un sourire navré, quand ce soir encore tu as usé d'une défaite, d'une dissimulation envers moi !

— Clémence !...

— Oui ! Crois-tu donc, tourmentée, effrayée, comme je le suis, que j'aie pu dormir depuis hier soir ! J'ai veillé, j'ai prêté malgré moi l'oreille. Eh bien, travaillais-tu, là, dans cette chambre à côté, à une besogne de ton bureau ? Non ! tu n'avais apporté ni papiers, ni registres ; et puis, j'ai entendu ton pas agité, tes soupirs étouffés...

— Je t'assure...

Elle releva la tête brusquement, et me regardant en face :

— Veux-tu me montrer le travail que tu es en train de faire ?

— Mais, m'écriai-je, ces soupçons, cette inquisition...

— Ah ! quand tu devrais me haïr à jamais, il faut que je sache la vérité.

Et, rapide, sans que je pusse la retenir, elle s'élança dans mon cabinet.

La lampe, restée dans la chambre, éclairait assez cette pièce pour qu'elle aperçût la lettre que je venais d'écrire et qu'elle devait ouvrir le lendemain.

Elle la prit. Mais j'étais près d'elle et je voulus la lui arracher.

Elle résista Ce fut une sorte de lutte mêlée de supplications de part et d'autre. Nous étions revenus dans la

chambre à coucher. Clémence, tenant toujours la lettre,
avait pu lire la suscription : *Pour Clémence.*

— Pour moi ! s'écria-t-elle.

— Oui. Mais, je t'en prie, tu ne devais lire cela que
plus tard.

— Pourquoi plus tard ? pourquoi m'écrire ?... Ah !
je m'explique ce mot *adieu.* Tu voulais donc nous quitter, fuir !...

— Je t'en supplie, ne lis pas, ne m'interroge pas...

J'allai vers elle et, impérieusement, sans, du reste,
qu'elle résistât beaucoup, je lui repris cette lettre.

— Il y a donc, s'écria-t-elle, un malheur épouvantable ; je ne me trompais pas !... Et tu veux me le cacher?... Pourquoi ? Ne suis-je plus rien pour toi ? Ne
t'aimé-je plus, que tu doutes de moi?... Oh! parle, je
t'en conjure... Quoi qu'il arrive, je suis prête à te suivre partout. Un malheur supporté en commun me sera
moins lourd que ton silence et ces angoisses... Tu verras si je suis courageuse et dévouée; mets-moi à l'é-
preuve.

En parlant ainsi, elle se jeta à mon cou, suppliante,
caressante. Machinalement, plutôt que par un effet de
ma volonté, car j'étais abîmé, vaincu, je l'écartai doucement. Elle aussi n'en pouvait plus. Elle baissa la tête
et laissa tomber ses bras.

— Alors, dit-elle, tu veux que je meure ; tu veux
me tuer...

Je fus navré de son accent. L'idée me vint que si elle
apprenait cette nouvelle sans que je fusse là pour amor-
tir le coup, elle se porterait à quelque extrémité...
Alors que deviendrait Richard?...

Je relevai tristement la tête et fixant mon regard sur
elle :

— Ecoute, lui dis-je, tu le veux absolument. Tu as

du courage, tu le dis, et j'ai pu le voir ; mais auras-tu
la force de supporter ce que je vais t'apprendre ?

— Mon Dieu ! qu'est-ce donc ?

— Tiens, lis !

Et je lui tendis la lettre.

Elle la prit, l'ouvrit d'une main tremblante et s'approcha de la lampe. Elle était en proie à une telle émotion que sa main froissait et faisait vaciller le papier.

— Je n'y vois pas, dit-elle.

Cependant elle finit par distinguer quelques mots.

— Tu me demandes pardon, fit-elle, tu demandes
pardon à notre enfant ; que nous as-tu donc fait ?

— Ce que je vous ai fait ? Ah ! misérable que je suis !
je vous ai perdus à jamais ! je vous ai flétris...

— Flétris, perdus ! répéta-t-elle.

Je marchais à grands pas dans la chambre.

— Oui, dis-je brusquement, lis ! Et, tiens ! laisse-moi
sortir, j'ai la tête en feu. L'air me fera du bien ; tu liras
pendant ce temps.

Je me dirigeai vers la porte. Mais elle me barra le
passage.

— Tu ne sortiras pas ! s'écria-t-elle.

— Non, laisse-moi, je le veux !

Une subite exaltation s'était emparée de moi. Incon-
séquent comme tout homme au désespoir, je venais en
une minute de changer d'idée. Je voulais, quoi qu'il
pût advenir en mon absence, sortir et mettre à exécution mon projet. Clémence me résista.

— Jamais ! tu es égaré, hors de toi...

Elle lutta vaillamment.

— Tu veux donc, m'écriai-je, que je tombe vivant
entre leurs mains ! Tu veux que j'aille au bagne ?

— Au bagne ?

— Oui, je suis un voleur, je suis un faussaire !

Cette révélation lui arriva comme un coup de massue. Elle chancela et s'appuya à la cloison pour ne pas tomber. Pauvre chère créature ! Jamais dans ses plus effrayantes suppositions elle n'avait pu imaginer que je fusse capable de quelque chose de pareil. Elle fut sur le point de s'évanouir.

Je l'écartai et tournai le bouton de la porte pour sortir.

— Dans quelques heures je serai découvert, emprisonné, m'écriai-je. Plutôt mourir !

Clémence s'était ranimée ; elle s'élança, elle s'attacha à moi.

— Non, reste !... jamais !.. je ne veux pas ! s'écriat-elle.

— Tu veux donc achever de me perdre !

— Qu'y-a-t-il ! ô mon Dieu ! je deviens folle ; viens, ne me cache rien et tâchons d'aviser ensemble.

Elle m'entraîna. Je m'assis ou plutôt je tombai sur le bord du lit. Elle s'assit près de moi, me prit dans ses bras, me pria, m'encouragea, vainquit mes hésitations et mes hontes, et je parlai au milieu des larmes...

Quelle confession !

Je lui dis tout : comme j'avais été abusé, entraîné ; mes angoisses, mes faiblesses. Ah ! noble et courageuse femme, sous un pareil coup elle ne fléchit pas. Elle eut des paroles pour me plaindre, des sourires pour me dire qu'elle m'aimait encore et malgré tout.

— Tu allais mourir, s'écria-t-elle, et tu as cru que je te survivrais ? Non ; s'il faut que tu meures, je mourrai avec toi.

— Je ne le veux pas, répondis-je. Oh ! si nous n'étions que nous deux, peut-être. Mais ce pauvre enfant qui est là, qui resterait seul ! Tu le vois bien, c'est impossible. Laisse-moi subir les conséquences de mon crime.

— Tu ne mourras pas. Je te le défends !

— Que veux-tu que je fasse ? Me laisser condamner, emprisonner ?

— Non ! fuis.

— Fuir ? où ? comment ?

— Essaye toujours. Dieu te protégera.

Je repoussai avec force toutes les raisons qu'elle me donna : je n'avais d'autre refuge que le suicide. Elle comprit qu'elle ne triompherait pas de ma résolution.

Alors il lui vint une de ces inspirations spontanées, comme seules peuvent en avoir les natures vraiment aimantes :

— Soit, s'écria-t-elle tout à coup. Tu veux mourir ; mais je t'ai dit que tu ne mourrais pas seul. Viens, que ce soit une affaire résolue.

— Mais Richard, notre enfant ! m'écriai-je.

— Eh bien ! qu'à cela ne tienne !

Elle ouvrit la porte du cabinet où tu étais couché, et, se dressant devant moi, avec une résolution effrayante :

— Il y a, dans la maison, assez de charbon pour nous trois, dit-elle.

— Pour nous trois ! Y songes-tu ?

— Oui. Puisque tu le veux ! C'est toi qui l'auras tué !

Ce fut à mon tour de la prier ; elle fut inflexible ; quand je lui disais que nous n'avions pas le droit de disposer de la vie de notre enfant, elle répondait :

— Qu'importe !

Ah ! sans doute, elle savait bien que je ne consentirais jamais ; si je l'eusse mise à l'épreuve, elle eût été la première à me demander grâce.

Ce fut moi qui dus fléchir. Et, peut-être, éprouvai-je une satisfaction secrète et inavouée à voir ce chemin de la mort si énergiquement barré devant moi.

— Que veux-tu donc ? demandai-je.

— Que tu vives ! Non-seulement parce que je t'aime
et t'aimerai toujours, mais parce que ta vie est utile.

— De quelle utilité peut être ma vie, si je suis arrêté, jugé, emprisonné ?

— Tu as encore du temps devant toi, fuis ! Tu passe-
ras à l'étranger, je t'y rejoindrai avec Richard.

Ici, je l'arrêtai.

— Non ! dis-je énergiquement. Jamais !

Malgré l'abjection où j'étais descendu, je ne pouvais
me faire à l'idée que ma honte rejaillît sur mon enfant.
C'était cette crainte surtout qui m'avait poussé au suicide. Moi mort, plus de poursuite, plus de condamnation, plus d'infamie déversée sur les miens. Au contraire,
si je fuyais et si Clémence me rejoignait plus tard, avec
son enfant, pouvais-je espérer que celui-ci, vivant à
l'étranger, y vivant pour le reste de ses jours, ignore-
rait mon passé ?...

— Écoute, dis-je à Clémence, je le veux bien, je fui-
rai ; je travaillerai, je réparerai mon crime, autant que
possible et dans la limite de mes forces, mais à une
condition...

— Laquelle ?

— Dès que j'aurai mis le pied hors de France, je
veux être mort pour tous : toi seule me sauras vivant.
Mon nom, qu'une condamnation va flétrir, je ne le porterai plus, et tu vas me jurer que notre enfant ne le portera jamais.

Je n'eus pas besoin d'insister pour être compris. Clémence me fit la promesse que j'attendais d'elle.

— Laisse passer les poursuites et la condamnation ;
que Richard les ignore. Il a cinq ans et demi : il est
facile de les lui cacher. Dès ce matin, conduis-le chez
Mme Urbain ; et, dans la soirée, que Mme Urbain le
mène à Montreuil, où il restera six mois, un an s'il
le faut. Hélas, il aura bientôt oublié son père !...

Oublié par toi, mon fils ! Ah ! cette pensée me déchire le cœur. De grosses larmes coulaient de mes yeux.

— S'il te parle de moi, continuai-je, tu lui diras que je suis parti pour un long voyage. Plus tard, tu lui apprendras ma mort...

Et comme j'allais encore m'attendrir :

— Non, m'écriai-je avec énergie, je ne veux pas, s'il a un jour de nobles instincts, de généreuses aspirations, qu'il soit écrasé par mon nom, par mon passé. Il faut qu'il entre dans la vie sans souillure !

Ces conditions acceptées, il fut question de ma fuite, des moyens que nous emploierions pour correspondre à l'insu de tous.

Cinq heures sonnèrent. Je n'avais plus un instant à perdre : il fallait partir.

Tout à coup je me souvins que j'allais laisser Clémence sans argent.

— J'ai deux mille francs, lui dis-je; la moitié me suffira. Toi, il te faut quelques ressources.

— Non, dit-elle, je ne veux rien.

— Tu rougis de toucher à cet argent, n'est-ce pas ? Tu as raison. Ah ! cette dernière humiliation m'était réservée !

Elle se jeta en pleurant dans mes bras, me demanda pardon, et, ouvrant le rouleau de mille francs que j'avais posé sur ma table, elle y prit quelques louis.

— C'est tout ce qu'il me faut, dit-elle, pour attendre le moment où je pourrai travailler.

.   .   .   .

Je me dirigeai vers ton lit, mon cher Richard, je t'embrassai longuement, en silence, et lorsque tu te réveillas peu de temps après mon départ, ton visage devait être encore baigné de mes larmes...

Puis, je la pressai longtemps sur mon cœur, elle, ma chère compagne, ma courageuse femme !

. . . .

J'errai un instant dans les rues, attendant une voiture qui pût me conduire quelque part : je ne savais où, car nous n'avions rien pu décider quant à ma fuite.

Un fiacre passa. Je l'appelai et je montai dedans.

Lorsque le cocher me demanda où je voulais être conduit, j'eus un instant d'hésitation ; puis j'indiquai, au hasard, la barrière Blanche, et je roulai sans savoir ce que j'allais devenir.

. . . .

. . . .

Ici se termine la première partie des *Mémoires* de Causson.

Le récit qui va suivre est extrait de la seconde partie de ces *Mémoires* et des documents judiciaires et de police que nous avons pu nous procurer.

XII.

Après le départ de Causson, Clémence rentra dans l'appartement.

Cette foudroyante révélation, les émotions de cette scène l'avaient brisée. Ses jambes fléchissaient, elle se laissa tomber inerte sur son lit.

Alors éclata son désespoir, jusque-là contenu. Des sanglots convulsifs faisaient haleter sa poitrine, des larmes inondaient son visage.

Mais ce n'était pas une nature vulgaire. Elle ne devait pas tarder à réagir contre cet inévitable saisissement, contre ces défaillances de la première heure.

Bientôt, en effet, elle se redressa. Lentement, et d'une main qui tremblait à peine, elle essuya ses larmes. Ses traits, tout à l'heure contractés, avaient maintenant la pâleur et l'immobilité du marbre; ses grands yeux noirs, secs et fixes, exprimaient une résignation et une fermeté stoïques. Une voix intérieure lui avait crié: « Pas de lâcheté! Si rude que soit l'épreuve, il « faut la subir; si lourd que soit le fardeau, il faut le « porter. Lutte et souffre! c'est ton devoir. » Et cette âme vaillante s'était roidie, résolue à sa tâche, prête à s'y user jusqu'au bout.

Elle s'habilla à la hâte. Puis, elle ouvrit les tiroirs de la commode; elle y prit les hardes de son enfant, qu'elle noua dans un foulard; elle fit un autre paquet de ses hardes à elle.

Tout était prêt. Il n'était que temps de partir : les gens de la justice pouvaient arriver; il ne fallait pas que Richard assistât à des événements dont il pourrait un jour se souvenir.

Elle entra dans le cabinet. L'enfant, dans son petit lit, dormait, un de ses bras étendu, l'autre mollement replié au-dessus de sa tête; la lumière du matin baignait, sans les entr'ouvrir, ses paupières aux cils longs et soyeux. En voyant cette tête fraîche et reposée, ces lèvres roses et vaguement frémissantes, comme dans l'attente du baiser maternel, Clémence eut un brusque tressaillement et ses yeux se mouillèrent. Mais elle se raffermit bien vite. Plus de faiblesse!... Celle-ci devait être la dernière.

Elle toucha la main de l'enfant et l'appela doucement. Il ouvrit des yeux étonnés, s'agita pour chasser un reste de sommeil, et, tout en se détirant, se laissa embrasser.

Il demanda pourquoi on l'éveillait, s'il était l'heure d'aller en classe?

— Non, dit-elle ; tu as congé aujourd'hui.

— Congé... tiens ! Pourquoi donc?

Et, sans attendre d'explication (car c'était déjà une imprudence d'en avoir demandé une), il manifesta sa joie.

Mais ce fut bien autre chose quand il apprit qu'on allait à Montreuil, chez Mme Prévot ! Il battit des mains, il gambada sur son lit, il sauta au cou de sa mère.

— Bonne petite mère !... Il était triomphant. Et des questions : — Quand partirait-on? — Tout de suite. — Avec papa? — Non. Il était à son bureau. — Ah ! le vilain papa !... Eh bien, tant pis ! on s'amuserait sans lui, avec les petits Urbain,... car on allait prendre les petits Urbain en passant, n'est-ce pas? — On essayerait. — Oui ! Et s'ils ne venaient pas, eux non plus, tant pis encore ! Il s'amuserait tout seul... avec Phanor. (Il avait gardé le meilleur souvenir du chien de la jardinière)... Et il courrait par tout le jardin ; il toucherait aux espaliers ; il mangerait des pêches... Oh ! des pêches !...

Il fallut qu'elle lui expliquât qu'il n'y avait pas de pêches au mois de novembre, et pourquoi il n'y en avait pas... et qu'elle fût calme et souriante à cette joie enfantine !

Habillé à la hâte, il ne se fit pas prier pour quitter la maison.

C'était par un affreux temps de neige fondante et de boue. Ils allèrent, se tenant par la main, clapotant dans les rues, — elle, pressant le pas, soucieuse, lui, absorbé dans son rêve et insensible aux ennuis du chemin.

On arriva rue Saint-Antoine, chez les Urbain. Le

mari était déjà à son atelier ; Mme Urbain, seule avec ses deux enfants. Ce fut une surprise : comment se faisait-il que Clémence vînt à pareille heure ? qu'était-il donc arrivé ?

Clémence s'enferma avec Mme Urbain dans une chambre contiguë. C'était pour elle un instant redouté. Elle dut avouer le crime et la fuite de son mari, subir les étonnements et les questions de son amie : « Comment donc ? Ah ! mon Dieu ! mais ce n'est pas possible ! » Et cette répulsion, mal déguisée sous de la pitié, que toute déchéance inspire même aux meilleurs et aux plus dévoués. Elle supporta courageusement cette épreuve.

Pressée de repartir, de savoir si Mme Prévot consentirait à se charger de Richard pendant quelques jours, elle pria Mme Urbain de lui retenir, pour le soir même, une chambre meublée, au plus bas prix possible, dans le quartier Saint-Antoine. Car, pour ce qui était de revenir dans l'appartement de la rue d'Enfer, jamais elle n'y consentirait;... et peut-être, d'ailleurs, l'en chasserait-on !

Pendant ces confidences, les trois bambins, eux aussi, n'avaient pas cessé de causer. Richard avait dit son voyage à Montreuil, et les petits Urbain voulaient absolument qu'on les y menât avec lui. Sur le refus de leur mère, ce furent des larmes, des cris. Il fallut pour les apaiser un peu, qu'on leur promît une compensation; et encore regardèrent-ils partir Richard d'un air triste et boudeur. Ils lui portaient envie !

Ce fut, de la barrière à Montreuil, un long et pénible trajet. Allégée de ses hardes, qu'elle avait laissées chez Mme Urbain, soutenue par une énergie fébrile, Clémence dut prendre et porter son enfant dont les pieds s'engluaient dans la boue. Elle fit de fréquentes haltes avec ce fardeau, sous un vent froid. Enfin elle arriva.

Chez Mme Prévot, mêmes confidences, même confusion douloureuse. L'excellente femme déclara qu'elle serait trop heureuse de garder Richard près d'elle, mais le difficile fut de le faire consentir à rester.

Son beau rêve s'était évanoui; il avait passé par toutes les déceptions : d'abord, les petits Urbain qu'on n'avait pas laissé venir; puis, cette vilaine route et cette bise glacée. On arrivait : la maison était triste; sa mère causait avec Mme Prévot, et il restait seul. Il s'était glissé dans le jardin : c'était laid, plus de fruits aux arbres, à peine quelques feuilles flétries. Enfin, il avait fait des avances à Phanor, et celui-ci, peu soucieux de quitter la paille de sa niche, s'était mis à gronder. Il n'y avait évidemment plus qu'à retourner à Paris.

Aussi, en apprenant qu'il lui fallait rester à Montreuil, opposa-t-il une vive résistance. Les caresses de Mme Prévot et les injonctions de sa mère le touchèrent peu. Ce qui le décida, ce fut de voir celle-ci affligée, prête à pleurer : il eut honte de lui causer ce chagrin.

Et, passant d'une extrémité à l'autre, il déclara qu'il avait tort, qu'il se plaisait beaucoup chez Mme Prévot, qu'il serait bien sage — à condition pourtant que sa mère reviendrait le lendemain. Elle le lui promit et l'embrassa avec force. Il la regarda partir, tâchant de sourire, quoique son petit cœur fût bien gros.

Et elle, chemin faisant, songeait à cet enfant qui la consolerait par sa gentillesse, qui grandirait près d'elle, tandis que son père ne le verrait plus.

— Moi qui me plaignais ! murmura-t-elle.

XIII.

Voici, pendant ce temps, ce qui se passait rue Vivienne.

M. Roché, persistant plus que jamais dans ses soupçons, était venu sonner au bureau de la *Caisse centrale* bien longtemps avant l'heure indiquée par Maheurtier.

Le garçon de bureau l'introduisit en le priant d'attendre. M. Roché attendit, mais en maugréant contre ces chefs de maison, ces directeurs, qui peuvent dormir avec l'idée qu'on les vole.

— Quelle insouciance, quel laisser-aller ! se disait-il. Comment veut-on que les domestiques et les subalternes restent honnêtes, quand les maîtres ferment les yeux?... Ceux-ci sont les vrais coupables, et on devrait les punir.

Enfin, vers huit heures un quart, Maheurtier entra.

— Vraiment, mon cher directeur, vous n'y songez pas ! s'écria M. Roché en l'apercevant. Comment pouvez-vous être aussi tranquille, quand il est certain que ce caissier a abusé de votre confiance?

— Allons donc !

— C'est certain, vous dis-je. J'ai cherché ce Vidal, le prétendu souscripteur de mon billet, et je ne l'ai pas trouvé.

— Qu'importe !... puisque nous avons un solide nantissement.

— Est-ce bien sûr ?...

— Vous avez entendu comme moi, hier, l'énonciation des titres.

— Hum !... Puis, il est tard, et il devrait être ici

depuis longtemps, ce caissier... Vous lui avez donné
rendez-vous pour huit heures ?

— Oui, mais il l'aura oublié. Il va venir, comme
d'habitude, à neuf heures. Attendons.

Neuf heures sonnèrent, puis le quart après. Tous les
employés étaient à leur poste; mais de Causson, pas
de nouvelles. M. Roché triomphait; Maheurtier commençait à avoir des craintes : il avoua que ce retard
lui paraissait en effet singulier; et il envoya un de ses
commis aux informations rue d'Enfer.

Le commis prit une voiture, et, une demi-heure après,
rapporta ce que le lecteur sait déjà : Causson était
sorti le matin, avant le jour, et sa femme et son enfant
n'avaient pas tardé à le suivre.

Alors plus d'incertitude : le vol était manifeste.
M. Roché se souvint qu'il était un des plus forts actionnaires de la *Caisse*, et se montra moins glorieux. Maheurtier, au contraire, gardait le plus grand sang-
froid; à peine avait-il laissé échapper un mouvement
de surprise : il envisageait la situation et la jugeait
avec sa lucidité d'esprit habituelle.

— Causson n'emporte rien, ou presque rien, dit-il
froidement. Du reste je prends tout sur moi...

— Comment ! Vous vous reconnaissez responsable ?

— Parfaitement. C'est mon devoir.

— Ah !... très-bien.

Et la figure de l'ancien commerçant s'éclaircit. Il
félicita Maheurtier et lui serra vivement la main.

Le commissaire de police, qu'on s'était hâté d'envoyer chercher, arriva bientôt.

On crocheta la porte du bureau de Causson. Tout y
était dans l'ordre accoutumé : les livres à leur place,
les deux caisses fermées.

— Pourquoi les fermer s'il en emportait le contenu ?

fit à mi-voix Maheurtier, qui s'efforçait de douter encore.

— Pour prolonger l'illusion et se donner le temps
de fuir, répondit le commissaire.

Cependant il fallait s'assurer que tout ceci n'était pas
une fausse alerte. Rien de plus facile, au moins pour
la créance Vidal : il suffisait de contrôler sur les registres le billet dont M. Roché était porteur. C'est ce
qu'on fit.

Maheurtier reconnut avec stupeur qu'à la place du
nantissement superbe indiqué la veille par Causson, il
n'existait pour prêt qu'un nantissement dérisoire. Il
vit bien, tout à côté, les rassurantes énonciations ac-
colées à un autre prêt et dont son caissier lui avait
donné lecture. Mais qu'est-ce que cela signifiait ? Comment Causson avait-il trouvé assez d'audace et de présence d'esprit pour lui donner ainsi le change ? S'était-
il donc, lui Maheurtier, trompé à ce point sur cet
homme ? Il eut un instant d'anxiété. Mais il se rassura
bientôt, car il comprit la vérité : Ce n'était pas son
audace qui avait sauvé Causson, c'était l'excès de son
trouble. S'il avait indiqué un nantissement au lieu d'un
autre, c'était, non par un machiavélisme longuement
prémédité, mais par une erreur spontanée, due au seul
égarement de son esprit !

On ajourna les autres vérifications, qui eussent pris
trop de temps. On renonça même à éventrer les deux
caisses, comme on était tenté de le faire, pour en constater le contenu, le commissaire de police ayant admis
que les clefs de ces deux caisses pouvaient être saisies
au domicile de Causson.

C'est à ce domicile qu'il importait de faire une perquisition. Ils s'y rendirent tous trois en voiture, après
l'accomplissement dans les bureaux de la rue Vivienne de

toutes les précautions et formalités usitées en pareil
cas.

Devant le Palais de Justice, le commissaire fit arrêter
et descendit. Vingt minutes après, il revint muni de
toutes les pièces nécessaires pour opérer une perquisition et une arrestation. Il était, en outre, accompagné
de deux hommes, dont l'un, un greffier, compléta le
chargement de la voiture, tandis que l'autre, Moule,
déjà connu à cette époque pour un des plus fins limiers
de la police, se plaça à côté du cocher.

Arrivés rue d'Enfer, le commissaire se fit ouvrir par
le concierge l'appartement de Causson, et les perquisitions commencèrent immédiatement.

Dans la salle à manger d'abord. A la cheminée étaient
appendus trois daguerréotypes : à droite et à gauche
un portrait d'homme et de femme; entre les deux, au-
dessus de la glace, un portrait d'enfant.

Moule, l'agent de police, s'empara de ces trois objets,
et, présentant l'un d'eux à Maheurtier :

— Est-ce là notre homme? demanda-t-il.

— Parfaitement, répondit Maheurtier après avoir
examiné un instant le portrait.

— C'est bien; cela nous servira, fit Moule, en glissant, avec l'autorisation du commissaire, les trois daguerréotypes dans sa poche.

La chambre à coucher était dans un complet désordre.
On y fit quelques recherches, qui n'amenèrent aucun résultat, et on passa dans le cabinet de travail de Causson.

Cette pièce avait pour tout meuble un bureau dans
un coin, un secrétaire dans l'autre.

Mais ce qui attira tout d'abord l'attention des visi-
teurs, ce fut, sur le parquet, près de la cheminée, une
feuille de papier froissée, presque roulée en boule, et
jetée là sans doute avec impatience et dépit, comme

on fait d'une lettre désagréable ou d'un brouillon manqué.

Moule la ramassa et la remit au commissaire, qui lut
ce qui suit :

« Monsieur Maheurtier,

« Je suis un lâche, un misérable. J'ai méconnu vos
bontés, j'ai abusé de votre confiance. Je suis un voleur,
un faussaire. Il y a près d'un an que je vous trompe.
Je ne vous demande pas un pardon que je ne mérite
pas. Mais je saurai me faire justice.

« Pourtant si on connaissait la vérité... Ah ! j'ai bien
souffert, monsieur Maheurtier, j'ai bien souffert ! Je
n'ai pas vécu, depuis le jour où, pour la première fois,
j'ai osé... Vous me disiez souvent : Causson, il faut
vous soigner, vous pâlissez, vous vieillissez.

« Oh ! oui, j'ai bien vieilli, allez ! Tout à l'heure, je
me regardais machinalement dans une glace... Sur les
tempes, mes cheveux sont tout blancs, et je n'ai pas
trente ans... Oh ! je n'essaye pas de vous attendrir... Et
cependant, monsieur, je vous assure qu'on devrait tenir
compte à certaines personnes des épreuves qu'elles ont
traversées... Ces places de caissier sont terribles,
voyez-vous... elles ne sont pas assez rétribuées... Deux
mille quatre cents, trois mille francs pour un homme qui
manie toute la journée de l'or, des billets de banque,
des valeurs considérables, ce n'est pas assez... Par le
temps qui court, avec trois mille francs, lorsqu'on a
femme, enfants, on est bien souvent gêné... et alors
quelles horribles tentations !... »

— Il a raison, dit Maheurtier, qui, pendant cette lecture, avait donné des signes d'une vive émotion.

— Permettez, permettez, monsieur, s'écria M. Roché,
les appointements ne font rien à l'affaire ; on est honnête ou on ne l'est pas. Et si tous les caissiers...

— Oh ! monsieur fit Maheurtier, je sais tout ce qu'on peut dire à ce sujet. Mais laissons continuer M. le commissaire.

— Il n'y a plus que quelques lignes, dit ce dernier. Et il lut :

« Que de perfides suggestions viennent s'ajouter à cela pour perdre le malheureux !... Car c'est surtout à des influences étrangères que j'ai cédé... Mais je dois me taire sur ce point ; d'ailleurs que pourrais-je dire ?... Je n'ai plus la tête à moi... Quand vous lirez ce mot...»

La lettre s'arrêtait sur cette phrase inachevée.

— Connu, fit Moule ; *quand vous lirez cette lettre, j'aurai cessé d'exister !*... Qui est-ce qui n'a pas écrit cela dans sa vie ? Mais on réfléchit : c'est bien froid l'eau de la Seine au mois de novembre ; c'est bien douloureux une balle dans le crâne ! Sur quoi, on file et on se félicite d'avoir laissé en partant un petit mot d'adieu qui vous fera gagner du temps : car tandis que la police aura la simplicité d'aller tendre ses filets à Saint-Cloud, on franchira doucement et sans inquiétude la frontière.

— Moi je crois cette lettre sincère, dit gravement Maheurtier.

Moule ne répondit pas, mais il eut un sourire qui signifiait évidemment : Il est bon, le bourgeois !

— En tous cas, dit le commissaire, cet écrit est précieux. Il contient non-seulement l'aveu du crime, ce dont nous n'avions guère besoin, mais, ce qui vaut mieux, l'indication qu'il y aurait des complices.

— Il doit y en avoir, dit Maheurtier, autrement la conduite de Causson serait inexplicable.

— Tout cela ne nous dit pas combien il a volé à la caisse, fit l'actionnaire.

— Peu de chose, je l'espère, répliqua Maheurtier ; peut-

être une misère... Causson se sera exagéré sa faute, il
aura perdu la tête et...

— Prenez garde de vous faire des illusions, monsieur,
dit l'agent de police, en interrompant le banquier; je
parierais qu'il manque dans votre caisse des sommes
considérables.

— Je suis du même avis, ajouta M. Roché.

— Cependant, s'écria Maheurtier, la simplicité de cette
demeure atteste suffisamment que mon caissier ne se
livrait pas à de folles dépenses.

— Il pouvait être prodigue hors de chez lui, observa
Moule. Cela se voit.

— Cela se voit ! répéta M. Roché en essayant de prendre un air fin.

— Vous ignorez l'un et l'autre, reprit Maheurtier, que
Causson adorait sa femme et son fils.

— Oh ! le cœur de l'homme est large, murmura phi-
losophiquement l'agent de police.

— Messieurs, dit le commissaire, cette discussion me
semble inutile ; nous ne tarderons pas à être fixés sur
le chiffre des détournements. Notre besogne terminée
ici, nous retournerons rue Vivienne ; et nous ne serons
pas obligés de forcer les caisses, car voici sans doute
les clefs.

Un demi-douzaine de clefs rassemblées par un anneau
pendaient à la serrure du secrétaire. Le commissaire
s'en empara et s'en servit pour ouvrir les tiroirs du bureau. Tous les papiers qui s'y trouvaient furent rapidement passés en revue et mis sous séquestre. Moule
aidait cet examen. Tout à coup il s'arrêta, comme frappé
d'un trait de lumière, et tendit au commissaire un objet
qui venait de lui tomber sous la main. C'était une carte
de visite des plus élégantes, avec une couronne de
comte et ce nom :

Vte LÉONCE DE LA COUDRAYE

Au bas, au crayon ces mots :

L..... s'impatiente et menace ; — demain matin chez moi, à 8 heures, sans faute.

Le commissaire éprouva sans doute la même impression que l'agent de police, car il fit un mouvement de surprise et réfléchit un instant en considérant cette carte.

—Ce serait tout de même singulier! fit Moule à mi-voix.

Le commissaire ne répondit pas, mais il indiqua suffisamment l'importance qu'il attachait à cette pièce par le soin qu'il prit de la classer et de la ranger à part.

Tout ceci, du reste, s'était passé rapidement et à l'insu des autres acteurs de cette scène. M. Roché furetait de tous côtés, en quête de nouvelles preuves à la charge du caissier. Quant à Maheurtier, accoudé sur le marbre de la cheminée, il regardait avec une sorte d'attendrissement autour de lui.

De tous ceux qui se trouvaient là, il était le seul que la disparition du caissier touchât directement : le vol dont la justice s'occupait avait été commis à son préjudice et compromettait peut-être gravement ses intérêts, cependant il ne pouvait se défendre d'un peu de pitié et de commisération pour l'homme en qui il avait placé sa confiance et qui avait longtemps vécu à ses côtés.

Le commissaire interrogea le concierge, dont la déposition n'offrit rien de remarquable et pourrait se résumer en quelques mots : — « Causson et sa femme menaient une existence fort retirée, modeste... nulle dépense excessive. Il n'avait jamais découché que deux ou trois fois, probablement pour un travail pressé à son bureau. On ne recevait personne, si ce n'est de temps à autre les Urbain, d'honnêtes ouvriers. Il était venu aussi deux ou

trois fois l'été dernier, un vicomte de la Coudraye, qui
avait laissé sa carte.

— Celle-ci? demanda le commissaire en présentant
au concierge la carte qu'il avait saisie deux minutes
auparavant.

— Tiens! vous l'avez trouvée? fit le concierge.

Ici Maheurtier intervint.

— La Coudraye? mais je connais ce nom... Un jeune
homme qui s'était faufilé, l'année dernière, dans quelques salons, et qui a assez mal tourné, m'a-t-on dit.

— En effet, il a fort mal tourné, dit l'agent de police
en souriant.

— Et Causson était lié avec cet homme?

— Il paraît.

— Cela devait être, fit sentencieusement observer
M. Roché : dis-moi qui tu hantes, je te dirai qui...

Il ne put achever ; Maheurtier lui lança un tel regard
qu'il s'arrêta tout décontenancé.

Le concierge ajouta qu'il n'avait pas remarqué quelle
direction Causson avait prise en sortant de la maison,
mais qu'il était sûr qu'il n'emportait avec lui aucun
paquet.

De nouvelles perquisitions faites avec un soin minutieux
n'amenèrent la découverte d'aucun document de quelque
valeur. Seulement, derrière la porte de la chambre à coucher, Moule aperçut et ramassa avec les plus grandes
précautions un papier à moitié brûlé. Sur les rares frag-
ments que la flamme avait respectés, on pouvait lire :

... « nom flétri...

... « je ne veux pas qu'il le porte. Qu'il ignore à
jam...

... « entrer dans la vie sans souillure...

... « un nom de hasard, le premier venu... »

Et ailleurs :

... « Adieu, encore une fois, ma chère et regrettée...

... « dernière pensée est pour toi et pour... »

C'était tout. Il y eut un moment de silence.

— Cet homme s'est tué, certainement, dit Maheurtier avec tristesse.

Moule eut sur les lèvres son mauvais sourire ironique ; Maheurtier le vit et murmura :·

— Il y a des sentiments que certains hommes ne comprendront jamais.

Toutes les constatations étaient faites, et l'on se disposait à quitter l'appartement, lorsque le portier accourut en disant :

— Voici Mme Causson !

Un instant après, en effet, Clémence entra. Elle était pâle, fatiguée, abattue. Ce qui la ramenait, ce n'était pas, comme le supposa Moule, cette curiosité inquiète et fiévreuse qui fait rôder le coupable autour du théâtre de son crime ; ni même ce sombre attrait qu'ont pour un malheureux les lieux où il a été frappé et où il a souffert. Il s'agissait simplement de quelques effets oubliés et qu'elle revenait prendre.

En voyant son domicile envahi, à l'aspect de ces hommes dont elle comprit la redoutable mission, elle demeura un moment interdite ; puis elle pâlit davantage, et prise d'un tremblement nerveux, elle s'affaissa. Maheurtier, qui se trouvait près d'elle, la soutint et la déposa sur un fauteuil.

Lorsqu'elle fut remise, son regard se porta du côté de la cheminée : les portraits n'étaient plus à leur place habituelle... Elle comprit et laissa échapper un profond soupir.

Maheurtier se sentit pris de pitié à l'aspect de cette malheureuse femme. Il se dit qu'il y aurait de la cruauté à l'interroger en ce moment, et il pria à voix basse le commissaire de lui laisser au moins quelques heures de repos. Mais ce ne fut pas l'avis de celui-ci, qui voulut, au contraire, profiter de cette faiblesse et de ce trouble, pour obtenir des aveux et de précieuses indications.

L'interrogatoire dura près de deux heures. Il fut d'autant plus long et plus pénible que Mme Causson ne pouvait rien dire, ne sachant rien, et qu'on s'obstinait à lui faire avouer sa complicité dans le crime de son mari.

Elle fut superbe, lorsque le commissaire, ayant pour la dixième fois contesté qu'elle n'eût appris que le matin même le crime de Causson, elle s'écria :

— Impossible, dites-vous !... Et comment l'aurais-je su ? Il me le cachait, il voulait mourir sans me l'avouer !... Est-ce que vous ne comprenez pas cela ? Et comment aurais-je osé le soupçonner, moi qui l'aimais, car il était si bon, si dévoué !... Oui ! quoi que vous en disiez et quoi qu'il ait fait !... O Dieu ! comment cela a-t-il pu arriver ?... Nous étions si heureux !

Et elle peignit leur bonheur envolé, leur avenir détruit, avec une telle effusion, avec des cris si vrais, des larmes si éloquentes, que les hommes de police eux-mêmes en furent remués et que Moule grommela entre ses dents :

— Hum ! ça doit être ça !

Lui, Moule, savait maintenant de l'affaire tout ce qu'il lui importait d'en savoir. Il prit le commissaire à part, et avec une familiarité sous laquelle perçait néanmoins une certaine déférence :

— C'est décidément un *sinve*, dit-il tout bas ; il est temps que je file, je vous laisse.

— De quel côté allez-vous ?

— Dans son pays, à Joigny. Ces honnêtes malfaiteurs-là, c'est comme les lièvres, ça revient au gîte, machinalement. Il aura voulu embrasser son père, demander pardon... des bêtises!... Demain je le pincerai. Quant à la femme, vous n'obtiendrez rien d'elle. Elle se ferait couper en morceaux plutôt que de vous livrer la retraite de son mari. Je connais ces natures de femmes-là ; c'est plus courageux que dix hommes.

Le commissaire partagea sans doute l'avis de l'agent de police : il se retira en annonçant à Mme Causson qu'elle aurait bientôt à comparaître devant le juge d'instruction.

Maheurtier sortit le dernier, et, en passant devant la malheureuse femme, il ne put s'empêcher de lui prendre la main et de la serrer entre les siennes.

— Merci! balbutia-t-elle.

Et elle éclata en sanglots.

XIV.

Cependant, que devenait le fugitif?

Sans autre idée que celle d'une fuite quelconque, Causson avait désigné la barrière Blanche, comme il aurait indiqué tout autre point de Paris, au hasard, pour répondre à la question du cocher.

Le fiacre s'était mis à descendre la rue de la Harpe.

Enfoncé dans un coin de la voiture, Causson avait tâché d'arrêter un plan : il n'était parvenu qu'à songer de nouveau à sa femme et à son enfant, et à se lamenter sur l'abandon où il les laissait.

Puis, il s'était rappelé son pays natal ; il revoyait son père, sa mère, sa sœur. Quel coup pour eux quand cette nouvelle leur arriverait! Ils n'y voudraient pas croire, d'abord ; mais il faudrait bien se rendre à l'affreuse vérité...

Le fiacre était arrivé au pont Saint-Michel.

Et Causson, poursuivant son idée, se rappelait le dernier voyage qu'il avait fait dans son pays. Il y avait près de trois ans. Il était avec sa femme et son enfant. Quelle joie alors !... Levés de grand matin, ils étaient allés prendre le bateau à vapeur, quai de la Grève, par une belle matinée... Le service ne devait pas être changé. Probablement en ce moment le bateau chauffait et était sur le point de partir.

Le fiacre avait passé la rue de la Barillerie et le pont au Change. Causson tout à coup se pencha à la portière et cria au cocher :

— Place de l'Hôtel-de-Ville ! dépêchez-vous !

Le cocher, ravi d'être dispensé d'une longue course, ne se le fit pas dire deux fois. Il tourna à droite, fouetta ses chevaux et suivit les quais.

Causson ne s'était pas trompé. Arrivé place de l'Hôtel-de-Ville, il vit le bateau qui chauffait. Il se hâta de descendre de voiture, prit un billet pour Montereau, courut au quai, s'embarqua, et, deux minutes après, les roues de la machine battaient l'eau.

Ainsi s'exécutaient les prévisions de Moule.

Sur le pont, Causson examina la figure de ses compagnons de route ; une seule lui parut suspecte, celle d'un gros monsieur qui avait l'air de le regarder curieusement en dessous. Mais il se rassura bientôt : son crime n'était pas encore découvert ; et d'ailleurs, si cet homme avait eu l'intention de lui poser la main sur le collet, il n'aurait pas attendu que le bateau fût parti.

Seul, à l'écart, il réfléchit à la détermination qu'il venait de prendre ; il ne la regretta pas. Il fuyait Paris, c'était l'important. Pourquoi le chercherait-on ici plutôt que là ?

Il comptait sans l'instinct de Moule, l'agent de police.

— Et même, c'était un avantage, pensait-il, de fuir à travers des parages connus : il trouverait plus aisément une retraite ; ses parents ne le repousseraient pas. La première stupeur passée, après les reproches et les gémissements, qu'on lui pardonnât ou qu'on le maudît, on l'aiderait à se cacher, et, plus tard, à s'expatrier, dès qu'une occasion favorable se présenterait...

On arriva à Montereau vers deux heures du soir.

Il tombait de sommeil et mourait de faim. Cependant il ne pouvait s'arrêter, il fallait qu'il continuât sa route, sans le moindre retard. Son crime devait être connu à Paris ; la police le cherchait, le télégraphe jouait dans toutes les directions...

Plusieurs pataches stationnaient sur le quai. Il demanda au conducteur de l'une d'elles s'il allait dans la direction de Joigny.

— Oui, bourgeois.

— Et vous partez?...

— Dans une petite demi-heure.

— Vous avez une place?

— A votre service.

— Bien. Je la retiens.

Une demi-heure, ce n'était pas un retard, et cela lui permettrait de manger un morceau.

Comme il allait s'éloigner, il vit le même gros monsieur, dont la figure lui avait paru suspecte sur le pont du bateau, s'approcher du conducteur et échanger avec lui un colloque absolument semblable au sien. Cela fit renaître ses inquiétudes. Elles redoublèrent quand le gros monsieur vint le saluer et lui dire avec un sourire aimable :

— Il paraît, monsieur, que j'aurai le plaisir de continuer ma route avec vous.

Il tressaillit et tourna le dos sans oser répondre,

— Quel était cet homme? Pourquoi s'attachait-il à lui de la sorte? Que signifiaient ces paroles? N'y avait-il pas sous leur banalité une méchante ironie?... Et puis ce sourire!...

Il était consterné. Mais il se rassura de nouveau.

— C'est impossible! se dit-il; cet homme est un honnête bourgeois et non un agent de police. Où avais-je la tête? Allons, plus de ces sottes terreurs!

Un hôtel de belle apparence était sur le quai. Il n'osa y entrer de peur de se faire remarquer. Il prit une rue étroite et sale, et, au bout de cinquante pas, rencontra une mauvaise auberge où il se fit servir le premier plat venu.

Il avait un quart d'heure devant lui.

Au milieu des hasards de sa fuite, bien des heures pouvaient s'écouler avant qu'il trouvât à manger. Aussi crut-il prudent d'entrer dans une boulangerie et d'acheter un petit pain.

Puis il songea avec effroi que, non-seulement il n'avait pas de passe-port, mais encore qu'il portait ses vêtements de tous les jours; il était facile de le reconnaître sur les points de la route où son signalement était parvenu. Il acheta une blouse qu'il passa sur son paletot, et il entra chez un barbier pour faire abattre ses favoris.

Ces précautions sommaires prises, il se hâta de revenir sur le quai. On l'attendait.

Deux gendarmes allaient et venaient autour de la voiture, regardant la mine des voyageurs. Il frissonna en les apercevant. Le conducteur ne le reconnaissait pas et continuait à maugréer contre le retardataire.

— C'est moi, dit Causson.

— Vous... allons donc!

Et, après une seconde d'examen:

— En effet, je crois vous remettre. Mais votre barbe que vous avez fait couper, et cette blouse neuve?...

Les gendarmes qui entendaient cela!... Bien qu'il s'attendît à être appréhendé, il fit bonne contenance et répondit d'un ton dégagé :

— Eh bien, quoi!... J'ai mis ma blouse parce que les soirées sont froides... Avec cela qu'elle est bien close, votre patache!

— Allons! suffît... En route...

Causson se hâta de monter, et la voiture partit... enfin!

Il se trouvait seul dans le compartiment du fond avec le gros monsieur.

— Cet imbécile de conducteur qui ne vous reconnaît pas, fit celui-ci d'un air fin : je ne m'y serais pas trompé, moi.

Causson ne répondit rien ; mais il se retrancha dans son coin, prêt à se défendre énergiquement si on essayait de porter la main sur lui.

Puis il se calma peu à peu et se laissa aller, au branle de la voiture, à une somnolence inquiète : « Que faisait-on à Paris? Sans doute on avait ouvert sa caisse. Que disait Malheurtier? Oh! c'était infâme de l'avoir trompé ainsi!... La justice allait faire des perquisitions rue d'Enfer. Clémence avait-elle eu le temps d'emmener Richard à Montreuil, comme il l'en avait priée? Qu'allaient-ils devenir, ces êtres chéris qu'il précipitait dans la misère et la honte? »

A cette pensée, ses traits se crispèrent et des larmes lui vinrent aux yeux.

— Si l'air vous fait mal, lui dit son compagnon, vous pouvez fermer le vasistas.

— Mais non! monsieur, l'air me fait du bien, au con traire, répondit Causson, impatienté et inquiet.

10.

Que signifiaient décidément ces manières ?

On relaya à Sens et la voiture se remit en marche sans encombre.

Mais à partir de ce moment les questions du gros homme devinrent si fréquentes et si indiscrètes, que Causson ne put se dispenser d'y répondre, sous peine d'éveiller des soupçons qui, en définitive, n'existaient peut-être pas encore.

Ce fut un long ennui entrecoupé de transes. Causson s'était donné pour marchand de vins : justement son compagnon en était un ; il allait faire des achats à Joigny : l'autre y allait aussi dans le même but.

« Où était-il établi ? Il était étonnant qu'ils ne se connussent pas... Quels étaient les prix et les qualités des vins ? Est-ce qu'il n'était pas le beau-frère d'un nommé Gérard ? Les coupages ne réussissaient guère cette année. Du reste, on avait beaucoup de mal dans la partie, etc. » Puis : « Les banquiers étaient des gredins qui se sauvaient avec l'argent de leurs clients... Il avait perdu la moitié de sa fortune dans une faillite... Un de ses amis avait été plus avisé : il avait placé ses fonds à la *Caisse centrale des capitalistes*, et il ne perdrait rien, on pouvait en répondre ! »

Ce verbiage était-il sincère ? N'était-ce pas une ruse ?

Tout en donnant des répliques aussi courtes et aussi insignifiantes que possible, Causson se demandait si son signalement n'était pas déjà parvenu à Joigny et s'il ne courait pas risque d'être arrêté au moment de son arrivée : peut-être déjà l'attendait-on !

Cette crainte prit une telle consistance qu'il résolut de ne pas s'exposer au danger.

Au relais de Villeneuve-sur-Yonne, il appela le conducteur et demanda à descendre.

— Comment ! est-ce que vous vous arrêtez ici ? s'é-
cria le marchand de vins. Je croyais que vous alliez à
Joigny ?

— Sans doute. Mais ce sera pour demain. Je vais
essayer de traiter ici une affaire...

— Tiens ! au fait, il y a dans ce pays un cru qui
n'est pas trop à dédaigner. Ma foi, c'est une idée ! Je
descends avec vous !

Causson fut tellement épouvanté qu'il se hâta de
payer le conducteur ; et, tandis que le marchand de
vins faisait chercher sa valise, il s'esquiva par une rue
latérale, et courut jusqu'à ce qu'il se trouvât au milieu
des champs.

Il respira.

La nuit était sereine, le ciel étoilé ; il gelait. Il
écouta. On n'entendait d'autre bruit que le roulement
de la diligence qui continuait son chemin.

Il n'était pas poursuivi ; mais que faire ? Il pouvait
être onze heures. Rentrer à Villeneuve et y demander
un gîte ? Il ne l'osait pas. D'un autre côté, passer cette
nuit en rase campagne, par ce froid ?

Tandis qu'il réfléchissait au parti à prendre, une
brise glacée le faisait frissonner.

— Qu'importe ? dit-il tout à coup. Marchons.

Il ne connaissait pas le pays. Il savait seulement
qu'il était à six lieues de son village et qu'il devait
aller dans la direction du sud.

Mais comment se reconnaître dans cette nuit ? Une
brume venant du couchant s'étendait peu à peu sur le
ciel et le voilait ; la terre, sous ses pas, de sombre
devenait noire. Il fallait avancer jusqu'à ce qu'il rencontrât un refuge, un abri quelconque qui ne recélât
pas un piége. Il allait, au hasard, par des chemins
pleins de cailloux et d'ornières, les quittant, à droite

ou à gauche, quand il se supposait dévoyé ; heurtant du pied contre les sillons des champs et les sarments des vignes ; s'arrêtant net et juste à temps au bord d'une fondrière ; toujours l'œil et l'oreille tendus aux mille rumeurs de la nuit, aux clartés de l'horizon, aux aboiements lointains des chiens dans les fermes.

Cela durait depuis une heure, quand tout à coup il distingua, à dix pas devant lui, une masse noire dont le faîte s'arrondissait en dôme. Il s'approcha avec précaution ; c'était une meule de blé, il résolut de s'étendre pour prendre un peu de repos ; il était exténué.

Sur l'un des flancs de la meule, il arracha le blé à pleines brassées, y creusa par ce moyen une cavité profonde où il se blottit, après avoir ramené sur lui la paille qu'il venait d'extraire ; à peine était-il étendu dans ce lit improvisé, qu'il s'endormait d'un profond sommeil.

Le lendemain, il était grand jour quand il se sentit agité par des secousses brusques et réitérées. La paille se condensait sur sa poitrine et sur sa tête, comme si quelqu'un eût pris à tâche de l'étouffer. Tout à coup il sentit une piqûre à la jambe et poussa un cri de douleur. En même temps un cri d'effroi répondit au sien.

Il se dressa, secoua sa litière, se releva comme il put, et, dégagé enfin, apparut au jour, à côté de la meule. Une fourche à dents de fer était à ses pieds, et, à cent mètres, un paysan fuyait à toutes jambes... Il comprit.

Il fallait déguerpir au plus vite. Ce valet de ferme allait semer l'alarme, prévenir une autorité quelconque : avant une demi-heure, il y aurait, autour de ce tas de paille, tout un village armé de faux, de bâtons et de fusils rouillés.

Il ramassa son chapeau, s'épousseta et gagna le

large. Tout en marchant, il s'orientait. La veille, il ne s'était que fort peu égaré : Derrière lui, à trois kilomètres, Villeneuve ; à sa droite, un grand ruban bleu-clair qui serpentait au loin dans la vallée, et qui devait être l'Yonne.

Il se rapprocha de la rivière, décidé à la remonter : c'était un guide infaillible.

Il avait le corps un peu reposé, l'esprit moins inquiet. Il se mit à mordre dans le pain qu'il avait acheté la veille à Montereau...

XV.

Mais Moule n'était pas resté inactif.

La veille, à trois heures et demie, il quittait la maison de la rue d'Enfer. Dix minutes après, une note contenant le signalement de Causson et l'ordre de l'arrêter était remise au ministère de l'intérieur, avec prière de télégraphier sans retard à Joigny. Heureusement pour Causson, la ligne était occupée par des dépêches administratives fort urgentes, et, la nuit survenant, cette note ne put être transmise que le lendemain matin.

Comme quatre heures sonnaient, Moule sortait de Paris, et brûlait le pavé sur l'ancienne route de Paris à Lyon. Il était seul, sans armes : à quoi bon?... Un faussaire !... cela ruse, mais ne lutte pas. Il voyait déjà le pauvre caissier tendre, en pleurnichant, ses mains aux menottes ; mais il dédaignait de les lui appliquer.

Il s'informait à chaque relais, sans obtenir aucun indice, du passage de Causson.

Il arriva à Fontainebleau ; rien encore ! Cela devenait singulier. Il commençait à douter... Est-ce qu'il se serait lancé sur une fausse piste ? Tout à coup, il se frappa le front :

— Imbécile que je suis ! s'écria-t-il... Il aura pris le bateau à vapeur... Et moi qui ai oublié de passer quai de la Grève !... Mais ça ne fait rien. Tant mieux ! Il est à Montereau couché dans quelque auberge, bien tranquille... Il est minuit... Dans trois ou quatre heures, je le pincerai... dans son lit. En route !

La chaise de poste repartit au galop.

Elle arriva à Montereau à quatre heures. L'agent de police fit lever les gens dans deux ou trois auberges, en pure perte. Enfin il frappa à l'auberge où Causson avait mangé.

L'aubergiste, en voyant le portrait daguerréotypé que lui présenta Moule, reconnut sans hésitation l'homme qu'il avait servi la veille.

— Ah ! enfin, s'écria Moule. Et combien de temps est-il resté ici ?

— Dix minutes à peu près.

— Avez-vous remarqué de quel côté il se dirigeait en sortant de chez vous ?

— Oui ; il a pris à droite, et comme je regardais dans la rue, je l'ai vu entrer là-bas chez le fripier du coin.

— Un déguisement, pensa Moule : ça doit être joliment fait ! Puis, à l'aubergiste : — L'avez-vous vu sortir de cette boutique ?

— Non. J'étais revenu à mon comptoir...

En ce moment, la femme de l'aubergiste intervint :

— Attendez donc !... Je l'ai revu, moi, votre homme, un quart d'heure après, sur le quai, au moment où il montait dans une diligence,

— Vous en êtes sûre ? Vous l'avez bien reconnu ?

— J'en peux jurer quand on voudra.

— Cependant il n'avait plus les mêmes vêtements ?

— Non, il avait une blouse sur son paletot, et il m'a semblé qu'il avait fait couper sa barbe.

— Et pour quelle destination devait partir cette diligence ?

— Dame ! je ne pourrais pas dire au juste.

L'aubergiste n'en savait pas plus que sa femme.

Il fallait cependant que Moule fût renseigné sur ce point. Il obtint pleine satisfaction à la caserne de gendarmerie. Le brigadier, qui avait assisté au départ de la diligence, raconta ce qui s'était passé, sans omettre cette particularité que le conducteur avait hésité un instant à reconnaître la *pratique* qui lui avait retenu une place.

— Et vous ne l'avez pas arrêté là-dessus ! s'écria Moule.

— Nous ne savions pas.

— On doit toujours savoir ! Ça se flaire, ces choses-là !

Il laissa le brigadier à ses regrets, et remonta en voiture.

A Sens, il ne s'arrêta que pour demander, au relais, s'il n'était pas descendu un voyageur. On lui répondit que non. A Villeneuve-sur-Yonne, même question, suivie cette fois d'une réponse qui fit tressaillir Moule : Un voyageur était descendu.

— Lequel ?

— Il n'y en avait qu'un.

— Comment ! Il y en avait deux... vous vous trompez !

— Je n'en ai vu qu'un... Un monsieur très-gros.

— Bien. Mais l'autre ?

— Il n'y en avait pas d'autre.

— C'est impossible! s'écria Moule en frappant du pied avec impatience.

Est-ce que sa proie allait lui échapper? Est-ce qu'au sortir de Sens Causson aurait eu l'idée de quitter la voiture pour pousser une pointe à droite ou à gauche, ou même pour revenir sur ses pas, et, en brouillant ainsi ses traces, égarer la police?

— C'est inadmissible! se répétait Moule; il n'est pas de cette force-là!

Il demanda l'heure à laquelle le conducteur de la diligence repassait à Villeneuve.

— Le soir, de cinq à six heures.

— C'est trop tard. Je ne puis pas attendre jusque-là. Mais, au moins, ce voyageur qui est descendu ici, où est-il?

— Probablement dans la ville.

— Il faut que je le trouve.

Moule allait sortir du bureau et se mettre en quête du marchand de vins, quand celui-ci entra : il venait retenir une place pour Joigny.

Il fut très-épouvanté, l'excellent homme, d'avoir voyagé en compagnie d'un individu que la police recherchait. Puis il raconta ce qui s'était passé, la nuit précédente, au relais de Villeneuve : la disparition subite de Causson.

— Allons donc! s'écria Moule; je savais bien qu'il avait dû descendre ici.

Il n'imaginait pas que la placide figure du marchand de vins et ses manières aussi rondes que sa personne, eussent causé au fugitif la panique à laquelle il avait cédé ; mais il comprenait qu'en approchant de Joigny, où il était connu et où son signalement était peut-être transmis, Causson n'eût pas jugé prudent de suivre jusqu'à destination la grande route dans une voiture publique ; il avait dû se jeter à travers champs pour regagner son village à pied.

C'était, comme on voit, la vérité, ou peu s'en fallait. Maintenant, que résoudre?

Descendu à Villeneuve au milieu de la nuit, Causson n'avait pas dû reprendre immédiatement sa route. Brisé de fatigue, il avait attendu le jour dans quelque ferme. Depuis deux heures il devait s'être remis en marche, mais en avançant lentement, avec mille précautions. S'il avait fait deux lieues maintenant, c'était tout. C'était donc ce carré de six lieues compris entre Villeneuve et Ch... qu'il fallait battre; Causson y serait infailliblement pris avant la chute du jour ; il y était enfermé à n'en pouvoir sortir. A droite, l'Yonne, grossie par de récentes pluies; en avant, les gendarmes et les agents de Joigny, évidemment prévenus, depuis la veille, par le télégraphe; derrière et à gauche, la brigade de Villeneuve que Moule allait placer en observation.

Ce plan, conçu en deux minutes, fut immédiatement mis à exécution.

Puis Moule remonta, en toute hâte, dans sa chaise de poste, qui reprit sa course au galop. A six kilomètres de Joigny, il fit arrêter et descendit : il se trouvait dans les parages où, selon ses conjectures, Causson devait être arrivé. Il écrivit au crayon un mot à l'adresse du procureur du roi, et remit ce mot au postillon; celui-ci repartit aussitôt.

Resté seul sur la route, Moule explora du regard la campagne. L'horizon était restreint : à cinq cents pas à droite, l'Yonne; à gauche, des coteaux couverts de vignes. Un pâtre, deux ou trois paysans au loin; mais rien qui ressemblât à son homme.

Il quitta la route et gravit les coteaux à gauche. Il regarda : rien encore.

11

Alors commença une série d'explorations en tous sens, de marches, de contre-marches, d'informations prises dans les hameaux et les fermes, d'attentes, de joies, régulièrement suivies de déceptions.

Cela dura jusqu'à quatre heures et demie du soir.

Moule jusque-là s'était montré patient, tenace, infatigable, il avait accueilli chaque déception par un redoublement d'ardeur. Mais, en ce moment, il commença à se décourager, à douter de la réussite de son plan.

Qu'espérer, en effet? Pendant six heures il n'avait pu découvrir ni une trace, ni un indice ; et, tout haletant, épuisé, il se retrouvait au bord de l'Yonne, presque à son point de départ, si ce n'est qu'il s'était rapproché d'une demi-lieue environ de Joigny. A quoi bon continuer? On était en novembre, dans une heure il ferait nuit; déjà le soleil baissait à l'horizon, derrière des nuages d'un rouge sanglant. Or, de deux choses l'une : Causson était déjà hors de l'enceinte où on avait tenté de l'enfermer, ou bien il s'était caché dans une retraite impénétrable, décidé à n'en sortir qu'à la nuit close; dans l'un et l'autre cas, toute battue nouvelle serait inutile.

Moule faisait ces réflexions, amèrement, l'œil sombre et les poings crispés, furieux contre Causson et contre lui-même, et il se disposait à employer ce qui lui restait de forces pour gagner piteusement Joigny, quand tout à coup il tressaillit et cessa de gesticuler.

A trois cents pas, il venait d'apercevoir un homme qui suivait la rivière, en ayant l'air de se dissimuler le plus possible derrière les peupliers et les saules dont l'Yonne est bordée en cet endroit.

— L'homme venait à lui.

Se jeter à plat ventre, ramper jusqu'à une oseraie toute proche, s'y glisser, gagner la berge, et là, se cacher derrière un vieux saule et attendre, ce fut pour Moule l'affaire d'une minute.

L'homme continuait d'approcher.

Sans faire un mouvement, de peur de se découvrir, Moule l'observait, le regard tendu dans une fixité anxieuse... Était-ce Causson? L'agent de police ne pouvait encore distinguer ses traits ; mais il voyait parfaitement un chapeau à haute forme et un paletot brun. Où était la blouse achetée à Montereau? Causson devait la porter. Fallait-il encore subir une déception?

Enfin l'homme arriva à une quarantaine de pas, et Moule découvrit, posé sur son bras gauche, un objet bleuâtre. Il frémit de joie. Plus de doute : c'était lui, Causson! Inquiet, se croyant poursuivi, il avait dû faire tout à coup quelque course effrénée, et tout haletant, en sueur, il s'était débarrassé de sa blouse. D'ailleurs, il était là, à vingt pas, et Moule, qui avait gravés dans l'esprit les traits du daguerréotype, pouvait maintenant comparer. C'était bien cela !

Une joie immense, féroce, gonfla la poitrine de l'agent de police.

Causson avançait avec précaution, comme toujours, mais moins défiant et moins craintif. Toute la journée, il s'était senti cerné, traqué ; maintenant il osait respirer un peu. Comment ne fut-il pas paralysé par le terrible regard dont Moule l'enveloppait? Non, il allait toujours. Il n'était plus qu'à dix pas.

Moule était entièrement rentré derrière son arbre. Sa tête, ses épaules et jusqu'au moindre pli de ses vêtements étaient cachés. Il attendait là, raide, silencieux, collé au tronc, immobile comme une statue. Il ne voyait plus sa proie, mais il l'entendait venir.

Causson marchait toujours sans deviner le danger. Il atteignit le saule. Alors ces mots retentirent

— Halte-là ! on ne passe pas !

En même temps une lourde main s'abattait sur son bras et l'étreignait.

A cette voix, à ce contact inattendu, le malheureux fit un bond de surprise et de terreur. Puis il se mit à trembler de tout son corps ; ses dents s'entrechoquaient. Moule, en face de lui ricanait :

— Bonjour, monsieur Causson. Enchanté de faire votre connaissance. Mais vous avez tort de vous promener, à cette heure-ci, au bord de l'eau. Il fait frais. C'est une imprudence d'avoir ôté votre blouse ; ramassez-la donc.

Frissonnant, éperdu, le malheureux caissier joignait les mains dans une attitude de supplication désespérée et murmurait d'une voix étranglée :

— Grâce !

L'autre n'avait l'air ni de le voir ni de l'entendre.

— Allons, mon cher monsieur, en route ! n'attendons pas la nuit. Vous trouverez là-bas, à Joigny, un petit logement un peu étroit peut-être, mais bien sain, où l'on aura mille attentions pour vous... On vous soignera, on vous hébergera, et nous repartirons pour Paris dans une bonne voiture. Allons, en route ! et il le poussait. Causson n'opposait qu'une résistance passive, inerte, et continuant à implorer :

— Oh ! je vous en prie, disait-il, laissez-moi !... Vous êtes de la police, je vois bien ! qu'est-ce que cela vous fait que je sois libre ?... Laissez-moi. Vous direz que vous ne m'avez pas trouvé, que vous avez perdu mes traces.

— Ah ! superbe ! fit Moule, superbe !

La résistance devenait plus prononcée.

— Eh bien, qu'est-ce que c'est ? s'écria l'agent de police ; des manières ! Excusez ! Ah ça, finissons !

Il le poussa avec tant de violence qu'il lui fit faire trois pas en avant.

— Laissez-moi! cria Causson d'un accent où il y avait cette fois autant d'irritation que de prière. Laissez-moi, je ne veux pas qu'on me maltraite.

Une nouvelle poussée lui répondit.

Causson l'évita en partie, fit un demi-tour sur lui-même et tenta de s'échapper. Mais Moule le retenait par le bras. Les positions étaient changées : Moule, au lieu de pousser, tirait maintenant; mais Causson tirait aussi de son côté.

— Vas-tu bien venir, canaille! criait l'agent de police.

— Ah! laissez-moi, à la fin! fit Causson. Je ne vous suivrai pas.

Et d'un geste brusque et violent il dégagea son bras et tenta de fuir. Il n'avait pas fait dix pas que Moule l'atteignait de nouveau, au bord de l'oseraie.

— C'est comme cela! s'écria Moule exaspéré, attends un peu.

Et il se mit à le secouer brutalement, à le tirailler, à le frapper. Mais Causson s'était accroché à une touffe d'osier, et tous les efforts de Moule étaient en pure perte. Vainement celui-ci essaya de lui faire lâcher prise; vainement il tenta de lui ouvrir les doigts et lui laboura la peau avec ses ongles. Alors furieux, hors de lui, il se mit à le frapper à tort et à travers, à coups de pied, à coups de poing.

Un des coups dans la jambe fit hurler Causson de douleur. Il lâcha la touffe d'osier, mais pour se précipiter sur Moule, furieux comme lui.

Alors s'engagea une lutte terrible.

Moule était plus trapu, plus musclé; mais la douleur, la rage, le désespoir, doublaient les forces de Causson.

Ils se frappèrent, s'étreignirent, ardents, impitoyables. Moule, sans faiblir, criait, appelait à l'aide; et chacun de ses cris augmentait la fureur de Causson. Enfin le pied du caissier heurta contre un rejet de saule. Il trébucha, mais en entraînant Moule. Ils tombèrent tous deux.

La lutte continua par terre, plus acharnée s'il est possible.

C'était sur la berge, à quatre pas de la rivière, sur une surface qui s'en allait en pente. Chaque secousse, chaque soubresaut les rapprochait du bord. Ils ne s'en apercevaient pas.

Prendre le dessus, tout était là pour eux. Deux fois, Moule parut l'avoir: deux fois, Causson se dégagea....

Cependant, Causson faiblissait. Moule le sentit. Il redoubla d'énergie et domina une troisième fois son adversaire. Un peu plus, il allait lui poser un genou sur la poitrine.

Causson se vit perdu. Il fit un effort désespéré, suprême. Il souleva Moule, le fit pencher, et retomber. Moule se redressa et revint sur Causson; mais du même coup, tous deux roulèrent, et ils sentirent en même temps une fraîcheur glacée: ils étaient dans l'eau.

La lutte n'en continua pas moins. Chacun s'efforçait de détacher son adversaire des gazons de la rive. C'était maintenant à qui noierait l'autre.

Mais les rôles étaient intervertis; tout l'avantage semblait appartenir au caissier. Moule, en effet, jetait des cris d'angoisse; il cherchait moins à attaquer qu'à enfoncer désespérément ses doigts dans la terre glaise et les gazons pelés du bord. Le malheureux ne savait pas nager!

Causson s'en fut bien vite aperçu. Il poussa un cri de joie: il était sauvé! Sans plus chercher à remonter sur la berge, il se dégagea de l'étreinte de Moule, se lança en pleine eau et se mit en devoir de gagner la rive opposée.

Mais à peine avait-il fait trois brasses, qu'il aperçut au loin, sur cette même rive, trois paysans qui accouraient : ils seraient au bord avant qu'il l'eût atteint et s'empareraient de lui. Il revint donc à son point de départ.

Débarrassé de Causson, Moule était parvenu, malgré le peu de prise que le terrain lui offrait, à remonter d'un pied. Encore un effort, et il allait être hors de l'eau.

Causson comprit le danger. Si Moule reprenait pied sur la berge, il était perdu, car il se trouvait barré à droite et à gauche. Il n'aurait plus d'autre ressource que de se livrer au courant, et tôt ou tard il lui faudrait bien aborder.

Il n'hésita pas: d'une brasse, il atteignit Moule, saisit une de ses jambes, arc-bouta les siennes contre le talus, et donna un vigoureux coup de jarret. Moule poussa un cri déchirant. Causson l'avait entraîné avec lui en pleine eau.

En ce moment, et tandis que les trois paysans arrivaient sur la berge de gauche, le galop sourd et précipité de deux chevaux résonnait sur celle de droite, d'où Moule venait d'être arraché.

Bientôt deux gendarmes apparurent. Eux aussi, ils avaient entendu des cris et ils accouraient.

XVI

En apercevant les gendarmes, Causson fut terrifié.
Quoi qu'il pût advenir de Moulo qui barbotait et perdait
respiration, c'en était fait de lui, Causson: il n'échap-
perait que pour se faire appréhender.

—Courage! crièrent-ils, vous le tenez, n'est-ce pas,
le gredin? Faut-il aller à votre secours?

Ce fut pour Causson un trait de lumière. On le prenait, lui, pour l'agent de police: il fallait donc que
Moule fût le fugitif, le faussaire!

—Non, restez, cria-t-il. C'est inutile... J'en viendrai
à bout, seul!...

En même temps, il pressait sur la nuque de Moule et
lui tenait la tête sous l'eau. Quel instant! quelle âpre
volupté! Se sauver et se venger du même coup! Car
il était sûr d'échapper maintenant, pourvu que les gendarmes persévérassent dans leur erreur. Et qui les en
tirerait?..

Quant à lui, il était excellent nageur; il tenait Moule
à sa discrétion, et il l'empêcherait bien de parler de
sitôt. Il ne voulait pas le tuer, mais seulement le mettre
hors d'état de lui nuire, lui donner une rude leçon, le
punir de l'avoir maltraité.

Il plongeait donc avec l'agent de police, le tenait sous
l'eau, le ramenait pour se convaincre du degré d'as-
phyxie où il était arrivé, le replongeait. Et tout en se
livrant à ce manége, il se donnait l'air de lutter contre
le courant, contre les convulsions dangereusement dé-
sordonnées du noyé.

— Courage ! criaient, des deux rives, gendarmes et
paysans.

— Soyez tranquilles ! répondait Causson. Il me donne
du mal, le bandit, mais je ne le lâcherai pas.

Enfin Moule ne donna plus signe de vie ; Causson se
décida à gagner la terre.

Une crainte instinctive et bien naturelle des gendarmes lui faisait préférer la berge où se tenaient les trois
paysans, et il essaya de couper de ce côté. Mais, pour
y atteindre, il avait à traverser le milieu de la rivière,
à vaincre par conséquent la plus grande force du courant. C'était difficile, presque impossible : il était exténué, et il tirait Moule après lui. Force lui fut donc de
tourner vers la droite.

L'un des gendarmes, qui avait cassé une branche de
saule, la lui tendit : ce secours commençait à venir à
propos. En quelques secondes, les deux hommes furent
sur la berge, l'un couché sans mouvement, sans un
souffle, l'autre grelottant brisé.

— Enfin ! ce n'est pas dommage ! s'écria Causson.
Brrr !...

Il se secouait comme un chien mouillé.

Un des gendarmes lui jeta son manteau sur les épaules.

— Merci, fit Causson.

Et, montrant le poing à Moule :

— Oh ! le gredin ! s'est-il défendu !.. Voilà qui peut
compter pour une campagne ! Je suis capable d'en crever !

— Vous êtes bien sûr que c'est lui ? demanda l'un des
gendarmes.

— Comment ! si j'en suis sûr !.. Vous n'avez donc
pas reçu son signalement de Paris ?

— Si !

— Eh bien, alors, regardez !

11.

—C'est juste.

Les deux gendarmes examinèrent Moule, et dirent d'un ton convaincu :

—En effet, c'est bien cela !

Mais ce sujet était scabreux ; Causson jugea prudent d'y faire diversion.

—Ah ça ! s'écria-t-il d'un ton de reproche, à quelle heure, je vous prie, vous est arrivée cette dépêche de Paris ?

—A dix heures, ce matin.

—Et depuis ce temps-là vous n'avez rien fait ? J'ai battu le pays toute la journée et je ne vous ai pas rencontrés !

—Pardon, nous avons fait des recherches aussi. Nous avons occupé Ch..., où Causson se rendait disait la dépêche, et où il aurait toujours été pincé cette nuit.

—C'est égal, vous me paraissez plus ménager vos chevaux que je ne me ménage moi-même... Et tenez ! fit-il en montrant ses mains déchirées, voyez dans quel état je me suis fait mettre par ce scélérat ! Mais il est pris !

—Et j'ai bien peur qu'il ne donne pas grande besogne aux juges ! fit en secouant la tête un des gendarmes qui était penché sur Moule et cherchait à le ranimer.

—Croyez-vous ? fit Causson, avec une inquiétude qui, cette fois, n'était pas jouée.

—Dame ! on verra... Mais vous avez tort, vous, de rester là, mouillé comme vous êtes... Dépêchez-vous d'aller vous réchauffer.

—Vous avez raison... Brrr ! je grelotte...

—On grelotterait à moins ; un bain froid par le temps qu'il fait !

—Aussi, ne vous êtes-vous pas pressés de venir me rejoindre dans l'eau, hein ? mes gaillards...

Et ramassant sa blouse qui était restée sur la berge :

— Tiens ! continua-t-il, voici la blouse de ce misérable qui pourra remplacer provisoirement ma chemise.

L'un des gendarmes donna à Causson des indications. La nuit n'était pas encore complète ; on pouvait distinguer les collines à l'horizon.

— Tenez, lui dit-il, vous voyez ce chemin là-bas, qui contourne la côte ?

— Oui.

— Eh bien, suivez-le ; quand vous aurez fait un demi-kilomètre, vous prendrez à droite ; au bout de cent cinquante pas, vous trouverez un sentier qui vous conduira à une ferme.

— Bon, c'est compris.

— Nous vous y rejoindrons dans une demi-heure au plus tôt ; nous ne pouvons pas courir, embarrassés de ce gaillard-là. Il m'a tout l'air d'un cadavre.

— Quoi qu'il en soit, vous aurez moins de peine à le garder que moi à le prendre. Au revoir.

— Eh bien ! vous laissez mon manteau ?

— Oui, il m'embarrasserait. Je me réchaufferai en courant.

Et Causson partit en effet dans la direction indiquée, laissant les deux gendarmes prodiguer leurs soins au noyé.

Au bout de quatre ou cinq cents pas, au lieu de prendre à droite comme on le lui avait recommandé, il prit à gauche, allant devant lui sans savoir où. Il lui suffisait de s'éloigner d'un danger qu'il savait certain, imminent, au risque peut-être de tomber dans un autre.

Quelque mouvement qu'il se donnât, ses vêtements mouillés, collés à sa peau, le glaçaient. Quand il fut à quelque distance, il s'abrita un moment derrière un

buisson, se déshabilla tout grelottant, et passa sa
blouse sèche sous sa chemise qu'il tordit.

Puis il se remit à marcher.

Cependant il fallait que cette course eût un terme.
Depuis quelque temps il se demandait où il pourrait
rencontrer un gîte sûr et chaud. Il ne pouvait songer
à passer cette nuit comme la précédente ; le lendemain
il ne se réveillerait pas.

Il sondait la nuit du regard, tâchant de découvrir
quelque maison hospitalière, et déjà il avait arrangé
dans son esprit une histoire, un accident propre à le
faire bien accueillir.

Enfin, à trois cents pas, il aperçut une clarté vers
laquelle il se dirigea.

Il s'approcha avec précaution ; il arriva devant une
grille. Ce n'était pas une ferme, comme il le croyait,
mais une maison bourgeoise.

Il se demandait avec anxiété quel accueil l'attendait ;
s'il fallait sonner ou chercher ailleurs, quand, sur le
chemin qu'il venait de parcourir, il entendit les pas de
deux hommes. Il écouta... les pas se rapprochaient.

Il abaissa la main qui tenait déjà le bouton de la sonnette, s'écarta doucement de la porte, et se tint en
observation contre le mur : grâce à la nuit il pouvait
espérer n'être pas aperçu.

Mais à peine était-il à ce poste, que deux chiens qui
l'avaient éventé s'approchèrent de lui et se mirent à
aboyer d'une façon menaçante.

— Gipsy, ici !... cria une voix.

— Il y a quelque chose là, fit une autre voix.

— Il faut voir.

Causson était tremblant. Impossible de fuir : les deux
chiens eussent sauté sur lui. Il fallait, quoi qu'il en
dût résulter, qu'il se découvrît.

— Retenez vos chiens, dit-il d'une voix effrayée. Je suis un voyageur égaré.

Les deux hommes en costume de chasse et armés de fusils, s'approchèrent en écartant les chiens, et l'un d'eux fit cette réflexion tout haut :

— Est-ce que je me trompe?... Il me semble connaître cette voix.

Causson fit une remarque semblable, car il s'écria :

— Ah ! mon Dieu ! est-ce possible ? quel bonheur ! Toi... Frédéric Bodard ?

— Oui. Et c'est toi, Causson ! Comment se fait-il... par quel hasard te trouves-tu ici ?

— Pas si haut !... Ah ! mon cher ami, si tu savais ?...

— Qu'as-tu donc ? Tu trembles. Tes vêtements sont mouillés ?...

— Oui. Je te dirai tout; qui est avec toi ?

— Iriel, mon garde.

— Un homme dont tu es sûr, n'est-ce pas ?

— Oui, comme de moi-même. Ah ça, il y a donc un mystère ?

— Je te dirai cela à toi, tout à l'heure, en particulier.

— C'est juste, entrons d'abord.

Quelques minutes après, ils étaient tous deux dans une pièce séparée où flambait un grand feu.

Causson troqua ses habits mouillés contre du linge et des vêtements empruntés à Frédéric. Puis Iriel leur servit un plantureux souper auquel Frédéric fit honneur, mais auquel Causson put à peine toucher, bien qu'il n'eût, pour ainsi dire, rien mangé depuis trente heures.

Frédéric fut presque effrayé de l'état d'abattement et de prostration où il le voyait.

— Qu'est-ce qui t'amène, mon pauvre ami? lui de-

manda-t-il en lui prenant la main. Moi qui te croyais
à Paris, chez MM. Drevot... Non, tu as changé ?

— Hélas !

— Enfin, qu'est-ce que tu as ? Conte-moi cela, et si
je puis t'être utile...

Causson, hésitant, tremblant, dut confesser son
crime, sa fuite jusqu'au moment où Frédéric l'avait re-
cueilli errant et misérable. Et ce n'était pas seulement
la honte qui le faisait balbutier et frémir, c'était la
crainte aussi ; il avait peur que Frédéric, dans un accès
de mépris et d'indignation, ne le chassât de chez lui.
Aussi termina-t-il en le suppliant, à mains jointes, de
ne pas le livrer à la justice.

— Y songes-tu ? s'écria Frédéric ; pour qui me prends-
tu donc ?

— C'est pourtant ton devoir, murmura Causson.

— J'en doute, et quand cela serait, j'y manquerai
cette fois. Ah ! pauvre malheureux, quoi que tu aies fait,
tu seras toujours mon ami.

Ils se pressèrent les mains avec effusion, les larmes
aux yeux.

Cependant il fallait prendre un parti, assurer une
retraite à Causson. Frédéric proposait de le garder et
de le cacher chez lui : sa maison était isolée, ses gens
étaient sûrs ; en cas de recherche, il se faisait fort de
le dissimuler aux plus fins agents.

Causson paraissait indécis.

— A moins que tu ne préfères, dit Frédéric, te réfugier
chez mon garde. Tu y serais aussi bien caché qu'ici et
peut-être mieux. Iriel habite, seul avec sa mère, une
maisonnette à trois quarts de lieue, au milieu des bois.

Causson donna la préférence à la maison du garde,
décidé par cette considération, qu'en cas de surprise il
ne compromettrait pas son ami

Iriel accepta cette combinaison ; il se hâta d'atteler, et, dix minutes après, Causson, brisé de fatigue, était en voiture à côté de lui : Frédéric devait les aller voir le lendemain matin.

Vers onze heures, après avoir traversé de grands bois dans des chemins coupés d'ornières, ils arrivèrent à une petite maison bâtie au milieu d'une clairière. Une vieille femme attendait sur le pas de la porte.

— C'est toi, Jacques ? demanda-t-elle.

— Oui, mère.

— Ah ! mon Dieu, que tu viens tard ! Tiens ! pourquoi as-tu la voiture de M. Frédéric ?

— Chut ! tais-toi, fit Iriel en descendant de voiture. J'amène quelqu'un, ajouta-t-il tout bas.

Il fut obligé de prendre Causson sur ses bras et de le porter dans la maison, où il le déposa, dans la première chambre, sur son lit. Le malheureux ouvrait de grands yeux égarés ; de longs frissons le secouaient ; il était en proie à une fièvre violente.

Iriel, aidé de sa mère, le déshabilla, le coucha ; puis il remonta dans la voiture qu'il ramena chez son maître ; après quoi il revint à son logis. Il lui fallut près de deux heures pour ce double trajet.

Quand il fut rentré, au milieu de la nuit, il trouva Causson plongé dans un délire affreux, il s'agitait, voulait se lever, jetait des cris d'effroi.

Iriel envoya coucher sa mère, après lui avoir dit ce qu'il savait au sujet de Causson, et lui avoir enjoint d'observer, comme il le ferait lui-même, les recommandations de Frédéric. Puis, il s'assit au chevet du malade et le veilla jusqu'au matin. Tout en cherchant à réprimer ses mouvements désordonnés et violents, il réfléchissait à cette complication soudaine : ce n'était pas une simple indisposition ; c'était une grave maladie

qui se déclarait. Dès lors, comment continuer à cacher
e fugitif qui se déclarait lui même par les cris que
lui arrachait le délire ? Comment le soigner dans une
maison où il y avait si peu de ressources ? Il fallait
un médecin : à qui s'adresser ?... Il était fort perplexe,
et toutes ces difficultés lui paraissaient insurmontables.

Comme le jour commençait à poindre, il entendit le
pas d'un cheval. Il se leva, croyant que c'était son
maître qui venait.

— Cela m'étonne, murmura-t-il, qu'il vienne à cheval.

Il regarda au coin de la fenêtre et aperçut le tricorne
et les buffleteries d'un gendarme.

Il fit un mouvement de stupeur ; mais il eut bien vite
pris son parti.

Il revint au lit, enveloppa le malade dans une couverture, l'enleva dans ses bras, et ainsi chargé, avec
une agilité et une vigueur extraordinaires, il grimpa la
raide échelle qui menait, par une trappe, au grenier.

Il avait à peine dépassé le bord de la trappe que trois
coups secs et précipités résonnaient à la porte : comme
celle-ci tardait à s'ouvrir, une brusque poussée fit céder
le loquet.

Un gendarme entra.

XVII

On devine ce qui s'était passé sur la berge.

Les deux gendarmes avaient mis plus d'empressement et de bonne volonté que d'intelligence à faire
reprendre connaissance à leur criminel et le ramener
à la vie.

Après un quart d'heure de tentatives infructueuses,

ils avaient fini par se persuader que tout ce qu'ils faisaient et pourraient faire encore serait avantageusement remplacé par la chaleur d'un bon feu. Ils résolurent donc de ne pas attendre davantage une résurrection fort improbable dans de pareilles conditions, et de se rendre immédiatement à la ferme.

L'un d'eux, remonté à cheval, reçut des mains de son compagnon le corps inerte de Moule ; et tous deux, emportant ce fardeau, suivirent au pas le chemin précédemment parcouru par Causson.

Arrivés à la ferme, ils s'informèrent de l'hôte qu'ils y avait expédié, et, comme on n'en avait pas de nouvelles, ils supposèrent qu'il s'était égaré et s'apitoyèrent sur son sort. Puis ils songèrent à leur prisonnier ; il fallait enfin le tirer de sa léthargie.

Ils n'employèrent pas pour cela une thérapeutique bien compliquée.

La chambre où on venait de les recevoir était une grande pièce servant de cuisine, de salle à manger, et un peu de chambre à coucher, car il y avait, au fond, deux lits symétriquement installés dans une alcôve. Dans la vaste cheminée flambait un feu de sarment.

Après avoir dépouillé leur homme d'une partie de ses vêtements, ils l'étendirent sur la dalle du foyer, assez près de la flamme pour qu'il pût cuire, assez loin pour qu'il ne se calcinât pas ; le fermier admirait cette profonde entente de l'art culinaire.

L'effet de la chaleur ne tarda pas à se faire sentir. La partie du corps de Moule qui était en train de rissoler eut de légers tressaillements ; puis les doigts remuèrent, le bras s'agita, la jambe s'étira... La moitié de l'opération était faite. Il n'y avait plus qu'à la compléter. Aucune hésitation n'était possible. Il s'agissait tout simplement de retourner Moule comme on eût pu faire d'un rôti, afin que l'un des côtés n'eût rien à envier à l'autre sous le rapport de la cuisson. C'est ce qui fut fait.

Comme Moule était d'une parfaite homogénéité, le même phénomène se reproduisit. Alors les assistants attendirent que la vie, ramenée de si loin, et sollicitée par un moyen dont l'énergie égalait la simplicité, se manifestât. Ils n'attendirent pas longtemps. Moule éternua, faiblement d'abord, puis plus fort, *crescendo*, sept ou huit fois de suite. Ces éternûments réjouissaient le cœur des gendarmes, qui se disaient que la justice aurait son cours, tandis que le fermier comparait intérieurement Moule à ces mauvaises herbes qu'on a beau couper, mais qui repoussent toujours.

Bientôt Moule rouvrit les yeux, bâilla, se secoua comme au sortir d'un rêve pénible. Une minute après, il se rendait si bien compte de ses sensations et avait si bien repris possession de lui-même, qu'il se tordait sur la dalle et cherchait instinctivement à éviter le feu dont la vivacité lui déplaisait.

On le releva, on l'assit sur une chaise, on le vêtit de vieilles loques usées, dont le fermier ne se servait plus, et il se laissa faire, bonnement. Il avait même là-dessous un petit air innocent et champêtre auquel ceux qui le connaissaient n'auraient jamais cru que sa figure matoise pût s'accommoder.

Ses yeux n'étaient plus hagards; on lisait dans leur fixité la tension du cerveau cherchant à rassembler des idées. Il ne lui restait plus guère qu'à recouvrer la parole. Un coup de *fil-en-quatre*, généreusement administré par le fermier, la lui rendit.

A peine avait-il avalé ce cordial, qu'il se dressa sur ses jambes comme s'il eût été mû par un ressort, et s'écria d'une voix nette et vibrante:

— Où est-il?

Les deux gendarmes échangèrent entre eux un sourire malin.

— Ne vous tourmentez pas, dit l'un d'eux.

Et posant de la main sur l'épaule de Moule, il le fit retomber sur la chaise. Mais l'agent de police se dressa avec plus de vigueur et de vivacité que la première fois.

— Ah ça, est-ce que vous vous moquez de moi? s'écria-t-il; est-ce que vous ne m'entendez pas? je vous demande où est Causson? Qu'est-ce que vous en avez fait?

Les deux gendarmes, croyant à une ruse, et s'attendant à quelque accès de fureur réel ou simulé, vinrent se placer de chaque côté de leur prisonnier pour veiller sur ses mouvements; le drôle, décidément, ressuscitait outre mesure.

— Allez-vous me répondre? fit Moule en les regardant l'un après l'autre d'un air impérieux.

— Mon bon ami, dit l'un des gendarmes d'une voix doucement ironique, ne vous inquiétez pas de Causson; il est en lieu sûr, et il ne s'échappera pas, je vous en réponds.

— Bien, mais je désire savoir...

— Dans quelle peau il est logé? interrompit l'autre gendarme; vous savez cela mieux que personne.

— Pardine, fit le fermier avec une rire épais, c'est comme cet autre qui cherchait son âne et était monté dessus!

Moule fit un bond, et, de ses poings, écarta brusquement les gendarmes.

— Mille tonnerres! s'écria-t-il.

Il avait compris.

Et en un clin d'œil il fut ressaisi, contenu et dans l'impossibilité de faire un mouvement.

— Mais laissez-moi donc, triples idiots! s'écriait-il.
Ah! mon Dieu, est-ce possible?... C'est cela! tenez-
moi bien, serrez-moi, ficelez-moi; emmenez-moi triom-
phalement en prison? Vous ne m'avez pas encore mis
les menottes? Et pendant ce temps, l'autre qui court, et
qui se moque de vous et de moi! O misère! Faites
donc de l'art en province!

Les gendarmes commençaient à se regarder l'un l'autre d'un air de doute et d'hésitation.

— Alors, dit l'un d'eux à Moule, vous ne seriez donc
pas le nommé Causson?

— Et vous?... répliqua Moule avec un ricanement de
mépris.

— N'empêche, fit l'autre gendarme, que ce serait
toujours bon à prouver.

— A prouver! Ah ça, est-ce que vous ne l'avez pas,
la preuve? Est-ce que vous ne m'avez pas encore
fouillé?

Les gendarmes ne dirent mot.

— Non, ils ne m'ont pas fouillé! continua Moule. Allons, c'est complet!

Il prit son paletot qui séchait au coin du feu sur le
dos d'une chaise, et chercha dans la poche de dessous.

— C'est que vous ressemblez pas mal au signalement,
fit un des gendarmes en secouant la tête.

— Qu'est-ce qui ne ressemble pas à un signalement?
il faudrait avoir une corne de rhinocéros... Tenez!
voyez-la votre preuve; elle vous crève les yeux depuis
deux heures.

Et il tendit brusquement les deux objets qu'il venait
d'extraire de sa poche: le portrait de Causson, qu'il mit
sous le nez de l'un des gendarmes, et le mandat d'arrêt, tout mouillé, qu'il colla presque sur la figure de
l'autre.

Puis, sans faire attention à leur attitude penaude et
décontenancée, il se mit à se promener à grands pas
dans la chambre, haussant les épaules, gesticulant, irrité et superbe dans l'humiliation de sa défaite, comme
un général battu par la faute de ses lieutenants.

— C'est cela, grommelait-il d'une voix sourde, où
de temps à autre perçait un éclat, arrêtons-nous les uns
les autres ; c'est plus drôle ! Je voudrais être, pour un
moment, assassin, voleur ou faussaire pour en rire !
Quelle pitié ! être depuis dix ans la terreur de la haute
et de la basse *pègre*, des *grinches* et des *escarpes*;
avoir livré une douzaine de têtes à *Charlot*, cent, au
moins, à Brest et à Toulon ! Et tout cela, pour aboutir
ici, dans je ne sais quel trou de province, à me faire
noyer par un gratte-papier compliqué de deux imbéciles
qui m'arrêtent.

Il se tenait devant les deux gendarmes humbles et
confus, lui sarcastique et mordant :

— Ah çà messieurs, pas de demi-mesure, je vous
en prie. Faisons les choses largement ! Passez-moi la
camisole de force. Vous n'en avez pas ? Eh bien ! met-
tez-moi les poucettes, là ! un peu de poucettes... c'est
bien le moins, et je mérite cela, que diable !

Sa colère acheva de s'exhaler dans ces ironies sans
que personne lui répondît. Puis il reprit le ton sérieux
et sévère : il demanda aux gendarmes ce que signifiait
leur conduite : pourquoi, dans le doute, quand sur
deux hommes il y en avait certainement un de coupable, ils n'en arrêtaient qu'un, au risque de se tromper.

— Est-ce qu'on ne pêche pas tout, dans ces cas-là ?
s'écria-t-il avec un redoublement d'irritation ; est-ce
que la police est idiote et ne sait pas reconnaître les
siens ? Ah çà ! voyons, pourquoi ce choix, cette préfé-

rence... qui m'honore? pourquoi moi, et pas lui?...
quelle raison?

— Dame, fit timidement un des gendarmes, quand
nous sommes arrivés sur la berge...

— Eh bien quoi?... quand vous êtes arrivés sur la
berge...

— C'est lui qui nageait !

La goutte d'eau froide qui abat et annihile plusieurs
atmosphères de vapeur, ne produit pas un effet plus
prompt. A ce mot, la colère de Moule tomba à plat. Il
baissa la tête et réfléchit un instant, le sourcil froncé,
l'œil fixe. Puis, il se redressa ; et, laissant de côté le
sarcasme et les récriminations :

— Messieurs, dit-il aux gendarmes, en voilà assez
sur ce point. Nous perdons là un temps précieux. C'est
un malheur ; songeons à le réparer sans retard.

Il fut décidé qu'on n'attendrait pas le jour, et qu'on
se mettrait immédiatement à la poursuite de Causson.

Moule remit ses vêtements à peine séchés ; on man-
gea un morceau à la hâte, et on sortit de la ferme.

Les trois hommes furent d'avis qu'il ne fallait s'arrêter ni aux buissons, ni aux accidents du terrain : en
effet, après ce qui s'était passé, mouillé et exténué
comme il l'était, Causson n'avait pu songer à passer la
nuit à la belle étoile ; il avait dû se présenter et se faire
admettre, sous un prétexte quelconque, dans une maison isolée ou dans un village. C'était aux habitations
d'alentour qu'il fallait frapper : bien certainement on le
retrouverait dans l'une d'elles, déjà couché et endormi.

On convint en outre de se séparer, afin d'opérer si-
multanément sur plusieurs points à la fois, les gendarmes à droite et à gauche ; Moule, muni d'indications
précises, au milieu. Une heure et un point de rallie-

ment furent fixés. L'heure c'était le lever du jour; l'endroit, la maison du garde Iriel.

Celui des gendarmes qui venait d'entrer chez Iriel, arrivait le premier au rendez-vous. L'autre gendarme et Moule n'étaient pas loin.

XVIII

Au moment ou Iriel était surpris par l'arrivée du gendarme, sa mère achevait de s'habiller.

La vieille femme n'eut pas besoin d'explication pour comprendre de quoi il s'agissait.

Le gendarme lui adressa les questions qu'il avait déjà faites en plus de vingt endroits, et les réponses qu'il obtint ne furent pas plus satisfaisantes qu'ailleurs. Toutes se résumaient en ceci : On n'avait vu personne, on ne savait pas ce qu'il voulait dire.

Précédemment, quand ces réponses lui étaient faites, il remontait à cheval et reprenait sa course; mais ici, soit que la contenance de la vieille femme lui parût suspecte, soit qu'il voulût employer le temps jusqu'à l'arrivée de son camarade et de l'agent de police, il insista.

Il demanda où était Iriel.

— Il est sorti, répondit la vieille femme.

— Si matin! Pourquoi faire?

— Pour aller voir une exploitation dans le bois.

— Sans son fusil? car je le vois là, accroché au manteau de la cheminée.

— Il lui arrive souvent de ne pas l'emporter.

— Hum! c'est singulier.

Alors il insinua que l'homme qu'il cherchait et qu'il qualifia de brigand redoutable, pouvait bien s'être glissé

quelque part dans la maison, à l'insu de ceux qui l'ha-
bitaient. Et, sans façon, il se mit à chercher dans les
deux chambres, regardant sous les lits, dans les coins.

La mère d'Iriel le laissait faire, de peur qu'une observation de sa part n'excitât ses soupçons. Mais quel fut
son effroi quand elle le vit s'approcher de l'échelle et
se mettre en devoir d'y monter.

— Où allez-vous? demanda-t-elle en tâchant de
dissimuler son trouble.

— Est-ce que ce n'est pas le grenier! fit-il en désignant la trappe.

— Oui. Mais il n'y a personne.

— C'est égal ; je ne serais pas fâché de voir.

L'angoisse de la vieille femme était peu de chose en
comparaison de celle d'Iriel. Il entendait ce qui se disait
en bas. Il comprenait que tous les recoins de la maison
allaient être visités, et il se demandait, avec un grand
battement de cœur, comment il pourrait se cacher et
surtout cacher le malade qu'il tenait dans ses bras.

Si seulement Causson eût été valide, ils auraient pu
sauter par la porte du grenier et fuir sous bois. Mais le
malheureux était en proie à un délire effrayant qui ac-
croissait le danger et le rendait presque inévitable. Il
se débattait et s'agitait follement; il poussait des gémissements qu'il fallait étouffer en lui enveloppant la tête
dans des couvertures, au risque de l'asphyxier.

Cependant on montait à l'échelle. Dans quelques
secondes la porte de la trappe allait se soulever...
Iriel n'eut que le temps de glisser Causson le plus doucement possible et de se glisser lui-même derrière un
tas de fagots, dont il rabattit deux ou trois sur sa
tête.

Le gendarme entra, inspecta le grenier, écouta. Il ne
vit et n'entendit rien ; Iriel contenait Causson et le

comprimait avec tant d'énergie, qu'il avait peur de ne relever plus tard qu'un cadavre.

Cependant le gendarme avait remarqué le tas de fagots. C'était le seul endroit où quelqu'un pût se tenir caché. Il n'avait pas grand espoir d'y découvrir son homme; pourtant, comme il n'avait rien de mieux ni de plus pressé à faire en ce moment, il se mit à soulever et à changer de place chaque fagot l'un après l'autre, un peu machinalement, et pour l'acquit de sa conscience, en quelque sorte.

Heureusement pour Causson, l'opération commença par le bout opposé à celui où Iriel le tenait caché.

L'épouvante de celui-ci n'en était pas moins grande : le tas n'était pas gros; et pour peu que ce travail continuât, on arriverait bientôt à le mettre à découvert. Ce n'était qu'un retard de quelques minutes.

Chaque faix enlevé, Iriel espérait toujours que c'était le dernier; mais un autre suivait, et toujours ainsi. Enfin, il ne restait plus qu'une dizaine de fagots, et le garde s'attendait à chaque seconde à être aperçu, lorsque deux voix d'hommes se firent entendre en bas. Le gendarme s'arrêta, et retourna vers la trappe.

— C'est vous? cria-t-il. Quoi de nouveau ?

— Rien. Et vous?

— Je cherchais dans ce grenier; mais il n'y a rien non plus.

— Alors descendez.

Le gendarme descendit. Iriel respira. Mais se contenterait-on de ce commencement de perquisition?

Déjà une voix disait en bas :

— Hum ! voilà un lit drôlement défait. Où sont donc les couvertures ?

Nul doute, on allait revenir! Et ce malheureux aux

trois quarts étouffé, qui, pour peu qu'on tardât à lui
donner de l'air, allait mourir !

Iriel n'hésita plus : il fallait fuir.

Il repoussa, avec des précautions infinies, le fagot
qui pesait encore sur lui : chaque frottement des
brins l'un contre l'autre le faisait tressaillir et s'arrêter
net, pour recommencer avec plus de précautions
encore. Enfin il se trouva dégagé.

Il reprit Causson dans ses bras, s'approcha de la
porte du grenier, puis s'arrêta, l'oreille tendue.

— Silence ! Quelque chose a remué en haut, fit la
même voix qui avait dénoncé l'état suspect du lit.

— Je n'ai rien entendu.

— Si !... faut voir...

— Soit ! montons.

Iriel sauta avec son fardeau par la porte, en même
temps que Moule montait l'échelle.

Heureusement pour lui, le terrain formait contre le
mur une sorte de remblai qui mettait en cet endroit le
grenier à six pieds du sol. Malgré cette circonstance et
en dépit de sa vigueur, Iriel, chargé et embarrassé comme
il l'était, s'abattit lourdement à terre. Une vive douleur,
ressentie dans le genou droit, ne l'empêcha pas de se
relever immédiatement : il tournait l'encoignure de la
maison une seconde avant que Moule tendît la tête à la
porte du grenier.

Il se hâta de dégager la figure de Causson, et, sans
examiner longuement s'il respirait encore, il l'emporta
à travers le bois, en se dirigeant vers le chemin par lequel devait arriver Frédéric.

Il n'attendit pas longtemps. Un bruit de roues se fit
entendre. Iriel reconnut la voiture de son maître. Il
sortit du fourré le long du chemin, et, tendant
Causson :

— Vite ! retournez... emmenez-le... les gendarmes sont chez moi.

En un instant Frédéric eut pris Causson et rebroussé chemin avec lui.

Iriel revint tranquillement à sa maison et parut très-surpris de voir les gendarmes. Quand on lui demanda d'où il venait, il fit une réponse qui concordait parfaitement avec celle de sa mère, qu'il avait entendue.

— Vous voyez ! dit un des gendarmes à Moule.

— Hum ! fit celui-ci ; ce bruit que j'ai entendu là-haut.

— C'est un des fagots que j'avais dérangés qui sera retombé.

— N'importe !... c'est louche !

Les trois hommes sortirent, et, une demi-heure après, Iriel prenait son fusil et commençait sa tournée ordinaire dans le bois.

XIX

Pendant huit jours encore, Frédéric redouta quelque surprise. Mais bientôt les recherches devinrent moins ardentes, et cessèrent même presque complétement, quand on fut persuadé que Causson était parvenu à gagner la frontière. Moule, irrité et confus, retourna à Paris, et la police locale continua vaguement une surveillance qui ne pouvait aboutir à rien, sans une imprudence ou une indiscrétion.

Mais si les alarmes avaient disparu de ce côté, l'état de Causson inspirait à Frédéric Bodard les plus grandes inquiétudes. Pendant un mois, en effet, il fut dans une position désespérée.

Peu à peu, cependant, le délire devint moins violent ; la fièvre céda à son tour. Un jour enfin on put regarder le malade comme sauvé ; il entra en convalescence.

Mais cette convalescence fut lente, incertaine. L'état moral où se trouvait Causson n'était pas de nature à l'abréger. Il n'avait repris connaissance que pour s'étonner et gémir de n'être pas mort.

— A quoi bon vivre ? ne cessait-il de répéter tristement.

Frédéric, pour combattre ces défaillances, lui parla de sa femme et de son enfant. C'en fut assez, le malheureux s'apitoya, s'alarma : Qu'étaient-ils devenus ? comment feraient-ils, quel avenir, quelles ressources ? Ces craintes, c'était la vie.

Peu à peu, il reprit des forces. Mais ses alarmes au sujet de sa femme et de son enfant devenant plus vives, Frédéric se décida à faire un voyage à Paris.

Quelques jours après, Causson apprenait par lui que Clémence vivait dans un modeste garni de la rue de Charonne, gagnant sa vie par son travail, résignée, plaignant son mari et l'aimant toujours : deux ou trois fois par semaine, elle allait à Montreuil voir Richard. Ces nouvelles ranimèrent le pauvre convalescent.

En même temps, Frédéric prenait des renseignements sur le procès de Causson. Ce procès était instruit ; on avait essayé d'y rattacher une accusation de complicité de faux contre Lentague et contre Léonce. Ceux-ci se défendaient en calomniant Causson : « Que nous oppose-t-on ? disaient-ils. Une carte de visite au bas de laquelle se trouvent quelques mots au crayon. Qu'est-ce que cela prouve ? Que Causson nous a remis de l'argent pour le faire valoir dans nos spéculations de jeu ? Nous le reconnaissons. Pourquoi nous serions-nous inquiétés de la provenance de ces fonds ? Ce n'était pas notre affaire, et nous soupçonnions à peine que Causson fût employé dans une maison de banque. » Pour corroborer cette allégation, Léonce prétendait n'avoir renouvelé connaissance avec Causson que dans une maison de jeu où celui-ci était venu spontanément: selon lui, Causson, déjà à cette époque, avait dissipé des sommes considérables; il n'était pas l'homme simple et rangé qu'on croyait; il avait des passions ruineuses, il était déjà perverti, déjà infidèle et peut-être faussaire.

Frédéric revint de Paris.

Causson fut exaspéré en apprenant le système de défense employé par Lentague et Léonce :

— Les misérables ! s'écria-t-il, ce n'est donc pas assez de m'avoir perdu, il faut encore qu'ils me calomnient!... Ah! comme ils comptent sur mon silence! pourtant si j'envoyais au parquet les pièces accusatrices que je porte sur moi! C'est mon droit !...

Peu à peu cette colère tomba, et lorsque, le lendemain, Frédéric demanda à son hôte s'il allait donner suite à ses projets:

— Non, répondit-il, j'ai résolu de me taire et d'oublier. Je veux que la résignation soit mon premier pas vers la réhabilitation.

Huit jours après le retour de Frédéric, un journal, qui fut communiqué à Causson, rapportait la décision du tribunal dans le procès de Lentague et de Léonce: cette affaire d'escroquerie avait fait quelque bruit à cause de sa connexité avec le procès Causson, qui fut, on se le rappelle, un des plus retentissants de l'époque.

Par sa décision, le tribunal condamnait: — Lentague (récidiviste), à trois ans de prison ; — Léonce Pelletier, se disant vicomte de la Coudraye, un an de la même peine; — Constance (la maîtresse de Lentague),

12.

trois mois de prison; — relaxait des poursuites Angélina Proutan; — donnait acte au ministère public de
ses réserves contre Lentague et Léonce Pelletier, sur
le chef de complicité de faux, jusqu'à plus ample informé.

En rendant compte de ce procès, les journaux an-
nonçaient que l'affaire du caissier de la rue Vivienne serait jugée aux assises prochaines, c'est-à-dire à la fin de
février ou au commencement de mars.

Causson résolut de passer à l'étranger avant cette
époque. Il était du reste à peu près rétabli. Mais comment s'expatrier? La seule demande d'un passeport pouvait exciter des soupçons, provoquer de nouvelles recherches.

Une circonstance favorable se présenta.

Frédéric faisait un jour partie d'une grande chasse à
laquelle assistait un conseiller de préfecture; ses chiens
chassaient déplorablement.

— Quelles mazettes vous avez! lui dit le conseiller.
Voyez-les donc! à une demi-lieue derrière les autres.
Pas plus de sang que des roquets!

— C'est vrai, convint Frédéric, je suis assez mal
monté.

— Les chiens anglais, voyez-vous, mon cher, il n'y a
que cela.

— En effet. Il faudra que je charge Iriel de m'en acheter; il s'y connaît.

— Oui! il achètera je ne sais où, ici près, d'affreux
mâtins, qu'on lui vendra très-cher comme chiens anglais. Ne faites pas cela. C'est de la duperie. Envoyez
tout bonnement Iriel en Angleterre.

— Tiens! c'est une idée, fit Frédéric, qui songea immédiatement au passeport de Causson. C'est décidé.
Nous essayerons les chiens ensemble, si vous voulez

bien. Aussi, je vous serais obligé de m'envoyer de la préfecture un passeport pour Iriel.

— Dans trois jours vous l'aurez.

Trois jours, en effet, après cette conversation, Frédéric remettait à Causson un passeport au nom de Jacques Iriel.

Causson attendait, un soir, pour prendre congé de Frédéric, que celui-ci fût revenu de Joigny, où il s'était rendu pour affaire.

Les derniers préparatifs avaient été longuement concertés; les adieux étaient achevés, et cependant Frédéric éprouvait une certaine hésitation.

— Qu'as-tu donc? lui demanda Causson.

Frédéric finit par lui avouer qu'il avait appris d'un paysan de Ch... que son père était assez gravement malade.

— Il va mourir? s'écria Causson. C'est moi qui l'ai tué! Je veux le revoir.

Malgré les observations de Frédéric, il persista dans sa résolution.

On attendit le soir, et la voiture de Frédéric le conduisit à Ch...

Nous laisserons Causson raconter lui-même cette entrevue avec sa famille.

XX.

... « Vers minuit, nous traversâmes un petit bois bien connu de moi. Nous étions arrivés au sommet de la côte qui domine Ch...

Je descendis de voiture, et Hippolyte (le domestique qui m'avait conduit) en fit autant. Je lui indiquai le che-

min d'une auberge où il pourrait passer la nuit, et je le
priai de se retrouver, le lendemain, à la pointe du jour, à
l'endroit où nous étions. Il s'éloigna, tenant son cheval
par la bride.

Resté seul, je fis quelques pas, lentement, derrière
lui; puis je m'arrêtai et m'assis sur un tertre. De là,
mon regard plongeait dans toute la vallée.

Bien qu'il ne tombât du ciel qu'une lueur grise et
terne, je distinguais les contours, les sinuosités, et
jusqu'aux moindres accidents du pays qui s'étendait
à mes pieds. Je le connaissais si bien; je le revoyais
avec le souvenir. Rien n'avait changé que moi! Que
de fois, ce chemin, je l'avais descendu, gamin échappé
de pension, le soir d'une distribution de prix, enfiévré
de vacances! Comme je gambadais à côté de la car-
riole de mon père, qui souriait de ma joie — et qui
maintenant se mourait, tué par moi!

Je me levai. Hippolyte devait être rentré à l'auberge. Je descendis et m'approchai du village avec
précaution. Tout était silence et repos. Nul bruit,
nulle lumière, hormis une seule... qui éclairait une
agonie!

Je marchai doucement par les rues désertes et j'arrivai à la maison. Par où entrer? S'il y avait là quelqu'un qui me dénonçât! Ici, j'étais connu, et sans
doute conspué de tous! Je fis le tour, et, par une
ruelle, longeant le mur du jardin, j'arrivai à une brèche qui m'avait autrefois servi; elle existait encore. Je
la franchis, comme un malfaiteur! Je heurtai du pied
contre un tronc de sureau : que de fois, enfant, j'avais
coupé là des sarbacanes!...

Le jardin était toujours ce potager de quelques car-
reaux. La maison se dessinait noire, sur le ciel brun;
les trois fenêtres étaient éclairées faiblement. La porte

entre le jardin et la cour remplissait mal son enca-
drement et laissait un vide dans le haut ; je passai mon
bras par-dessus et levai le crochet.

J'avançai avec précaution dans la cour. Dans la chambre sur le jardin, celle que ma sœur occupait avant son
mariage, les rideaux étaient tirés. La seconde chambre
n'était éclairée que par la lumière des deux autres filtrant à travers les vitres des portes de séparation. Je
la connaissais si bien, cette maison !... je l'aurais par-
courue dans tous ses recoins, les yeux fermés ! A la fenêtre de la cuisine, pas de rideaux... Je regardai : sur
la table, des tasses et des fioles ; dans la cheminée, à
gauche, un grand feu autour duquel chauffaient des
linges, et, assise auprès, la tête baissée, immobile,
une femme... Je ne voyais pas son visage ; mais mon
cœur la reconnut : ma mère ! Je la contemplai un instant... Pas un mouvement, pas un bruit dans la maison
ni autour de moi... Un silence glacé et redoutable, un
air funèbre ; ma poitrine se serrait.

Je frappai à la porte... puis plus fort... Pas de réponse.

J'entrai doucement, furtivement presque... je fis
quelques pas dans la chambre. Ma mère tourna la tête
lentement, ne me reconnut pas et se leva.

— Ma mère ! dis-je d'une voix faible, étranglée, honteuse.

Elle tressaillit, puis se mit à trembler de tous ses
membres et retomba sur sa chaise. Je me jetai à ses
genoux, je pris ses mains qu'elle m'abandonnait ; je lui
demandai pardon. Je pleurais, je sanglotais. Elle me
regardait d'un œil morne, vague, presque hébété.

— Ah ! oui, dit-elle, comme se rappelant, c'est
toi...

— Oui... c'est moi... qui vous ai tant fait souffrir...

Oh! je suis un misérable!... Je n'ai pas songé à vous ! Mon père... on m'a dit... Il est là-bas, n'est-ce pas? dans la chambre de Louise... Mais il va mieux ?...

— Non, fit-elle d'une voix calme, il va mourir.

— Il va mourir !...

Je me redressai vivement, et laissai éclater mon désespoir.

— C'est moi qui l'ai tué, m'écriai-je ; c'est mon crime. Oh! je suis un infâme !

Puis, je revins à ma mère, qui gardait le même calme, la même immobilité effrayante.

— Non, ce n'est pas vrai, c'est impossible! tu t'alarmes à tort. Il doit y avoir encore de l'espoir... Oh! je t'en supplie, ne t'afflige pas avant l'heure ; dis-moi que tout n'est pas perdu... Elle secoua la tête, et elle répéta simplement:

— Il va mourir !

Et elle disait cela sans émotion, sans une larme, comme s'il se fût agi d'une chose indifférente. Oh! quel vent de malédiction avait donc passé là pour qu'il n'y eût plus une larme dans ces yeux, plus un battement dans ce cœur? Et moi qui m'attendais à des reproches, à des cris, à des déchirements... C'était bien pis !

Je me relevai, égaré, brisé de douleur.

Ma sœur entra, venant de l'autre chambre. Elle hésita un instant à me reconnaître, puis elle poussa un léger cri, me sauta au cou ; et nous nous tînmes longtemps embrassés, pleurant tous deux.

Ma mère, sans rien dire, s'était levée; elle avait pris un des linges et une bouilloire qui était auprès du feu, et se dirigeait vers l'autre chambre.

— Laisse, mère, dit Louise en la retenant ; c'est moi qui vais appliquer le sinapisme.

— Non, dit ma mère, c'est moi.

Je restai seul avec Louise.

— Ma bonne sœur, lui dis-je, que s'est-il passé ici?
Ma mère ne me reconnaît plus!... Toi, du moins, tu
m'as embrassé!...

Ce qui s'était passé, je ne le soupçonnais que trop.
Ma sœur me le dit avec des ménagements qui ne pouvaient, hélas! me faire illusion, mais dont je lui sus
gré:

« La nouvelle avait circulé deux jours dans le pays,
sans que personne de ma famille en sût rien. Enfin, Antoine l'avait apprise. Mon père, à qui il en avait parlé,
avait tressailli et était devenu tout pâle; puis il avait
haussé les épaules, en disant : « — Allons donc! est-
ce que c'est possible?... » Cependant, il n'y avait plus
moyen de douter : des gendarmes rôdaient dans le
pays en ayant l'air d'observer la maison; le bruit s'ac-
croissait; les journaux parlaient de mon crime et de ma
fuite! Alors ma mère et ma sœur avaient crié, pleuré.
Mon père, lui, n'avait pas dit un mot, n'avait pas versé
une larme; il était sombre, concentré, humble et farouche. Il allait, la tête basse. Il n'osait plus sortir dans le
pays. Il avait des gestes, des propos qui sentaient l'é-
garement. Il ne mangeait plus, ou si peu! et encore
cela l'étouffait. Impossible de le distraire, de le relever; il n'écoutait que sa pensée et sa douleur... Il avait
été ainsi pendant deux mois, s'affaissant de jour en
jour. Enfin était venu le procès de Lentague et de
Léonce, où j'avais été si terriblement maltraité : il avait
parcouru le journal qui donnait le compte rendu de ce
procès; puis il l'avait plié tranquillement, en disant :
— « C'est bien. » Et un instant après, en passant la
main sur son front, il avait ajouté : — « C'est étonnant, je ne me sens pas bien; j'ai un bourdonnement
dans la tête, je crois que j'ai la fièvre. » Il s'était cou-

ché. Une fièvre lente et sourde le minait, en effet. Le médecin avait prescrit quelques remèdes, mais tout en confessant l'impuissance de son art, et en disant à ma mère et à ma sœur qu'elles pouvaient plus que lui pour le sauver. Elles s'étaient mises à le consoler, à le supplier de vivre, caressantes, pressantes, importunes ; à ce point qu'il s'était écrié : — « Je ne puis donc pas mourir en repos ! » Telle avait été la seule parole de reproche qu'il eût prononcée. Alors elles ne le tourmentèrent plus. Il prenait docilement les remèdes ; mais il s'était rapidement affaibli, et, depuis deux jours, on s'attendait à le voir expirer d'un moment à l'autre... »

— Je veux le voir ! m'écriai-je en m'élançant vers la porte.

Ma sœur m'arrêta.

— Non ! dit-elle ; je t'en prie, cela pourrait lui faire mal, l'achever !

— Laisse-moi. Je confesserai mon crime : il verra mon repentir, mes larmes, je lui demanderai pardon...

Et malgré elle, j'entrai.

Je m'arrêtai un instant près de la porte, interdit, oppressé... Je le vois encore, dans le grand lit, à gauche, ce visage de mon père, amaigri, aux rides accusées, d'une pâleur de cire ; l'œil atone et fixe, et perdu déjà dans les vagues profondeurs de la mort... Antoine était penché au chevet, ma mère affaissée près du lit et pressant la main du mourant.

Je fis quelques pas, timide, chancelant, et m'approchai. Ma mère se releva, et, sans me regarder, sortit : Antoine sortit avec elle.

J'étais seul, en face de mon père agonisant, en face de cette mort dont j'étais l'unique cause ! Ma poitrine était pleine de sanglots étouffés. Je m'agenouillai au pied du lit, humblement, j'approchai de mes lèvres, j'o-

sai presser dans mes mains flétries cette forte et loyale
main où se sentaient encore les nobles calus du travail.

— Mon père, murmurai-je, mon bon père, écoute-
moi... Pardon!

Il ne sentait ni n'entendait... Je me relevai et me pen-
chai sur lui; je passai un de mes bras autour de son
cou, j'approchai mon visage du sien; je l'appelai, je le
suppliai de me reconnaître.

Cette voix, cette secousse, le tirèrent de son assou-
pissement. Il tourna la tête lentement, me regarda, et il
y eut un léger tressaillement sur ce visage déjà glacé
par la mort : ses yeux se dilatèrent, fixés sur moi, et je
baissai les miens.

Je m'accusai en sanglotant, j'épanchai ma honte, mon
désespoir, tout mon cœur! C'était moi qui le tuais; je le
suppliai de vivre! Il secoua la tête.

— Dieu merci! murmura-t-il, et sa voix passait
comme un souffle, c'est fini!

Et comme je déplorais mon crime, en disant: « que
ne me suis-je tué plutôt que de le commettre! »

— Oui, dit-il. Maintenant il est trop tard.

— Mais je saurai réparer ma faute, je me réhabilite-
rai, j'effacerai cette tache imprimée à votre nom.

Il eut un sourire navré !

— Notre nom! il va s'éteindre avec moi. Porte-le, si
tu veux, mais ne l'inflige pas à ton enfant !

Je venais de rouvrir sa plaie. Il n'était ni noble ni
éclatant, ce nom, mais il couvrait deux cents ans de probité, et mon père mourait pour lui.

Que dis-je encore?... Je ne m'en souviens plus. J'é-
tais en larmes, hors de moi. Je le suppliai, je m'accusai, j'implorai un mot de pardon.

— Je te plains! murmura-t-il.

Ce furent ses dernières paroles. Une sourde agitation

le prit. Ses yeux agrandis devenaient clairs et se voilaient par intermittence; son souffle s'accélérait. Était-ce la dernière phase de cette agonie, le suprême effort de l'âme pour se détacher?... Je poussai un cri d'effroi, j'appelai.

Antoine accourut, puis ma mère, puis ma sœur. Antoine, en passant, m'écarta du lit, et je reculai dans un coin de la chambre, effaré, prêt à défaillir. Je les vois tous trois pressés autour du lit, ma mère et ma sœur tenant chacune une main, Antoine soutenant la tête.

L'agonie arrivait à sa fin. Les yeux se vitraient, le nez s'amincissait, les lèvres décolorées semblaient couvertes d'une poudre blanchâtre, le souffle était plus rare, plus pénible, tiré de plus loin. Enfin un soupir plus prolongé et plus fort s'exhala. Ce fut le dernier!

Antoine lui ferma les yeux. Ma mère et ma sœur, la tête cachée, sanglotaient sourdement.

Alors, ma douleur, que je m'étais efforcé jusque-là de contenir, éclata. Je me jetai sur ce lit, je couvris de baisers et de larmes ce visage inanimé; je criais, j'étais hors de moi.

Ma mère s'était laissée tomber sur une chaise près du lit et me regardait. Je me jetai encore à ses pieds, j'embrassai ses genoux.

— Ma mère! m'écriai-je. Et toi non plus, ne me pardonneras-tu pas? Ne me diras-tu pas un mot?

Elle restait muette, insensible.

— Ah! m'écriai-je, je suis donc maudit de tous?

Alors elle sembla sortir de sa torpeur, son œil s'éclaira. Elle se leva, et s'élançant sur moi, m'entourant de ses bras, fiévreusement :

— Mon enfant!... Tu es pourtant mon enfant!

C'était trop d'émotion. Presque aussitôt ses bras se

détendirent, et je fus obligé de la soutenir, aussi défaillant qu'elle.

Louise et Antoine s'empressèrent, cherchant à la ranimer.

Tout à coup, ma sœur s'écria :

— Silence !... On a ouvert la porte de la cour ; on vient.

— On vient !... balbutiai-je machinalement, égaré.

— Oui, quelqu'un ; j'entends des pas... Le médecin ou une voisine. Sauve-toi vite !... qu'on ne te voie pas !

— Ah oui !... dis-je.

Puis, secouant la tête et rappelant mes idées : — Ah ! mon Dieu !... c'est vrai !

J'embrassai à la hâte ma sœur, ma mère évanouie, mon père mort ; et, comme on entrait dans la maison, j'ouvris la fenêtre, et sautai dans la cour. De là je gagnai le jardin.

Avant de repasser par la brèche du mur, je jetai un dernier regard sur cette maison. Hélas ! combien en reverrais-je de ceux que je laissais là ? Mon père d'abord. Puis, ma mère : elle n'en avait pas pour longtemps, pauvre femme !... ma sœur même... car savais-je à quelle existence tourmentée et misérable j'allais être en proie !

Il était quatre heures et demie du matin. Je sortis du village. J'errai par les champs, au hasard, la tête perdue. Je passai dans une vigne où j'avais vendangé : j'avais alors douze ans ! Ce vieil arbre que je heurtai dans la nuit, j'y avais déniché des oiseaux !... Enfin, du côté du levant, l'horizon blanchit. Le jour allait venir.

L'instinct de la conservation survivait en moi, je ne sais comment ni pourquoi. Je gagnai, le plus vite que je pus, le bois où Hippolyte devait venir me prendre. Je m'assis au pied d'une cépée épaisse, la tête sur mes ge-

noux, songeant lugubrement. Je fus environ deux heures
ainsi. Puis, le froid du matin me prit, je frissonnai. Je
me mis à marcher avec précaution : il était grand jour.
Il pouvait être sept heures. Je me trouvais sur la li-
sière du bois, du côté du village. Je voulus jeter un dernier regard sur cette vallée que je ne reverrais plus. Je
la parcourus ainsi, longuement, douloureusement...
Puis je vis Hippolyte sortir du village, et monter la côte
avec la voiture. Il approchait, il n'était plus qu'à une
vingtaine de pas... Un dernier regard encore, un
adieu !... Mes yeux tombèrent sur le cimetière : un
homme y entrait avec une pelle et une pioche !... Je
poussai un cri et je courus à la voiture.

— En route ! vite, partons ! criai-je à Hippolyte.

XXI

.

Huit jours environ après ces événements, il y avait
grande chasse au sanglier chez Frédéric.

Quatre chiens achetés en secret dans le pays, par Iriel,
faisaient merveille : pas un défaut.

— Hein ! quand je vous l'assurais ! disait à Frédéric
le conseiller de préfecture. Les chiens anglais, voyez-
vous, mon cher, il n'y a que cela. J'espère que vous ne
regrettez pas d'avoir envoyé votre garde en Angleterre.

— Oh ! non, fit en souriant Frédéric, et je vous remercie de m'en avoir procuré les moyens.

. . . .

Le même jour, un paquebot anglais quittait Sou-
thampton, à destination de Valparaiso.

Parmi les passagers, il y en avait un, grave et sombre, sur le pont.

C'était Causson.

. . . .

Le 20 février 1840, un arrêt par contumace condamnait Causson à vingt ans de travaux forcés, pour faux.

FIN DE LA PREMIÈRE PARTIE.

DEUXIÈME PARTIE

LE CONTUMAX

I

Dix-sept ans se sont écoulés.

Par une belle matinée du mois de mars 1863, un homme, qu'à sa mise on pouvait indifféremment prendre pour un rentier en négligé ou un ouvrier en toilette, traversait le carrefour de l'Observatoire et s'engageait dans la rue Notre-Dame-des-Champs.

Au bout d'une quarantaine de pas, il entra, à gauche, dans le couloir d'une maison et demanda :

— M. Syramin ?

— Il est chez lui, répondit le concierge.

L'homme monta rapidement l'escalier jusqu'au second étage, où il sonna.

Un grand et beau jeune homme de vingt-deux à vingt-trois ans vint lui ouvrir.

— Pardon, monsieur Syramin, dit le visiteur en s'inclinant, de vous déranger si matin.

— Il n'y a pas de mal, monsieur Tourol.

— C'est demain que j'inaugure mon établissement.

— Je ne l'ai pas oublié.

— Alors vous avez songé à refaire ces bottes, comme nous en étions convenus ?

— Je les ai finies hier soir. Elles sont du plus beau vermillon, et, cette fois, vous en serez content, j'espère.

— Voyons.

Ils entrèrent dans une grande pièce éclairée par deux fenêtres avec balcon sur le jardin, et encombrée çà et là de châssis entoilés, de chevalets, de mannequins, de palettes et de ces mille objets disparates que la fantaisie d'un artiste accumule successivement et pêle-mêle dans un atelier.

Au milieu se dressait un grand tableau représentant le *Petit Poucet tirant à l'Ogre ses bottes de sept lieues.*

M. Tourol, maître cordonnier, avait emprunté ce sujet aux Contes de Perrault pour s'en faire une enseigne, et le peintre avait dû l'exécuter sur ses indications.

— Voilà, fit celui-ci en montrant le tableau. Êtes-vous satisfait ?

— Certes ! répondit M. Tourol ; voilà des bottes parfaitement conditionnées. Et, ajouta-t-il avec complaisance, il n'y a pas à dire que je ne m'y connais pas ; c'est ma partie !

— Vous pouvez faire enlever ce tableau quand vous voudrez.

— Tout de suite ! il faut qu'il soit posé avant demain

matin, Je serai ici dans une heure avec deux commis-
sionnaires. En attendant, je vais vous payer.

M. Tourol compta sur un meuble la somme convenue;
puis, jetant un nouveau regard sur le tableau:

— Ma foi, dit-il, je ne regrette pas mon argent. C'est
joliment travaillé. Cela vous fait honneur.

— Vous savez, dit le peintre, ce que vous m'avez promis?

— Quoi donc?

— De ne dire à personne que ce tableau est de moi.

— Bah!... sérieusement?

— Très-sérieusement.

— Vous avez tort. Cela vous amènerait de la clien-
tèle.

— Peu importe.

— Allons, soit!... Mais qui diantre me disait donc
que les artistes n'étaient pas modestes?

M. Tourol sorti, le peintre jeta à son tour un regard
mélancolique sur son œuvre.

— Bah! murmura-t-il, où est le mal? David et Prud-
hon, qui me valaient bien, ont fait, eux aussi, des ensei-
gnes. Il n'y a tels que les impuissants pour s'ériger en
puritains et crier à la profanation.

Une voix qui l'appelait le tira de sa rêverie.

— C'est toi, mère, fit-il en se retournant... déjà
levée?

Il courut embrasser une femme de quarante-cinq à
cinquante ans qui lui tendait les bras.

Bien que le temps, et surtout le chagrin eussent blanchi ses cheveux et fatigué ses traits, il était facile de
reconnaître dans cette femme la compagne dévouée qui
avait aidé et consolé Causson, qui l'avait relevé dans les
défaillances de la dernière lutte, et avait continué à l'ai-

13.

mer en dépit de la honte et de la misère où il l'avait plongée. C'était elle, en effet, Clémence.

Et ce jeune homme à la figure intelligente et sympathique, qui ne dédaignait pas de consacrer un talent déjà reconnu à rendre sur la toile les fantaisies de M. Tourol, c'était son fils, Richard.

On devine ce qui s'était passé.

Clémence avait laissé Richard à Montreuil, chez Mme Prévot, pendant plusieurs mois, jusqu'à ce que le bruit causé par le procès et la fuite de Causson se fût éteint. Richard, qui avait alors six ans, n'avait absolument rien su de ces événements ; aujourd'hui encore il les ignorait.

Le nom de Causson venait d'acquérir une si triste célébrité, que Clémence ne pouvait le porter plus longtemps. A cette répugnance toute personnelle venaient s'ajouter les injonctions de Causson lui-même, et son propre désir, à elle, d'écarter autant que possible une flétrissure de son enfant. Elle avait donc changé ce nom contre celui de Syramin, qui avait appartenu à son grand-oncle maternel, et qui ne lui rappelait que d'heureux souvenirs d'enfance.

C'est sous ce dernier nom qu'elle avait loué un petit appartement à Passy, où elle avait vécu quatorze ans avec Richard. C'est sous ce nom également que la mère et le fils étaient connus maintenant rue Notre-Dame-des-Champs.

Richard ne s'était même pas aperçu de cette substitution. Il s'était accoutumé, sans la moindre difficulté, à ce nom de Syramin ; il le porta avec confiance ; son ambition aujourd'hui était de l'illustrer.

Quant à son père, il le croyait mort ; et Clémence elle-même, qui n'avait pas reçu de nouvelles depuis dix-sept ans, n'était pas éloignée de partager cette douloureuse certitude.

La mère et le fils s'étaient mutuellement consolés et soutenus dans les luttes et les difficultés de la vie. Ils s'adoraient. Un seul dissentiment s'était élevé entre eux: c'était quand Richard, entraîné par un goût irrésistible, avait pris la résolution de faire de la peinture. Sa mère s'était alarmée et avait tenté de le détourner de cette voie. Mais déjà, à cette époque, il apportait, par son travail, le plus fort contingent aux ressources communes; et il avait si bien démontré qu'il pourrait, sans trop de gêne, suffire seul aux dépenses de son éducation artistique, si bien promis de se jeter dans une autre carrière dès qu'il ne verrait plus dans celle-là aucune chance favorable, si bien supplié enfin, que sa mère avait cédé.

Elle n'avait pas lieu de s'en repentir. Les dispositions de Richard étaient remarquables; ses progrès avaient été rapides. Il possédait maintenant tous les procédés de son art. Il ne lui restait plus qu'un pas à faire, le plus difficile: sortir des banalités académiques et *s'affirmer* par une œuvre originale, personnelle. En attendant, il ne dédaignait pas, ainsi qu'on vient de le voir, de faire du métier.

M. Tourol payait largement; et Richard fut heureux de remettre à sa mère l'argent qu'il venait de recevoir.

— Vrai? dit-elle... tant que cela!... Mon cher enfant!

Elle l'embrassa de nouveau, tout attendrie; puis elle ajouta:

— Eh bien, et toi, tu ne gardes rien?

— Oh! moi... sois tranquille.

— Est-ce que tu renonces à ce voyage en Italie? si c'était vrai!

Il secoua la tête.

— Non? dit-elle. Pourtant si tu savais comme je

tremble à cette idée que tu seras loin de moi !... Mais alors cette *masse* que tu faisais ?

— J'ai trouvé autre chose.

— Ah !... qu'est-ce donc ?

— Je n'ai pas voulu te dire cela, parce que je sais combien ce voyage t'inquiète ; mais voici : tu sais que Melchior a vendu l'autre jour un de mes tableaux au marquis de Blave ? Or le marquis lui a beaucoup parlé de moi, et comme il désire plusieurs copies des galeries italiennes, j'ai lieu d'espérer qu'il songera à ton fils pour ce travail.

— Pourquoi ne te confierait-il pas autre chose ?. Tu tiens donc bien à t'éloigner de moi ?...

— Oh ! tu sais que non ; mais, chère mère, je te l'ai déjà dit souvent, ce voyage aura sur mon avenir la plus heureuse influence ; il est presque indispensable.

En ce moment, on sonna.

Mme Syramin (nous donnerons désormais ce nom à Clémence) alla ouvrir, et revint bientôt avec une jeune fille de dix-sept à dix-huit ans, admirablement belle malgré sa pâleur et l'air de tristesse et de souffrance répandu sur toute sa personne.

— Comment va votre mère, ce matin, ma chère Antoinette ? demanda Mme Syramin.

— Je vous remercie, madame, répondit la jeune fille ; elle a passé une nuit moins mauvaise que les précédentes. En ce moment, elle repose ; mais elle a toujours de tristes pressentiments. Tout à l'heure elle désirait vous parler. Si vous étiez assez bonne pour venir dans la journée ?

— Mais sans doute, et je songeais à aller demander de ses nouvelles au moment où vous êtes entrée. Vous, mon enfant, vous paraissez bien fatiguée ; vous n'avez pas dormi, cela se voit. La nuit prochaine, s'il est nécessaire de veiller, c'est moi qui vous remplacerai.

— Vous savez que cela contrarie ma mère...

— Parce qu'elle craint de me gêner; est-ce qu'on fait des façons entre voisins? Elle devrait comprendre qu'il s'agit de votre santé. Cette fois, je m'imposerai, s'il le faut.

Mme Syramin sortit et les deux jeunes gens restèrent seuls dans l'atelier.

Aux regards timides et profonds jetés par Antoinette sur Richard, il n'était pas difficile de reconnaître un amour violent et difficilement contenu. Cet amour existait, en effet, et il était partagé; seulement chez Richard, il était contrebalancé par les travaux et les ambitions de l'artiste.

Depuis trois ans ils se connaissaient, ils demeuraient l'un près de l'autre, ils se voyaient presque tous les jours. Leurs mères s'étaient liées tout d'abord, rapprochées instinctivement par une conformité inavouée de misère et de malheur. Richard, à cette époque, était déjà grave, réfléchi, travailleur; Antoinette n'était encore qu'une enfant, rieuse et charmante. Ils avaient commencé par une camaraderie espiègle, par une amitié familière et parfois taquine de grand frère à petite sœur. Que de fois Antoinette avait dérangé Richard, et mis le désordre dans son atelier! Elle en était quitte pour une grosse gronderie accompagnée d'un sourire. Que de fois elle avait posé devant lui, à ce point que, le matin en arrivant, elle lui disait :

— Voyons, monsieur Richard, qu'est-ce que vous allez faire de moi aujourd'hui : une princesse ou une bergère? Moi, d'abord, je veux être princesse.

Mais, depuis bientôt six mois, aux familiarités enfantines avait succédé une sorte de réserve compromettante par son excès même.

Cependant sous ces pudeurs perçaient, par moments, les habitudes d'autrefois. Ainsi, pendant la visite que nous racontons, Antoinette ne put s'empêcher de regarder curieusement dans l'atelier; et, après avoir contemplé en silence un paysage inachevé, elle dit gravement et avec conviction :

— Comme c'est beau, monsieur Richard, tout ce que vous faites !

Il protesta, en retournant le tableau contre le mur :

— C'est une platitude, dit-il, en comparaison de ce que je ferai un jour.

Et, tout exalté, il lui expliqua son ambition, ses espérances ! Elle l'écoutait, les yeux baissés, triste et recueillie.

Un coup de sonnette interrompit cet entretien.

— Bon, voilà M. Tourel qui vient chercher son ogre, fit Richard.

Il alla ouvrir.

Un instant après, il revint, la figure épanouie, l'œil brillant de joie, il tenait une lettre à la main.

— Quand je vous le disais, Antoinette ! s'écria-t-il.

— Qu'est-ce donc ? demanda Mme Syramin qui venait de rentrer.

— Enfin ! c'est décidé maintenant; embrasse-moi !

Il courut vers sa mère et l'embrassa vivement. Puis, tout à coup, réprimant cette expansion :

— Pauvre mère ! dit-il, pardonne-moi ; je sais que cela va t'affliger. Mais, résigne-toi, il le faut. Dans quelques jours je partirai.

Elle avait compris.

— Cette lettre est du marquis de Blave ? demanda-t-elle, tristement.

— Oui, il me prie de passer ce soir chez lui. Tu comprends ? il va me commander ces copies. Je t'en

prie, ajouta-t-il en voyant sa mère prête à pleurer, sois
raisonnable ; il n'y a pas à s'affliger, au contraire !
C'est de l'argent d'abord ; mieux que cela ! des études
qui me fortifieront, des inspirations nouvelles. C'est
mon avenir qui se décide !

Quoi qu'il fît pour la contenir, sa joie éclata : il se
réalisait enfin, ce rêve longtemps caressé ! Il reviendrait
de là complétement trompé ; qui sait, peut-être une
auréole au front ! Il se sentait plein d'ardeur, il
avait toutes les audaces ; nulle gloire qu'il ne pût
conquérir. Douce et généreuse jactance, dont il faut,
hélas ! rabattre dans la réalité, mais sans laquelle il
n'est pas de véritable artiste !

Enfin, il eut conscience du mal qu'il causait : il revint caressant près de sa mère, et Mᵐᵉ Syramin ne put
qu'embrasser en pleurant ce fils chéri et admiré. Puis
il vit Antoinette sombre et consternée ; il alla vers elle
et lui demanda ce qu'elle avait.

— Je n'ai rien, dit-elle d'un ton glacial.

Elle ajouta, en se levant :

— Ma mère est peut-être éveillée et m'appelle, il faut
que j'aille voir.

Huit jours après, Richard, généreusement pensionné
par le marquis de Blave, et dissimulant de son mieux
sa joyeuse satisfaction d'artiste, faisait ses adieux à
Antoinette : il lui promettait de songer à elle, et en cela,
il était sincère.

Antoinette, pendant cette scène, eut peine à contenir
son émotion. Au moment du départ, elle se mit à la fenêtre, derrière son rideau. En voyant la voiture s'éloigner, elle sentit un serrement de cœur, et, fondant en
larmes, elle s'écria avec angoisse :

— Il ne m'aime pas !

La voix de sa mère, qui l'appelait, la tira de sa rêverie sombre et désolée.

II

Mme Duchamp gardait le lit depuis plusieurs jours ; elle n'avait d'autres soins que ceux de sa fille.

Il y avait dans le passé de cette femme un drame terrible qu'elle ne confiait à personne et qu'elle craignait surtout de laisser entrevoir à Antoinette.

A l'époque où se passaient les événements qui forment la première partie de ce récit, elle avait vingt ans, et sa beauté était remarquable. Elle habitait, avec ses parents, un village près de Melun. Elle était pauvre. Un jeune homme, Louis Duchamp, fermier du comte de la Roche-Houais, s'était épris d'elle. Elle ne l'aimait pas ; mais, contrainte par ses parents, elle avait fini par l'épouser.

Dès les premiers jours de son mariage, elle s'était montrée ennuyée et maussade chez elle, coquette au dehors. Bientôt on avait remarqué que le comte de la Roche-Houais, qui visitait sa propriété à peine une fois l'an, ne quittait presque plus la ferme. Il avait alors cinquante ans ; mais la distinction de ses manières et sa générosité, jointes à l'aversion que la jeune fermière ressentait pour son mari, donnaient au comte de grands avantages.

Duchamp n'avait pas tardé à soupçonner des intelligences entre sa femme et le comte. Il s'était mis à les épier ; un jour, il les avait surpris. Alors s'était passée une scène affreuse dont Mme Duchamp seule connaissait les détails : le comte avait été relevé baigné dans son sang, et vingt-quatre heures après, Duchamp était retrouvé noyé dans un étang voisin.

Les blessures du comte n'étaient pas mortelles ; il

s'en était guéri assez promptement. Mais vainement on avait cherché à faire passer cette catastrophe pour un accident déplorable ou pour une fatale méprise : le public ne s'y était pas trompé ; et la jeune femme, honnie de tous, avait dû quitter le pays, presque aussi pauvre qu'avant son mariage. Elle était alors enceinte d'Antoinette. Elle s'était réfugiée à Paris et y avait fait ses couches.

Cet épouvantable dénouement de son adultère l'avait éclairée sur l'énormité de sa faute. Une révolution s'était opérée en elle. Elle avait désormais refusé de voir le comte ; elle avait rejeté les secours qu'il lui offrait ; et elle avait caché sa honte dans la solitude, sans autre ressource que son travail, élevant péniblement sa fille, et faisant pour celle-ci ce que Clémence de son côté faisait pour Richard, mais avec les remords en plus.

Cela durait depuis dix-neuf ans.

Maintenant, épuisée par la fatigue et les privations, accablée sous le poids d'un implacable souvenir, elle achevait de mourir d'une longue maladie de poitrine, heureuse peut-être d'en finir avec une existence odieuse, mais dévorée d'inquiétude sur le sort de sa fille, qui allait rester seule, dénuée de tout, sans appui.

Cette dernière crainte était si forte qu'elle lui avait fait surmonter une longue répugnance : quelques jours auparavant, elle avait confié à Mᵐᵉ Syramin, pour le comte de la Roche-Houais, un mot par lequel elle le priait instamment de passer le plus tôt possible chez elle ; Mᵐᵉ Syramin avait porté ce billet à l'hôtel du comte ; mais celui-ci n'arrivait pas.

— Et cependant, pensait la pauvre malade, il ne peut pas avoir oublié qu'Antoinette est sa fille!

Elle avait l'oreille tendue aux moindres bruits. Le roulement de la voiture qui conduisait Richard au chemin de fer l'avait frappée, et elle avait appelé Antoinette.

— Est-ce qu'il n'est pas venu quelqu'un ? demanda-t-elle d'une voix faible.

— Non, personne, répondit Antoinette.

— Cependant j'ai entendu une voiture.

— C'est M. Richard qui part pour l'Italie.

— Ah ! fit la malade avec découragement.

Et elle murmura tout bas ; — Mon Dieu ! veut-il donc attendre que je sois morte !

La mère et la fille restèrent l'une près de l'autre, silencieuses et tristes. Enfin, vers trois heures, le comte de la Roche-Houais se présenta.

Malgré ses soixante-dix ans, le comte était encore très-vert et très-droit : on eût dit que l'âge et les fatigues d'une vie orageuse n'avaient aucune prise sur cette robuste organisation. Ses manières étaient les mêmes qu'autrefois, dignes, froides, hautaines.

Mme Duchamp, en l'apercevant, fut prise d'une grande agitation : ses mains tremblaient et des larmes brûlantes s'échappaient de ses yeux.

Le comte s'approcha du lit, et d'une voix où ne se trahissait aucune émotion, s'excusa de ne pas être venu plus tôt : — Il était absent depuis quelques jours ; sans cela, disait-il, il serait accouru immédiatement.

Mme Duchamp, un peu remise, le remercia ; puis elle pria Antoinette de la laisser seule avec le comte.

Que se passa-t-il entre eux ? Nul ne le sait. Ce qui est certain, c'est que, un quart d'heure après, quand Antoinette fut rappelée par le comte, la malade, si alarmée et si anxieuse tout à l'heure, avait maintenant dans tous ses traits une expression de soulagement et de bonheur.

Antoinette, en proie elle-même à une émotion qu'elle ne s'expliquait pas, courut embrasser sa mère.

— Ma pauvre enfant, dit celle-ci, j'ai tâché jusqu'à
ce jour de ne pas détruire ton illusion ; mais il faut que
tu saches enfin la vérité : le mal dont je suis atteinte
ne pardonne pas... bientôt je ne serai plus.

La malheureuse fille se mit à sangloter.

— Écoute-moi, poursuivit Mme Duchamp. Il y a une
heure, j'étais en proie à un tourment plus cruel que la
maladie qui me tue ; je me demandais ce que tu devien-
drais quand je ne serais plus. Mais le comte de la
Roche-Houais vient de me promettre de veiller sur toi,
de t'aider, de te protéger.

— Oui, madame, interrompit le comte d'une voix
lente et solennelle, je jure, quoi qu'il arrive, que votre
fille sera toujours traitée par moi comme mon enfant...

— Tu l'entends ? continua Mme Duchamp... Et toi,
Antoinette, jure-moi que tu auras toujours pour le
comte la soumission et le respect que tu aurais pour
un père.

— Je le jure ! dit Antoinette.

Un mois après cette scène, Mme Duchamp s'éteignit
doucement entre les bras de sa fille.

Antoinette ne pouvait occuper seule le logement de
la rue Notre-Dame-des-Champs, où elle retrouverait,
d'ailleurs, à chaque instant, le souvenir de sa mère. Le
comte, d'un autre côté, pour des raisons que l'on comprendra par la suite, ne pouvait lui offrir un refuge
auprès de lui. Aussi fut-il décidé qu'elle entrerait provisoirement dans une maison religieuse de la rue de
Sèvres, moitié pensionnat, moitié couvent, tenue par
des sœurs non cloîtrées. C'est, en effet, dans cette
maison qu'elle passa l'année 1863, recevant de temps à
autre les visites du comte, et libre de sortir avec lui.

Pendant plusieurs mois, elle fut tout entière au souvenir de sa mère ; puis, peu à peu, ses regrets s'adou-

cirent, et alors reparut, plus vive et plus poignante qu'au premier jour, la pensée que Richard ne l'aimait pas.

Par une sorte de crainte superstitieuse et pudique à la fois, et afin de garder, s'il était possible, un reste d'illusion, elle avait évité de voir Mme Syramin. Mais un jour elle n'y put tenir : elle se fit conduire par le comte rue Notre-Dame-des-Champs.

Mme Syramin lui reprocha doucement de ne pas lui avoir donné de ses nouvelles, de ne pas l'avoir informée de sa nouvelle demeure : — « Elle aurait été si heu-reuse. d'aller la voir ! cela l'aurait un peu consolée de l'absence de son fils. »

Il n'était pas nécessaire d'insister pour que l'excel-lente mère parlât de Richard : il ne fut guère ques-tion que de lui durant cet entretien. Mme Syramin lut plusieurs de ses lettres à Antoinette. Tout en re-grettant d'être séparé de sa mère, Richard ne laissait pas entrevoir son retour comme prochain : il parlait longuement d'études à faire, de travaux à peine com-mencés, puis de ses progrès, de ses espérances d'ar-tiste; d'Antoinette, pas un mot.

— Allons, je ne me trompais pas ! se dit la jeune fille en sortant, le cœur serré.

Elle devint triste, au point que le comte craignait qu'elle ne tombât sérieusement malade.

Vainement il l'interrogeait sur la cause de cette tris-tesse.

Dans le courant de novembre, il vint la voir ; mais, cette fois, il n'était pas seul. Un homme l'accompagnait, qui parut frappé de la beauté d'Antoinette, et, tout le temps que dura cette visite, ne la quitta pas du re-gard.

— Eh bien ! mon cher Maheurtier, demanda le comte

à son compagnon, dès qu'ils furent sortis, comment trouvez-vous ma pupille ?

— Admirablement belle, répondit Maheurtier.

C'était lui, en effet, l'ancien directeur de la *Caisse centrale des Capitalistes*, l'ancien patron de Causson. Après le procès et la fuite de son caissier, il avait continué à gérer la société dont il était le fondateur, jusqu'en 1853, époque à laquelle il avait abandonné les affaires, avec une fortune de plusieurs millions. Il avait aujourd'hui à peine cinquante ans, et il en paraissait au moins soixante, tant il était fatigué, usé. Cependant, deux choses, dans sa physionomie, étaient restées jeunes, son regard et son sourire.

Il parla d'Antoinette au comte avec une chaleur et un enthousiasme dont celui-ci ne fut pas médiocrement surpris. Puis il voulut revoir Mlle Duchamp, et chaque fois il la quitta plus vivement épris.

Peu de choses, dans le passé de M. de la Roche-Houais, lui étaient inconnues : il n'ignorait pas le drame qui s'était accompli autrefois dans la ferme occupée par Duchamp, et il lui était facile de deviner que le comte considérait Antoinette comme sa fille. C'est donc à lui qu'il confia son amour.

Le comte, aux premiers mots qu'il prononça, eut sur les lèvres un sourire narquois, et regarda du haut de ses soixante-dix ans ce précoce vieillard.

— Allons donc ! mon cher Maheurtier, fit-il, vous n'y songez pas ; c'est une folie. Si vous étiez seulement un gaillard de ma trempe.

Mais Maheurtier ne plaisantait pas. Vainement le comte, redevenu sérieux, lui fit de sages observations: il ne voulut pas l'écouter.

— Mon intention, dit-il, n'est pas d'épouser votre pupille malgré elle : je ne vous demande qu'une chose ;

c'est de lui dire quelle impression elle a faite sur moi,
et combien je serais heureux qu'elle ne me repoussât
pas.

Et, comme M. de la Roche-Houais ne paraissait pas
disposé à accéder à cette demande :

— Écoutez, fit Maheurtier en lui touchant le bras et
en le regardant en face, ne me refusez pas, vous me
forceriez à exiger !

Exiger ! Pour quiconque connaissait la fierté hautaine
du comte, il semblait impossible qu'un pareil mot fût
prononcé devant lui. Et cependant autrefois Causson
avait déjà remarqué que Maheurtier, un jour, au milieu
d'une vive discussion, avait tout à coup imposé sa volonté au comte, en employant cette même injonction.
Ici encore la Roche-Houais ne répliqua pas. Il éprouva
seulement un tressaillement nerveux à peine perceptible ;
puis il eut l'air de prendre la chose en plaisanterie :

— Allons, soit ! fit-il d'un ton dégagé ; du moment
qu'il vous faut un complice pour commettre une folie,
autant moi qu'un autre !

Le soir même, il alla voir Antoinette. A sa grande
surprise, quand il lui parla de l'amour de Maheurtier,
elle ne témoigna ni étonnement ni répulsion ; elle parut
même touchée de l'impression qu'elle avait faite sur lui
et disposée à l'écouter. Ainsi en jugea le comte ; mais
ce n'était, au fond, que de l'indifférence et peut-être une
douce pitié pour un amour que ses dédains rendraient
malheureux.

Maheurtier, dès lors, lui fit visite presque tous les
jours. Elle l'accueillit avec une faveur de plus en plus
marquée. Il était impossible qu'elle l'aimât : son cœur
était plein de l'image d'un autre ; mais elle ne put rester
insensible aux vifs témoignages de tendresse et de dévouement qu'il ne cessait de lui prodiguer. Elle lui en

était tout au moins reconnaissante, et elle sentait naître
en elle une douce et consolante amitié qui diminuait un
peu l'amertume de ses regrets.

Elle en vint ainsi à se persuader que, sous l'influence
de ce sentiment nouveau, le souvenir de Richard cesse-
rait peu à peu de la poursuivre, et qu'elle recouvrerait,
avec le temps, le calme et la tranquillité. Aussi, quand
le comte lui parla de la possibilité, de la convenance
d'un mariage avec Maheurtier, n'éleva-t-elle aucune
objection ; elle demanda seulement quelques semaines
pour réfléchir. Elle voulait, avant de prendre une détermination de cette importance, chercher un dernier éclaircissement, tenter une dernière épreuve.

Elle alla trouver Mme Syramin. Mais l'accueil de celle-
ci, les nouvelles qu'on lui donna de Richard, les lettres
qu'on lui lut, tout cela fut l'exacte répétition de ce qu'elle
avait vu et entendu deux mois auparavant. Cependant,
elle eut une minute d'espoir : ce fut quand, impatiente
de frapper un coup décisif, elle dit à Mme Syramin, brusquement, sans préparation :

— A propos, j'oubliais... Dans un mois, je me marie
avec M. Maheurtier.

— Mme Syramin tressaillit.

— Vous... vous mariez ? demanda-t-elle d'une voix
tremblante.

— Oui, fit Antoinette qui l'observait avidement, et je
venais vous demander conseil.

— Avec qui... avez-vous dit ?

— Avec M. Maheurtier.

Mme Syramin s'était un peu remise.

— Ah ! oui, fit-elle... M. Maheurtier... Mais il doit
être un peu âgé pour vous.

— Vous le connaissez ?

— J'ai entendu parler de lui autrefois. Ma chère

enfant, si vous l'aimez, épousez-le : c'est le plus généreux et le meilleur des hommes.

Ainsi donc, il n'y avait plus d'illusion possible !

Au désespoir d'Antoinette vint s'ajouter une sorte de
colère et de dépit qui précipita sa détermination. Trois
semaines après cette visite, elle épousait Maheurtier.

Mme Syramin informa son fils de ce mariage comme
d'une nouvelle qui lui ferait plaisir, à cause de l'intérêt
qu'il portait à son ancienne voisine. Mais elle reçut de
lui une réponse désolée où se peignait la plus amère
déception : il reprochait à Antoinette de l'avoir méconnu,
dédaigné, et à sa mère de ne l'avoir pas prévenu à
temps.

— Il l'aime ! s'écria la pauvre mère en arrosant cette
lettre de ses larmes ; pourquoi ne m'a-t-il pas confié
son amour, ou pourquoi ne l'ai-je pas deviné ?

II.

Le 12 janvier 1864, quelques jours après le mariage
de Maheurtier et d'Antoinette, le trois-mâts l'*Asiatic,*
venant de Rio-Janeiro, entrait dans les bassins du
Havre.

Parmi les passagers qui descendirent à terre et se
dirigèrent vers le bâtiment de la douane, on distinguait
un homme de taille moyenne, au regard inquiet et timide, à l'air souffrant. Ses cheveux et ses favoris
étaient entièrement blancs ; on aurait pu le prendre
pour un vieillard, quoiqu'il n'eût pas plus d'une cinquantaine d'années.

Au moment où il entrait avec ses compagnons de

voyage dans le bâtiment de la douane, les passagers
du brick le *Mercure*, arrivé de la Véra-Cruz durant
la précédente marée, faisaient enlever leurs malles, que
les inspecteurs venaient de visiter.

Un de ces passagers, gros, trapu, rougeaud, le
crâne dénudé, les yeux malades, la figure entourée
d'un foulard comme s'il souffrait d'un violent mal de
dents ou d'une fluxion, laissa échapper un cri de surprise en apercevant le précoce vieillard dont nous avons
parlé ; et aussitôt, se cachant derrière une pile de
malles, il se mit à l'observer attentivement.

Une heure environ après, lorsque la visite de la
douane fut terminée, le passager de l'*Asiatic* appela un
commissionnaire, et, le chargeant de son unique valise,
se dirigea avec lui vers l'*Hôtel de la Marine*. Aussitôt
le passager du *Mercure* en fit autant pour ses bagages
et désigna à son commissionnaire le même hôtel.

Ils arrivèrent en même temps à destination, et, lorsqu'on leur demanda leurs noms pour les inscrire sur le
registre de l'hôtel, l'un des voyageurs répondit qu'il
s'appelait Sallard, l'autre Iriel.

On proposa à ce dernier les chambres portant les nu-
méros 6, 11, 14 et 15.

— Peu importe, fit-il, donnez-moi le 15. Je pars demain pour Paris par le train d'onze heures.

Ce fut le tour de Sallard. Il n'hésita pas plus que son
compagnon. Celui-ci avait choisi le numéro 15 :

— Donnez-moi le numéro 14, dit-il.

Ces deux chambres n'avaient primitivement formé
qu'une seule pièce, coupée maintenant en deux par une
cloison, dans laquelle était pratiquée une porte. Si les
voyageurs se connaissaient, on laissait cette porte ouverte ; dans le cas contraire, on la condamnait, c'est-à-
dire qu'on la fermait à double tour et qu'on emportait la

14

clef. Iriel et Sallard paraissant étrangers l'un à l'autre, le garçon condamna la porte.

Les deux voyageurs demandèrent à dîner dans leurs chambres; mais tandis qu'Iriel, en attendant qu'on le servît, se laissait aller, immobile, au cours de ses préoccupations, Sallard, moins disposé à la rêverie et plus curieux, prenait son bougeoir, et inspectait dans tous les sens le logement qui venait de lui échoir. La porte dont nous avons parlé attira particulièrement son attention : il se baissa pour en examiner la serrure, et il eut un léger sourire de satisfaction en remarquant que la volée se projetait de son côté.

Après un dîner très-sommaire, Iriel resta dans sa chambre. Sallard, au contraire, qui avait mangé d'un excellent appétit, sentit le besoin de prendre l'air et sortit.

Il fit quelques tours sur les quais et dans les rues. Il entra chez un marchand de tabac où il s'approvisionna de cigares ; chez un quincaillier, où il acheta un tournevis et des clous ; enfin dans un café, où il passa le reste de la soirée. Vers onze heures, il rentra.

Iriel, pendant ce temps, s'était occupé à ranger quelques effets. Il avait notamment tiré d'une poche de dessous une bourse de cuir assez ronde, et l'avait serrée dans sa malle, qu'il avait ensuite soigneusement refermée et dont il avait posé la clef sur sa table de nuit; puis il s'était couché et endormi.

Sallard, par une délicate attention, évita si bien de faire du bruit en rentrant, que son voisin ne l'entendit pas. Au lieu de se coucher, il alluma un cigare et s'étendit dans un fauteuil, de l'air d'un homme qui a l'intention de veiller une partie de la nuit. En effet, il laissa le temps s'écouler, faisant succéder un second cigare au premier, puis un troisième au second.

Enfin, vers minuit et demi ou une heure, il jeta dans la cheminée le dernier tronçon de cigare qu'il avait entre les doigts, et, se redressant sur son fauteuil, écouta : Plus un bruit dans l'hôtel ni sur le quai.

Il ôta ses souliers et les posa doucement sur le parquet ; puis, il se leva, prit son bougeoir, fit quelques pas dans la chambre, écouta de nouveau, et, n'entendant rien, s'approcha de la porte de la cloison.

Il posa le bougeoir sur une chaise près de lui, tira son tourne-vis de sa poche, et, avec les plus grandes précautions, se mit à extraire les vis qui retenaient la serrure. Il les enleva ainsi toutes, l'une après l'autre, avec une telle dextérité, que le numéro 15, eût-il été éveillé, n'aurait probablement rien entendu.

Alors il détacha la serrure, la posa sur un meuble, tira doucement la porte et entra, la main gauche étendue devant la lumière de la bougie.

A la demi-clarté ainsi répandue dans la chambre, il distingua Iriel couché et endormi, le visage tourné du côté du mur : c'était au mieux ; il se mit à l'œuvre.

Il posa son bougeoir à terre de façon que la lumière ne donnât pas sur le lit, s'agenouilla près de la malle, tira de son gousset un de ces clous longs et effilés qu'il avait achetés, et se mit à crocheter la serrure de la malle. Mais soit que cette serrure fût d'une complication inusitée, soit que le crochet fût défectueux, il fit pendant deux ou trois minutes d'inutiles tentatives. Alors, il eut un mouvement d'impatience : il s'arrêta et parut se consulter.

Tout à coup une idée lui traversa l'esprit : — La clef !... elle est ici, dans une poche, sur un meuble. Je suis donc fou.

Il se leva, et il eut bientôt découvert les clefs sur la table de nuit. Avec précaution, il s'approcha, les prit,

revint à la malle et l'ouvrit, Il fouilla dans les effets d'I-
riel, trouva la bourse de cuir dont il s'empara, regarda
s'il n'y avait pas autre chose à prendre et referma la
malle.

Il allait replacer les clés sur la table de nuit et se retirer, lorsque tout-à-coup les draps s'agitèrent : Iriel
tourna la tête, ouvrit des yeux effarés, et, voyant cette
lumière, cet homme dans sa chambre, se dressa brusquement sur son lit, et s'élança sur Sallard, en criant
d'une voix effrayée et vibrante :

— Au secours ! au voleur !

Sallard lui saisit les bras, et le regardant fixement :

— Taisez-vous, monsieur Causson ! dit-il.

Iriel s'arrêta, stupéfié ; puis, regardant à son tour son
adversaire (le foulard qui cachait en partie le visage de
celui-ci venait de se dénouer et de tomber à terre) :

— Lentague ! balbutia-t-il d'une voix étranglée.

C'était Lentague, en effet.

Il avait lâché les deux mains d'Iriel, et se promenait
tranquillement par la chambre.

— Mon Dieu, fit-il, c'est moi..., Lentague ; — de
même que vous, vous êtes Causson, — le Causson d'autrefois, — mon ami Causson, enfin ! — Seulement, vous
êtes un peu changé : vous vieillissez, mon cher ! Comme
on se retrouve, hein ? Ça ne paraît pas vous faire plaisir !... C'est mal ; — car enfin, nous sommes de vieilles
connaissances, — et, de se voir comme cela accueilli
par les cris : *Au voleur !... à l'assassin !*... dame ! c'est
peu flatteur ; heureusement, je ne suis pas susceptible.
Eh bien ! vous ne continuez pas à appeler au secours ?...
Vous savez ? si le cœur vous en dit.

Il plaisanta quelques instants sur ce ton. Causson,
froidement résigné, s'était mis à s'habiller, sans répon-

dre : Lentague, tout en continuant sa promenade, le regardait du coin de l'œil, avec un sourire narquois.

— Vous avez raison, fit-il, de vous vêtir, mon cher
Causson; il fait froid, et vous pourriez attraper du mal;
il faut être prudent.

Puis, reprenant :

— Vous vouliez, je crois, me faire arrêter?... Oh !
mon Dieu, rien de plus facile. Vous n'avez qu'à dire ce
que vous savez sur mon compte, — ça suffira. Mais, il
y a mieux... Eh ! pourquoi vous le cacherais-je? Tel
que vous me voyez, je suis un forçat en rupture de
ban... comme vous, du reste! Que voulez-vous?... on
n'est pas parfait ; j'ai eu des malheurs, mon pauvre
ami, depuis que nous ne nous sommes vus

Un jour... ou plutôt une nuit, en rinçant une cam-
briole, aux Champs-Élysées, j'ai eu la sottise de me
faire arquepincer... Résultat : quinze ans de pré. J'en
ai fait cinq à Toulon, puis trois à Cayenne... c'est bien
pénible! Je m'ennuyais à mourir. Ma foi! un beau matin,
j'ai pris la clé des champs. J'arrive à la Vera-Cruz, —
charmant pays — mais ça ne me va pas encore... Ce
qu'il me faut à moi, voyez-vous, c'est l'air de la patrie !
Je m'embarque donc pour la France... et me voici !...
heureux, mon cher Causson, de vous rencontrer tout
d'abord et de pouvoir vous présenter mes civilités.

Causson n'écoutait même pas ces sarcasmes.

— Vous vouliez quelque chose de moi? dit-il.

— Oh! bien peu de chose, fit Lentague, d'abord,
comme vous savez, vous dire bonjour.

— Vous veniez me voler?

— Par la même occasion, oui... mais ne parlons plus
de cela, c'est fait...

— C'est fait !

— Dame! voyez vous-même.

14.

Causson eut un brusque tressaillement. Un éclair passa
dans ses yeux humides ; mais il les baissa aussitôt ; puis,
il se rassit, la tête basse et sans dire un mot.

Lentague poursuivit :

— Vous allez me trouver, n'est-ce pas? bien indiscret,
bien familier, bien libre ?... C'est vrai, et je vous demande mille pardons... Cependant, il faut le reconnaître,
entre amis, ces choses-là sont permises... cela se fait
tous les jours...

— Assez, interrompit Causson. Vous êtes un voleur,
et vous faites votre métier. C'est bien, n'en parlons plus.

Cela fut dit avec un tel dédain que Lentague fronça
le sourcil et changea de ton.

— Un voleur ! fit-il. — Oui, pardieu ! j'en suis un... je
ne m'en cache pas ! après ?.. Au moins, je ne me donne
pas des airs d'honnête homme, moi ! je ne *pose* pas, et
je ne regarde pas les gens de haut !... Vraiment, monsieur Causson, cela vous sied bien de faire le fier, devant
moi qui vous connais !... Ah ça, si vous êtes un honnête
homme, pourquoi donc ne me faites-vous pas arrêter?
C'est facile pourtant !

Causson eut un mouvement d'impatience nerveuse ;
mais il garda le silence.

— Je vais vous le dire, moi, continua Lentague.
Parce que le commissaire qui me poserait la main sur
le collet vous empoignerait en même temps de l'autre
main... Voilà tout ! — Ah ! monsieur Causson, vous êtes
bien imprudent, permettez-moi de vous le dire, — et vous
avez d'étranges façons de compter pour un ancien comptable!... Avez-vous donc oublié que c'est le 20 février
1846 qu'un arrêt de la cour d'assises vous·a condamné
à vingt ans de travaux forcés par contumace?... Non,
ces choses-là ne s'oublient pas. Mais vous ignorez peut-
être que votre peine ne se prescrit que par vingt ans, et

que c'était seulement le 20 février 1800 que vous pou
viez sans inconvénient rentrer en France ?... Vous avan
cez de deux ans un mois et quelques jours, mon cher
monsieur. — Tant pis pour vous! — Pour une cause ou
pour une autre, vous vous trouvez en France avant le
délai expiré : chacun peut vous courir sus; le plus infime
agent de police peut vous empoigner et vous consigner
au poste. Et vous ne devez pas trouver extraordinaire
que je profite de cette circonstance fortuite qui vous met
à ma discrétion... Aussi j'en use, comme vous voyez !

Tant d'impudence commençait à révolter Causson.
Une sourde agitation grondait en lui.

— Oh!.. à votre discrétion!... murmura-t-il les dents
serrées.

— Oui, certainement, à ma discrétion, et je n'en veux
pour preuve que votre attitude penaude et pitoyable en
face de moi.

C'était par trop d'effronterie; Causson se redressa tout
à coup, et, l'œil étincelant :

— A votre tour, que penseriez vous de ceci? Je crie
au premier agent de police venu : « Voilà un forçat en
rupture de ban, arrêtez-le!» et me montrant, moi : « En
voici un autre, arrêtez-moi!» Eh bien! qu'en dites-vous?

Cela fut dit avec un tel air de résolution que Lentague
fit un mouvement de surprise et d'effroi: il ne reconnaissait plus Causson.

— Vous! dit-il, vous feriez cela?

— Pourquoi pas?

— Parce que... vous n'êtes pas de cette force-là.

— Ah! vous croyez?... Ne m'en défiez pas trop, voyez-
vous! S'il ne s'agissait que de moi, si j'étais seul, ce
serait déjà fait!... Mais non, ajouta-t-il en baissant la
tête, c'est impossible ; il faut que je les-revoie, eux!...
Il faut que je subisse lâchement les outrages d'un mi-

sérablo... Vous pouvez être tranquille, allez! il n'y a pas
de danger.

— Ah! je savais bien! s'écria Lentague en ricanant.
Suis-je assez simple! J'ai pourtant cru un moment que
c'était vrai... parole d'honneur!

— Je vous ai déjà dit que s'il ne s'agissait ni de moi,
ni de ma liberté.

— Ta, ta, votre liberté, c'est déjà quelque chose, et
vous y tenez beaucoup plus que vous ne croyez vous-
même. Du reste, je ne vois guère, à côté de cela, ce qui
peut vous retenir...

— Voyons! finissons-en, fit Causson impatienté, vous
êtes entré ici pour me voler... vous m'avez volé...
qu'est-ce que vous voulez de plus?...

— Ce que je veux?...

— Oui, il n'y a plus rien à prendre ici, je vous le déclare... Si vous ne me croyez pas, fouillez! Je n'avais
que cet argent: quinze mille francs, gagnés péniblement
en dix-huit ans de travail!... croyez-vous que je vais
vous prier de me les rendre, de m'en laisser au moins
une partie..., que je vais essayer de vous attendrir?...
Oh! non, je ne m'humilierai pas à ce point!... et puis,
ce serait bien inutile... Vous avez votre proie: gardez-
la! Si c'est mon opinion sur vous que vous désirez, la
voici: —Vous êtes le plus lâche et le plus vil des drôles!... Je suis un forçat, soit! mais un forçat n'en vole
pas un autre! — n'en livre pas un autre! — Car vous me
livrez forcément! Qu'est-ce que vous voulez que je de-
vienne, sans un sou pour vivre, pour continuer ma route?
Je ne puis pas même sortir de cet hôtel... Je suis reconnu,
arrêté... Voilà ce que vous faites! Vous voyez bien que
vous êtes un misérable!... Maintenant, laissez-moi...
sortez!

Lentague avait repris toute son arrogance.

— Que je sorte? fit-il; oh! que non pas! pas si sot!..
On vous connaît, monsieur Causson, on sait de quoi
vous êtes capable. Nous ne nous quitterons pas, s'il vous
plait!.. En attendant, criblez-moi d'injures tant que
vous voudrez, ça m'est égal!... Ah! vous trouvez que
je vous traite durement? C'est possible, mais vous le
méritez!

Il expliqua sa conduite, il la justifia! Il convint qu'un
forçat qui en volait un autre était le plus dégradé de
tous les êtres. Mais Causson était-il un forçat ordinaire?
non. C'était un forçat *honteux*, la pire espèce! Il faisait
le vertueux, le dédaigneux: le contact d'un bandit souillait monsieur! Il se donnait l'air d'un honnête bourgeois
fourvoyé dans une caverne.. Soit! Mais alors il ne devait pas trouver extraordinaire qu'on le traitât et qu'on
le rançonnât comme un bourgeois. C'était de toute justice!

— Quand on s'est payé ces gants-là, conclut-il, il ne
faut pas se plaindre qu'ils vous gênent!...

En ce moment, cinq heures sonnèrent.

— Cinq heures, déjà! fit Lentague; comme le temps
passe en bonne compagnie! Mais cela ne doit pas me
faire oublier que je prends le train pour Paris à six
heures et quelques minutes. Je vais me préparer... A propos, vous savez, monsieur Causson, nous partons ensemble.

Cette interpellation fit lever la tête à Causson; il regarda Lentague.

— Oui, je sais, fit celui-ci, vous ne deviez partir qu'à
onze heures; mais vous me ferez bien l'amitié d'avancer votre départ?

— Vous savez bien que je ne puis partir, pas plus
à six heures qu'à onze.

— Pourquoi donc, mon cher Causson?... Ah! j'y suis!

c'est votre place au chemin de fer qui vous embarrasse.
Je la payerai pour vous, ne vous inquiétez pas... De
même votre dépense d'hôtel... je m'en charge. Là ! dites
que je ne fais pas bien les choses !

Causson ne répondit pas. Il fallait bien, le malheureux ! qu'il consentît.

— Voilà qui est entendu, dit Lentague. Faisons nos
préparatifs.

Il ferma la porte de la chambre de Causson et mit la
clef dans sa poche, de manière à empêcher celui-ci de
sortir par le corridor.

— Maintenant, dit-il, occupons-nous des malles...
Celle-ci?... bon ! je l'ai fermée moi-même !... Rétablissons aussi la clôture.

Il passa dans sa chambre, ferma la porte de communication, replaça la serrure et remit les vis. Puis, il ouvrit la porte de sa chambre, et rentra par le corridor
dans celle de Causson, qu'il trouva assis et plongé dans
un sombre abattement.

— Allons ! remuons-nous, dit-il ; ce n'est pas le moment de rêver.

Il sonna, et fit enlever les malles. En descendant l'escalier, il eut soin de faire passer Causson devant lui.

Dans la salle à manger, après avoir pris un morceau
et bu un coup, il empaqueta de nouveau sa figure dans
un foulard.

— Vous avez mal aux dents? demanda le maître
d'hôtel.

— Toujours, c'est chronique. Et l'air du matin pourrait me donner une fluxion, dit Lentague.

Il régla la dépense.

En allant de l'hôtel au chemin de fer, il passa amicalement son bras sous celui de Causson. En prenant les
billets, en faisant enregistrer les malles, il ne le perdit

pas de vue un seul instant; il l'installa lui-même en wagon et s'assit en face de lui.

Causson se laissait faire. Pendant tout le voyage, il ne dit pas un mot et fit à peine un mouvement. Lentague, au contraire, était éveillé, alerte et causeur. On eût dit un brave boutiquier que sa femme avait fait lever le matin de bonne heure, et qui s'était mis en route pour les besoins de son négoce.

On arriva à Paris.

Après être descendu de wagon, et pendant qu'on triait les bagages, Lentague se rapprocha de Causson, et lui dit tout bas :

— Voyons ! quittez cet air funèbre, et écoutez-moi : Pas un mot à qui que ce soit de ce qui s'est passé entre nous ! Pas de dénonciation ! Pas de lettre anonyme envoyée au parquet ou à la préfecture ! Je le saurais et vous me connaissez !... Maintenant, vous vous êtes bien conduit depuis le Havre. Vous n'avez pas été d'une gaieté folle, mais j'aimais autant cela ; vous n'avez pas commis la moindre incartade, ni un geste, ni un signe de trahison, c'est bien ! En récompense, voici !

Et il lui glissa dans la main un rouleau de vingt-cinq louis.

— Ah ! vous êtes bien bon, fit Causson avec un sourire amer.

— Certainement je suis bien bon, car je pourrais vous planter là et vous tourner le dos tout simplement ; vous le mériteriez même pour vos airs de mépris... Assez causé, je vous laisse. Allez vous faire pendre de votre côté, moi, du mien.

Il fit charger son bagage sur un fiacre. Au moment de partir, il se pencha à la portière :

— Bien des choses de ma part chez vous, monsieur Iriel ! cria-t-il.

Dernière ironie! Il sembla que celle-ci atteignit Causson : il tressaillit et chercha des yeux un sergent de ville pour lui signaler ce gredin et le faire arrêter. Mais la terrible réflexion qui, depuis douze heures, le mettait à la merci de Lentague vint encore le retenir ; il baissa la tête et regarda filer la voiture sans bouger.

Après tout, qu'importait Lentague? Qu'il restât libre, pourvu que lui, Causson, le fût aussi, et qu'il retrouvât bientôt les deux êtres chéris qu'il était venu rejoindre!

Il prit, à son tour, une voiture, donna au cocher l'adresse d'un vieil hôtel garni qu'il avait habité autrefois, rue de la Harpe, et s'éloigna de la gare.

IV

Iriel (c'est par ce nom, sous lequel il se cachait, que nous désignerons désormais Causson) trouva un large boulevard à la place de la vieille et étroite rue où il s'était fait conduire. L'hôtel où il pensait descendre avait disparu. Il en chercha un autre, rue Saint-Jacques, où il s'installa.

Seul, dans la modeste chambre qu'il s'était fait donner au cinquième, il se mit à réfléchir à sa situation. En sentant, dans sa poche, à la place de la bourse bien garnie qu'il avait encore la veille, les quelques louis que Lentague venait de lui donner comme une aumône, il se dit qu'il avait à peine de quoi vivre pendant deux ou trois mois, et qu'il fallait qu'il commençât des recherches sans retard.

Il résolut de se rendre immédiatement rue d'Enfer. Mais n'allait-il pas être reconnu, arrêté?... Sans doute

il était changé : son visage était hâlé par l'air de la mer
et le soleil des tropiques ; il avait des rides profondes ;
sa barbe et ses cheveux étaient blancs. Cependant,
Lentague l'avait bien reconnu au Havre. L'idée lui
vint de tenter d'abord une épreuve en se présentant à
l'improviste chez quelqu'une de ses connaissances d'autrefois. Il se souvint d'un ancien camarade, Isidore
Bastaud, avec lequel il avait été assez intimement lié
et qui avait établi au Palais-Royal une boutique d'opticien. Il sortit et se dirigea de ce côté.

La boutique était toujours à la même place, galerie
de Valois. Iriel s'approcha de la vitrine, et distingua, à
l'intérieur, un homme de quarante-cinq à cinquante ans,
assis devant un comptoir, et occupé à ranger et à épous-
seter des verres de toutes sortes ; il l'examina : c'était
bien le Bastaud d'autrefois, mais ridé et vieilli, lui
aussi ; et Iriel se convainquit avec plaisir qu'il eût pu
passer à côté de lui sans le reconnaître.

Il tourna le bouton de la porte et entra. Le marchand
vint à lui et se mit à sa disposition. Iriel déclara que
depuis quelque temps sa vue s'affaiblissait, se troublait,
qu'il désirait remédier à cela. L'opticien s'approcha,
examina ses yeux. C'était l'instant décisif.

— Je vois ce que c'est, dit-il, vous avez un commencement de presbyopie.

Et, sans que rien indiquât qu'il eût le moindre soupçon,
il se mit à chercher les verres qui pouvaient correspondre à cette infirmité.

L'épreuve était concluante. Iriel se plut à la prolonger. Il refusa quatre ou cinq échantillons que le
marchand lui présentait ; il se posa sous toutes les faces
devant lui. Aucune marque de reconnaissance. Enfin,
il arrêta son choix sur des conserves d'un bleu tendre,
qui l'empêchaient un peu d'y voir mais dont il se dé-

15

clara d'autant plus satisfait qu'elles devaient servir à le déguiser. Il les paya et sortit.

Désormais rassuré, il revin vers les quais et se dirigeat du côté de la rue d'Enfer. On commençait alors à démolir cette rue pour la continuation du boulevard Saint-Michel. En apercevant de loin la poussière des démolitions, en voyant les moellons et les platras tomber, Iriel éprouva un sombre pressentiment : Comment pouvait-il espérer retrouver les traces de sa femme et de son enfant, quand les maisons elles-mêmes disparaissaient ? Peut-être son ancien logement n'était-il plus qu'un amas de décombres.

Il pressa le pas. Non ! la maison était encore intacte, mais évidemment condamnée, près d'être atteinte, et le bruit des pioches et des marteaux retentissait sinistrement autour d'elle.

Il s'arrêta sur le trottoir en face, et leva les yeux au cinquième étage, vers cette terrasse où il s'était accoudé tant de fois, où si souvent son fils avait joué près de sa mère qui travaillait ! Était-il possible qu'ils fussent toujours là ? Et, au fait, pourquoi non ? Clémence, après un court séjour ailleurs, ne serait-elle pas revenue dans cet appartement, si plein de souvenirs doux et cruels ? Peut-être l'y attendait-elle, peut-être dans un instant serait-il dans ses bras !

Son cœur bondit à cette idée, et les larmes lui vinrent aux yeux. Il jeta un regard sous la porte cochère : le concierge était occupé à balayer le couloir. Il traversa la rue et se dirigea vers lui. Déjà il se disposait à saluer très-poliment ; mais il réfléchit que cette contenance humble pourrait sembler suspecte. Il se redressa et, à force de vouloir paraître ferme et impassible, il avai presque l'air arrogant.

Le concierge, en le voyant venir, avait interrompu sa besogne et s'appuyait sur le manche de son balai.

— Mme Causson? demanda Iriel.

— Vous dites ? fit le concierge.

— Je vous demande Mme Causson, articula Iriel plus nettement.

— Mme Causson? connais pas ça!

— Cependant elle a dû habiter ici, avec son fils?

— Puisqu'on vous dit que non !

— Voyons ! rappelez-vous ; il y a peut-être douze, quinze, dix-huit ans.

— Que ça ? fit le concierge, excusez !

— Je vous parle sérieusement.

— Eh bien, et moi donc ! puisque je vous dis que nous n'avons pas ici votre particulière. Il y a dix ans que je suis dans la maison. Cherchez ailleurs.

Iriel baissa la tête et fit quelques pas pour sortir. Tout à coup il s'entendit rappeler.

— Comment est-ce que vous appelez cette dame ? demanda le concierge ; Mme Causson, je crois ?

— Oui, c'est cela, Mme Causson, répondit Iriel, dont le cœur battait d'espoir.

— Et vous dites qu'il y a quinze ou dix-huit ans de ça ?

— Oui, environ, plus ou moins.

— Je me souviens maintenant ; je vois ce que c'est. Le vieux monsieur du troisième en parle assez souvent. C'est la femme du caissier d'une maison de banque, n'est-ce pas, qui s'est sauvé un matin, après avoir mangé la grenouille?

— En effet... c'est cela, balbutia Iriel d'une voix étranglée.

— Il paraît que cette histoire a fait un joli tapage dans la maison, et que c'était une fière canaille que ce cais-

sier ! Alors, c'est ces gens-là que vous demandez ?
Monsieur les connaît ?

— Je les connais indirectement ; je suis créancier,
j'avais confié des fonds.

— Ah ! très bien ! vous venez réclamer votre argent ?
Vous vous y prenez un peu tard. Si vous voulez
courir après, il est loin votre argent !

— Je sais bien, dit Iriel, que Causson est en fuite.

— Seulement, dit le concierge d'un ton goguenard,
vous espériez qu'il serait revenu ici pour vous attendre
et se mettre à la disposition de la justice.

— Non ; mais je pensais que sa femme, son enfant...

— Tiens ! vous êtes bon encore, vous ! Qu'est-ce que
vous vouliez qu'elle fît ici, dans une maison où elle
était connue ? Elle a décampé, elle aussi, et on ne l'a
plus revue. Bien sûr qu'elle est allée le rejoindre à
l'étranger. Ça devait être convenu d'avance. Maintenant, vous pouvez vous adresser en Angleterre, en
Amérique, en Russie. Vous savez, ils ont dû faire du
chemin en dix-huit ans.

Il n'y avait évidemment aucun renseignement à tirer
de cet homme. Iriel lui tourna le dos. En sortant, il
l'entendit murmurer : « Gogo, va !... » et il se réjouit de
cette injure.

Il se rendit immédiatement rue Saint-Antoine. Il demanda M. Urbain, graveur sur métaux. On ne sut seulement pas ce qu'il voulait dire : on ne se souvenait pas
d'avoir vu dans la maison quelqu'un de ce nom, de cette
profession. Rue de Charonne, où Clémence avait de-
meuré quelque temps, même réponse.

Il revint à son hôtel, la tête basse.

Le lendemain, il partit pour Montreuil.

Les déceptions de la veille avaient déjà déteint sur
son esprit : il commençait à douter. Aussi fut-il agréa-

blement surpris en apercevant de loin la maison telle
qu'il l'avait laissée autrefois. Il sonna. Il croyait déjà
entendre dans la cour le pas vif et léger de Mme Prévot;
il voyait sa figure joyeuse et avenante. Un jeune homme
de vingt-cinq à trente ans vint lui ouvrir.

— Mme Prévot? demanda-t-il.

— C'est ici; mais elle est bien souffrante, et elle ne
pourra pas vous recevoir.

Iriel s'informa : Prévot était mort; Mme Prévot, restée
seule, avait fait venir auprès d'elle son neveu et sa
nièce. Elle vivait avec eux; mais quelques mois auparavant elle avait été frappée d'une paralysie qui la tenait
clouée dans un fauteuil et lui enlevait toute intelligence.

Iriel, en effet, la trouva assise auprès du feu, immobile, son œil atone stupidement fixé sur les tisons.

Vainement il lui parla, lui prit la main et chercha
par tous les moyens à attirer son attention : il ne put
rien obtenir.

La route qu'il suivit pour revenir à Paris lui rappela,
comme un ironique contraste, ses jours heureux d'autrefois, et particulièrement cette excursion qu'il a lui-
même racontée dans ses mémoires. Il se réfugia dans
ce souvenir. Il se revit, de vingt ans plus jeune, confiant
et joyeux, cheminant sur cette même route avec sa
femme et son enfant, en compagnie des Urbain. Clémence
marchait à côté de lui; ils causaient. Richard, fatigué,
se plaignait : il le prenait sur son dos. Il lui semblait
maintenant sentir autour de son cou ses deux petits
bras comme un collier, et il se penchait en avant sous
ce cher fardeau imaginaire !

En arrivant à la barrière, il regarda autour de lui et
retomba dans la douloureuse réalité.

Pendant plusieurs jours, il erra dans Paris, cherchant, imaginant des expédients impossibles. Enfin il

comprit qu'il perdait son temps et se fatiguait inutilement : sa sœur Louise et Frédéric Bodard pouvaient
seuls l'éclairer, le guider. A tout prix il fallait les rejoindre !

Il prit le chemin de fer de Lyon.

Il revit l'endroit, au bord de la rivière, où il avait
lutté avec Moule ; il suivit le même chemin qu'il avait
parcouru, mouillé et grelottant, dix-huit ans auparavant. Comme c'était loin, et cependant comme tout
cela était présent à sa mémoire !

Il aperçut la maison de Frédéric : les persiennes
étaient fermées. Il s'adressa, à côté, dans les bâtiments d'exploitation, sous un nom d'emprunt et sous
un prétexte quelconque.

Alors il comprit pourquoi ses lettres étaient restées
sans réponse; pourquoi pendant tant d'années il n'avait
reçu aucune nouvelle de France : Frédéric, qui avait
promis de lui écrire en Amérique, était mort d'une
chute de cheval, dans une partie de chasse, deux ou
trois mois après son départ... Iriel, le garde, qui l'avait
sauvé, et dont il continuait à porter le nom, avait été
impliqué dans des affaires politiques, et déporté à Lam-
bessa, où il était mort en 1853. Encore des regrets,
et rien à attendre de ce côté !

Restait sa sœur. Il attendit que la nuit fût venue, et
il se rendit à Ch...

Comme tout était changé, là aussi ! Cette même
Louise, qui ne s'était pas détournée de lui après son
crime, qui lui avait pardonné et l'avait embrassé lorsque sa mère semblait le repousser, elle l'accueillait
froidement, elle le revoyait avec un sentiment marqué
de déplaisir et de répugnance. Et, en effet, que venait-
il chercher, lui, contumax? Se faire arrêter? Réveiller par un nouveau procès un scandale près de s'é-

teindre ! Que ne restait-il où il était !... Que n'était-
il mort !... — De Clémence et de son fils, pas de nouvelles.

Iriel quitta sa sœur, humblement, sans protester
contre ces aigreurs excessives et injustes.

En sortant du village, il prit, sans y songer, du côté
du cimetière. Il s'arrêta, et, les bras appuyés sur
l'humble mur de clôture, il se mit à rêver. Des croix
noires et des tombes blanchâtres étaient là sous ses
yeux. Où était celle de son père et de sa mère ?...
En avaient-ils seulement une ? Il ne savait, mais il
enviait leur sort, à eux qui reposaient !

Il revint à Paris, le cœur brisé.

Bientôt cependant, par un énergique effort de volonté,
il se ranima ; il ne voulut pas s'avouer vaincu avant
d'avoir épuisé toutes les tentatives. Alors, pendant deux
mois, il se livra aux démarches les plus hardies, les
plus folles, les plus compromettantes.

Enfin au commencement d'avril, il se trouva épuisé
de toutes les façons, sans argent, sans espoir, et tout
aussi peu avancé que le premier jour.

Un matin, rue Montaigne (pourquoi se trouvait-il là ?),
comme il s'était assis, sans force et sans courage,
sur une borne, à la porte d'un hôtel, un élégant coupé,
sortant de la cour, voulut déboucher par la porte cochère ; mais il dut s'arrêter, la rue étant obstruée par
quatre ou cinq charrettes qui circulaient lentement à
la suite l'une de l'autre.

Iriel jeta machinalement les yeux à la portière.
Tout à coup il tressaillit. Dans ce coupé, à deux pas
de lui, près d'une belle jeune femme, était assis un
vieillard pâle et souffrant. Les traits de cet homme ne
lui étaient pas inconnus. Il l'examina attentivement.

— Maheurtier ! s'écria-t-il tout à coup... c'est lui !

En ce moment la rue était libre. Le coupé prit sa course dans la direction des Champs-Élysées. Une voiture de remise passait en même temps, vide : Iriel s'y jeta vivement, et ordonna au cocher de rattraper et de suivre le coupé qui fuyait.

V

Le cocher cingla un coup de fouet à son cheval, et le coupé ne tarda pas à être rejoint.

Les deux voitures, l'une suivant l'autre, parcoururent les Champs-Élysées, la rue de Rivoli, puis les quais jusqu'au pont d'Austerlitz. Arrivé au pont, le coupé prit à gauche et se dirigea vers la gare du chemin de fer de Lyon.

Maheurtier partait en voyage ! Où allait-il ?

En même temps Iriel se demandait si c'était bien là son ancien patron, s'il n'avait pas été le jouet d'une fausse ressemblance. Dans la salle des voyageurs, il eut le loisir de l'examiner de nouveau : il ne s'était pas mépris, c'était bien lui !

L'aborder, se faire connaître, il n'y fallait pas songer au milieu de cette foule. La seule chose à faire, c'était de ne pas le perdre de vue, et de profiter du premier moment favorable.

On sonna pour la distribution des billets. Maheurtier demanda deux places pour Brunoy. Brunoy, à quelques lieues de Paris seulement ! Iriel prit un billet pour la même direction.

Dans la salle d'attente, afin d'éviter une reconnaissance intempestive, il se tint constamment éloigné de

Maheurtier, et évita de s'offrir à lui de face. Pour le même motif, en montant en vagon, il choisit un compartiment à côté du sien.

On arriva à la station. Une voiture attendait Maheurtier, qui s'y installa avec sa compagne. Mais, au moment où le cocher fouettait ses chevaux, Iriel avait déjà trouvé moyen de s'établir, clandestinement et tant bien que mal, derrière le coffre de la voiture.

On alla ainsi, un kilomètre, puis un autre. Bientôt les chevaux ralentirent le pas : on montait une allée au bout de laquelle s'ouvrait une grille. Iriel descendit et suivit à pied. Tandis qu'il songeait à la façon dont il allait se présenter, la voiture reprit le trot et le laissa loin derrière elle. Il eut beau se presser ; il arriva au moment où la grille venait de se refermer.

Mais peu importait, il savait à quoi s'en tenir maintenant. Il se mit à se promener lentement, en réfléchissant à sa situation. Il fit le tour de la villa : elle était charmante, délicieusement située sur une éminence d'où l'on dominait la vallée ; derrière, s'étendait un grand parc déjà verdoyant.

La journée était magnifique. Cette rencontre imprévue et le voyage avaient secoué la torpeur d'Iriel. Ses idées étaient plus nettes, ses pressentiments moins sombres. Au milieu de ce paysage qui s'égayait sous un clair soleil de printemps, il se sentait un peu renaître, il espérait ! Il revint à la grille, et après une dernière hésitation, il sonna.

Le jardinier refusa obstinément de lui ouvrir : Maheurtier avait défendu de laisser entrer personne. Iriel tira un carnet de sa poche, écrivit au crayon ce seul mot : *Causson*, détacha le feuillet, et, le remettant tout plié au jardinier :

15.

— Portez cela à votre maître, dit-il : il consentira à me recevoir.

Il attendit impatiemment le retour du jardinier.

— Veuillez me suivre, dit celui-ci.

Iriel, en entrant dans la maison, sentit son cœur battre violemment, et ses tempes se mouiller de sueur.

Un domestique le fit monter au premier et l'introduisit dans un petit salon.

Maheurtier était seul, enveloppé dans une robe de chambre, assis auprès d'un grand feu. Iriel s'arrêta à la porte, interdit, tremblant. Maheurtier tourna la tête vers lui.

— C'est donc vous, mon pauvre Causson! dit-il doucement en lui tendant la main.

Iriel se précipita sur cette main, la pressa, la mouilla de larmes, en balbutiant d'une voix étouffée les mots de grâce et de pardon.

— Voyons, relevez-vous, lui dit Maheurtier avec bonté.

—Non!!je ne me relèverai pas... Non! je veux rester là, à vos genoux... vous implorer!... Mon Dieu, est-ce possible?... C'est comme cela que vous me recevez... après ce que j'ai fait?... Mais vous ne vous souvenez donc plus!... J'ai abusé de votre confiance... je vous ai volé! je suis un faussaire... Comment ai-je pu en venir là?

Et il continua de s'accuser avec une sorte d'emportement. Cet accueil redoublait ses remords et sa honte. Il sanglotait et pleurait. C'était comme un besoin de s'humilier, d'épancher son âme, de la soulager du lourd fardeau qui l'oppressait depuis dix-huit ans.

Maheurtier, ému sous son air impassible, laissa passer cette brûlante expansion. Quand elle fut calmée :

— Voyons, dit-il, assez d'excuses comme cela ; c'est

même trop... Asseyez-vous et causons plus tranquillement.

Iriel se releva. Il s'assit embarrassé, timide, les yeux fixés à terre.

— Ah! fit-il avec un sourire douloureux, je suis un grand coupable.

— Pas tant que cela, fit Maheurtier en souriant ; vous êtes plutôt un grand innocent. Comment avez-vous pu écouter les conseils de ces deux gredins ?

— Ah! oui, interrompit Iriel, ce sont eux qui m'ont égaré, perdu. Vous l'avez bien deviné.

— Ce n'était pas difficile. Mais, mon pauvre ami, c'était absurde! Comment n'avez-vous pas soupçonné un piége? Cela ne pouvait vous mener à rien.

— Si!... à la misère et à la honte... et je n'y ai pas échappé. Ah! je mérite mon sort!

— Ils sont plus coupables que vous, je vous le répète ; et moi-même, ajouta Maheurtier avec un accent de tristesse, je ne me sens pas tout à fait exempt de reproche.

— Vous! s'écria Iriel stupéfait.

— Mon Dieu, oui!... Voyons, nous pouvons dire cela entre nous : sans moi, ces folles idées de spéculation ne vous seraient pas venues. Vous me voyiez réaliser des gains énormes, et vous n'avez pu résister à la tentation.

Iriel, ému, oppressé par ces souvenirs, gardait le silence.

— Vous voyez bien! dit Maheurtier. Lentague et Léonce n'ont fait que vous achever. Ah! l'exemple! ajouta-t-il.

— Non! s'écria Iriel. Qu'avez-vous à vous reprocher? Vous étiez libre d'agir comme bon vous semblait. Est-ce que c'était mon affaire?

— J'aurais dû prévoir cela! continua Maheurtier ; j'aurais dû deviner cette fièvre qui vous secouait... Mais voilà! emporté moi-même, tout entier aux affaires, aux plaisirs, à cette existence dévorante que je menais alors, je n'observais rien à côté de moi; je vous oubliais! Ah ! Causson, il y a un mot de vous qui m'est allé au cœur, qui m'est revenu bien souvent...

— De moi! fit Iriel effrayé. Ah! mon Dieu, qu'ai-je pu dire?

— Vous ne vous en souvenez peut-être plus... mais avant de partir, vous aviez commencé un brouillon de lettre qui a été retrouvé chez vous.

— Oui, c'est vrai, mais j'étais égaré... pardonnez-moi.

— Vous écriviez ceci : « Deux mille quatre cents francs, trois mille francs pour un homme qui manie toute la journée de l'or, des billets de banque, des valeurs... ce n'est pas assez! » C'est vrai.

— Non! non! s'écria Iriel avec exaltation, ce n'est pas vrai! Trois mille francs, c'est assez. On peut vivre avec cela, et content, et heureux, quand on n'a pas de tentations mauvaises. Qu'importe, du reste, que ce soit assez ou non? Est-ce que vous m'aviez promis davantage? Si je n'étais pas satisfait, je n'avais qu'à demander une augmentation.

— C'est précisément ce que je vous reproche de n'avoir pas fait. Cela vous était bien dû d'abord... Quand je pense qu'un millier de francs ajouté à vos appointements aurait peut-être évité tous ces malheurs.

— Oui! s'écria Iriel douloureusement, rien ne serait arrivé. J'ai été aussi stupide que lâche.

— Puis, autre reproche, continua Maheurtier. Vous voilà engagé dans ce bourbier... vous vous agitez, vous luttez; mais, chaque jour, vous sentez que vous

enfoncez davantage; vous ne vous tirerez pas de là,
c'est évident! Eh bien, alors, pourquoi ne pas m'appeler? Pourquoi ne pas me confier votre faiblesse,
votre embarras?

— Je n'ai pas osé, dit Iriel, les yeux pleins de
larmes.

— Pourquoi?... Est-ce que je vous faisais peur?...
Est-ce que je n'étais pas pour vous comme un camarade, un ami, un peu oublieux, j'en conviens, mais enfin
un ami?

— Oh! oui! s'écria Iriel. Aussi vingt fois j'ai été
sur le point de me jeter à vos genoux, de tout vous
avouer. Que ne l'ai-je fait!

— Même au dernier jour, quand ce M. Roché est
venu, il aurait été encore temps. Je vous aurais tiré de
là; j'aurais confondu ces deux coquins... Enfin !
ajouta Maheurtier avec un soupir, c'est passé, n'en
parlons plus.

— Au contraire, parlons-en, s'écria Iriel avec exaltation. Comment! je suis là à vous laisser dire. Vous
vous faites des reproches! Est-ce que je rêve?
Est-ce que les rôles sont renversés? Est-ce que ce
n'est plus moi qui suis un voleur et un faussaire?

Il s'accusa de nouveau, et surtout il exalta la conduite de Maheurtier qui, après la découverte du crime,
n'avait montré ni irritation ni mépris contre le coupable, qui avait cherché à l'excuser devant les juges, qui
avait pris à sa charge les deux cent mille francs volés,
et avait désintéressé les actionnaires de la *Caisse*.
Il insista surtout sur ce dernier point.

Maheurtier dut le laisser dire. Et cependant il avait
sur les lèvres un sourire triste et ironique à la fois.

Que de choses dans ce sourire !... Cela signifiait:
« Ne me remerciez pas ; ce n'est ni par générosité ni

par probité que j'ai agi de cette façon, mais par calcul :
je me suis délivré un certificat de loyauté à toute
épreuve. Ces deux cent mille francs m'ont rapporté un
million. »

Il laissa Iriel dans cette erreur, et, quand il eut fini,
il lui demanda ce qu'il était devenu depuis cette catastrophe.

Iriel raconta tout ce que nous savons déjà :
avec quel déchirement il avait été obligé d'abandonner sa femme et son enfant ; — sa fuite ; — les dangers qu'il avait courus ; — puis, son séjour pendant
dix-sept ans en pays étranger.

C'était une sombre odyssée :

En Angleterre, il lui restait à peine de quoi payer
son passage. Il arrivait à Valparaiso, dénué de tout. Il
travaillait comme manœuvre, pour vivre. Cela durait
trois ans. Le désespoir le prenait ; il tombait malade ;
il se voyait mourant sur un lit d'hôpital ; mais la mort
ne voulait pas de lui ; il guérissait. — Il avait une idée
fixe : revenir en France !

Une certaine somme lui était nécessaire, pour
payer le trajet, d'abord ; puis une fois en France, pour
vivre, et aider sa femme et son enfant, qui devaient être
dans la misère. Il n'estimait pas cette somme à moins
de dix mille francs. Comment la gagner ? A Talcahuana
s'exerçait une active contrebande : il s'y rendait et se
faisait contrebandier. Déjà, il avait conquis une partie
de son trésor ; il touchait au but ! Mais, dans une dernière expédition, il était dénoncé par un faux frère, surpris et jeté en prison. Au bout de quatre ans, il en sortait, ruiné. C'était à recommencer ! Forcé de quitter le
littoral, il s'associait à une troupe de chercheurs d'or.
On partait plein d'espérances : au prix de fatigues et
de privations sans nombre, on récoltait la misère ! —

L'année suivante, nouvelle expédition : des peuplades
demi-sauvages leur donnaient la chasse ; Iriel était
blessé et fait prisonnier; mais, tandis qu'on délibérait
sur son sort, il parvenait à s'échapper avec un de ses
compagnons. — Ils se réfugiaient dans les Andes, arrivaient au Rio-Negro, puis s'égaraient dans les pampas.
Ils atteignaient enfin Buenos-Ayres, où ils parvenaient,
à force de temps et de travail, à monter un petit commerce d'articles de France : nouveautés, modes, quin-
caillerie et jouets d'enfants. Les affaires prospéraient.
— Deux ans plus tard, le mineur léguait, en mourant,
à Iriel, devenu son ami, sa part dans l'association. Iriel
se trouvait ainsi à la tête de quinze mille francs : c'était
plus que la somme qu'il s'était fixée... Plus d'hésitation ! Il partait sans retard. — C'est ainsi qu'il arrivait
au Havre. Et, alors, cette rencontre avec Lentague, ce
vol infâme, — puis ces trois mois de démarches inces-
santes, inutiles, — son désespoir et son dénûment.

Maheurtier avait écouté ce long récit avec émotion.

— On parle d'expiation, dit-il ; il me semble que ceci
peut déjà compter pour quelque chose : Dix-sept ans
d'une pareille existence !

— Je ne me plains pas, dit Iriel, j'ai mérité mon
sort.

Il ajouta que tout cela n'eût rien été sans cette affreuse
inquiétude qui l'avait rongé pendant son long exil : pas
de nouvelles de sa femme ni de son enfant ! — Et maintenant, malgré ses actives recherches, il n'était pas plus
avancé qu'autrefois, il ne savait rien !

Maheurtier ne pouvait lui fournir aucune indication;
mais il lui proposa d'en demander à la Préfecture de
police.

Iriel le supplia de n'en rien faire.

— Soyez tranquille, dit Maheurtier, je m'arrangerai

de façon à ne pas vous compromettre. D'ailleurs, il faut que ce Lentague soit arrêté.

— Oh! non, non.. s'écria Iriel; qu'importe Lentague? Il me dénoncerait. On saurait que je suis rentré en France, on se mettrait à ma poursuite.

— Alors, que comptez-vous faire?

— Continuer mes recherches, seul, j'ai bien fini par vous rencontrer, vous! c'est de bon augure. Si de votre côté vous appreniez quelque chose, soyez assez bon pour me le communiquer. Je vous ferai connaître ma retraite.

— Votre retraite? Mais j'espère bien que vous n'allez pas me quitter.

— Comment?

— J'entends que vous restiez avec moi.. à moins pourtant que cela ne vous contrarie.

— Mais ce n'est pas possible, s'écria Iriel. Quoi! vous consentiriez?... Je serais là, près de vous, à chaque instant... et vous me verriez sans colère, sans répugnance! Mais vous oubliez donc?

— Je n'oublie rien. Écoutez : je suis souvent fatigué, souffrant; les affaires m'excèdent. J'ai besoin d'un homme en qui j'aie confiance.

— En qui vous ayez confiance!... répéta Iriel oppressé. Et il regardait Maheurtier en se demandant si ce n'était pas là une sanglante ironie.

— Oui, en qui j'aie confiance, insista gravement celui-ci ; et cet homme, ce sera vous, si vous le voulez bien,

— Non, je ne le veux pas!... non! s'écria Iriel; c'est impossible!... Mais vous ne craignez donc pas que je vous trompe encore?... Vous ne me connaissez donc pas?

— C'est précisément parce que je vous connais, que

je vous fais cette proposition. Me tromper maintenant,
ce serait d'un misérable, et vous n'en êtes pas un.
Voyons, ajouta Maheurtier en souriant, qui donc trou-
verai-je qui soit plus disposé à se dévouer pour moi?

— Oh! s'écria Iriel, je donnerais pour vous mon
sang, ma vie, et ce ne serait pas assez pour racheter
mon crime !

— Voilà qui est entendu. Et maintenant, vous serez
en sûreté ici plus que partout ailleurs : il n'est guère
probable que la police s'avise de vous chercher chez
moi.

— O Dieu, non!... Comment imaginer?... Moi qui
vous ai trahi, volé..., vous m'offrez un refuge !...
J'ai cru tout à l'heure que c'était une dérision... Non,
vous parliez sérieusement... Que voulez-vous que je
fasse?

Et, s'exaltant de plus en plus, Iriel demandait des
circonstances qui permissent de montrer son dévouement, de se sacrifier. Ce n'était plus le même homme :
cette main qui s'était tendue vers lui, ce pardon, cette
bienveillance inattendue, tout cela le rajeunissait de
vingt ans, le relevait à ses propres yeux ; il se sentait
purifié. Son âme, si longtemps comprimée sous la
crainte et la honte, s'épanouissait maintenant ; une
existence nouvelle s'ouvrait devant lui : il reverrait sa
femme et son fils ; à eux aussi il demanderait pardon ;
mais... l'accorderaient-ils, ce pardon?

Ce doute, qui lui vint tout à coup, l'assombrit et
lui fit baisser la tête.

Maheurtier chercha à le ranimer en lui racontant
l'interrogatoire de Clémence auquel il avait assisté
autrefois.

— Bien certainement, dit-il, elle vous avait déjà

pardonné. Et depuis, quoi qu'elle ait pu souffrir à
cause de vous, ses sentiments n'ont pas changé, j'en
répondrais.

— C'est possible, fit Iriel. Oui ! elle est assez généreuse pour cela.

Et tout attendri, il se mit à exalter la bonté de
Clémence, son courage, sa tendresse pour lui. Il dit
combien il avait été heureux pendant les premières
années de leur mariage, avant son crime. Elle
n'avait pas dû, elle non plus, oublier cela. C'étaient
des souvenirs ineffaçables.

Maheurtier, en l'écoutant, semblait plongé dans de
douloureuses réflexions.

— Oui, dit-il tristement et comme répondant à sa
propre pensée plutôt qu'aux paroles d'Iriel, vous êtes
heureux, vous, on vous aime !

VI

Ces paroles de Maheurtier surprirent Iriel ; mais il
ne comprit que plus tard ce qu'elles renfermaient de
douleur et d'amertume.

Il resta au Plantin (c'était le nom de la maison de
campagne). Maheurtier le présenta à sa femme.

— C'est un ancien ami, dit-il. Je suis souffrant,
vous savez, et j'ai besoin d'être secondé dans mes
affaires. M. Iriel consent à demeurer avec nous.

Antoinette lui fit un gracieux accueil. Et tandis
qu'ils étaient tous trois réunis, Iriel ne pouvait s'empêcher de comparer la précoce vieillesse de Maheurtier avec cette jeunesse dans tout son éclat.

— C'est égal, se disait-il, il est riche, généreux ;

il est si bon, si plein d'attentions pour elle... elle doit être heureuse!

On revint le lendemain à Paris, et Iriel eut une dernière hésitation avant de s'installer dans l'hôtel de la rue Montaigne.

— Vivre ici, dans cet hôtel, sous le même toit..., à côté de lui... murmurait-il, tout songeur.

— Ah ça! à quoi rêvez-vous là, Iriel? lui dit Maheurtier. Allez chercher vos effets, et revenez; je vais avoir besoin de vous.

Maheurtier n'avait réclamé les services d'Iriel qu'afin d'avoir un prétexte pour lui offrir un asile : quelques lettres à écrire, quelques courses à faire, c'était tout le travail de l'ancien caissier. Il avait donc passablement de loisir; et sans y songer, en s'en défendant presque, il observait ce qui se passait dans l'hôtel.

L'attitude de Maheurtier et d'Antoinette l'avait frappé et l'affligeait. Ils étaient tristes, après trois mois de mariage! Maheurtier surtout avait un air découragé et malheureux qui le navrait. Parfois il les surprenait, dans la même chambre, assis loin l'un de l'autre, muets, presque boudeurs. D'autres fois, il voyait Maheurtier s'empresser auprès d'elle, cherchant à la ranimer, lui demandant avec empressement ce qu'elle avait, ce qu'elle désirait. Elle parlait alors de sa mère, de ses regrets; puis, Maheurtier se retirait tristement. Et Iriel se répétait : Tant d'éléments de bonheur! et ils sont malheureux, ils souffrent!

Autre remarque : même dans l'intimité ils se disaient vous. — Et Iriel songeait à Clémence, aux premières années de son mariage, à ces expansions joyeuses et familières, à ce bonheur dans la pauvreté! Il ne comprenait pas qu'Antoinette restât ainsi froide, maussade,

en présence de cet homme qui avait tant de bonté et
de prévenances, et qui l'adorait

— Mais que lui faut-il donc? se disait-il avec
colère.

En effet, Maheurtier avait les attentions délicates
et minutieuses, les tendresses humbles et exaltées de
l'amour, de l'amour qui implore. Il était tout à elle,
uniquement préoccupé de satisfaire ses caprices, qu'il
s'ingéniait à deviner et à prévenir.

Ainsi un soir, au bois de Boulogne, elle avait suivi
un instant du regard une écuyère qui faisait caracoler
son cheval, et elle avait dit : — « Tiens! c'est assez
gentil, ce doit être amusant. » Le lendemain, un magnifique cheval était amené dans la cour de l'hôtel par
un maître de manége. Et Maheurtier, s'approchant
d'elle, lui demandait s'il ne lui serait pas agréable de
prendre des leçons d'équitation.

— Des leçons d'équitation?... faisait-elle étonnée.

— Oui, j'avais cru comprendre...

— Mais non... c'est ridicule!... A quoi songez-vous
donc?

C'était comme cela presque chaque jour. Et plus
il était empressé, attentif, plus elle semblait mécon-
tente, irritée contre lui : il supportait tout et ne se
décourageait jamais.

Parfois cependant, elle avait de bons mouvements.
Elle se reconnaissait fantasque, ingrate, méchante. Elle
ne méritait pas ses bontés; elle le priait de la laisser;
elle pleurait... Mais il l'interrompait bien vite : — Ce
n'était pas vrai! elle était bonne, charmante... et c'est
lui qui était un maladroit!

Iriel avait été témoin plusieurs fois de ces retours.
Il ne pouvait haïr cette femme : elle était aussi malheureuse que Maheurtier. Alors, avec plus de cœur que

d'intelligence, il s'était tracé un rôle impossible de médiateur. Il s'était dit : « — Tâchons de rapprocher ces deux êtres; faisons en sorte qu'ils se comprennent et finissent par s'aimer. » — Et, de son côté, il se montrait attentif, obséquieux presque jusqu'à l'importunité, auprès d'Antoinette. Mais, par une contradiction singulière, autant les soins et les prévenances de Maheurtier lui déplaisaient, autant elle paraissait sensible aux siens. Elle lui souriait gracieusement; elle le remerciait. Il était tout honteux de cette préférence.

Il avait essayé plusieurs fois d'intercéder pour Maheurtier; mais toujours elle l'avait interrompu pour parler d'autre chose. Alors il avait usé de détours; mais elle le voyait venir, et ne le laissait pas achever : c'était comme la clairvoyance de la haine.

Elle eut, au commencement de mai, un caprice qui sembla plus consistant que les autres : il s'agissait de construire au Plantin une immense serre où seraient rassemblées les fleurs exotiques les plus rares. Aussitôt une légion d'ouvriers s'abattit sur la villa. Elle suivait les travaux avec beaucoup d'intérêt, attendant impatiemment qu'ils fussent terminés.

Un jour, en les visitant avec Iriel, elle lui demanda son avis sur certaines dispositions intérieures. Iriel le lui donna, et, tout ce qu'il dit, elle s'empressa de l'approuver. Maheurtier venait derrière eux. En la voyant si bien disposée, il crut pouvoir ajouter quelque chose; mais son conseil fut trouvé mauvais, détestable, ridicule. Au reste, elle ne tenait plus à cette serre; on l'achèverait comme on voudrait; cela lui était égal maintenant !

Elle sortit et s'éloigna dans le jardin. Maheurtier baissa tristement la tête.

Iriel suivait du regard Antoinette. Il était furieux contre elle ; il se disait en lui-même :

— Mais comprends-le donc !... Mais aime-le donc, malheureuse, tu n'as donc pas de cœur !

La serre était décidément abandonnée ; on déblaya, on enleva tout, et on revint à Paris.

Antoinette ne sortait presque plus : elle vivait seule, enfermée dans sa chambre, ne voulant voir personne.

Un jour Iriel la surprit en contemplation devant un tableau, haut de vingt centimètres sur quinze. En l'entendant venir, elle fit un mouvement pour cacher cet objet ; mais elle comprit qu'elle avait été aperçue, et elle s'arrêta. Elle appela même Iriel, de peur qu'il ne se mît à faire des suppositions, et lui fit voir le tableau : c'était un portrait de jeune fille en costume de bergère, avec un chapeau à larges bords, orné de fleurs.

— Comment trouvez-vous cela ? lui demanda-t-elle.

— C'est un portrait de vous ?

— Oui, quand j'avais quinze ans. Il est encore ressemblant, n'est-ce pas ?

Iriel trouva cette miniature charmante, et demanda indifféremment de qui elle était.

— Je... ne sais plus, répondit-elle un peu troublée. Et elle se hâta d'ajouter : — J'avais depuis longtemps envie d'avoir mon portrait. Ma mère consentit à me mener chez un peintre, rue... voilà que je ne me rappelle plus la rue !... mais j'étais bien contente, vous comprenez !

Elle lui parla peinture : Quel bel art ! Comme on devait être heureux de pouvoir faire un tableau ! Elle ne pourrait pas, elle !

Dans la soirée, Maheurtier, à son tour, dit quelques mots sur ce sujet, et, comme elle ne le contredisait pas et semblait même l'approuver, il lui demanda si cela ne l'amuserait pas de faire un peu de peinture. Elle accepta. Il était ravi!

Le lendemain, l'hôtel était encombré de cartons à dessin, de boîtes de crayons, de couleurs, de chevalets, de tout l'attirail du peintre et du dessinateur. A force d'or et de supplications, Maheurtier avait décidé un artiste célèbre à venir lui donner des leçons. Elle en prit deux ou trois avec assez d'application ; puis, elle se dégoûta, se dépita, ne voulut plus ; puis recommença et se fatigua de nouveau.

Elle avait une véritable passion pour les œuvres modernes, les tableaux de genre et les paysages.

— Oh!... les paysages!... Un jour, avant son mariage, il y avait trois ans, elle en avait remarqué un à l'étalage d'un marchand... elle ne se rappelait plus où... mais elle s'était arrêtée pour l'admirer. Cela représentait une source, et, plus bas, une petite mare où barbotaient deux canes ; un jeune pâtre faisait abreuver ses vaches ; à gauche, un gros orme : le soleil, filtrant à travers le feuillage de l'orme, mouchetait de plaques lumineuses les habits du petit pâtre... c'était vivant, c'était délicieux!

Maheurtier et Iriel n'eurent plus d'autre souci que de découvrir ce tableau, et de le lui procurer à quelque prix que ce fût. Ils coururent chez tous les marchands de Paris. Chaque jour on lui apportait des charretées de paysages, des Corot, des Troyon, des Diaz, des Daubigny, des Flahaut. Elle renvoyait ces pauvretés!

Ils étaient découragés et allaient s'avouer vaincus, quand elle parut se souvenir : — Elle n'était pas sûre, mais elle croyait bien se rappeler que le nom qui était au bas du tableau finissait en *un*, à moins pourtant que ce ne fût en *in*. — Vite les noms qui se rapprochaient de cette terminaison : les Fromentin, les Amédée Jullien, etc. Mais ce n'était pas encore cela.

Enfin, un petit marchand, Melchior, réfléchit en se grattant l'oreille.

— Vous dites un orme à droite? demanda-t-il à Maheurtier.

— Non, à gauche, un gros orme.

— Un pâtre conduisant des vaches à l'abreuvoir?

— C'est du moins la description qu'on m'a faite.

— Bien, je vais voir cela.

Il consulta un registre.

— Oui, dit-il, après avoir tourné quelques feuillets, voilà bien votre affaire : il s'agit d'un peintre nommé Syramin.

— Oh ! enfin ! s'écria Maheurtier.

Cette exclamation allait lui coûter cher; mais, le marchand n'avait plus le tableau. Melchior lut sur son registre : Vendu au marquis de Blave.

— Je le connais ! s'écria Maheurtier en sortant précipitamment.

Le marquis avait acheté ce tableau, non comme une œuvre supérieure, mais comme un essai déjà remarquable d'un jeune homme appelé, selon lui, à un grand avenir. Il s'aperçut, lui aussi, de l'enthousiasme de Maheurtier; il fut aussi turc que Melchior aurait été juif: il ne se défit du fameux paysage que contre un Rembrandt.

Maheurtier revint rue Montaigne triomphant. Antoinette lui pressa la main et le remercia avec chaleur Elle se mit à contempler le tableau; c'était superbe Maheurtier et Iriel s'extasièrent, eux aussi, de confiance, heureux de sa joie. Seul, le maître de dessin fit une moue dédaigneuse et se permit quelques critiques; il fut vivement repris : il ne s'y connaissait pas;

c'était par envie ce qu'il en disait ; au reste, on ne se souciait plus de ses leçons. Il fut remplacé par un peintre
ans valeur, qui comprit mieux son rôle.

Sous sa direction, avec son concours, elle s'appliqua
à copier, à reproduire de toutes façons, sur le papier,
sur la toile, cette œuvre de prédilection. Maheurtier et
Iriel venaient la voir travailler ; ils la félicitaient, l'en-
courageaient.

Un jour, Iriel s'approchant du tableau pour mieux
admirer, fixa son regard sur le nom de Syramin, tracé
en petites lettres brunes sur le gazon vert ; ce nom le
rendit rêveur.

— Syramin, murmura-t-il, c'est singulier, il me semble avoir entendu autrefois...

— Prononcer ce nom-là ? demanda Antoinette.

— Oui, mais je ne me rappelle pas où, ni par qui.
Il est probable que je me trompe. Oui, c'est une illusion.

— Moi, fit Antoinette, peu m'importe le nom... et le
peintre ! Je ne m'occupe que de l'œuvre : elle est admirable.

A ces goûts artistiques était venu s'ajouter, on ne sait
pourquoi, un grain de dévotion. Elle suivait les offices
à la Madeleine, d'abord ; mais la Madeleine lui déplut.
Elle préféra Saint-Sulpice ; c'est là qu'elle avait prié
enfant, auprès de sa mère ! Maheurtier sollicitait la
faveur de l'accompagner, mais elle la lui refusait ; il ne
croyait pas, et elle ne voulait pas qu'il se contraignît à
cause d'elle.

Un matin, Iriel, qui avait des affaires dans ce quartier, la vit descendre de voiture et monter avec Marthe,
sa femme de chambre, l'escalier de Saint-Sulpice. Il
entra derrière elles par curiosité. Il les vit s'agenouil-
ler, prier ; puis, Antoinette se tourna vers Marthe et

lui dit un mot. Marthe sortit par une porte latérale. Quelques minutes après, elle revint et s'agenouilla de nouveau. Iriel allait s'en retourner, quand il les vit se lever toutes deux, et se diriger vers la porte par laquelle Marthe était sortie quelques instants auparavant. L'office n'était pas terminé.

Intrigué de ce manége, il ne put s'empêcher de les suivre. Il arriva sur la place presque en même temps qu'elles. Un fiacre était près de là ; Marthe et sa maîtresse y montèrent. La voiture partit rapidement.

Iriel demeura frappé de stupeur.

— Est-ce qu'elle le tromperait? pensa-t-il ; ce serait infâme!

VII

Heureusement les soupçons d'Iriel n'étaient par fondés : Antoinette n'était ni méchante ni dépravée ; elle était malheureuse, et par suite, inconséquente et injuste.

Elle s'était mariée, le cœur plein de Richard. Elle s'était dit qu'il était perdu pour elle. Qu'importait dès lors qu'elle vécût seule, ou qu'elle épousât Maheurtier? Elle se sentait attirée vers lui par une douce sympathie, le temps et l'influence de ce sentiment paisible amortiraient peu à peu son amour et ses regrets.

Mais la passion de Maheurtier était jeune et ardente. Les premiers essais d'intimité avaient étonné, froissé Antoinette. Alors seulement elle avait compris son imprudence. Maheurtier avait respecté ses résistances et l'isolement où elle s'était retranchée. Il s'était résigné à la gagner peu à peu par ses attentions, son dévouement, et par la contagion de cet amour dont son cœur débordait. Mais, au lieu de la désarmer et de l'attendrir, les soins dont il l'entourait ne faisaient que l'irriter chaque jour davantage.

Cependant, il ne se décourageait pas : peut-être l'aimait-il davantage pour ses rigueurs et ses injustices. Orphelin de bonne heure, à trente ans il n'avait su encore où placer son cœur : nulle tendresse qui eût suppléé pour lui aux affections de famille. Alors il s'était jeté dans une vie de dissipation et de plaisir. Mais souvent, après les folles équipées, après les joyeux propos entre amis, il lui était arrivé, seul, de regretter que les créatures dont il faisait ses maîtresses ne pussent pas être aimées ! N'avait-il pas pris, un instant, au sérieux Angélina Proutan ?.

Ainsi, par un contraste étrange, cet homme, si habile et si sceptique en affaires, était, dans les choses du cœur, d'une naïveté et d'une confiance presque enfantines. Après avoir traversé la vie et s'être usé à ses frottements, il avait gardé les illusions et l'exaltation aveugle de la jeunesse. Pris tout à coup d'une passion folle, il s'y était abandonné sans réserve. Son unique ambition était maintenant de la faire partager ; et il poursuivait cette tâche avec une de ses obstinations fiévreuses qui ne tiennent aucun compte des obstacles, qui ne les voient même pas.

On comprend ce qu'une telle situation pouvait contenir de désastres, d'autant mieux qu'Antoinette, sentant, au fond de son cœur, aussi vivace qu'autrefois cet amour qu'elle avait cru étouffer, s'y abandonnait, s'y réfugiait en quelque sorte avec une imprudente sécurité. En effet, quel danger ? Richard habitait l'Italie, et il ne l'aimait pas ! De là, ces caprices soudains, irrésistibles : elle se passionnait pour les fleurs, parce qu'il les aimait ;

pour la peinture, parce qu'il en faisait; pour l'Italie, parce qu'il l'habitait. Tout cela naïvement, sans la moindre arrière-pensée coupable.

Cette démarche, dont Iriel cherchait à pénétrer le secret, était simplement une visite à Mme Syramin.

Celle-ci fut vivement émue en revoyant Antoinette. Elle se rappela l'amour blessé, les souffrances, les lettres désolées de son fils, qui essayait vainement de dompter sa douleur par le travail. Elle dissimula cette impression et tâcha de parler de choses indifférentes ; mais le nom de Richard lui revenait sans cesse à la bouche. Où était le mal, après tout, puisque Antoinette ne l'aimait pas ?

Elle se laissa donc aller à parler de son fils. « Ses progrès étaient magnifiques ; il avait envoyé deux tableaux admirés de tous ; les commandes affluaient. Mais il y avait bien longtemps qu'il était absent, plus d'un an ! Et, il ne reviendrait pas avant quatre ou cinq mois. Il était en ce moment à Florence. Il passerait par Venise et par Gênes. » Antoinette écoutait, sans parler et indifférente en apparence. Durant cette visite, elle ne dit guère qu'une chose : qu'elle aimait son mari, et qu'elle était parfaitement heureuse.

En se séparant, elles s'embrassèrent, souriantes. Elles étaient prêtes à pleurer toutes deux.

Iriel n'eut guère l'occasion d'exercer la surveillance qu'il projetait. A partir de cette visite, Antoinette ne sortit presque plus : elle se plongeait dans de grandes tristesses ; elle restait des journées inerte, rêveuse. Plusieurs fois Iriel la surprit essuyant, à la dérobée, ses yeux humides.

Elle parlait souvent de l'Italie. Comme ce doit être beau, l'Italie ! disait-elle.

Elle fit acheter des guides, des descriptions, des cartes. Elle les parcourait avidement. Elle mesurait combien il y avait de distance entre Paris et Florence, entre Florence et Venise.

Maheurtier savait par expérience que le meilleur moyen de lui faire accepter une chose, c'était de la demander comme une concession, pour lui faire plaisir, à lui.

C'est étonnant, dit-il un matin, plus je vais, plus je me sens fatigué, souffrant. La vie sédentaire que je mène ne me convient peut-être pas.

Antoinette ne répondit rien.

— Il me semble, continua-t-il, qu'un voyage de quelques mois me ferait du bien. Oh! mon Dieu, peu importe où, en Angleterre, en Allemagne, en Italie.

La figure d'Antoinette s'épanouit.

— Mais oui! fit-elle. C'est une bonne idée; cela ne peut que vous faire du bien. Et à moi aussi, il me semble.

— Vous! ma chère Antoinette. Est-ce que vous consentiriez?...

— Pourquoi pas? Certainement!... L'Italie..., justement, j'y songeais ces jours derniers. Je me disais : Comme ce pays doit être beau, en cette saison surtout! Je ferai ce voyage avec le plus grand plaisir. Quand partons-nous?

— Quand vous voudrez, tout de suite.

— Ah! quel bonheur! Vous êtes charmant, voilà une idée ravissante.

Elle frappa dans ses mains, de joie, et se leva vivement : elle était transfigurée.

Les préparatifs furent vite faits. Iriel devait rester, chargé de surveiller tout, de suivre quelques affaires urgentes. Le surlendemain, tout était prêt. Antoinette n'emmenait avec elle que sa femme de chambre.

16.

Le comte de la Roche-Houais les accompagna à l'embarcadère du chemin de fer de Lyon. Il venait assez souvent à l'hôtel de la rue Montaigne; il avait, lui aussi, deviné la froideur des relations des deux époux. Il aurait pu s'en affliger, à cause d'Antoinette; mais cela lui faisait surtout pitié. Aussi, après avoir pris congé d'eux, songeant à Maheurtier, il se disait avec un léger haussement d'épaules :

— Ça n'a que cinquante ans, et ça ne sait pas se faire aimer !

VIII.

En route, Antoinette commença à comprendre son imprudence. En s'interrogeant, elle ne pouvait se dissimuler qu'elle avait voulu se rapprocher de Richard, respirer le même air que lui; or, qu'arriverait-il, s'ils allaient se rencontrer ? Quelle contenance aurait-elle ? Son trouble ne la trahirait-il pas ?

Mais bientôt elle se moqua de ces craintes : Par quel hasard pourrait-elle le rencontrer, alors qu'elle ne savait même pas au juste dans quelle ville il se trouvait en ce moment ?

Les deux époux arrivèrent à Marseille et s'embarquèrent immédiatement pour Livourne. Antoinette, bien entendu, réglait l'itinéraire.

A Livourne, en se sentant sur le sol italien, il lui revint un peu de cette crainte qui l'avait agitée au départ. A Florence, où ils allèrent ensuite, même impression : c'est à peine, les premiers jours, si elle osait sortir. Mais elle ne tarda pas à s'enhardir : Qu'avait donc, après tout, cette rencontre de si redoutable, qu'en pouvait-il résulter ? Elle aurait voulu qu'elle se présentât. Elle l'appelait, elle la cherchait.

Alors ce furent des sorties continuelles, des courses du matin au soir, des visites rapides et réitérées dans les musées, dans les églises, dans les villas et les palais où pouvait se trouver quelque œuvre d'art remarquable. Le soir, elle rentrait, de mauvaise humeur, fatiguée. Maheurtier n'en pouvait plus.

Un matin, elle lui dit :

— Nous allons partir pour Venise.

— Pour Venise ! Cependant nous n'avons vu ni Rome, ni Naples.

— A quoi bon ? Il n'y a rien là d'intéressant.

A Venise, puis à Gênes, les choses se passèrent absolument comme à Florence.

Malgré la singularité de cette façon de voyager, Maheurtier n'élevait aucune objection, aucune plainte. Seulement il était beaucoup plus souffrant qu'avant son départ.

A Gênes, quand ils eurent tout visité, il proposa de rentrer en France. Mais Antoinette refusa : — « On pouvait bien attendre quelques jours, prendre le temps de se reposer ! » — Elle restait maintenant toute la journée dans sa chambre, seule, ennuyée, triste. Son mari ne savait qu'imaginer pour la distraire.

Un jour qu'il attendait une lettre de Paris, il descendit lui-même au bureau de l'hôtel pour la prendre. A côté de la sienne, s'en trouvaient cinq ou six autres, dont l'une attira son attention : elle était adressée à *M. Richard Syramin, peintre, hôtel de la Croix de Malte, à Gênes.* Cette adresse lui rappela l'admiration d'Antoinette pour l'un des tableaux de l'artiste.

— Comme elle sera contente de le voir, pensa-t-il, de

lui commander un autre paysage. Il faut que je fasse
connaissance avec lui.

Tandis qu'il formait ce projet, un jeune homme
entra au bureau, s'empara de la lettre qui avait attiré le
regard de Maheurtier, et la parcourut rapidement avec
une émotion attendrie. Maheurtier l'aborda, en s'excu-
sant de l'indiscrétion involontaire qui lui avait fait connaître son nom ; puis, il le complimenta sur son talent, et lui dit l'admiration enthousiaste que sa femme
éprouvait pour ses tableaux.

Richard trouva ces compliments fort exagérés, surtout à propos d'une toile qui datait de trois ans. Mais
Maheurtier lui laissa à peine le temps de s'étonner. Il le
pria de faire pour lui un autre tableau, autant de tableaux qu'il pourrait.

— Au reste, ajouta-t-il, nous restons tous deux dans
cet hôtel. Si vous vouliez avoir la bonté de passer un instant chez moi, ma femme vous indiquerait les sujets qui
lui conviendraient le mieux.

— Volontiers, dit Richard, et même... dans un instant, si cela vous convient.

— Très-bien... Je vais la prévenir et je vous attends.

Antoinette était dans sa chambre, étendue plutôt qu'assise sur une causeuse, dans une attitude d'accablement
et d'ennui. A ce nom de Syramin, qui lui arrivait ainsi
à l'improviste, elle se redressa brusquement en poussant
un cri de surprise. Maheurtier ne vit là que la joyeuse
satisfaction d'un enfant dont on flatte le caprice.

— Oui, continua-t-il gaiement, je l'ai abordé, c'est
un jeune homme charmant ; je lui ai parlé de vous, de
l'admiration que vous inspirent ses œuvres.

— Mais non !... balbutia-t-elle d'une voix émue, il
ne fallait pas.

— Pourquoi ? c'est la vérité d'abord : et cela n'a pu
que le flatter. Je lui ai demandé à brûle-pourpoint un
autre paysage, d'autres tableaux ; je les couvrirai d'or,
s'il l'exige. Il m'a promis ; mais comme il s'agit de
votre goût plus que du mien, il a été convenu qu'il vien-
drait s'entendre avec vous.

— Comment !... s'écria Antoinette, il a été convenu !...

— Sans doute, c'est tout naturel.

— Mais je ne veux pas !... c'est impossible ! à quoi
songez-vous ?

Elle s'était levée et marchait avec une vive agitation.
Maheurtier demeurait tout interdit en présence de cette
nouvelle singularité.

— J'avais cru, dit-il tristement, vous faire plaisir.

— Moi ! qu'est-ce que cela peut me faire ? C'est vrai,
les tableaux de ce monsieur me plaisent. Apportez-
m'en tant que vous voudrez ! Mais lui ! Est-ce que je
me soucie de sa personne ? Pourquoi le verrais-je ? je
ne veux pas !

— Cependant, il va venir.

— Renvoyez-le, dites que je suis indisposée, souffrante. C'est la vérité.

En ce moment, Marthe ouvrit la porte et annonça :
— M. Syramin.

Maheurtier se hâta de passer dans le salon voisin,
où Richard, ignorant à qui il avait affaire, attendait
tranquillement et sans la moindre émotion. Bien entendu, Antoinette n'eut rien de plus pressé que de se
rapprocher de la porte de communication et de prêter
l'oreille.

Maheurtier commença par excuser sa femme, qui était
souffrante, et qui regrettait beaucoup de ne pouvoir
complimenter elle-même M. Syramin.

— Mais ce sera pour plus tard, ajouta-t-il, dans quelques jours, demain peut-être.

Il était convaincu qu'Antoinette ne tarderait pas à changer d'idée.

Quant à Richard, il se mit à la disposition de Maheurtier. Seulement il s'étonna, et en cela il était tout à fait sincère, qu'on se fût passionné aussi vivement pour le paysage dont Maheurtier lui avait parlé le matin.

— Il y a là tout au plus, dit-il, quelque indice de talent; peut-être une certaine originalité. Au reste, je crois me souvenir qu'une... personne aussi trouvait ce tableau charmant.

— Eh bien! dit Maheurtier, cette personne n'a pas pu l'admirer plus qu'Antoinette.

— Antoinette? fit Richard en tressaillant.

— C'est le nom de ma femme. Elle se souvenait d'avoir vu ce tableau, mais elle ne savait plus où, à un étalage peut-être? Il a fallu le trouver, l'avoir.

Richard l'écoutait à peine.

— Antoinette! se répétait-il. Est-ce que ce serait elle?

— Vous comprenez? poursuivit Maheurtier, c'était d'autant plus difficile que ma femme, elle vous en demandera pardon elle-même, ne se rappelait même plus votre nom.

— Ah! elle ne se rappelait plus? fit Richard, et il ajouta à part lui : — Suis-je fou! où donc avais-je la tête?

— Non, dit Maheurtier, elle ne se rappelait plus votre nom. Aussi ai-je désespéré un instant. Enfin j'ai fini par découvrir ce fameux tableau chez le marquis de Blave.

— En effet, dit Richard, Melchior l'avait vendu au marquis.

— Et le marquis y tenait, je vous en réponds. Il ne voulait pas s'en dessaisir. Il a fallu lui donner à la place un Rembrandt.

— Un Rembrandt?

— Oui, vous ne vous plaindrez pas.

— Je ne tirerai pas vanité non plus de cet échange, dit Richard. Vous aurez trop laissé voir votre désir au marquis, et il vous aura rançonné.

— C'est possible, je ne réfléchissais pas. Vous concevez, cette toile, il me la fallait à tout prix.

Il raconta la joie d'Antoinette : elle ne savait pas la peinture, et elle avait voulu l'apprendre, uniquement pour tâcher de reproduire ce tableau; elle en avait commencé plus de dix copies.

Pendant ce récit, de légers craquements se faisaient entendre à la porte de communication.

Richard écoutait froidement Mahourtier. Il avait pris son parti de ces exagérations : il avait décidément affaire à un de ces braves maris qui finissent par adopter les manies de leurs femmes à force de les subir.

On parla des travaux que Richard pourrait exécuter pour Mahourtier. Celui-ci fit promettre au peintre de lui consacrer tout le temps dont il pourrait disposer.

— Vous le voyez, dit-il en souriant, je suis aussi imprudent avec vous que je l'ai été autrefois avec le marquis de Blave. Je laisse naïvement percer mon désir d'avoir le plus possible de vos œuvres. C'est à vous de n'en pas trop abuser. Ou plutôt, non, abusez-en, j'en serai enchanté.

C'était charmant. On allait se quitter, sauf à se revoir les jours d'après. Et néanmoins Richard se défiait de cet engouement bourgeois qui l'exaltait aujourd'hui outre mesure, pour le ravaler peut-être demain sans plus de raison. Il dit qu'il ne croyait pas mériter l'admiration qu'avait excitée son premier tableau et qu'on exagérait sans doute.

— Non ! je n'exagère rien, dit Mahourtier.

— Vraiment ? vous avez préféré cela aux œuvres des maîtres ?

— A toutes les œuvres possibles... Ah ! pardon, sauf une.

— Ah ! enfin !... fit on souriant Richard.

— Oui, continua Mahourtier ; moi, ce n'était pas mon avis ; mais ma femme préférait, je ne sais pourquoi, une petite toile haute comme cela et large à proportion, non signée... assez médiocre, du reste : c'est un portrait d'elle, quand elle avait quinze ans.

— Quand elle avait quinze ans ? répéta Richard.

— Oui ; singulière fantaisie. Je ne sais pas quel peintre a pu imaginer un portrait dans ces dimensions. Elle est représentée en bergère ; un grand chapeau de paille, orné de fleurs, une houlette à la main. C'est tout à fait pastoral, comme vous voyez ! Mais qu'a-vez-vous donc, monsieur Syramin ? Vous êtes tout pâle. Souffrez-vous ?

— Non, ce n'est rien, dit Richard en s'asseyant et en passant la main sur son front ; une faiblesse qui vient de me prendre. J'ai voyagé ces jours derniers... et je crains d'avoir pris quelque fièvre du pays.

— Voulez-vous que je sonne ?

— C'est inutile. Je vous demande pardon. Voilà qui est passé. Vous disiez donc que ce portrait ?...

— Pardon, à mon tour, de vous entretenir de ces enfantillages ; mais, comme je vous le disais, ma femme préférait ce portrait à des œuvres infiniment plus remarquables. Elle le cachait à tous les yeux, elle restait des heures à le contempler. Ce ne pouvait pas être, je vous le répète, pour la valeur de la peinture ; mais cela lui rappelait sans doute quelque souvenir.

En ce moment, la porte de communication s'ouvrit, et Antoinette parut.

Elle n'avait pas perdu un mot de cet entretien. Persuadée que Richard ignorait son mariage, elle n'avait éprouvé d'abord qu'une ardente curiosité mêlée d'inquiétude. Mais bientôt cette inquiétude s'était changée en une véritable terreur, quand Maheurtier avait raconté son caprice, son engouement pour ce tableau : Richard n'allait-il pas la reconnaître à ce trait, n'allait-il pas deviner son amour Un amour non partagé, dédaigné, ridicule ! Sa fierté se révoltait à cette idée ; elle tremblait de honte et de colère... Mais non ! Richard répondait tout naturellement, sans émotion dans la voix, qu'il trouvait cette admiration extraordinaire, excessive. Et c'était tout, pas le moindre soupçon... Elle respira. Son parti était pris : dès le soir elle quitterait Gênes, sans être vue, et jamais Richard n'entendrait parler d'elle. Déjà, elle se croyait sauvée : il prenait congé, lorsque Maheurtier s'était avisé de parler de ce portrait ! Plus de doute, maintenant : il savait tout. Alors, sans réfléchir, elle avait ouvert la porte et était entrée.

Les deux hommes, surpris de cette brusque apparition, se retournèrent. Mais, tandis que Maheurtier présentait Richard à Antoinette, celle-ci eut le temps de se remettre. Elle avait l'air calme, froidement polie, avec un peu de hauteur.

Elle dit à Richard qu'elle était heureuse de faire la connaissance d'un artiste de son mérite ; qu'elle avait remarqué autrefois ses essais, pleins de promesses : il en était un surtout, un paysage qu'elle avait voulu revoir, posséder... Au reste, elle serait enchantée d'avoir quelques-unes de ses œuvres, plus tard, quand son talent aurait acquis tout son développement.

17

Elle tâchait, en parlant ainsi, de paraître simple,
naturelle; mais le trouble dont elle était agitée se trahissait dans sa voix, dans son attitude.

Richard l'écoutait, tremblant d'émotion, n'osant lever
les yeux, de peur de rencontrer les siens. Il lui répondait à peine.

Elle poursuivit; elle voulut achever cette sorte de
justification impossible. Elle plaisanta des goûts artistiques dont elle avait été prise subitement; mais elle
avait bientôt reconnu son peu de dispositions, et elle
avait mis ses pinceaux de côté. Cette fantaisie lui était
venue, un jour, en regardant un assez mauvais portrait
d'elle. Sa mère tenait beaucoup à ce portrait. Elle avait
voulu le copier.

Richard se taisait. Ce silence redoublait le malaise
et l'irritation d'Antoinette: à quoi lui servaient ces détours? Elle ne parviendrait pas à le persuader, à lui
donner le change. Peut-être s'apercevait-il de ce ma-
nège, et il en riait!

Alors, pour se donner un air d'étourderie et d'incon-
séquence, elle se mit à parler à tort et à travers: de
Paris, qui l'ennuyait; de la campagne, où elle ne se
plaisait guère; puis des voyages: celui qu'ils achevaient
en ce moment l'avait fatiguée. Comment pouvait-on
venir en Italie? Comment pouvait-on y rester? Un artiste, cela se concevait, et encore! Au surplus, ce n'était
pas elle qui avait voulu, c'était son mari; elle ne s'en
souciait pas; elle avait cédé. Mais, Dieu merci! c'était
fini. Ils allaient rentrer en France; ils n'en bougeraient
plus. Ou plutôt non! ils voyageraient encore, mais
ailleurs, en Allemagne, en Russie.

Elle s'étourdit quelques instants dans ce babil. Puis,
Richard se leva, et prit congé d'elle en la saluant pro-
fondément. Elle lui rendit à peine son salut.

Elle était hors d'elle-même, incapable de se contenir plus longtemps. Tandis que Maheurtier reconduisait Richard, elle rentra dans sa chambre et se laissa tomber en sanglotant sur la causeuse : — Qu'avait-elle fait?.. au lieu de réparer le mal, elle l'avait aggravé! Était-il possible que Richard eût le moindre doute? Non! il savait maintenant son amour... il en riait — ou il en avait pitié!

A cette idée, sa pudeur et la fierté aristocratique qu'elle avait dans le sang s'exaspéraient. Elle s'indignait contre Richard; elle en venait à le haïr! Elle songeait aussi aux ridicules indiscrétions de son mari. C'est lui qui était cause de tout! Qu'avait-il besoin de parler de ces fantaisies, de ces engouements!... Est-ce que cela le regardait?... Et quelle nécessité d'accoster ce M. Syramin, de l'attirer, de le lui présenter?.. Où avait-il vu qu'elle tint à lui! Mais il était stupide, lui qui passait pour un homme intelligent...

Elle riait, d'un rire nerveux, méprisant; le bout de sa bottine battait impatiemment le parquet, une violente scène conjugale était inévitable.

Maheurtier, en rentrant, n'y échappa pas. Il la subit avec sa résignation habituelle, baissant la tête et hasardant à peine un mot d'excuse. A la fin, les reproches furent si emportés et si injustes, que deux grosses larmes lui roulèrent dans les yeux. Antoinette vit ces larmes et s'arrêta tout à coup.

Non pas peut-être qu'elle fût touchée de cette douleur, mais elle craignit d'être allée trop loin, et d'avoir éveillé par ces violentes récriminations quelques soupçons dans l'esprit de son mari. Elle se rapprocha de lui subitement radoucie, et il y avait à peine dans ses propos un reste de mauvaise humeur: —Allons, c'était passé... il fallait oublier cela. Mais il avait eu tort: qu'il

en convînt ! Car, avec un étranger, un inconnu,
tout de suite, de l'intimité... Elle aussi, du reste, elle
avait eu tort, elle le reconnaissait... Pourquoi s'emporter, s'irriter? Elle souffrait maintenant, elle se soutenait
à peine. C'était sa faute ! pourquoi était-elle si impressionnable?

— Pardonnez-moi ! dit-elle, en lui prenant la main.

— Que je vous pardonne, ma chère Antoinette ! s'écria-t-il en l'attirant vers lui. C'est à moi de vous demander pardon. J'ai eu tort de ne pas vous consulter.
J'ai cru bien faire; mais je suis gauche, maladroit, comme
toujours.

Il continua de s'accuser. Ils étaient assis l'un à côté
de l'autre: elle l'écoutait, les yeux baissés, avec un
vague sourire, sa main droite froissant machinalement
un pli de sa robe.

— Là, voilà qui est entendu, fit-elle tout à coup en
relevant la tête avec la charmante mutinerie d'un enfant
gâté. N'en parlons plus... Maintenant, je ne sais plus
ce que nous faisons depuis quatre ou cinq jours dans
cette affreuse ville.

— Mais sans doute, dit-il, rien ne nous y retient.

— Nous n'avons rien à voir, rien à attendre. Je voudrais retourner en France, à Paris... si cela vous convient toutefois.

— Comment donc !... c'est ce que je me disais, moi
aussi.

— Bien !... Alors, nous allons partir tout de suite, —
demain.

— Demain, soit !

— Non, pas demain, cela serait trop précipité... mais
après-demain, par exemple.

— Demain, après-demain... quand vous voudrez, ma
chère Antoinette.

Il se pencha vers elle :

— Quand tu voudras !.. ajouta-t-il en baissant mystérieusement la voix.

— Bien, merci !... fit-elle en se levant. Je vais donner des ordres à Marthe.

IX

Cette scène avait plongé Richard dans un étonnement
mêlé de stupeur. Il ne comprit rien tout d'abord à ces
contradictions : ce refus de le voir, quand elle avait
pour ses œuvres une prédilection exclusive ; puis cette
arrivée soudaine, cette affectation de ne pas sembler le
connaître, ces façons détachées, presque dédaigneuses.
Peu à peu cependant la lumière se fit dans son esprit,
et il crut entrevoir la véritable cause de ces singularités.

— Mais alors, est-ce qu'elle m'aimerait ? se demanda-
t-il tout haletant de joie et d'anxiété.

Et il se mit à rappeler ses souvenirs, à les rapprocher
de ces récentes révélations.

— Oui ! c'était vrai ; il ne se trompait pas : elle l'aimait, et depuis longtemps ! Comment ne l'avait-il pas
deviné ? Quand elle venait là, dans son atelier, à pas
furtifs, regardant par-dessus son épaule ce qu'il peignait, riant de sa surprise, le taquinant, admirant avec
passion, fouillant un peu partout avec l'indiscrète curiosité d'un enfant, ou bien, timide, réservée à l'excès —
et parfois, ces rougeurs subites et inexpliquées.. : mais
c'était de l'amour, cela ! — Il ne l'avait pas compris ! il
avait respecté ces pudeurs de jeune fille ; il avait continué son rêve, seul. Mais comment avait-elle pu se

décider à épouser ce vieillard?... Hélas! tout s'expliquait, elle avait perdu sa mère; cet homme s'était présenté, épris d'elle, riche. Que pouvait-elle faire? Qui la retenait? Pouvait-elle deviner que son amour était partagé? Car il avait dissimulé, lui, son amour comme une honte, stupidement. Pas un mot, pas un regard! Il se rappelait ses adieux, lors de son départ pour l'Italie : quelques paroles amicales, mais froides. Et depuis, dans ses lettres à sa mère, à peine un mot, une félicitation banale... Elle s'était résignée!... Et maintenant, elle était perdue pour lui! Perdue? pourquoi donc? Est-ce qu'ils ne s'aimaient pas comme autrefois? Est-ce que tout, dans ce qu'il venait de voir et d'entendre, ne trahissait pas un amour vainement combattu?... Et il s'arrêterait à de misérables scrupules!

Il voulait retourner tout de suite chez Maheurtier; mais il craignit que cet empressement ne parût singulier, que son agitation mal contenue n'éveillât des soupçons : il remit sa visite au jour suivant.

Le lendemain, en effet, il profita du moment où Maheurtier venait de sortir, pour se présenter. Mais la femme de chambre à laquelle il remit sa carte revint lui dire que madame était très-souffrante et ne pouvait recevoir personne.

— Ainsi, elle me repousse! s'écria Richard en rentrant chez lui.

Ce refus le jeta dans une douloureuse perplexité : S'était-il donc mépris?... Peut-être ne l'aimait-elle pas!... ou bien, si elle l'aimait, peut-être voulait-elle le tenir éloigné, l'oublier!

Ces réflexions l'agitèrent toute la nuit. Il se leva, inquiet, irrésolu.

Vers sept heures, un domestique de l'hôtel lui apporta un billet de Maheurtier, par lequel celui-ci lui

exprimait ses regrets de n'avoir pu le recevoir la veille,
et en même temps l'informait que des affaires urgentes
et la santé de sa femme l'obligeaient à rentrer en France.
Pas un mot pour indiquer qu'ils dussent se revoir plus
tard.

A peine avait-il lu ce billet, qu'il entendit un bruit
de voitures dans la cour de l'hôtel. Il courut à la fenêtre
et regarda : un camion s'éloignait, chargé de malles et
de paquets ; et, presque en même temps, dans une ber-
line qui stationnait au bas de l'escalier, il vit monter
Antoinette et sa femme de chambre, puis Maheurtier.
La voiture partit et s'éloigna rapidement.

Il demeura consterné. Mais bientôt cet abattement fit
place à une exaltation fiévreuse : mille pensées folles,
désolées, l'assailliront ; il se livra aux suppositions les
plus invraisemblables, aux projets les plus impossibles.

Le lendemain, il était plus abattu, mais plus calme.
Il réfléchit longuement et finit par prendre une détermination.

— Oui ! se dit-il, — notre amour est impossible ! —
Elle l'a compris. Elle s'est dit qu'il fallait se résigner, oublier... et, pour en arriver là, ne jamais
nous revoir... C'est bien ! Moi aussi, j'aurai ce courage !

Le travail, pensa-t-il, lui apporterait une puissante
diversion. Justement il avait à faire la copie d'une œuvre magistrale dans une des églises de Gênes. Il fit ses
préparatifs avec ardeur ; mais, quand il s'agit de se
mettre à la besogne, il se sentit découragé, sans force.
Il essaya néanmoins, mais sans succès...

— Allons ! fit-il avec dépit, c'est impossible maintenant. Laissons passer quelques jours.

Il avait appris du concierge de l'hôtel que Maheurtier

avait recommandé de lui envoyer à Paris, rue Montaigne, les lettres qui pourraient lui arriver.

— Ils sont à Paris ! se dit-il.

Il se sentait pris d'une violente tentation de revenir en France. Mais il y résistait.

— Non, non ! murmura-t-il, il faut du courage et j'en aurai.

Pour écarter ces idées, il se mit à relire les lettres de sa mère. — « Pauvre femme ! comme elle l'aimait ! Comme elle était triste de son éloignement ! Il y avait près d'un an et demi qu'il l'avait quittée. »

Jamais il ne s'était attendri à ce point à l'idée de revoir sa mère. Mais il sentit que c'était un biais où l'égarait sa passion, et il renferma ces lettres dans son portefeuille.

Il tâcha de se remettre à cette copie promise au marquis de Blave. Mais pour traduire la pensée d'un maître, encore faut-il la comprendre ; et il ne voyait ni ne sentait rien ! Enfin, un jour, il dut s'avouer son impuissance.

— Eh bien, non ! s'écria-t-il en jetant sa palette ; je retourne à Paris. Il faut que je la revoie..., et que ma destinée s'accomplisse !

Il écrivit à sa mère pour lui annoncer son retour. Le soir, ses malles étaient faites ; et le lendemain matin, il s'embarquait pour Marseille.

On se figure la joie de Mme Syramin en le revoyant. Longtemps elle le tint embrassé dans une étreinte muette et passionnée ; puis elle s'empressa autour de lui, vive et alerte comme une jeune fille, s'arrêtant de temps à autre pour l'admirer et lui sourire. Le soir, après dîner, elle se rapprocha de lui, caressante, et lui fit promettre, dût le marquis de Blave se fâcher, de ne pas retourner en Italie, de ne plus la quitter. Ensuite, il

fallut qu'il lui racontât en détail tout ce qui lui était arrivé durant cette longue absence : il céda complaisam-
ment à cette douce exigence maternelle ; mais il évita
de parler de la rencontre de Maheurtier à Gênes et de
la scène qui avait provoqué son retour.

Cependant il y avait un sujet auquel ils songeaient
tous deux, et que ni l'un ni l'autre n'osait aborder. Richard, le premier, y fit allusion.

— Le logement à côté est toujours occupé ? demanda-t-il.

— Non, depuis la mort de Mme Duchamp.

— Ah ! oui... c'est vrai.

Mais elle l'avait compris.

— Tu y songes donc toujours ? dit-elle en lui passant
un bras autour du cou et en baissant la voix.

— Moi !... A qui donc ?

— A elle... Antoinette ?

— Oh ! pas du tout. Je l'aimais autrefois, c'est
vrai ; mais maintenant...

— Mon pauvre enfant, si j'avais su !... Oh ! elle
t'aurait aimé, elle aussi... Qui donc ne t'aimerait pas !...
Tu as bien souffert, dis ? Tes lettres me navraient... Et
tu ne me disais pas tout !... Tu t'es jeté à corps perdu
dans le travail, pour oublier.

Elle continua de déplorer son aveuglement, à elle :
mais ce mariage s'était si vite fait ! Elle n'en avait été
informée que quelques jours avant.

Il l'interrompit.

— A quoi bon tout cela ? C'est fini, n'en parlons plus.

— C'est que toi, tu y songes encore, je le vois
bien.

— Mais non !... c'est oublié, je t'assure. Et je ne
sais pourquoi tu viens me rappeler...

17.

— Pardon, j'ai tort. Mais je craignais que tu n'eusses encore cet amour au cœur.

— Quand je te dis que non !

— Vrai ?... Eh bien, tant mieux ! Ah ! je suis heureuse que tu me dises cela ! Va, console-toi. Il y a d'autres Antoinette... Tu en trouveras une plus belle, meilleure et qui t'aimera comme tu le mérites !

Ils tâchèrent de parler d'autre chose ; mais insensiblement ils revinrent sur ce sujet. Ainsi, à propos de la mort de Mme Duchamp, il échappa à Mme Syramin de dire qu'elle avait revu Antoinette depuis son mariage.

— Tu l'as revue ? demanda Richard en tressaillant. Où donc ?

— Ici, une visite qu'elle m'a faite, il y a trois mois.

— Il y a trois mois ! Et que t'a-t-elle dit ?

— Presque rien ; que son mari était très-bon pour elle, qu'elle l'aimait beaucoup, qu'elle était heureuse. Je souhaite qu'elle ait dit vrai. Mais elle était pâle, elle avait l'air triste, fatigué. Il a bien fallu parler de toi, et d'ailleurs il n'y avait pas d'inconvénient. Je lui ai raconté tes succès, que tu étais alors à Florence, et que tu ne reviendrais pas de sitôt, car tu devais t'arrêter à Venise, à Gênes.

— Et que t'a-t-elle répondu ?

— Je ne me rappelle pas ; peu de chose.

— Et tu ne m'as pas écrit cela.

— Je m'en suis bien gardée.

— Tu as eu tort. Tu me crois donc bien faible ? Tiens ! nous causons d'elle, et, tu vois, je suis parfaitement calme.

— Mais pas trop.

Il s'était levé et se promenait dans la chambre, rêveur. Ils gardèrent un moment le silence.

— Tu dis qu'il y a de cela trois mois? demanda-t-il tout à coup à sa mère.

— Oui, à la fin de mai ou dans les premiers jours de juin. Pourquoi reviens-tu là-dessus?

— Pour rien.

— Oh! si! fit-elle tristement, tu ne l'as pas oubliée, je le vois, tu la regrettes!

— Mais non, encore une fois... fit-il d'un air impatienté.

Au fond, il était ravi. Il était sûr maintenant que cette rencontre à Gônes n'était pas due seulement au hasard.

— C'est à cause de moi, pensait-il, qu'elle est venue en Italie.

Le lendemain, il dit à sa mère qu'il avait à sortir pour affaires.

En effet, il se rendit d'abord chez le marquis de Blavo, auprès duquel il s'excusa de son retour précipité. Le marquis était trop satisfait de ses envois pour lui garder la moindre rancune. Tout en causant, il lui raconta comment il avait cédé un de ses tableaux à Maheurtier.

— Impossible de m'en défendre, dit-il. Il le lui fallait à tout prix, et, si j'avais refusé, je crois bien qu'il eût été capable de l'enlever de force. C'était pour sa femme, une jeune et charmante femme, m'a-t-on dit, dont il est amoureux fou, et dont il satisfait tous les caprices. Pauvre homme! ajouta le marquis en riant, j'aime encore mieux ma passion que la sienne. J'ai fait bien des folies pour ma collection; mais pour une jolie femme qu'on adore, ça n'a plus de limites

En quittant le marquis, Richard se rendit à l'hôtel de la rue Montaigne.

Ce fut Iriel qui le reçut, en lui disant que Maheurtier n'était pas à Paris.

— Cependant je le croyais de retour d'Italie, dit Richard.

— En effet, depuis une quinzaine de jours; mais il est reparti presque immédiatement pour la campagne.

— Quand pourrai-je le voir?

— Je ne saurais vous dire au juste. Si vous voulez bien me donner votre nom?

— Monsieur Syramin.

— Monsieur Syramin, le peintre?

— Oui, monsieur.

— Ah! très-bien, fit Iriel en s'inclinant; votre nom ne m'est pas inconnu. Il a souvent été question de vous ici depuis quelques mois, — et même tout récemment encore.

— Ah! fit Richard.

— Je crois bien! Mme Mahourtier admire votre talent et elle recherche vos œuvres par-dessus tout. Mais je vous demande pardon de vous tenir ici. Veuillez entrer un instant?

— Avec plaisir, dit Richard, qui n'était pas fâché de faire causer cet honnête intendant.

Une minute après, ils étaient assis en face l'un de l'autre.

Quoi qu'il en soit de ce qu'on est convenu d'appeler la voix du sang, l'aspect de ce jeune homme, qu'il voyait pour la première fois, avait causé à Iriel une impression étrange : sa tournure l'avait frappé, le son de sa voix l'avait fait tressaillir. Il se sentait attiré vers lui par une sympathie irréfléchie, instinctive. Déjà il avait songé à son fils, et il s'était dit en soupirant : « Il a son âge maintenant; il doit être beau comme lui! »

Ils causèrent, et Iriel ne tarda pas à répéter, mais avec plus de détails, ce que Richard savait déjà : la préférence exclusive d'Antoinette pour ses œuvres. Richard parut douter de cette préférence.

— Vous ne me croyez pas ? fit Iriel en se levant. Venez avec moi, et vous allez vous convaincre vous-même.

Il le conduisit dans une petite galerie aux murs de laquelle étaient accrochés quinze ou vingt tableaux, œuvres remarquables pour la plupart. En entrant, Richard remarqua du premier coup d'œil son paysage : il était un peu isolé des autres, le plus en évidence, dans le meilleur jour.

— C'est vrai, fit-il en souriant, j'ai la place d'honneur, et j'en suis tout honteux, car je ne la mérite pas.

— Maintenant, dit Iriel, voulez-vous une autre preuve, plus convaincante encore ?

Il le fit passer de là dans un boudoir transformé en atelier de peinture.

Richard éprouva, en pénétrant dans cette pièce, un frisson de crainte et d'amour. Tout, ici, lui rappelait Antoinette. Il promenait à droite et à gauche un regard timide et ardent. Un peignoir de travail était jeté négligemment sur un canapé ; non loin de là, une mignonne paire de pantoufles bordées de cygne.

— Vous voyez ! fit Iriel en montrant sur un chevalet une copie à peine ébauchée, mais déjà reconnaissable, du tableau de Richard.

— En effet, dit celui-ci.

— Et c'est peut-être la dixième. Tenez ! en voici d'autres ; elle n'a pas de patience, elle se dépite et elle recommence.

Ils revinrent dans le salon. Richard parla de la commande, en quelque sorte illimitée, que Maheurtier lui avait faite à Gênes, et qu'il avait paru ensuite vouloir lui retirer. Iriel le rassura, en lui affirmant que son talent était plus apprécié que jamais.

— C'est égal, dit Richard, je ne serais pas fâché d'être fixé sur les intentions de M. Maheurtier.

Iriel regretta d'être retenu à Paris pour quelques jours, sans quoi il se serait fait un plaisir de conduire Richard au Plantin; mais rien n'empêchait celui-ci de s'y présenter seul. Il lui donna toutes les indications nécessaires.

Richard le remercia. Depuis quelques instants, il se sentait, lui aussi, attiré vers son interlocuteur par une inexplicable sympathie. En le quittant, il lui serra vivement la main; et Iriel, quand il s'éloigna, le suivit longtemps d'un regard attendri.

Richard ne voulut pas rentrer rue Notre-Dame-des-Champs, où sa mère l'eût sans doute pressé de questions. Il se fit conduire directement à la gare du chemin de fer de Lyon, où il prit un billet à destination de Brunoy.

X

Voici, pendant ce temps, ce qui se passait au Plantin.

Maheurtier et Antoinette s'y étaient réfugiés à leur retour en France; l'un, de jour en jour plus souffrant, l'autre, préoccupée et triste. Antoinette avait bien vite compris l'imprudence qu'elle avait commise à Gênes, et elle s'était efforcée de la réparer; elle avait attribué l'accueil fait par elle à Richard, à l'état de surexcitation nerveuse où elle était alors. Maintenant, c'était passé; son appréciation et ses préférences, à l'endroit de cet artiste, subsistaient; elle approuvait pleinement ce qu'avait fait son mari, et elle l'autorisait à lui apporter tous les tableaux de M. Syramin qu'il pourrait obtenir; il était certain d'avance de lui plaire.

Mais quelle impression Richard avait-il ressentie? Que pensait-il de cette scène? Peut-être en haussait-il les épaules! Ou bien, s'il avait compris la vérité, que devenait-il? Elle ne cessait de s'adresser ces questions. Et sur tout cela, aucun moyen de s'éclairer.

— Mais si! se dit-elle un jour, il y a un moyen. Il doit avoir écrit à sa mère. C'est certain même. Il est impossible qu'il ne lui parle pas de cette rencontre. Mme Syramin me lira cette partie de sa lettre, elle m'en dira au moins un mot; ou bien, si elle se tait, je saurai que penser.

Rien de moins compromettant, au surplus, que cette démarche : déjà, trois mois auparavant, elle en avait fait une semblable dont personne ne s'était douté.

Cette idée lui était venue au moment même où Richard faisait sa visite à l'hôtel de la rue Montaigne.

En quelques minutes ses dispositions furent prises. Elle alla trouver son mari et lui dit qu'elle était obligée de retourner à Paris, pour certains objets oubliés, pour quelques acquisitions indispensables.

Maheurtier était souffrant et très-abattu.

— Mais, ma chère Antoinette, dit-il, il est bien difficile, malgré ma bonne volonté, que je vous accompagne.

— Aussi, je ne vous demande pas cela. Vous fatiguer, vous rendre malade! Je ne veux pas. J'irai seule.

— Seule?

— Avec Marthe, bien entendu. Je lui ai dit de se préparer.

— Mais c'est une imprudence.

— Pourquoi ? Où est le danger ?

— Si seulement Louis était avec vous.

— A quoi bon ? C'est vous qui avez besoin de lui, et je ne veux pas qu'il vous quitte ; vous êtes souffrant. Voyons ! n'ayez plus cet air effrayé. Quelques lieues en chemin de fer, en plein jour, la grosse affaire ! Je ne suis pas un enfant.

— Et pour aller de la gare à l'hôtel ?

— Rien de plus facile. Marthe ira chercher une voiture de louage et j'y monterai avec elle. Voilà qui est convenu. Adieu. La voiture m'attend.

— Ah ! Vous avez dit d'atteler ?

— Bien entendu. A ce soir ; je serai de retour de bonne heure.

— Faites-vous accompagner, en revenant, par Iriel.

— Oui.

Elle descendit, et, un instant après, elle était en voiture avec Marthe.

Après leur départ, Maheurtier réfléchit, et dans la crainte qu'en arrivant à Paris, elles ne se trouvassent embarrassées si personne ne venait à leur rencontre, il se hâta d'écrire la dépêche suivante, qu'il adressa à Iriel :

Madame vient de partir pour Paris. Allez l'attendre à la gare. Pas une minute de retard.

— Louis, dit-il en tendant ce papier au valet de chambre qui venait d'entrer, le coupé est-il revenu ?

— Il y a un instant.

— Prenez-le et faites-vous conduire à la station. Voici une dépêche. Faites télégraphier. Ne perdez pas une seconde.

Le domestique partit en toute hâte. Il arriva à la

station au moment où Antoinette venait de monter en wagon avec sa femme de chambre.

Antoinette était sûre de la discrétion de Marthe. La seule chose qui l'inquiétât, c'était la présence d'Iriel, qui, dès qu'elle serait rentrée à l'hôtel, ne la quitterait plus. Mais elle eut bien vite tourné cette difficulté.

En arrivant à la gare, elle envoya Marthe chercher un coupé de louage. Puis, au moment de monter en voiture, elle parut tout à coup se souvenir de la vieille amie de sa mère.

— Il y a bientôt trois mois que je ne l'ai vue, dit-elle. Je crains qu'elle ne soit malade. Si j'allais lui faire visite ? J'ai le temps.

— Il n'est pas encore midi, observa Marthe.

— Oui. Cela me retardera moins que si nous allions d'abord à l'hôtel. D'ailleurs, c'est presque sur notre chemin ! Rue Notre-Dame-des-Champs, dit-elle au cocher.

Le coupé prit, à gauche, le boulevard Mazas. Au moment où il tournait pour s'engager sur le pont d'Austerlitz, il se trouva arrêté quelques secondes par un embarras de charrettes. Marthe se pencha à la portière afin de voir de quoi il s'agissait. C'en fut assez pour qu'un homme qui remontait le quai en voiture la reconnût.

Cet homme, c'était Iriel. Il venait de recevoir la dépêche de Maheurtier. Il avait fait atteler en toute hâte, et il accourait au-devant des deux voyageuses.

En reconnaissant Marthe, il fit un mouvement de surprise. Il ouvrit la bouche pour l'appeler ; mais une rapide réflexion lui vint : Où va-t-elle ? Elle est avec sa maîtresse. Pourquoi ne m'ont-elles pas attendu ? Pourquoi cette voiture de louage ? Pourquoi traverser ce pont ?

Il se rappela la scène de Saint-Sulpice ; ses soupçons se réveillèrent.

— Jean, dit-il au cocher, prenez le pont. Vous voyez là-bas, au milieu, cette voiture qui s'éloigne ?

— Oui, monsieur Iriel.

— Suivez-la, à distance, de façon à ne pas être remarqué.

Le cocher obéit. Les deux voitures parcoururent ainsi le quartier Saint-Victor, puis celui des Écoles.

Mais Iriel ne voulait pas que le cocher de l'hôtel fût témoin de son espionnage. En passant près d'une station de fiacres, il fit arrêter, descendit vivement, et, après avoir renvoyé Jean à l'hôtel, monta dans un fiacre et continua sa course.

Il arriva ainsi place de l'Observatoire. Il allait prendre la rue Notre-Dame-des-Champs quand le coupé s'arrêta. Il rebroussa chemin, congédia sa voiture et se mit en observation à l'angle de la rue et de la place.

Il vit Antoinette descendre seule et entrer dans la maison devant laquelle s'était arrêtée la voiture. Marthe resta dans le coupé, et attendit sa maîtresse. Chez qui Antoinette était-elle en ce moment ?... Il faisait mille suppositions. Il s'impatientait, s'irritait. Il y avait dix minutes qu'elle était là, et elle ne sortait pas !

Tout à coup, il se dit qu'en quittant cette maison, Antoinette reviendrait probablement par la place de l'Observatoire : il ne saurait où se cacher. Sa présence paraîtrait suspecte ; elle se défierait, et il ne saurait rien. D'ailleurs que pouvait-il apprendre maintenant ? Mieux valait s'éloigner, sauf à revenir dans la soirée prendre des informations. Il jeta un dernier regard dans la rue et revint à pied rue Montaigne.

En revoyant Antoinette, Mme Syramin eut un

mouvement de surprise, peut-être aussi d'irritation. Elle en voulait à la jeune femme de l'amour qu'elle avait inspiré à son fils, de la souffrance qu'il endurait encore à cause d'elle. Que venait-elle faire encore? Raviver par sa présence cette plaie mal cicatrisée? Heureusement Richard était absent et ne rentrerait que le soir. Aussi l'accueil qu'elle fit à Antoinette fut-il froid et contraint.

La conversation, entrecoupée de silences gênants pour toutes deux, se traîna pendant quelque temps sur des choses banales, insignifiantes : il semblait qu'il y eût de part et d'autre parti pris de ne pas parler de Richard. A la fin Antoinette se décida à rompre le silence.

— Et M. Richard? demanda-t-elle, en s'efforçant de dissimuler son trouble, y a-t-il longtemps que vous n'avez reçu de ses nouvelles?

— Des nouvelles de mon fils?

— Oui.

— Mais il est ici à Paris.

— Ah ! il est de retour ?

— Depuis hier. Cela vous étonne?

— Pardonnez-moi, fit Antoinette en dominant son émotion; vous me disiez, il a trois mois, que vous ne l'attendiez pas encore.

— C'est vrai.

— Il n'est pas malade?

— Ah ! Dieu merci, non. Pauvre enfant ! il souffrait, lui aussi, de notre éloignement; il n'a pu y tenir, et il est revenu tout à coup, laissant là ses travaux inachevés. Ah ! j'ai été bien heureuse de l'embrasser !

La glace était rompue; Mme Syramin oublia sa résolution et continua de parler de son fils. Antoinette

l'écoutait anxieusement, sans perdre un mot, cherchant à découvrir s'il lui avait appris leur rencontre
à Gênes ; mais rien n'indiquait qu'elle eût reçu une
pareille confidence.

Dans la crainte que Richard ne rentrât et ne la
surprît, elle se hâta de prendre congé de Mme Syramin.

Durant le trajet vers la rue Montaigne, elle se demandait avec un mélange de joie, de trouble et d'appréhension, ce que signifiait ce retour précipité, —
si elle en était la cause, — pourquoi Richard n'avait
rien dit à sa mère de leur rencontre ? En même
temps un instinct secret l'avertissait qu'elle ne tarderait pas à le voir.

Iriel comptait les minutes en l'attendant. Il était
sombre, agité ; mais elle ne s'en aperçut pas.

— C'est moi, monsieur Iriel, fit-elle en l'abordant.
Vous ne m'attendiez pas.

— Mais si ! je vous attendais.

— Comment ? c'est impossible. Il y a quelques
heures, je ne savais pas moi-même que je partirais
pour Paris.

— J'ai reçu une dépêche.

— De qui donc ? De mon mari ?

— Oui, M. Maheurtier m'a informé de votre départ et
m'a dit d'aller vous attendre à la gare avec une voiture.

— C'est singulier ! fit Antoinette un peu troublée.
Nous n'étions pas convenus de cela.

— Il aura réfléchi.

— Oui ; c'est probable. Et alors, vous, en recevant
cette dépêche...

— J'ai fait atteler et j'ai couru au chemin de fer.

— Où vous êtes arrivé trop tard, probablement ?

— En effet, et je suis rentré à l'hôtel assez inquiet.

— Pourquoi donc inquiet ? Il n'y avait pas de quoi. Vous deviez bien penser que Marthe et moi nous saurions trouver une voiture de louage ; c'est, du reste, ce que nous avons fait.

— Oui, mais il y a de cela plus de deux heures, fit Iriel gravement.

— Et vous n'êtes pas fâché de me voir arriver. Je comprends, et je vous remercie, monsieur Iriel. Ce qui m'a retardée, c'est une course que je voulais faire avant de me rendre à l'hôtel. C'était sur mon chemin.

Tout cela était dit du ton le plus naturel.

— Maintenant, continua Antoinette, j'ai deux ou trois acquisitions à faire. Je vais envoyer Marthe. Puis, différents objets à prendre à l'hôtel. Vous allez m'aider, si vous voulez bien, à ranger cela. Je repars ce soir. Vous venez avec nous.

— Avec vous ?

— Oui. Mon mari le désire. Il sera tard quand nous arriverons à la station.

Iriel consentit. Seulement il allégua une course urgente à faire avant de quitter Paris.

— Bien. Vous aurez le temps, dit Antoinette. Venez toujours m'aider.

Elle envoya Marthe en commission, et entra dans l'hôtel, où Iriel la suivit : il n'était pas fâché de l'observer sans en avoir l'air.

Cette attitude, ces façons dégagées le remplissaient d'étonnement. Est-ce qu'il se serait mépris ? Et cependant, il ne rêvait pas. C'était bien elle qu'il avait suivie dans cette rue écartée.

Elle allait et venait dans son appartement, faisant prendre par un domestique des objets qu'elle désirait emporter. Iriel voulut sortir ; mais elle le retint.

— Attendez que Marthe soit revenue, dit-elle; vous êtes bien pressé; qu'est-ce que vous avez donc, monsieur Iriel? Je vous trouve un air singulier.

— Moi!... mais non... du moins, je ne crois pas.

Il resta. Il tâcha de se donner un air nature! Il parla de choses indifférentes. Ainsi, en entrant dans l'atelier d'Antoinette, il se rappela la visite de Richard.

— Ah! fit-il, j'oubliais de vous dire. M. Syramin est venu ce matin.

— M. Syramin?

— Oui. Il a beaucoup regretté de ne pas voir M. Maheurtier. Il voulait s'entendre avec lui au sujet d'une certaine commande de tableaux.

— Ah! oui... en effet... fit Antoinette troublée.

— Je l'ai reçu le mieux que j'ai pu, continua Iriel. C'est un jeune homme; il paraît très-bien. Je lui ai parlé de l'admiration que vous inspirent ses œuvres.

— Ah! vous lui avez parlé de cela?

— Oui. J'ai peut-être eu tort?

— Mais... non...

— Il a autant de modestie que de talent. Il refusait de croire que ce fût vrai. Alors, pour le convaincre, je l'ai conduit dans la galerie.

— Mais, il ne fallait pas.

— Pourquoi?... je l'ai fait entrer aussi dans cette pièce.

— Comment, ici?

— Oui, pour lui montrer les copies que vous avez commencées d'après son tableau.

— Mais c'est affreux... mais à quoi songiez-vous? Ah! monsieur Iriel!

— Je n'ai vu à cela aucun mal. Cela ne pouvait que le flatter.

— C'est d'une indiscrétion... et puis, ces copies sont abominables.

— Au contraire, il les a trouvées charmantes.

Antoinette paraissait bouleversée. Iriel attribua sa rougeur et son trouble à l'amour-propre.

— Ce sont de simples essais, dit-il, et M. Syramin ne devait pas être trop sévère.

Il ajouta qu'il avait donné à Richard les indications nécessaires pour se rendre au Plantin, et que probablement il y était en ce moment.

— Bien, bien, fit-elle avec une émotion contenue ; M. Syramin verra mon mari et ils s'entendront ensemble.

Elle se hâta de congédier Iriel, de peur de laisser voir son trouble, et elle se renferma dans son boudoir.

A peine libre, Iriel courut rue Notre-Dame-des-Champs. Il eut bien vite reconnu la maison devant laquelle le coupé s'était arrêté. Il avait un prétexte tout prêt.

— Vous avez un appartement à louer ? demanda-t-il au concierge.

— Oui, au second, avec vue sur un grand jardin et le boulevard. Si vous voulez venir voir.

— Tout à l'heure. Je désirerais auparavant savoir si la maison pourra me convenir. C'est ici une maison calme, retirée, tranquille, n'est-ce pas ?

— Oh ! sous ce rapport, vous ne trouverez pas mieux dans tout le quartier.

— C'est que souvent on a près de soi des personnes bruyantes, des professions tapageuses.

— Ici, rien de pareil. Au premier, nous avons un rentier, M. Durandot. Au second, dans l'appartement à côté de celui que je vais vous faire voir, M. Syramin.

— M. Syramin !

— Oui, un peintre, un jeune homme, mais rangé, convenable.

— Ainsi M. Syramin demeure ici ?

— Oui ; est-ce que vous le connaissez ?

— Non ; j'ai seulement entendu parler de lui. Mais précisément, continua Iriel, cette profession de peintre n'est pas très-rassurante. Il vient beaucoup de visites.

— Au contraire, M. Syramin a été absent pendant un an et demi ; et, depuis qu'il est de retour, il n'est venu qu'une seule personne, une jeune dame, ce matin.

— Ah ! oui, fit Iriel, pour un portrait.

— Je ne crois pas : c'est une connaissance à M. Syramin et à sa mère. Elle a habité ici, avant son mariage, justement l'appartement qui est à louer. Si vous voulez que nous montions, nous allons visiter.

— Pas maintenant. Je reviendrai.

Et Iriel sortit. Il était hors de lui. Il se répétait, en serrant les poings avec rage :

— Oh ! les infâmes ! Ils se connaissaient ! Il est son amant !

XI

Il ressentait cet outrage comme s'il lui eût été personnel. Dans son indignation, il voulait démasquer, punir ces misérables. Mais il songea à Maheurtier, qu'une pareille révélation pouvait tuer. — Non, se dit-il ; qu'il ignore cette honteuse intrigue ; je veillerai, et je saurai bien y mettre un terme.

En rentrant à l'hôtel, il trouva Antoinette occupée, avec sa femme de chambre, à ses préparatifs de départ :

elle allait et venait, animée, active, mettant la main à tout. Il la suivait des yeux. Combien il aurait préféré à cette pétulance, les langueurs d'autrefois!

En wagon, elle se retira dans un coin, silencieuse et pensive. Cela se comprenait : elle allait *le* revoir! Et Iriel se disait avec une colère sourde que c'était pourtant lui qui, le matin, avait envoyé ce jeune homme au Plantin. Quel rôle on leur avait fait jouer, à Maheurtier et à lui! Mais cela ne durerait pas.

Il était nuit close quand ils arrivèrent au Plantin. Maheurtier était un peu inquiet. Il vint au-devant d'Antoinette, et l'embrassa sur le front. Il était heureux de la revoir.

— Et puis, j'ai une bonne nouvelle à vous annoncer, dit-il, j'ai reçu aujourd'hui la visite de M. Syramin.

— Ah! oui... je sais... fit-elle.

— Tiens! c'est vrai, Iriel doit vous l'avoir dit; c'est lui qui l'a envoyé. — Merci, mon brave Iriel! — Il est décidément très-bien, ce jeune homme. Il est intelligent; et puis, il a un air de loyauté et de franchise que j'aime. Nous avons causé longuement. Il est fier, ma chère Antoinette, de l'admiration qu'il vous a inspirée, et il m'a promis de vous consacrer tout son temps, tout son talent. Il ne veut travailler que pour vous ; n'est-ce pas charmant?

— En effet, fit Antoinette avec embarras.

— De plus, continua Maheurtier, il va devenir notre voisin; il a loué aujourd'hui même cette petite campagne qui est à deux pas de nous, avec la pensée qu'il sera mieux inspiré dans ce pays qu'à Paris. Dès demain il sera installé. Je l'ai prié de venir nous voir tous les jours, le plus souvent possible. Ce sera une distraction pour lui comme pour nous. Il pourra

18

même travailler ici, dans le parc. Et, en même temps,
ma chère Antoinette, si l'envie vous prend de vous
remettre à la peinture, il se fera un plaisir de vous
donner des leçons.

— C'est bien, dit-elle, nous verrons... plus tard.

Iriel, depuis quelques instants, avait l'air sombre,
agité, impatient. Maheurtier s'en aperçut.

— Qu'est-ce que vous avez donc, mon cher Iriel? lui
demanda-t-il.

— Moi, rien !

— M. Iriel était un peu souffrant en quittant Paris,
dit Antoinette.

— C'est donc cela, fit Maheurtier.

— C'est complétement passé ; je me sens tout
à fait bien, dit Iriel, qui voulait à tout prix n'éveiller
aucun soupçon.

Cependant, quand Antoinette se fut retirée dans sa
chambre, il se rapprocha de Maheurtier.

— Quelle confiance vous avez dans ce jeune homme !
lui dit-il. Quelle subite amitié ! Vous le connaissiez
donc un peu autrefois ?

— Non, mais sa physionomie m'a plu tout de suite ;
on sent qu'il est bon, loyal. Est-ce que ce n'a pas
été aussi votre impression, ce matin, quand il est venu
à l'hôtel ?

— C'est vrai. Cependant...

— Cependant quoi ? Avez-vous appris quelque chose
contre lui ?

— Non.

— Eh bien, alors ?

— Il est bon d'éprouver un peu les gens avant de se
livrer à eux.

— Bah ! laissez donc ! C'est un honnête et charmant
garçon, j'en suis sûr. Mais vous, mon cher Iriel, je

ne vous reconnais plus. Voyons, qu'est-ce qui vous prend ?

— Rien. Je parlais d'une façon générale.

Ces réticences n'altérèrent en rien la confiance de Maheurtier. Le lendemain, quand Richard se présenta, il alla à sa rencontre et lui serra cordialement la main.

— Je vous remercie, lui dit-il, de vous être souvenu de votre promesse. Vous savez que ma maison est la vôtre, en attendant que vous soyez installé chez vous.

— C'est déjà fait depuis ce matin, répondit Richard. Tout ce qu'il y a de plus sommaire : de quoi camper et travailler, voilà tout.

Richard et Antoinette ne tardèrent pas à se trouver en présence l'un de l'autre. Ce fut une sorte de présentation froide et cérémonieuse, comme s'ils ne s'étaient jamais vus ! Iriel, qui les observait, s'indignait intérieurement de cette hypocrisie : avec quelle habileté ils dissimulaient leur embarras, leur émotion : elle, sous des façons détachées, lui, sous les airs d'une déférence respectueuse !

Maheurtier était un peu remis de son indisposition. On fit quelques tours dans le parc. Richard trouva là de beaux points de vue, d'excellents sujets de composition.

— Venez donc demain vous installer ici, lui dit Maheurtier.

Il accepta avec empressement. Mais le lendemain et les jours suivants, il fut presque tout le temps seul à travailler dans le parc. Vainement il appelait une entrevue avec Antoinette; il semblait qu'elle eût pris le parti de l'éviter. Elle venait de temps à autre regarder le progrès de son travail, mais jamais seule : toujours son mari ou Iriel l'accompagnait. Ces obstacles irritaient le peintre. Il parla des essais· d'Antoinette :

n'avait-elle pas l'intention de les continuer? Voulait-
elle en rester là? Maheurtier, de son côté, insista; et enfin, un jour, elle consentit à prendre une
leçon.

Cette leçon eut lieu dans une des pièces du rez-de-
chaussée. Iriel et Maheurtier y assistaient. Mais leur
présence n'empêchait pas que Richard eût Antoinette
sous les yeux, près de lui, qu'il effleurât sa robe, que
leurs mains se rencontrassent à propos de palette ou
de crayon... Il prolongeait le plus possible ses démonstrations, dans le but de fatiguer Maheurtier et
Iriel, et de leur faire quitter la place. En effet, Maheurtier ne tarda guère à écouter un peu distraitement; puis, il dit à Iriel:

— Mon cher ami, nous ne comprenons pas grand'-
chose à tout cela. Vous ne paraissez pas vous intéresser beaucoup...

— Mais si! fit Iriel vivement. J'ai toujours eu du goût
pour la peinture.

— Ah! vraiment? Eh bien, restez. Moi j'ai une lettre
à écrire; voici l'heure du courrier.

Il sortit. Mais Iriel resta, attentif en apparence aux
explications du peintre, mais préoccupé uniquement, irrité de cette complicité des deux jeunes gens et de l'a-
veugle confiance de Maheurtier.

— Comme il est beau! se disait-il en suivant Richard
des yeux. Qui donc, en le voyant, ne croirait pas à la
noblesse, à la loyauté de ses sentiments? J'y ai été
trompé, moi aussi. Et pourtant quel rôle joue-t-il en ce
moment; celui d'un lâche et vil séducteur. Comme
elle l'aime! comme elle s'entend avec lui! Si c'était un
autre qui lui fît subir des explications pareilles!

Au bout de vingt minutes, Maheurtier rentra. Il fut
surpris de les retrouver tous trois.

— Oh ! dit-il, quelle persévérance ! Il ne faut cependant pas vous fatiguer, ma chère Antoinette.

— Vous avez raison, fit-elle en se levant. Je vous remercie, M. Syramin.

— C'est cela ! en voilà assez pour aujourd'hui. Si nous faisions un tour dans le parc ?

La proposition fut acceptée, et Antoinette donna le bras à son mari, ce qui fut considéré par celui-ci comme une faveur.

Les jours suivants, Antoinette déclara qu'elle ne se souciait pas de prendre d'autres leçons : elle était fatiguée, puis elle sentait, décidément, qu'elle n'avait aucune disposition, bien que M. Syramin affirmât le contraire. Du reste, il semblait qu'elle prît à tâche de déjouer toutes les combinaisons de Richard pour se trouver seul avec elle. Celui-ci ne savait qu'imaginer : il avait tour à tour des accès de découragement et d'audace.

Un soir, de la maisonnette qu'il avait louée, il regardait mélancoliquement les bâtiments et le parc du Plantin découpés en noir sur l'azur sombre du ciel. Il pouvait être onze heures. Une seule fenêtre était éclairée, au rez-de-chaussée, dans sa chambre ! Les yeux fixés sur cette clarté, il se laissait aller à une rêverie contemplative. — Elle est là ! se répétait-il.

Cette clarté exerçait sur lui une attraction magnétique. Il descendit, sortit de chez lui ; il erra quelques minutes dans la campagne, puis se trouva, sans y avoir songé, à côté du mur du jardin. Il se hissa sur la pointe des pieds et regarda : la clarté brillait toujours.

Alors une tentation insensée, irrésistible, s'empara de lui. Il escalada le mur et sauta dans le jardin.

Il écouta. Rien. Pas un bruit. Il s'avança avec précaution vers la maison et s'arrêta sous la fenêtre. —

18.

Richard, qui se tenait immobile, elle lui dit d'une voix basse, mais ferme et impérieuse :

— Maintenant, sortez !

— Mais... c'est impossible.

— Impossible !

— Cet homme nous espionne, je l'ai bien vu tous ces jours-ci. Ce n'est pas par hasard qu'il s'est trouvé là. Il a feint de s'éloigner. Il a l'œil sur cette fenêtre, j'en suis sûr.

— Vous pensiez cela, et vous êtes venu, au risque de me compromettre.

— Je vous aime ! Ah ! je puis vous le dire enfin... Vous m'évitiez... Vous ne vouliez pas que cet aveu s'échappât de mes lèvres ! Eh bien, vous l'entendrez. Oui, je vous aime !...

— Taisez-vous, s'il est vrai qu'on nous écoute.

— Qu'importe ! on ne peut me voir ni m'entendre.

— Mais Marthe, dans la chambre à côté.

Elle ne se doute de rien. Ne me repoussez pas, je vous en supplie.

Elle s'écarta de lui, effrayée de se sentir à sa merci et sans force : elle se laissa tomber sur une chaise, le visage caché dans ses mains, prête à sangloter. Mais il était déjà à ses genoux.

— Pardon ! disait-il, je vous afflige ; oui, j'ai eu tort, mais je n'ai pas réfléchi. Mon cœur débordait. Il faut pourtant que je vous parle, que je vous dise combien je vous aime ! Oh ! depuis longtemps...

Il dit comment cet amour lui était venu. Il l'avait caché à tous, à sa mère, à elle. Aussi quelle stupéfaction, quel déchirement, quand il avait appris son mariage ! Il avait écrit à sa mère des lettres désolées. Puis il avait essayé de surmonter sa douleur ; mais cette rencontre à Gênes l'avait ravivée. Il avait compris que cet amour ne s'éteindrait qu'avec sa vie. Et, après son départ, il n'avait pu y tenir davantage. Il était revenu, il s'était rapproché d'elle. Il voulait la voir chaque jour. Il la suppliait de se laisser aimer.

Elle écoutait ces paroles brûlantes, épouvantée et ravie à la fois.

— Non ! c'est impossible ! s'écria-t-elle. Cet amour est un crime !

— Pourquoi ?... Parce que vous avez épousé un vieillard que vous ne pouvez pas aimer.

— Si, je l'aime.

— Non ! vous ne l'aimez pas. De l'estime, du respect, une douce affection filiale, oui ! Mais votre cœur n'est pas à lui ; j'en suis sûr. Il m'appartient !

— A vous !... Non, je le jure... Laissez-moi !

Elle fit un effort pour dégager ses mains qu'il pressait. Il la retint.

— Vous m'aimez ! dit-il d'une voix pénétrante en fixant sur elle un regard ardent. Pourquoi vous en défendre ? Vous avez gardé mon souvenir, comme moi le vôtre. Pourquoi cette admiration passionnée pour une œuvre plus que médiocre ? Pourquoi ce voyage en Italie ? Et cet air contraint et irrité à Gênes, parce que vous aviez écouté les indiscrétions de votre mari ? Et ce départ précipité ? Et cette persistance à m'éviter, à me fuir maintenant ? Puis, j'oubliais, l'autre jour, cette visite à ma mère.

— A votre mère. Elle vous l'a dit ?

— Non, car elle sait mon amour, pauvre femme ! et elle a craint de l'irriter. Mais direz-vous que non ?

Elle se taisait, anxieuse, haletante.

— Vous voyez bien ! dit-il. Et maintenant, qu'importe ce malentendu d'un jour ? Nous sommes l'un à l'autre pour la vie ! Aimons-nous !

— Non! s'écria-t-elle, en le repoussant, c'est odieux, ce que vous osez me dire. Laissez-moi! je vous ai trop écouté.

Elle voulut s'éloigner, mais un des bras de Richard lui entourait la taille. Elle fit de vains efforts pour se dégager : elle se sentait faible, désarmée, vaincue. Deux grosses larmes lui jaillirent des yeux, et tout à coup elle tomba à genoux.

— Grâce! dit-elle. Je vous en conjure. Si je vous aimais, ce serait infâme! Oublions, ne nous revoyons plus jamais. Richard... au nom de Dieu!

Il l'avait relevée, et, sans l'écouter, hors de lui, il la pressait sur son cœur.

— Non! non! s'écria-t-elle.

Et elle se débattit avec tant d'énergie qu'elle lui échappa.

Il la poursuivit à l'extrémité de la chambre. Elle était éperdue, épouvantée. Tout à coup, près de la cheminée, elle aperçut un cordon de sonnette. Par un dernier effort elle parvint à l'atteindre et elle l'agita violemment. Richard s'arrêta stupéfait.

— Ah! s'écria-t-elle, en se laissant tomber, brisée, dans un fauteuil.

Une porte s'ouvrait à l'intérieur.

— Fuyez! dit-elle tout bas. Marthe vient.

Il se précipita sur le balcon.

Tandis que la femme de chambre prodiguait ses soins à sa maîtresse, il se laissa glisser à terre avec précaution, regarda un instant autour de lui, et n'apercevant rien de suspect, traversa le jardin et, à l'aide d'une palissade, atteignit bientôt la crête du mur de clôture : une seconde après, il était dans la campagne et s'éloignait, convaincu que personne ne l'avait remarqué.

Il se trompait. Iriel n'était plus dans le jardin, mais il s'était mis en observation dans sa chambre, dont il avait laissé la fenêtre ouverte. La nuit était trop sombre pour qu'il pût rien distinguer; mais il avait entendu, si légers qu'ils fussent, ces bruits de pas et d'escalade. Aussitôt il était redescendu.

Il se promena, le reste de la nuit, dans les allées voisines de la maison. Dès que le jour parut, il examina minutieusement le terrain : sous le balcon d'Antoinette, il y avait des traces de pas, mais peu distinctes. En suivant cette piste, il arriva au pied du mur de clôture... Ici, plus de doute!... deux pierres détachées du mur et des empreintes de pas dans la plate-bande indiquaient une récente escalade; quelqu'un avait passé par là... Et qui cela pouvait-il être, sinon ce misérable peintre?

Il prit la mesure de ces empreintes; puis, afin que personne ne fît les mêmes remarques, il replaça les deux pierres sur le mur, redressa la palissade un peu déjetée, râtissa le terrain, et effaça ainsi toute trace d'escalade.

Richard vint dans la journée suivant son habitude. Rien dans son maintien, non plus que dans celui d'Antoinette, ne trahissait [les émotions de la nuit précédente.

— Comme ils s'entendent! Comme ils savent bien se cacher! se dit Iriel.

On fit un tour dans le parc. Maheurtier, Richard et Antoinette continuaient entre eux une conversation banale.

— Vous ne trouvez pas que le temps s'est un peu refroidi? disait Maheurtier.

— C'est vrai, répondit Antoinette. J'ai eu l'impru-

dence, la nuit dernière, d'ouvrir un instant ma fenêtre ;
cela ne m'arrivera plus.

— C'était une imprudence, en effet, dit Maheurtier ;
nous voici bientôt en automne.

— Aussi j'ai été agitée ; j'ai éprouvé des frayeurs.
Ce soir, je ferai coucher Marthe près de moi.

— Vous ferez bien.

Richard ne dit mot.

Quand à Iriel, il n'entendit pas ce propos, occupé
qu'il était, à quelque distance de là, à comparer les pas
de Richard avec les empreintes qu'il avait relevées le
matin : c'était bien le même pied ! Aussi prit-il immédiatement une résolution énergique : il veillerait la
nuit suivante, dix nuits de suite, s'il le fallait, et il sur-
prendrait Richard !

Dans la soirée, comme il méditait ce plan de campagne, Maheurtier le prit à part et lui dit :

— Mon cher Iriel, voici quelques affaires urgentes
qui m'arrivent, — particulièrement des ordres pressés
à donner à mon agent de change. Il faut absolument
que vous partiez tout de suite pour Paris.

— Comment !... tout de suite ?

— Oui. Est-ce que cela vous déplaît ?

— Non ; mais c'est que... il est tard.

— Plaisantez-vous ? il n'est pas cinq heures. Vous
avez encore deux trains.

— C'est vrai ; mais c'est que... aujourd'hui.

— Qu'est-ce qui vous retient?... Ah ! j'y suis ! fit
Maheurtier ; c'est aujourd'hui un vendredi et un 13 :
vous êtes superstitieux ; et vous craignez...

— Oui, c'est cela, se hâta de dire Iriel:

— Eh bien, soit, à demain matin. Vous partirez de bonne heure.

— Aussi matin que vous voudrez.

— Bien. Du reste, vous aurez de la besogne pour deux ou trois jours.

Le soir, dès neuf heures, Iriel était en embuscade dans le jardin.

XII

Il attendit anxieusement.

La lumière s'éteignit dans l'appartement de Maheurtier, puis dans celui d'Antoinette. Tout, autour de lui, était ombre et silence. Il regardait et prêtait l'oreille, sans rien percevoir.

La nuit tout entière se passa dans cette attente inutile. Que de réflexions pendant ce temps !

— Oui, c'est cela ! se dit-il. Ils se défient. Ma présence dans ce jardin leur a paru suspecte. Ils attendent une autre nuit, quand je ne serai plus là... Et, en effet, lorsque Maheurtier m'a donné ses instructions, ils étaient à côté de nous : ils savent que je pars ce matin pour Paris et que j'y resterai deux ou trois jours.

L'aube commençait à paraître. Une fraîche brise du matin le faisait frissonner : il était harassé de ces deux nuits sans sommeil.

— Que faire ! se disait-il, en serrant les poings avec colère. Rester, refuser de partir? Impossible. Déjà hier soir · Maheurtier trouvait mon hésitation singulière.

L'avertir, lui faire pressentir quelque danger vague,
lui dire d'être sur ses gardes ? Non ! il ne faut pas qu'il
ait de soupçons... Revenir le soir pour retourner le
lendemain à Paris ? C'est possible, une fois ; mais le lendemain ? Puis, dès qu'ils me sauront ici, ils se garderont
bien de se compromettre.

Tout à coup un expédient lui vint à l'esprit.
« Oui, c'est cela ! » s'écria-t-il. Et, sans plus réfléchir,
il courut vers la partie du jardin par laquelle Richard
avait pénétré la nuit précédente.

Près de là, s'étalaient des espaliers superbes, des
quenouilles chargées de fruits. Il regarda autour de
lui : personne ne pouvait le voir. Alors il se mit à
saccager les arbres, cueillant les plus beaux fruits,
cassant les jeunes pousses. En un clin d'œil, ce fut fait.
Il se sauva en emportant ce butin, et rentra dans sa
chambre, où il se mit en observation.

Il n'attendit pas longtemps. Au bout d'un quart
d'heure, il vit venir Georges, le jardinier. Il se hâta
de redescendre, sous prétexte de promenade matinale,
et il se dirigea vers lui. Tout en causant, il l'attira peu
à peu dans la partie du jardin qui venait d'être ravagée.
Georges ne tarda pas à s'apercevoir du dégât.

— Qu'est-ce que je vois là ? s'écria-t-il tout à coup.

— Quoi donc ? fit Iriel naïvement.

— Mais regardez donc, monsieur Iriel !... si ce n'est
pas une abomination !... Des brugnons admirables dont
j'étais si fier ! Et toutes ces branches cassées ! Ma taille
de l'an prochain perdue !

— Il faut que des maraudeurs se soient introduits...

— Oh ! les brigands ! si je les tenais. C'est de cette
nuit, tenez, c'est tout frais. Oh ! si j'avais été là !

— Par où a-t-on pu s'introduire ? dit Iriel.

19

— C'est bien difficile !... ce mur n'a pas plus de deux mètres...

— Tenez, c'est ici ! fit Iriel en montrant l'endroit où, la veille, il avait replacé deux pierres et effacé les pas de Richard.

— Oui, mais comment les pincer ? Je vais me plaindre à M. Maheurtier.

— Gardez-vous-en bien !

— Pourquoi donc ? Il préviendrait la police.

— Qui ne découvrirait rien. Cela alarmerait inutilement toute la maison... madame, surtout, qui est si impressionnable !

— Alors quoi ?

— Ne dites pas un mot, faites semblant de ne vous douter de rien. Et cette nuit, et les nuits suivantes, s'il le faut, venez vous mettre à l'affût ici.

— Vous croyez ?

— C'est inévitable. Les maraudeurs reviendront.

— Au fait, des brugnons comme ceux-là, ça doit mettre en goût.

— Vous les pincerez, j'en réponds.

— Oui !... et, quand ils seraient quatre ou cinq, ça se passera mal pour eux, je ne vous dis que ça ! fit le jardinier d'un air résolu.

— Ah ! vous savez, Georges, pas trop de brutalité. Et surtout faites en sorte qu'on ne se doute de rien dans la maison. Vous me direz, à moi seul, ce qui se sera passé.

— Bien ! monsieur Iriel, soyez tranquille.

Une heure après, Iriel était dans le cabinet de Maheurtier et recevait ses dernières instructions. Antoinette entra et lui donna quelques commissions pour Paris.

— Vous serez le moins longtemps possible, mon-

sieur Iriel, lui dit-elle gracieusement. Vous reviendrez
après-demain au plus tard ?

— Oui, madame, fit-il en s'inclinant, dès que je
serai libre, je reviendrai.

Et tout bas il se disait : « Comme tu voudrais bien
me savoir parti pour toujours! Mais, sois tranquille,
je te laisse un bon gardien pendant mon absence. »

Il monta en voiture pour se rendre au chemin de
fer. En franchissant la grille, il vit le jardinier debout
devant sa loge.

— Eh bien, Georges, c'est entendu, n'est-ce pas ?
lui cria-t-il.

— Oui, monsieur Iriel; comptez sur moi.

Et, tandis que la voiture s'éloignait, le jardinier rentra
chez lui, où il acheva de nettoyer un vieux fusil qu'il
déposa ensuite dans un coin.

Arrivé à la station, Iriel entendit le chef de gare re-
commander à un employé d'expédier immédiatement à
M. Syramin un colis que le train précédent avait
oublié.

— Ah! fit Iriel, M. Syramin est donc parti ce matin
pour Paris ?

— Oui, répondit le chef de gare, et on a laissé sur la
voie, je ne sais comment, cette petite caisse. Du reste,
elle sera presque aussitôt arrivée que lui.

— Bah! se dit Iriel en montant en wagon, Georges
va faire comme moi une faction inutile ; mais il ne se
découragera pas. Si ce n'est pas pour cette nuit, ce
sera pour l'autre.

Toute la journée il courut dans Paris pour les affaires
de Mahcurtier et les commissions d'Antoinette. Rentré,
le soir, à l'hôtel de la rue Montaigne, il se mit à réfléchir à l'expédient qu'il avait imaginé. Il le trouva moins
bon que le matin : Georges était dans un état d'exas-

pération qui pouvait l'entraîner aux dernières violences. Puis, en supposant qu'il n'assommât pas Richard, que pouvait-il résulter de tout cela ? Un esclandre qui mettrait toute la maison en émoi. Comment le peintre expliquerait-il sa présence dans ce jardin à pareille heure ?

— Heureusement, se dit-il, il n'y a aucun danger pour cette nuit ; il est à Paris. Mais, plus tard ! Mieux vaut en revenir à ma première idée, aller le trouver, lui dire en face : « Je vous connais, je sais quel rôle infâme vous jouez ! Il est temps que cela cesse ! » Il niera, il protestera, mais il verra bien, au ton dont je lui parlerai, qu'il n'y faut plus revenir. S'il n'était pas si tard, j'irais. Au fait, pourquoi pas ? Il est certainement chez lui maintenant ; je suis sûr de le trouver. Allons.

Il sortit de l'hôtel et se fit conduire rue Notre-Dame-des-Champs.

Ce fut Mme Syramin qui vint lui ouvrir. L'abat-jour de la lampe qu'elle tenait à la main projetait son ombre sur son visage et sur celui d'Iriel. Celui-ci s'excusa de venir à pareille heure.

— J'avais, dit-il, une communication importante et pressée à faire à M. Syramin.

— Il n'est pas ici, dit Clémence.

— Je le sais, le concierge vient de me le dire ; mais j'ai pensé que cette communication produirait plus d'effet en passant par votre bouche.

Le timbre de cette voix avait fait tressaillir Clémence. Elle demanda au visiteur son nom.

— M. Iriel, dit-il ; M. Syramin me connaît depuis quelques jours seulement.

— Iriel !... répéta-t-elle, frappée de ce nom sous lequel son mari s'était caché et enfui autrefois ; vous vous nommez Iriel ?

— Mais... sans doute, fit-il un peu troublé.

— Ah ! mon Dieu !... est-ce possible ? cette voix... ces traits...

Et, brusquement, elle éleva la lampe à la hauteur du visage d'Iriel, qu'elle regarda fixement.

— Qu'est-ce donc ? demanda-t-il stupéfait.

— Mais, oui ! s'écria-t-elle, c'est lui !... c'est toi !... Ah ! mon Dieu !

Et, bouleversée par la surprise et l'émotion, elle chancela. Il la soutint dans ses bras.

— Madame... que signifie ?

— Il ne me reconnaît pas !... Mais, c'est moi, s'écria-t-elle en se redressant, c'est moi, Clémence !

Et, en même temps, elle se jetait dans ses bras et, suspendue à son cou, elle le couvrait de baisers et de larmes.

— Clémence ! balbutiait-il, hors de lui.

Il fléchissait, lui aussi, sous ce bonheur inespéré... Puis, tout à coup :

— Oh ! oui, c'est toi !... s'écria-t-il en la pressant sur son cœur et en lui rendant ses baisers, oui, je te reconnais, ma Clémence. Oh ! je te retrouve, enfin !

Ils demeurèrent un instant dans une étreinte muette et passionnée. Bientôt elle se dégagea et courut fermer la porte restée entr'ouverte.

— Viens ! lui dit-elle en lui prenant vivement la main et en l'entraînant dans l'appartement. Que je te voie ! que je te parle !

Elle le fit asseoir auprès d'elle ; et elle le regardait dans une sorte de stupéfaction et d'extase. Elle n'en pouvait croire ses yeux ; elle craignit que ce fût une illusion.

— Mais, non, s'écria-t-elle, je ne rêve pas. C'est

bien toi, te voilà ! C'est ta main que je presse dans les miennes !

Il avait peine, lui aussi, à surmonter son émotion, et deux grosses larmes sillonnaient ses joues.

— Oui, dit-il, je comprends que tu doutes. Il fallait ton cœur, chère femme, pour me reconnaître sous ces rides. Mes cheveux ont blanchi.

— Vois aussi les miens, mon ami.

— C'est vrai. Ah ! toi aussi, tu as souffert.

— Oui, mais qu'importe ! C'est fini. Nous voilà réunis, et pour toujours... Nous ne nous quitterons plus !

Ainsi s'épanchait leur tendresse si longtemps comprimée. Puis, ce furent des questions : Comment il était parvenu à fuir, — à vivre en pays étranger? — Et ce retour? — Et tous ces dangers, toutes ces fatigues qu'il avait dû affronter? — Il répondait à peine, pressé qu'il était d'interroger lui-même, de savoir comment elle avait pu vivre et élever son enfant... ce qu'ils avaient souffert tous deux. Il semblait, à toutes ces demandes précipitées, qui s'entre-croisaient, que ces deux existences, brusquement séparées, eussent hâte de se renouer et de se refondre l'une dans l'autre.

Il la plaignait.

— C'est toi, dit-elle, qui étais à plaindre, tu étais seul.

— C'est vrai, dit-il ; toi, du moins, tu as eu cette joie de voir notre enfant devenir ce qu'il est... Ah ! je suis jaloux de toi ! Comment cela s'est-il fait?... Dis-moi vite... Conte-moi toute sa vie, à lui !

Il était aux genoux de Clémence, appuyé sur elle, ses yeux fixés sur les siens. Elle lui parla de Richard, depuis son enfance. Elle entra dans ces mille détails qu'une mère seule saisit et se rappelle : son éducation,

ses goûts, cette vocation irrésistible dont elle s'était
alarmée ; enfin ses travaux, ses luttes et ses succès. Il
aspirait chacune de ses paroles.

— Oh! oui, dit-il en se relevant, tu es heureuse
d'avoir vu cela, d'avoir pu l'aider, l'encourager. Mais
maintenant, c'est mon tour. Oh! comme je vais l'aimer!
Que n'est-il là pour que je l'embrasse, pour que je
l'appelle mon fils!

Tout à coup il s'arrêta.

— Mon fils! murmura-t-il d'une voix sourde. Hélas!
jamais je ne pourrai l'appeler de ce nom. Il ne sait
rien, n'est-ce pas? Il me croit mort? demanda-t-il brusquement à Clémence.

— Oui.

— Ah! tant mieux! tant mieux! Dieu merci! il ignore
la honte...

Puis, s'animant :

— Lui, mon fils? Allons donc! ce n'est pas possible,
ce n'est pas vrai! Quand on est beau, noble, généreux
comme il l'est, on n'a pas pour père un forçat en rupture de ban !

— Mon ami! dit Clémence, en tâchant de le calmer.

— Non, continua-t-il, il y a une barrière d'infamie
entre lui et moi; nous ne sommes pas de la même famille... Est-ce qu'il peut me reconnaître!

— Pardonne-moi, dit Clémence, j'ai cru devoir lui
cacher... j'aurais peut-être dû l'habituer peu à peu...

— A cette idée? Ah! mille fois non! Y songes-tu?
l'habituer à l'idée qu'il est flétri? Mais tu aurais donc
voulu étouffer sa fierté, son génie? Ah! Dieu merci! tu
ne l'as pas fait!... Vois-tu, ma pauvre Clémence, toi,
avec ta tendresse et ton dévouement admirable, tu as
pu pardonner, oublier; mais lui, un enfant! lui impri-
mer au front cette souillure, l'élever dans cette honte,

comprimer ainsi tous ses instincts, toutes ses ambitions... mieux eût valu le tuer! Et maintenant, encore, continuons à le respecter; qu'il ne sache jamais rien de ce passé odieux. Il fléchirait sous ce poids, et il me maudirait.

— Sois tranquille, il n'a pas de soupçon.

— Bien... C'est aussi à cause de moi, vois-tu. Pense donc, je ne pourrais jamais supporter son regard... Non! je continuerai à m'appeler Iriel : il me prendra pour le premier venu; je lui serai indifférent. Je viendrai de temps à autre ici, je pourrai le voir, l'admirer; et, s'il surprenait parfois un soupir, une larme, il ne comprendrait pas! Ah! ce sera encore du bonheur... Je t'en prie, Clémence, ne me l'enlève pas!

Ils causèrent de la façon dont ils arrangeraient leur vie : il fallait qu'ils parussent à jamais étrangers l'un à l'autre!... Puis, à propos de Maheurtier dont il exaltait la bonté, Iriel raconta comment il avait connu Richard, la visite de celui-ci à l'hôtel de la rue Montaigne.

— Ah! si j'avais su! dit-il.

— Qu'est-ce donc?

— Il aime la femme de mon ami, de mon bienfaiteur.

— Je le savais, dit-elle.

Et elle raconta comment cet amour était né, comment elle l'avait appris trop tard.

— Il aime encore Antoinette, dit-elle; mais il l'oubliera peu à peu.

— Non.

— Il me l'a promis.

— Non, encore une fois!... Il est son amant!

Et Iriel révéla ce qu'il savait. Clémence était consternée.

— C'est donc pour cela, dit-elle, qu'il a loué cette maison de campagne à Brunoy?

— Oui.

— Et je m'explique maintenant pourquoi, ce soir, malgré mes supplications, il n'a pas voulu rester.

— Comment ? Est-ce qu'il ne va pas rentrer ? Est-ce qu'il n'est plus à Paris ?

— Non, il est reparti ce soir.

— Ah ! malheureux... qu'est-ce que j'ai fait ?

— Quoi donc ?...

— Rien... rien... Laisse-moi. Il faut que je te quitte, que je parte tout de suite.

— Mais encore... explique-moi...

— Non, je n'ai pas une minute à perdre. Adieu !

Il sortit, et descendit précipitamment dans la rue.

Il remonta dans sa voiture et se fit conduire en toute hâte au chemin de fer.

Le dernier convoi venait de partir : il n'y en avait pas d'autre avant minuit. Minuit ! impossible d'attendre ; que se passerait-il là-bas dans l'intervalle ?... Il revint au fiacre.

— Quarante francs de pourboire et ta course, si tu me conduis en deux heures à Brunoy.

La voiture partit au galop... A Villeneuve-Saint-Georges, le cheval, efflanqué, n'en pouvait plus.

— Je vais crever ma bête, dit le cocher.

— Crève, je la paie.

La voiture reprit son train. Elle arriva à onze heures à Brunoy. Impossible de demander au cheval un effort de plus. Iriel continua son chemin à pied, au pas de course.

La lune, quoique voilée de nuages, répandait assez de clarté pour qu'on pût voir au loin devant soi. Il arriva, tout en sueur, au haut d'une colline, et reconnut, à un kilomètre, le Plantin. Une fenêtre était éclairée.

19.

— C'est la sienne, pensa-t-il; elle l'attend. C'est peut-être un signal. Hâtons-nous.

Il doubla le pas. Mais, plus près de lui, dans la vallée, il aperçut une autre clarté : c'était la croisée de Richard. Il tressaillit de joie : Richard n'était pas sorti; il n'était pas allé à ce rendez-vous!

Il était maintenant sans crainte. Il reprit tranquillement la route du Plantin.

— Allons, dit-il, relever Georges de sa faction. Je saurai bien lui persuader que les maraudeurs ne viendront pas cette nuit. Je lui offrirai de veiller à sa place; et, s'il refuse, je resterai près de lui.

Il songeait à ce qu'il dirait à Maheurtier pour expliquer ce retour précipité.

— Bah ! je trouverai un prétexte. Je repartirai demain matin. Mais, auparavant, il faudra que je parle à Richard.

Tandis qu'il réfléchissait ainsi, Richard sortait avec précaution de chez lui, et, au lieu de suivre la route, prenait à droite, à travers champs, du côté du parc.

Iriel, arrivé à la grille du Plantin, se retourna un instant pour regarder du côté de la maison de Richard. Il fut surpris de ne plus voir de lumière.

— Il se sera couché, pensa-t-il, ou bien c'est quelque arbre qui m'empêche de voir.

Il sonna vigoureusement et à plusieurs reprises. Personne ne vint lui ouvrir. Évidemment, Georges était à son poste et ne l'entendait pas ; ou bien, s'il l'entendait, il croyait à une ruse des maraudeurs et redoublait de vigilance.

Iriel quitta la grille et suivit extérieurement le mur du jardin jusqu'à l'endroit où il supposait que le jardinier pouvait être. Tout à coup il s'arrêta : à trente pas de lui, tout près du mur, il venait d'apercevoir une ombre... Qu'était-ce?

Il eut à peine le temps de s'adresser cette question.
L'ombre, immobile jusque-là, s'agita subitement et se
dressa contre le mur.

— C'est moi, Georges! s'écria Iriel; ne bougez
pas !...

Et, en même temps, par un désir instinctif de détourner l'attention du jardinier, il s'élança sur la crête du
mur. Un coup de feu retentit.

— Ah ! je suis blessé!... cria Iriel.

Et il tomba lourdement au pied du mur.

Il entendit les pas de Georges dans le jardin ; puis,
dans les champs, d'autres pas rapides.

— Ah ! Dieu merci ! murmura-t-il, il est sauvé!

Il ferma les yeux et s'évanouit.

XIII

Le jardinier, effrayé de ce qu'il venait de faire, traversa le jardin, ouvrit la grille et courut à la place où
devait être l'homme sur lequel il avait tiré. Il le trouva
étendu, sans mouvement. Il le traîna sur l'herbe, hors
de l'ombre projetée par le mur, et le reconnut.

— M. Iriel! s'écria-t-il, épouvanté.

Louis, le valet de chambre, accourait en ce moment.
Il ne fut pas moins surpris que le jardinier. A eux deux,
ils soulevèrent Iriel et le ramenèrent vers la grille.

Cependant, toute la maison était en émoi. Maheurtier,
qui venait de se mettre au lit, s'était dressé en sursaut :
il avait sonné son valet de chambre, et, celui-ci ne ve-

nant pas, il s'était habillé à la hâte. Mais sa surprise n'était rien, comparée à l'émotion d'Antoinette. Elle avait tout de suite compris qu'il s'agissait de Richard!

— C'est lui! s'écria-t-elle. Il est mort! C'est ce misérable qui l'épiait et qui l'a tué!

Elle courut dans la chambre de Marthe, qui tremblait de peur, et l'entraîna avec elle.

Le jardinier et le valet de chambre entraient en ce moment dans le vestibule, portant Iriel inanimé.

— Ah! grâce à Dieu, ce n'est pas lui! murmura Antoinette.

— Lui... qui donc? demanda Maheurtier, qui venait derrière et qu'elle n'avait pas aperçu.

— Mais... vous!... je craignais... balbutia-t-elle, effrayée de son imprudence.

— Rassurez-vous... chère Antoinette! dit-il en lui pressant la main avec effusion.

Puis, à Georges et au valet de chambre :

— Comment! c'est Iriel!... Ah ça! que s'est-il passé?

Il était bouleversé. Georges balbutiait des explications inintelligibles. Iriel fut transporté dans sa chambre et déposé sur son lit.

— Il n'est pas mort! dit Maheurtier, qui lui tenait le bras. Je sens le pouls battre... Il respire!

Déjà Louis était parti en voiture et courait chercher un médecin. Bientôt Iriel fit de faibles mouvements, puis ouvrit des yeux égarés.

— Sauvé! Il est sauvé! murmura-t-il.

— Sauvé... qui donc? demanda Maheurtier en se penchant sur lui. De qui parlez-vous?... Iriel! c'est moi, Maheurtier... Me reconnaissez-vous?

— Ah! fit Iriel lentement. Oui... c'est vous... Mais que m'est-il arrivé? Ah! je me rappelle maintenant.

Il reprit tout à fait connaissance ; sa figure et ses mains étaient couvertes de sang.

Le jardinier, cependant, était un peu moins troublé et racontait ce qui s'était passé.

— Des maraudeurs ! fit Maheurtier ; ah ça ! pourquoi ne m'avez-vous pas averti ?

— M. Iriel me l'avait défendu.

— C'est bien singulier. Et lui, par quel hasard se trouvait-il là ? Il devait passer la nuit à Paris. Pourquoi ce retour précipité ?

Le médecin arriva ; il examina le blessé, lava ses plaies : une dizaine de menus grains de plomb avaient atteint la partie droite de la tête et du cou ; heureusement aucun organe essentiel ne paraissait lésé. Le médecin retira quelques-uns des projectiles, pratiqua un pansement et remit la suite de l'opération au lendemain.

Maheurtier resta quelques instants auprès d'Iriel. Il l'interrogea sur les circonstances qui avaient amené l'accident. Iriel fit le récit le plus naturel qu'il put. Cependant Maheurtier n'en parut pas satisfait.

— C'est étrange ! murmura-t-il en le quittant.

Resté seul, Iriel songea à Clémence, qui devait être dans une horrible inquiétude ; puis à Richard et à Antoinette, qui, maintenant, allaient avoir toute liberté de se voir, et qui en useraient. Il se leva péniblement, prit son carnet, dont il déchira une feuille, et écrivit à Clémence un mot, par lequel il la priait de venir trouver Richard, de lui parler sévèrement, et de l'empêcher, à tout prix, de remettre les pieds au Plantin.

Comme il réfléchissait au moyen de faire parvenir ce billet, Maheurtier rentra avec le comte de La Roche-Houais.

— Mon Dieu, oui, disait le comte, j'ai réfléchi qu'il y

avait longtemps que je ne vous avais serré la main, et je suis venu sans vous avertir.

Puis, se tournant vers le lit :

— C'est donc là ce blessé ? Voyons un peu. J'ai été soldat et je me connais aux blessures d'armes à feu.

Il s'approcha d'Iriel, et, après avoir examiné ses plaie s il trouva qu'il n'y avait pas là *de quoi fouetter un chat.*

— Laissons ce bonhomme se dorloter, dit-il à Maheurtier, et descendons. Antoinette, je pense, sera enchantée de me voir.

Antoinette était, en ce moment, au salon avec Richard, qui venait d'entrer. Le peintre n'avait pas voulu, en s'enfermant chez lui, laisser supposer qu'il était pour quelque chose dans l'accident de la nuit précédente : il était venu à l'heure accoutumée, tout prêt, en présence de Maheurtier, à affecter la surprise. Mais Antoinette l'avait reçu, seule ; elle lui avait reproché vivement ses imprudences, qui pouvaient la perdre, et lui avait enjoint de ne plus la revoir : qu'il trouvât un prétexte pour s'éloigner, c'était son affaire. Il la suppliait de ne pas être implacable, lorsque la porte du salon s'ouvrit.

Tous deux pâlirent en apercevant M. de La Roche-Houais. Cependant Antoinette fit bonne contenance : elle s'avança en souriant au devant du comte, lui présenta son front à baiser, et le remercia de s'être souvenu d'elle.

Tandis qu'il lui faisait ses compliments, Maheurtier s'approcha, et, montrant Richard que M. de La Roche-Houais n'avait pas remarqué :

— Mon cher comte, dit-il, je vous présente M. Syramin, notre voisin de campagne et un de nos bons amis, qui veut bien donner quelques leçons de peinture à Antoinette. Son nom ne vous est certainement pas inconnu.

— Comment donc! Mais je connais monsieur. C'est un ancien voisin de Mme Duchamp. Mme Syramin, votre mère, va bien? demanda-t-il à Richard.

— Je vous remercie, monsieur, dit le peintre en s'inclinant.

Maheurtier avait tressailli et était devenu d'une pâleur de mort. Le comte ne s'en aperçut pas.

— Vous avez donc retrouvé votre ancienne élève? dit-il à Richard en souriant. Ah! un grand changement s'est fait dans sa position. Ce n'est plus la petite voisine d'autrefois dont vous aimiez tant à faire et à refaire le portrait.

Maheurtier poussa un cri déchirant en portant la main à sa poitrine.

— Qu'est-ce donc? fit le comte en se détournant.

Il vit Maheurtier chancelant et prêt à s'évanouir. Il s'élança et le soutint. Puis, regardant, à droite et à gauche, Antoinette et Richard immobiles comme des statues.

— Ah! maladroit... qu'est-ce que j'ai fait! murmura-t-il.

Cependant Maheurtier s'était redressé et tâchait de se remettre; mais ses jambes fléchissaient, et il dut s'asseoir sur une causeuse. Le comte fut effrayé de l'état où il le voyait. Il le quitta un instant, et, s'avançant vers Richard, lui dit à mi-voix et sèchement :

— Monsieur Syramin, je crois que votre présence dans cette maison est en ce moment inutile.

— Je le crois aussi, monsieur le comte, dit Richard, et je me retire. Si, plus tard, M. Maheurtier a quelque communication à me faire, il sait où je demeure.

Pendant ce temps, Antoinette s'était approchée un peu timidement de son mari; mais, en le voyant venir, il fit un geste de dédain si énergique, qu'elle s'arrêta;

puis redressant brusquement la tête, elle sortit par une porte opposée à celle par laquelle Richard avait disparu.

— Ah! ça, maintenant que nous sommes seuls, qu'est-ce qu'il y a? demanda le comte.

Mais Maheurtier ne voulait pas confier à M. de La Roche-Houais une douleur que celui-ci ne comprendrait pas et dont peut-être il se raillerait intérieurement.

— Il n'y a rien, répondit-il; seulement j'ai senti tout à coup dans la poitrine une sorte de déchirement que je ne m'explique pas.

Le comte insista, mais inutilement.

— Soit! dit-il enfin; vous ne voulez pas vous confier à moi, vous avez tort. Je vous laisse; je vais retourner à Paris. Si, ce qui est très-possible, vous avez besoin de moi ces jours-ci, vous savez que je suis tout à votre service.

Antoinette était enfermée dans sa chambre et refusa de voir le comte. Il remonta en voiture, d'assez mauvaise humeur. « Comme s'il n'eût pas dû s'y attendre? » grommela-t-il en songeant à Maheurtier.

Resté seule, Maheurtier embrassa d'un coup d'œil toute l'étendue de son désastre... Ainsi, il avait été trompé, mystifié, trahi! Cette admiration pour ce peintre inconnu, dérision! Cette rencontre fortuite en Italie, comédie! Cet amour subit pour la peinture, ce désir de prendre des leçons, cette installation de Richard près d'eux, au Plantin, infamie! Le voile était déchiré; la statue adorée qu'il avait placée si haut, venait de se briser et de rouler en morceaux dans la fange; la seule affection, le seul lien qui l'attachât à la vie était rompu! ... Il resta quelques minutes courbé sous ces désolantes réflexions; puis, il envint à songer au rôle équivoque qu'avait joué Iriel dans cette intrigue.

— Eux, du moins, s'écria-t-il, ils peuvent invoquer une passion fatale. — Mais lui ! quel intérêt avait-il ?... lui à qui je n'ai fait que du bien, qui jurait de se sacrifier pour moi !... Oh ! il faut que je sache la vérité.

Il se leva péniblement et monta à la chambre d'Iriel.

Celui-ci, en voyant ce visage défait, ces yeux égarés, frissonna sous ses couvertures. Maheurtier s'approcha.

— Iriel, dit-il d'une voix qu'il s'efforçait d'affermir, vous m'avez trompé.

— Moi !... monsieur Maheurtier.

— Oui, vous. Pourquoi, quand je vous ai interrogé tout à l'heure, avez-vous usé de détours ? Pourquoi ne pas me dire ce que vous avez fait, ce que vous savez ?

— Mais... je ne vous ai rien caché.

Maheurtier haussa les épaules.

— Et voilà, fit-il avec un sourire amer, le dévouement que vous m'aviez juré ! Mais qu'ai-je donc fait, mon Dieu ! pour que tout, autour de moi, ne soit que trahison et mensonge !

Deux grosses larmes lui roulaient dans les yeux ; mais il les refoula, et, revenant vers Iriel :

— Ainsi, c'est parce que vous aviez remarqué des dégâts dans le jardin que vous avez conseillé à Georges de se mettre en embuscade la nuit dernière ?

— Oui, murmura timidement Iriel.

— Eh bien ! c'est inadmissible. D'abord, vous m'auriez averti. Et puis, dans ce cas, pourquoi revenir si brusquement de Paris ?

— Parce que j'étais inquiet du conseil que j'avais donné, et...

— Ainsi, interrompit Maheurtier, vous avez abandonné mes affaires, vous êtes arrivé ici, au milieu de
la nuit, pour éviter à des maraudeurs, à des voleurs, la
juste leçon qu'on voulait leur donner?... Eh bien, non !
Il y avait autre chose; et, puisque vous ne voulez pas
parler, je vais vous dire, moi, ce qu'il y avait.

Il s'arrêta un instant, puis il reprit d'une voix sombre :

— Un homme s'était introduit dans ma maison, la
nuit précédente. Cet homme, c'est M. Syramin. Vous
le saviez ?

Iriel garda le silence.

— Ah ! répondez, insista Maheurtier; sinon je vais
trouver M. Syramin, et il faudra bien qu'il s'explique,
lui.

— Eh bien... oui! balbutia Iriel... J'ai vu, il y a deux
nuits, la personne dont vous parlez rôder dans une des
allées du jardin.

— Ma femme était avec lui ?

— Non.

— Vous le jurez ?

— Je le jure.

— S'est-il approché de la maison; y est-il entré?

— Je ne l'ai pas vu.

— Iriel, ne me trompez pas !

— Je vous dis la vérité, monsieur Maheurtier ; et si
je vous l'ai cachée jusqu'ici, c'était uniquement par affection pour vous,... pour ne pas vous alarmer inutilement. Je comptais aujourd'hui même parler à M. Syramin, le forcer à cesser ses visites, à s'éloigner.

— Et quel intérêt lui portez-vous donc, pour que
vous soyez revenu tout exprès recevoir un coup de fusil à sa place ?

— Je vous l'ai dit, je craignais un esclandre dans la

maison... Et puis, je ne pensais pas que Georges serait armé.

— Toujours des réticences ! fit Maheurtier avec impatience. Enfin, laissons cela. Il est un service que vous ne refuserez pas de me rendre, j'espère. M. Syramin a indignement abusé de ma confiance. Vous seul et M. de La Roche-Houais connaissez l'injure que j'ai reçue : vous irez de ma part lui demander réparation.

— Comment !... mais c'est impossible ! s'écria Iriel.

— Impossible... pourquoi donc ?

— Oh ! je vous en supplie, n'exigez pas cela de moi.

Le mouvement qu'il fit dérangea les couvertures, et la lettre qu'il avait écrite à sa femme glissa sur le parquet. Maheurtier la ramassa et lut la suscription : *Madame Syramin*.

— Quelle est donc cette dame Syramin à qui vous écrivez ? demanda-t-il.

Iriel hésita un instant. Puis, tout à coup, prenant son parti :

— Eh bien oui ! lisez-la, cette lettre, s'écria-t-il, et vous verrez si je vous ai trahi !

Maheurtier ouvrit la lettre et lut : « Ma chère Clémence... »

— Clémence ?... fit-il en regardant Iriel.

— Oui ! c'est elle ! ma brave et noble femme.

— Depuis quand l'avez-vous retrouvée ?

— Hier soir, le hasard me l'a fait rencontrer... Mais lisez.

Maheurtier continua : « Notre Richard bien-aimé est « sain et sauf. Mais il faut à tout prix qu'il s'éloigne de « cette maison ; qu'il n'y remette jamais les pieds. »

— Vous voyez, dit Iriel, comme je vous trompais !

Maheurtier, pour toute réponse, lui prit la main et la
serra dans la sienne.

XIV

Tout le reste de la journée, Maheurtier resta seul,
absorbé dans de sombres réflexions. Il évitait de rencontrer Antoinette; il craignait une explication où il
n'eût peut-être pas été maître de lui. Il ne lui adressa
que quelques paroles insignifiantes. Le soir, après dîner, il lui dit :

— Mes affaires me rappellent à Paris. Nous partirons
demain matin, si vous voulez bien.

— Cela m'est égal, répondit-elle.

Le lendemain, avant de partir, il monta chez Iriel.

— Je retourne à Paris, lui dit-il, je vous prie de
rester au Plantin jusqu'à votre complet rétablissement.
Lorsque vous serez guéri, s'il vous plaît de prolonger
votre séjour ici, j'en serai heureux. En arrivant à l'hôtel, je vous ferai tenir tous les objets qui vous appar-
tiennent.

Le ton dont ces paroles furent prononcées les rendait encore plus significatives. Il était évident que le
père de Richard devait être désormais étranger au
mari d'Antoinette. Iriel le comprit, et répondit avec
des larmes dans la voix :

— Je quitterai le Plantin, dès que je serai guéri ;
dans deux ou trois jours, je l'espère ; peut-être demain, si j'ai des forces. Mais je vous serai éternelle-
ment reconnaissant, monsieur Maheurtier, de ce que
vous avez fait pour moi.

Maheurtier lui offrit de l'argent.

— Vous êtes sans ressources, lui dit-il, et il est juste que je vous serve une pension proportionnée à vos besoins.

Iriel refusa obstinément.

— J'ai l'habitude du travail, dit-il, je travaillerai... N'insistez pas, je vous en prie, ajouta-t-il d'une voix attendrie; vous devez comprendre combien ce refus m'est pénible.

Deux jours après le départ de Maheurtier, Iriel quittait à son tour le Plantin. En arrivant à Paris, il se rendit chez Clémence, et convint avec elle qu'il louerait et habiterait le petit appartement contigu à celui de Richard et resté vacant depuis la mort de Mme Duchamp : Clémence se chargeait d'expliquer à son fils ce voisinage, de telle sorte qu'il ne pût concevoir aucun soupçon.

Cependant, depuis qu'il était rentré à l'hôtel de la rue Montaigne, Maheurtier n'avait adressé aucun reproche ni demandé aucune explication à Antoinette; il se renfermait avec elle dans une réserve sombre et hostile. Elle se dit que cette pénible situation ne pouvait durer, et elle résolut d'y mettre un terme.

Un soir, après un long tête-à-tête, pendant lequel Maheurtier, plongé dans ses tristes réflexions, ne lui avait pas adressé une seule fois la parole, elle lui déclara qu'elle désirait se retirer dans la maison religieuse de la rue de Sèvres où elle avait passé une année, après la mort de sa mère.

— Pourquoi cette détermination? demanda-t-il, en relevant la tête.

— Parce que du moment où j'ai perdu votre confiance, je ne dois plus vivre auprès de vous.

— Ah!... Et comment savez-vous que vous avez perdu

ma confiance ? Je ne vous ai rien dit. Vous vous avouez donc coupable ?

— Écoutez, dit-elle, je ne descendrai pas à me justifier. Mais je vous ai fait part de ma résolution ; elle est irrévocable.

Ces paroles, cette attitude firent sortir Maheurtier de l'abattement dans lequel la douleur et la maladie l'avaient plongé. Il accusa énergiquement Antoinette. Il lui reprocha ses dissimulations, ses ruses. Il fut d'autant plus violent qu'il avait été plus contenu jusque-là.

— Pourquoi, s'écria-t-il avec colère, m'avez-vous trompé ? Pourquoi, si vous aviez un amour au cœur, ne me le disiez-vous pas, lorsque j'ai demandé votre main ? Personne ne vous forçait à m'épouser.

Elle consentit à s'expliquer ; elle lui dit toute la vérité, dignement, sans réticence.

— Oui, je l'aime ! dit-elle en parlant de Richard ; mais je n'ai jamais oublié le respect que je dois à votre nom et à moi-même, et je ne l'oublierai jamais, croyez-le bien !

Il éprouva une vive tentation, celle de la prier de rester près de lui, de ne pas l'abandonner !... Peut-être eût-elle fini par céder. Mais il craignit que cette prière n'obtînt qu'un sourire ironique et un refus. Il baissa la tête et se résigna.

Le soir même, Antoinette quittait l'hôtel de la rue Montaigne et allait s'enfermer dans la retraite qu'elle s'était choisie.

Trois semaines s'écoulèrent, pendant lesquelles Maheurtier vécut dans une complète solitude. Il ne recevait personne, et ses domestiques troublaient seuls le silence autour de lui. Sa souffrance était infinie, implacable. Toutes ses pensées, sans cesse et toujours, se portaient vers Antoinette. Il l'aimait plus ardemment que jamais; il la voyait dans tout l'éclat de sa jeunesse et de sa beauté. Tantôt il lui parlait, l'implorait, lui disait mille tendresses, la pressait dans ses bras; tantôt il la repoussait avec colère, la traitant de misérable et de parjure !

Ces tortures morales aggravèrent le mal qui le minait depuis longtemps. Vers la fin d'octobre, il fut obligé de se mettre au lit. Alors, il fut effrayé de son isolement. Il eut peur de mourir, seul, dans ce vaste hôtel, au milieu d'indifférents, de serviteurs qu'il connaissait à peine. Vingt fois il fut sur le point d'informer Antoinette, de la supplier de venir; mais il résista à ce désir.

— Au moins, que j'aie un ami à mon chevet ! se dit-il enfin.

Et il envoya chercher Iriel, qui accourut aussitôt.

L'ancien caissier, en le voyant, ressentit une des plus poignantes émotions de sa vie : Maheurtier, pendant ces quelques semaines, avait vieilli de vingt ans; ce n'était plus un malade, mais un moribond. Iriel dissimula le mieux qu'il put cette impression et s'avança vers le lit.

— Je vous remercie d'être venu, dit Maheurtier, en lui tendant la main, m'avez-vous pardonné ?

— Vous pardonner, à vous ?

— Oui, j'ai eu tort. C'était votre fils; vous ne pouviez pas le dénoncer... Je vous ai appelé, mon cher Iriel, parce que je voulais vous voir avant de mourir.

— Mourir?... que parlez-vous de mourir ?

— Oui, bientôt... Je ne me fais pas d'illusion... Ce sera bientôt fini, et j'en remercie le ciel... Ah ! la malheureuse, si elle savait ce que je souffre !

Il retrouva des forces pour parler d'Antoinette.

— Comme elle sera heureuse de ma mort ! s'écria-t-il

en se dressant sur son lit avec une vivacité dont on ne
l'aurait pas cru capable... Elle pourra l'épouser! Ils
s'aiment!... Et j'aurais la simplicité de lui laisser ma
fortune? Non... Prenez cette clef, Iriel, ouvrez mon
bureau, et apportez-moi les papiers qui sont dans le tiroir
à gauche.

Iriel obéit. Maheurtier prit un papier parmi ceux étalés
sur son lit, et le montrant à Iriel:

— Tenez! c'est mon testament, dit-il: j'avais pris mes
précautions en cas de mort; je l'avais instituée ma léga-
taire universelle... Eh bien, qu'il n'en soit plus question!

Il déchira le testament et on fit jeter par Iriel les morceaux dans le feu.

— Que ne puis-je, ajouta-t-il, lui enlever de même
les quatre cent mille francs que je lui ai reconnus en l'é-
pousant!... Et maintenant, que ma fortune aille où elle
voudra, peu m'importe! Je ne me connais pas d'héri-
tiers?... Ou plutôt, la voulez-vous, Iriel?... Mais non!
qu'est-ce que je dis?... Vous la donner à vous, ce serait la donner à votre fils... à elle! Non, non! vous
n'aurez rien de moi!

Il était en proie à une fièvre violente. Iriel s'efforça de
le calmer et passa la nuit à son chevet.

Le lendemain, il était plus calme. Il fit venir son notaire, et dicta un testament par lequel il léguait toute sa
fortune à des établissements de bienfaisance. Cet acte
terminé, il prit quelque repos. Dans la soirée, il s'entretint longtemps avec Iriel: son irritation contre Antoinette s'était beaucoup apaisée.

— Je parlais hier, dit-il, de la priver de ma succession.
Mais est-il certain, au point où nous en sommes, qu'elle
consentît à l'accepter!... Ah! vous ne connaissez pas
sa fierté, ses dédains pour moi!... Peut-être même re-

poussera-t-elle les quatre cent mille francs que lui assure notre contrat de mariage.

Tout en causant, il fit à Iriel plusieurs confidences, entre autres qu'Antoinette était la fille naturelle de M. de La Roche-Houais.

— Je connais le comte, ajouta-t-il. Il fera le possible pour que mon testament soit annulé dans l'intérêt de sa fille... ou plutôt dans le sien ! Je vous charge, Iriel, de faire respecter mes dernières volontés.

Iriel objecta la difficulté de lutter contre M. de La Roche-Houais qui avait de grandes influences.

— Aussi vais-je vous armer contre lui... Prenez ces papiers, dit Maheurtier en lui remettant une liasse volumineuse, et gardez-les précieusement : si hautain, si puissant que le comte vous semble, il s'inclinera devant vous lorsqu'il saura que ces pièces sont entre vos mains.

Il obligea ensuite Iriel à accepter un portefeuille contenant des valeurs.

— Je ne veux pas, lui dit-il, que vous restiez sans ressources. Oubliez mes paroles d'hier ; la douleur m'égarait. Vous me désobligeriez de refuser ce souvenir...

. . . .

Il allait, s'affaiblissant de plus en plus. Il oubliait ses souffrances pour songer sans cesse à Antoinette, non plus avec colère, mais avec attendrissement.

— Ah ! disait-il, si seulement elle pouvait m'aimer un peu pour avoir su mourir à propos !

Jusque-là, par un reste de ressentiment et d'amour-propre, il avait résisté au désir de la voir ; il avait même défendu qu'on l'informât de sa maladie. Mais, en sentant la mort venir, il n'y put tenir davantage.

— Vite, courez ! dit-il à Iriel. Dites-lui de venir, amenez-la... O mon Dieu! si j'allais mourir sans la revoir !

En même temps, il songea à révoquer son testament, à refaire celui qu'il avait déchiré. Il envoya le valet de chambre chercher en toute hâte un notaire.

Mais il était trop tard. Quand le notaire arriva, il n'avait plus la force de parler.

Antoinette entra enfin, conduite par Iriel. Elle était émue et en larmes. Maheurtier, en l'apercevant, tressaillit. Il lui fit signe du regard d'approcher : sa main put encore serrer celle de la jeune femme en signe de pardon. Un instant après, il s'éteignait, les yeux fixés sur elle.

XV

« Je fais bien de mourir ! » avait dit Maheurtier à Iriel. C'était tristement vrai. Qui donc pouvait s'intéresser à lui, vivant — et, mort, le pleurer ? Qu'était-il pour Antoinette, sinon une gêne, un ennui, un obstacle ?... Quant à Iriel, sa femme et son fils retrouvés tout à coup et qu'il avait hâte d'aimer, l'auraient bien vite distrait et consolé !

Déjà, au bout d'un mois, ce sombre pressentiment se réalisait. Iriel continuait à habiter, à côté de sa femme et de son fils, l'appartement resté vide après la mort de Mme Duchamp. Le souvenir de Maheurtier lui revenait plus rarement. Parfois il s'accusait d'ingratitude ; mais, malgré lui, toute sa pensée et tout son cœur étaient à Clémence et à Richard. Il les avait là, tout près de lui ; il était heureux.

Mais, pour que ce bonheur durât, il fallait qu'il continuât à passer aux yeux de son fils pour un étranger.

Il se donnait pour un vieux commis aux écritures, retiré avec quelques économies : il ne savait que faire de son temps et il s'excusait d'en passer la plus grande partie dans l'atelier de Richard, au risque de l'importuner.

— J'aime tant la peinture, lui disait-il, et particulièrement la vôtre.

Et, pour expliquer ses attentions, son attachement, il ajoutait : — Que voulez-vous, mon cher ami? je suis un vieux célibataire, sans famille ; je n'ai personne à aimer. Il est tout naturel que je m'attache à vous. Quand je pense que, si je m'étais marié autrefois, j'aurais peut-être un enfant qui vous ressemblerait !

Bien entendu, devant Richard, Iriel et Clémence se traitaient comme des étrangers : ils se disaient cérémonieusement *vous*... Mais, quand il était sorti, Iriel venait, sous prétexte de ranger dans l'atelier de son cher peintre, et ils causaient librement, non plus de leurs souffrances et de leurs malheurs passés (c'était un sujet épuisé depuis longtemps) ; mais de Richard, de ses succès, de son avenir.

C'est ainsi, dans les premiers jours de décembre, qu'ils s'entretenaient de lui, un jour qu'il était allé faire visite au marquis de Blave. Iriel, depuis quelque temps, trouvait Richard préoccupé, triste, et il faisait part de ses alarmes à Clémence.

— Je connais la cause de cette tristesse, dit celle-ci en souriant.

— Toujours Antoinette?

— Sans doute. Qui veux-tu que ce soit?

— C'est vrai. Tout lui sourit. Ses deux tableaux sont de vrais chefs-d'œuvre. Chacun en convient. Les commandes lui arrivent de tous côtés. D'argent, bien entendu, il n'en a pas besoin.

— Il a six mille francs à placer.

— Cher enfant ! c'est son talent, c'est son travail !...
Ah ! que je suis fier de lui ! Et ne pas seulement pouvoir l'embrasser !... Mais, dis-moi, est-ce qu'il n'y
aurait pas moyen de doubler cette somme qu'il va
placer ?

— Tu sais bien que c'est impossible. Il me demanderait d'où cela vient.

— Tu as raison. Quelle misère ! Je ne sais que
faire de cet argent de M. Maheurtier, et, je ne puis le
donner à mon fils !

Iriel ajouta qu'il craignait d'avoir éveillé quelques
soupçons chez Richard.

— Pourquoi ? demanda Clémence ; tu n'as commis
aucune imprudence ?

— Si ! à propos de ce portrait de moi qu'il est en
train de faire.

— Eh bien ? Il est tout naturel, puisque tu es épris
de son talent, que tu aies voulu te faire peindre par
lui.

— Oui, mais ce qui a pu lui paraître singulier,
c'est que je me sois obstiné à payer ce portrait vingt
mille francs, quand il me disait que c'était quatre ou
cinq fois trop... Et puis, autre chose : il voulait se
hâter de le finir pour l'envoyer à l'Exposition..., j'ai
refusé énergiquement... Pauvre cher enfant ! exposer
mon portrait, lorsque je suis obligé de me cacher.

— Je t'assure qu'il n'a pas trouvé cela extraordinaire. Beaucoup de gens refusent comme toi de se
laisser ainsi produire en public. Va, sois tranquille, je
sais bien le moyen de dissiper sa tristesse.

— Je comprends, tu iras rue de Sèvres et tu lui ap-
porteras des nouvelles d'Antoinette.

— Il n'en faut pas davantage.

— Comme il l'aime !... Et elle, son cœur n'a-t-il pas changé ?

— Oh ! non ; je m'en suis bien aperçue à ma dernière visite. Elle souffre autant que lui de ne pas le voir ; mais ce n'est guère possible, après trois mois de veuvage. Ils comprennent cela tous deux, et ils se résignent... Les chers enfants ! quels beaux rêves ils font !

— Oui, dit Iriel d'une voix sombre ; et pour qu'ils fussent heureux, il fallait que M. Maheurtier mourût ! Et moi qui n'ai pas la force de le regretter !

Ils furent interrompus par Richard qui rentrait. Ils s'éloignèrent vivement l'un de l'autre, et Iriel s'empara d'une vieille palette qu'il se mit à nettoyer avec beaucoup d'attention. Richard embrassa sa mère. Il avait de bonnes nouvelles du marquis de Blave, et il était plus gai qu'en sortant.

— Ah ! vous voilà, monsieur Iriel, dit-il. Tant mieux ! si vous voulez, nous allons faire une bonne séance. Je me sens en veine de travail. Il commence, du reste, à être temps que nous l'achevions, ce portrait.

— Oh ! cela ne presse pas.

— Mais si ! voilà plus de deux mois que j'y travaille à bâtons rompus. Cela doit vous ennuyer de poser continuellement.

— Non, loin de là, je vous assure.

C'était vrai. Iriel était heureux de poser devant Richard, et il eût souhaité que ce portrait ne s'achevât pas. Une douce émotion gonflait son cœur, quand le peintre le fixait, scrutant chacun de ses traits, cherchant l'expression de sa physionomie : il frissonnait sous ce regard comme sous une caresse.

Ils furent bientôt installés, et Richard se mit à travailler avec ardeur. Clémence, un peu à l'écart, les

Qu'attendait-il?... Son cœur battait... La fenêtre était à un mètre et demi du sol, avec balcon. Egaré, sans songer à ce qu'il faisait, il s'élança, saisit un des barreaux de fer, et se hissa à la hauteur du balcon qu'il enjamba. La fenêtre s'ouvrit. Antoinette poussa un léger cri d'effroi. Elle le reconnut.

— C'est vous !... Que venez-vous faire ici ! C'est indigne ! Allez-vous-en !

— Je vous en prie. Il faut que je vous parle.

— Non ! retirez-vous... ou j'appelle. Voulez-vous me perdre ?

Elle le repoussait, irritée, menaçante. Tout à coup, il lui prit le bras.

— Silence ! dit-il tout bas, on vient !

Ils écoutèrent. Un bruit de pas se faisait entendre près de là, dans les allées du jardin. Ces pas se rapprochaient. Richard, pour ne pas être aperçu, se glissa dans la chambre ; Antoinette resta sur le balcon.

Bientôt, à l'angle de la maison, elle distingua Iriel.

— C'est vous, monsieur Iriel ? demanda-t-elle.

— Oui. La soirée est magnifique. Je suis sorti un instant pour prendre l'air.

— C'est comme moi. Mais vous m'avez fait peur !

— Ah ! je vous ai fait peur ?

— En ouvrant cette fenêtre, j'ai tout à coup entendu des pas.

— C'est donc cela, que vous avez poussé un cri ?

— Oui. La surprise, la crainte... Je ne savais pas que ce fût vous.

— Rassurez-vous. Je vous demande pardon, madame. Mais voilà qu'il se fait tard. Je vais rentrer chez moi.

— Moi aussi. Bonne nuit, monsieur Iriel.

Elle attendit qu'il eût disparu. Puis, elle rentra dans sa chambre, repoussa la croisée, et, s'avançant vers regardait en souriant. Tout à coup Richard s'interrompit.

— Ah ça, mère, dit-il, est-ce que je me trompe ? Voyons, regarde un peu.

— Quoi donc, mon enfant?

— Ne trouves-tu pas qu'entre M. Iriel et moi, il existe une sorte de ressemblance?

— Mais... je ne vois pas... fit Clémence interdite.

— Si! tiens... regarde !

Et, quittant son chevalet, il alla se placer à côté d'Iriel.

— Non... il ne me semble pas... ou si peu !... dit Clémence.

— Dans les yeux... et dans le front? il y a quelque chose, tu as beau dire. Après tout, fit-il en riant, il ne faut pas vous froisser, monsieur Iriel, de ce que je viens de dire.

— Ah Dieu! non... fit Iriel d'une voix étouffée.

Il avait peine à retenir ses larmes. Clémence était décontenancée par cette sortie imprévue. Pour faire diversion, elle gronda Richard de se distraire de son travail : puis, quand il fut revenu à sa place, elle se pencha vers lui, et lui dit quelques mots tout bas, à l'oreille.

— Vrai? s'écria-t-il en se levant, tu iras demain?

Elle lui fit un signe de tête affirmatif.

— Ah! chère maman!... Ah! que tu es bonne!... Tiens !

Et il l'embrassa à coups précipités.

— Comme tu m'aimes! dit-elle en souriant.

— Oui, je t'aime!... car tu es la meilleure des mères.

— Bien. Voilà qui est entendu. Maintenant il faut travailler.

— Tu as raison. Mais c'est que je n'y suis plus du tout.

— Ah bien!... si j'avais su...

— Ne gronde pas. Cela va revenir... Je vous demande pardon, monsieur Iriel.

Et il se rassit devant sa toile.

Le lendemain, en effet, Mᵐᵉ Syramin sortit et se dirigea vers la rue de Sèvres. C'est là, on s'en souvient, dans une maison de religieuses non cloîtrées, qu'Antoinette s'était retirée, après sa querelle avec son mari. Elle avait continué d'y vivre, depuis la mort de celui-ci, dans le même appartement qu'elle avait habité, deux années auparavant.

Mᵐᵉ Syramin la trouva occupée à relire une lettre du comte de La Roche-Houais, qui l'informait de son prochain départ pour Londres, et de son projet de lui faire ses adieux dans le courant de la journée.

L'accueil d'Antoinette fut charmant, affectueux, sans empressement trop marqué. Les deux femmes s'embrassèrent et s'assirent l'une à côté de l'autre:

— Il y a longtemps que je suis venue, dit Mᵐᵉ Syramin; j'ai craint de vous importuner.

— Vous n'avez pas cela à craindre, dit Antoinette; vos visites sont la meilleure distraction que je puisse attendre dans la solitude où je vis.

— Elle seront plus fréquentes à l'avenir, puisque vous le voulez bien, dit Clémence; et je ne serai pas seule à m'en réjouir.

Elle parla de Richard, de ses travaux, de ses succès. Elle fit délicatement allusion aux douces préoccupations qu'elle remarquait en lui. Antoinette ne répondait pas; elle écoutait, souriante et charmée.

— Et M. Iriel, demanda-t-elle pour détourner la conversation, habite-t-il toujours notre ancien appartement, à côté de vous?

— Toujours. Il s'est pris pour mon fils de l'amitié la plus vive.

— Il ne paraissait pas l'aimer beaucoup autrefois... non plus que moi.

— Alors, il a bien changé. Car, lui aussi, il ne cesse de s'informer de vous. Il voudrait vous voir.

Elles furent interrompues par la domestique d'Antoinette, qui venait annoncer le comte de La Roche-Houais.

— Ma chère enfant, je vous quitte, dit Clémence.

— Non, pas encore, répondit Antoinette. Le comte part ce soir pour Londres et vient me faire ses adieux. Entrez ici. Nous causerons tout à l'heure.

Elle conduisit Clémence dans sa chambre à coucher, et le comte se présenta.

— Ma chère Antoinette, fit-il, j'ai peu de temps à moi, je pars dans un instant ; mais je tiens à vous dire un mot d'adieu : je serai deux ou trois mois absent. Je voulais aussi vous rendre ce pouvoir que vous m'avez confié.

— Ah ! oui, pour cette liquidation. Que faut-il que j'en fasse maintenant ?

— Confiez-le, si cela est nécessaire, à un homme d'affaires ; car il n'est pas probable que la liquidation avance beaucoup pendant mon absence ; elle est entravée par des chicanes entre les légataires. Du reste, ceci ne vous intéresse pas, et vos droits sont assurés... Un joli testament que votre mari a fait là !

C'était la dixième fois au moins que M. de La Roche-Houais récriminait contre le testament de Maheurtier. A la mort de celui-ci, il était accouru chez Antoinette et lui avait demandé, en son nom à lui, un pouvoir pour la représenter à la levée des scellés et à l'inventaire. Il avait assisté à ces opérations, et suivi, avec une atten-

tion méticuleuse, la recherche et l'examen des papiers.
Ceux sur lesquels il comptait et qui l'intéressaient particulièrement, ne s'étant pas retrouvés, il était revenu
auprès d'Antoinette dans un état de sourde irritation
que le testament du défunt pouvait à la rigueur justifier. Aujourd'hui encore il ne pouvait se défendre de
récriminer sur ce point.

— Décidément, dit-il, votre mari s'est conduit indignement envers vous... Qu'est-ce que signifie cette
distribution de sa fortune à des établissements publics
dont il ne se souciait pas?... Et à vous, pas un legs,
pas un souvenir.

— Au contraire, je trouve cela tout naturel, dit
Antoinette, après ce qui s'est passé entre nous.

— Je vous répète que c'est une insulte publique
qu'il vous a faite là. Je n'aurais jamais attendu cela
de lui.

— Je ne me sens pas blessée. Et d'ailleurs, il a parfaitement compris que je n'accepterais pas les legs qu'il
pourrait me faire.

— Soit! mais au moins, vous auriez refusé.

— Qu'importe? Je me demande même si je ne dois
pas renoncer à cette dot fictive qu'il m'a reconnue par
contrat.

— Ah! pour cela, non! Je vous l'ai déjà défendu, et
je persiste. Ces quatre cent mille francs sont bien à
vous; et c'est le moins que vous les gardiez, en compensation du sacrifice que vous avez fait en l'épousant.

— Je n'ai fait aucun sacrifice. Lui et moi, nous nous
sommes trompés de bonne foi, voilà tout. Et peut-être
a-t-il souffert plus que moi de cette erreur.

— Bon! Je vous conseille de le plaindre maintenant!

Elle le plaignait, en effet. Aujourd'hui qu'elle n'avait
plus à redouter l'amour de Maheurtier, elle se le rappe-

lait avec une sorte de complaisance et d'attendrissement. « Comme il était bon pour moi! Comme il m'aimait! » se disait-elle ; et elle regrettait sincèrement ses
caprices et ses duretés envers lui. Mais le comte était
loin d'approuver ses scrupules : Maheurtier, selon lui,
devait savoir à quoi il s'exposait.

— Je le lui avais prédit, et même mieux que cela!
disait-il avec un sourire.

Il riait aussi de la façon dont cette intrigue s'était
découverte.

— Grand étourdi que je suis! faisait-il, de ne pas
avoir compris que ce joli garçon n'était pas là uniquement pour faire de la peinture.

Cette fois encore, avant de quitter Antoinette, il revint
sur ce sujet.

— C'est une assez gentille pastorale, disait-il, mais
à peine ébauchée; Maheurtier est un sot de l'avoir
prise au tragique... Voyons, Antoinette, puisque nous
en sommes là-dessus, cela n'aura pas de suites,
n'est-ce pas?

La jeune femme rougit et ne répondit pas. Elle était
intérieurement révoltée de la façon légère et quelque
peu cynique dont M. de La Roche-Houais parlait de
cette passion qui lui emplissait le cœur.

— Vous en tenez encore pour lui, continua-t-il, je
le vois bien. Vous avez tort. Je vous parle sérieusement. Ce garçon est très-bien, c'est vrai, et je ne
vous accuserai pas de mauvais goût. Mais à quoi cela
peut-il vous mener? A l'épouser un jour? Un artiste!

— Il a du talent, dit-elle en relevant la tête, et, en
l'épousant, je ne vois pas quelle grâce je lui ferais.

— Comme vous prenez sa défense! fit-il en souriant.
Allons, ne parlons plus de cela. Nous causerons plus

,onguement à mon retour : vous aurez réfléchi. En attendant, pas d'imprudence.

Il l'embrassa et sortit. Ce n'était pas la première fois que les paroles du comte, contre lesquelles elle n'osait protester, irritaient Antoinette. Elle supportait avec impatience ces dédains dont Richard était l'objet. Elle craignait que le comte n'eût en vue pour elle quelque parti qu'il chercherait à lui imposer plus tard, et elle se promettait bien cette fois de disposer d'elle-même suivant son cœur. Aussi, en rouvrant la porte à Mme Syramin, avait-elle un air de vivacité et de résolution que celle-ci remarqua.

— Qu'avez-vous donc ? lui demanda-t-elle, vous êtes affligée du départ du comte ?

— Oui. Il m'a parlé d'affaires, et je n'y entends rien. Il va être absent plus de deux mois, et il m'a rendu cette procuration dont il ne peut plus se charger.

— Je comprends, vous ne savez à qui la confier maintenant.

— En effet... et je me demandais si M. Iriel ne consentirait pas.

— M. Iriel? oh, non !

— Vous croyez qu'il refuserait?

— J'en suis sûre. Mais, si vous vouliez, Richard serait trop heureux...

— Je ne voudrais pas lui donner cet ennui.

— Ce n'en sera pas un pour lui. A moins que vous ne craigniez son inexpérience.

— Le comte m'a dit qu'il n'y avait rien là de compliqué.

— Eh bien, alors, rien ne s'oppose... Si vous voulez, je vais dire à Richard de venir s'entendre avec vous.

— Non, non.

— A moins que vous ne préfériez venir vous-même.
Ah ! comme ce serait gentil à vous !... Il y a si longtemps que je ne vous ai vue chez moi !... Depuis plus
de trois mois vous n'êtes pas sortie de cette maison.

— C'est vrai.

— Quand faudra-t-il vous attendre ?

— Je ne sais pas... Il est possible qu'il ne faille
pas de retard pour ces sortes d'affaires...

— Eh bien, tout de suite, alors !... venez avec moi ;
rien de plus simple. Je vous emmène, et ce soir, je
vous reconduis.

— Comme vous êtes bonne ! dit Antoinette.

Mme Syramin l'aida à s'habiller, et, un instant après,
elles sortaient ensemble et se dirigeaient vers la rue
Notre-Dame-des-Champs.

Cette démarche était, de la part d'Antoinette, une
sorte de protestation contre les critiques dédaigneuses
du comte. Pendant le trajet, la réflexion lui vint : elle
avait honte de sa détermination et elle la regrettait.
Mme Syramin comprenait son embarras, et faisait le
possible pour le diminuer.

— Là ! lui dit-elle, quand elles furent arrivées, vous
allez rester dans ma chambre. Je vais prévenir Richard ;
il est dans son atelier avec M. Iriel.

— Non, dit Antoinette ; je ne veux pas que vous dé-
rangiez M. Richard. Je n'ai qu'un mot à lui dire.

Elle suivit Mme Syramin et entra avec elle dans l'a-
telier. Richard achevait avec Iriel une de ces séances
dont le bon vouloir de celui-ci ne se lassait pas. A la vue
d'Antoinette, il eut peine à retenir une exclamation de
surprise et de joie. Il se leva et la salua respectueuse-
ment. Le trouble de la jeune femme n'était pas moins
grand que le sien ; mais elle feignit de s'apercevoir
tout à coup de la présence d'Iriel, et s'informa affec-

tueusement de lui. Mme Syramin se hâta d'expliquer le motif de la visite d'Antoinette. Iriel se retira discrètement.

— J'ai peut-être trop facilement cédé à la demande de Mme Syramin, dit Antoinette; mais l'absence de M. le comte de La Roche-Houais me mettait dans un cruel embarras.

Richard lui offrit ses services : il n'entendait absolument rien aux affaires, mais un de ses amis lui avait recommandé un M. Pelletier, rue des Prouvaires, auquel il devait prochainement s'adresser pour ses intérêts personnels; il lui confierait en même temps ceux d'Antoinette. Celle-ci, bien entendu, approuva d'avance tout ce qu'il pourrait faire. — Mme Syramin remarquait en souriant leur embarras à tous deux. Elle n'eut pas la cruauté de l'augmenter en les laissant ensemble, elle resta et fit, à peu près, à elle seule, tous les frais de la conversation. Elle parla de leur ancien voisinage, de leurs relations d'autrefois si douloureusement interrompues par la mort de Mme Duchamp, de cette bonne et franche camaraderie qui amenait familièrement Antoinette dans l'atelier de Richard. De Maheurtier, du récent veuvage d'Antoinette, pas un mot : ils avaient hâte, sur ce point, d'oublier et de se reporter aux jours heureux qui allaient se continuer pour eux trois. Ces souvenirs, évoqués par Mme Syramin, permirent à Antoinette de sortir de sa réserve, tout en satisfaisant sa curiosité.

— Voulez-vous, dit-elle, à Richard, me permettre comme autrefois de passer en revue votre atelier, et d'exercer franchement ma critique?

— Volontiers, dit-il, mais je me défie un peu de votre appréciation.

— Pourquoi donc?

21

— Parce qu'elle est trop indulgente.

— Ne vous y fiez pas ! dit-elle en souriant.

Elle feignit, en effet, de montrer quelque sévérité. Durant cette scène, pas un mot d'amour ; à peine, de la part de Richard, quelque timide allusion qu'elle détournait aussitôt ou qu'elle laissait tomber. Des paroles n'auraient rien ajouté au sentiment qui les agitait tous deux, et qui se trahissait dans leur contenance et dans leurs regards. Tout les entretenait de leur amour, même les choses en apparence les plus insignifiantes : jusqu'à cette ébauche qu'Antoinette retrouvait dans un coin, et à laquelle le peintre n'avait pas voulu toucher, parce qu'elle ne lui plaisait pas.

Au moment où elle allait sortir avec Mme Syramin :

Je travaillerais mieux, dit-il, si vous veniez quelque-fois me conseiller.

— Je vous dérangerais.

— Non, vous m'apporteriez l'inspiration.

— Eh bien... nous verrons, plus tard.

Ils se séparèrent, heureux de s'aimer, confiants dans l'avenir qui leur souriait.

XVI

Richard se rendit sans retard rue des Prouvaires, chez l'homme d'affaires qu'une malheureuse indication lui avait fait choisir. Cet homme, en effet, n'était rien moins que l'ancien complice de Lentague, le vicomte de fantaisie qui avait autrefois attiré Causson sur la pente où celui-ci s'était perdu. Comment ce nom de Pelletier n'avait-il pas frappé Mme Syramin? Sans doute,

elle ne se rappelait de ce misérable que son prénom
de Léonce et son titre usurpé de vicomte de la Coudraye.
Elle n'avait donc pas pensé à retenir Richard.

Léonce avait alors quarante-six ans. Il était très-peu
changé: à peine quelques fils blancs déparaient sa belle
chevelure blonde; sa figure, presque imberbe, n'avait
que de légères rides à peine perceptibles. On remarquait la même recherche qu'autrefois dans sa toilette
et dans sa tenue: ce beau *grec* n'abdiquait pas. Quant
à sa vie, pendant les dix-neuf années qui venaient de
s'écouler, elle répondait parfaitement à ce que sa conduite envers Causson pouvait faire présager.

A la suite de la condamnation qui l'avait frappé, et
qu'il subit à Poissy, il avait repris sa honteuse existence de friponneries et d'expédients ; ce qui lui mérita
une nouvelle condamnation, plus forte que la première.
Cette fois encore, en sortant de prison, il avait retrouvé
Angélina Proutan. Cette fille, qu'il dédaignait et battait,
était folle de lui. Un jour, il l'avait épousée pour pouvoir mettre la main sur les soixante mille francs mal
acquis que Mme Proutan mère venait de laisser en
mourant; puis, l'héritage dévoré, il l'avait abandonnée
et s'était remis à vivre à sa guise. Enfin ils s'étaient
raccommodés, mais sans habiter ensemble.

Elle tenait, rue du Hasard, une table d'hôte qui n'é-
tait qu'un honnête prétexte pour des opérations de jeu
et autres: il venait là comme un étranger, jouant le
rôle traditionnel de *major*, faisant quelques affaires,
non moins habile et plus expérimenté qu'autrefois. Le
cabinet qu'il avait monté rue des Prouvaires était à
peu près la reproduction de celui à la tête duquel il
avait autrefois placé Lentague: il lui eût été difficile de
progresser en ce genre.

Dans le cours de son existence aventureuse, il avait

plusieurs fois rencontré son ancien complice, mais il
leur avait été impossible de s'entendre. Lentague n'e-
tait, en définitive, qu'un homme de violence et de coups
de main, et Léonce avait une autre façon de procéder.
Ils avaient donc opéré chacun de leur côté. Et Léonce,
en lisant dans un journal l'arrêt qui condamnait autrefois Lentague aux travaux forcés, avait dit à Angélina :

— Ce pauvre Lentague est descendu bien bas.

En ce moment, du reste, il aurait pu en dire autant
de lui-même, car il avait engagé, pour payer des dettes
urgentes, les bijoux d'Angélina. Celle-ci, qui en avait
absolument besoin pour le soir, était en train de les lui
réclamer assez aigrement, lorsque le coup de sonnette
de Richard se fit entendre.

— Chut! fit Léonce, un client !

— Tout cela ne me rend pas mes bijoux, dit Angélina.

— Fiche-moi la paix !

Il la poussa dans une pièce voisine dont il referma la
porte, et courut ouvrir à Richard.

Il le reçut avec ses façons habituelles, pleines d'art
et de séduction. Il eut un sourire de complaisance en
voyant Richard compter sur son bureau les quelques
milliers de francs qu'il désirait placer. — Évidemment,
il opérait, d'ordinaire, sur des sommes d'une tout autre
importance !... Mais c'étaient là les économies d'un travailleur, d'un artiste : il y veillerait avec un soin particulier ; on pourrait compter sur un placement solide
et productif.

Richard confessa son ignorance en ces matières, et
s'en rapporta absolument à ce que Léonce jugerait à
propos de faire. Puis il parla de ce qui intéressait Antoinette. Ici, l'attention de Léonce redoubla. Mais il sut

dissimuler l'agréable surprise que lui causait cette nouvelle communication : il entrevoyait un mandat superbe à exploiter. Il parut touché en apprenant la mort de Maheurtier.

— Vraiment? dit-il. J'ignorais cet événement. Il vivait depuis quelque temps un peu retiré. Pauvre Maheurtier ! Nous nous sommes beaucoup connus autrefois. C'est une véritable perte : Une intelligence et un cœur d'élite.

Il se fit donner par Richard toutes les indications que celui-ci était à même de lui fournir.

— Bien, dit-il, quand le peintre eut fini, nous ne tarderons pas à toucher le montant des reprises portées au contrat : quatre cent mille francs, c'est un chiffre ! Quel est le notaire chargé de cette liquidation?

— Me X..., rue Saint-Honoré.

— Je le connais. Je m'entendrai avec lui. Maintenant, cher monsieur, continua Léonce, il est indispensable, pour que je puisse m'occuper de cette affaire, que j'aie un pouvoir. M'en apportez-vous un ?

— Non, mais madame Maheurtier signera tout ce que vous voudrez.

— Le plus tôt possible, n'est-ce pas?... Un pouvoir complet, sans restriction. Si vous voulez un modèle?...

— C'est inutile, dit Richard, qui songeait à copier simplement le pouvoir donné à M. de La Roche-Houais.

A peine le peintre était-il dans l'escalier, qu'Angélina sortait de la pièce où Léonce l'avait confinée, et, s'avançant vivement vers le bureau, se disposait à prélever sur l'argent de Richard ce qu'il lui fallait pour dégager ses bijoux. Mais Léonce lui arrêta le bras.

— Un instant ! fit-il; on ne touche pas; ça brûle !

— Comment?

— Cet argent est sacré; je n'en dois pas distraire un centime à mon profit.

— Qu'est-ce que tu me contes là?

— Ce jeune homme m'apporte ses économies. Il veut les échanger contre de bonnes et solides valeurs. Demain il les aura.

— De bonnes valeurs?

— Sans doute.

— Tu ne vas pas lui *coller* tes *Bitumes de Syrie* ou des *Flanelles du Canada?*

— Je m'en garderai bien. Je l'aime ce client. Je ne veux pas qu'il ait à se plaindre de moi.

Angélina le regarda un instant.

— Tu veux l'amadouer? dit-elle.

— Pardieu!

— Très-bien. Mais qu'est-ce que je vais faire, moi, en attendant? Ma soirée est flambée.

— Pourquoi flambée?

— Parce que je ne puis pas la donner si je n'ai pas mes bijoux. Déjà, samedi, j'avais un air *panné.* C'était une pitié. Antonine riait en dessous.

— Laisse-la rire.

— Et puis ces messieurs... Tu sais bien qu'il faut cela...

— Bah! tu exagères. Tu es encore très-bien sans tes bibelots.

— Oh!

— L'art n'est pas fait pour toi, tu n'en as pas besoin.

— Pourtant...

— Voyons, laisse-moi tranquille. Je ne manquerai pas, pour une pareille niaiserie, un coup superbe. Quatre cent mille francs, songe donc, quatre cent mille francs!

Angélina se tut. Elle s'assit, l'air triste et boudeur.
Léonce se promenait dans la chambre, visiblement
préoccupé.

— Voyons, lui dit-il, qui auras-tu ce soir?

— Tu sais bien, nos habitués.

— Et puis?

— M. de Châtelon, M. de Lemprise.

— Après?

— Le marquis de Meursin.

— Tu en es sûre?

— Oui: Antonine viendra.

— Combien te faut-il pour dégager tes bijoux?

— Deux mille cinq cents; mettons trois mille.

— Tiens.

Il prit sur le bureau trois mille francs qu'il lui
donna.

— Comme tu es gentil! s'écria-t-elle en lui sautant
au cou.

— Bien, laisse-moi, mais que ça ne manque pas,
tu m'entends.

— Sois tranquille. Je vais passer chez tous nos habitués.

Quelques jours après, Richard revint rue des Prouvaires. Il reçut un excellent titre de rente trois pour
cent en échange de ses six mille francs et moyennant
un courtage insignifiant. Il remercia Léonce, et lui
remit la procuration d'Antoinette. L'homme d'affaires
prit cette procuration, la parcourut des yeux et fit
une grimace de mécontentement.

— Mais cela ne vaut rien; dit-il, c'est incomplet.

— Comment?

— Sans doute, il n'y a pas pouvoir de toucher et
recevoir.

— Ah! Est-ce que c'est nécessaire?

— C'est indispensable.

— Pardon ; puisque les fonds ne sont. pas encore prêts.

Léonce comprit que son impatience l'avait entraîné trop loin.

— Oui, sans doute, dit-il, on peut attendre ; mais plus tard, bientôt, il faudra réparer cet oubli.

— Vous m'en reparlerez quand le moment sera venu, dit Richard, qui, du reste, n'avait aucun soupçon.

On pense bien que Léonce hâtait le plus possible le moment où les quatre cent mille francs seraient à sa disposition. Dans ce but, il allait tous les jours chez le notaire liquidateur ; il le pressait, et déjà il avait levé la plupart des difficultés' qui lui étaient opposées. Ce vol avait, en somme, de grandes chances de réussite: l'homme qui eût été le mieux à même de le faire échouer, Iriel, ignorait ces relations d'affaires nouvellement établies entre Léonce et Richard ; et celui-ci était trop occupé de ses travaux, de son amour pour Antoinette, pour songer à avoir le moindre soupçon.

XVII

A cette époque, la situation de Richard comme peintre avait pris un sérieux développement et s'affermissait de jour en jour. Les toiles qu'il avait envoyées d'Italie au marquis de Blave avaient été appréciées favorablement par tous les connaisseurs ; et, en ce moment, deux de ses tableaux, exposés dans la vitrine de Melchior, faisaient sensation dans le monde des

amateurs et des artistes : les critiques d'art s'étaient
emparés de ces deux compositions pour les louer ou
les rabaisser outre mesure. Il était évident que ce nouveau venu *s'affirmait* et qu'il faudrait désormais compter avec lui.

Stimulé par le succès, Richard travaillait avec ardeur. Vers la fin de décembre, le marquis de Blave
vint lui rendre visite et le pria de lui faire *Une matinée
d'hiver avec effet de neige*. Richard consentit. Il lui
fallait pour cela quitter son atelier de la rue Notre-
Dame-des-Champs et aller s'installer pour quelque
temps à la campagne. Il songea à la petite maison
qu'il avait louée l'été précédent près de Brunoy ; mais
elle était toute délabrée, presque sans meubles, et il
regrettait d'être obligé de perdre plusieurs jours en démarches auprès du propriétaire et en détails d'installation.

— N'est-ce que cela ? lui dit Iriel, à qui il faisait part
de cet ennui ; je n'ai rien à faire, moi, et je serai trop
heureux de vous rendre ce léger service.

Richard fit quelques difficultés, dans la crainte d'a-
buser du bon vouloir de son voisin ; mais, celui-ci in-
sistant, il finit par consentir.

— Merci ! dit joyeusement Iriel en lui serrant la
main. Je vais partir aujourd'hui pour Brunoy, et, dans
quelques jours, tout sera prêt ; vous n'aurez plus qu'à
vous installer.

Le lendemain du départ d'Iriel, un des amis de
Richard vint le voir et le trouva seul dans son atelier.

— Eh bien ! Paul, qu'est-ce qu'il y a ? demanda Richard, tu as un air extraordinaire, ce matin.

Paul tira de sa poche un numéro du *Goguenard*,
petite feuille soi-disant artistique, cancanière et har-

gneuse avant tout, qui pratiquait l'éreintement avec une audace et une violence inconnues jusque-là.

— Lis-moi ça, dit-il, en tendant le journal. Je n'y comprends rien.

Richard lut les premières lignes de l'article qui lui était désigné.

— Mais, au contraire, c'est parfaitement clair, fit-il avec dédain ; c'est un éreintement furieux et dans toutes les règles. Eh bien, après ? qu'est-ce que ça me fait !

— Rien, mais va toujours.

Richard continua de lire. Tout à coup il tressaillit.

— Tiens, fit-il, qu'est-ce que ça veut dire ?

— Ah ! tu es comme moi, tu ne comprends pas...

— Ma foi non. — Voyons, relisons... « Que de « bonnes gens s'écrient : C'est nature ! nous ne ces- « serons pas de protester... Au reste, M. Syramin est « jusqu'à un certain point dans son droit ; c'est pour « lui une tradition de famille ; il peint comme son père « écrivait : faux ! » — Comme mon père écrivait... répétait Richard.

— Oui, c'est imprimé en toutes lettres.

— Mais mon père n'était pas un écrivain.

— C'est ce que je me suis dit.

— Il était employé dans une maison de banque ou de commerce. C'est ma mère qui me l'a dit, car je me souviens à peine de l'avoir connu.

— Peut-être, cependant, dit Paul, a-t-il écrit quelque ouvrage ?

— D'art ? De littérature ?... C'est impossible, je le saurais !

— Alors, c'est à n'y rien comprendre.

— Il y a là une erreur ou une méchante plaisanterie, dit Richard.

— Evidemment.

— Laisse-moi ce journal; je le montrerai à ma mère, quand elle sera rentrée.

Richard, resté seul, relut plusieurs fois cet article et la phrase énigmatique qui le terminait, sans pouvoir en comprendre la signification. Enfin, Mme Syramin rentra. Il courut à elle.

Mais avant même qu'il lui eût adressé une parole, elle avait remarqué son air inquiet et préoccupé.

— Qu'est-ce que tu as? lui demanda-t-elle.

— Rien. Seulement il y a un point sur lequel je désire que tu me renseignes. Viens.

Il la fit entrer dans son atelier et s'assit en face d'elle.

— Voyons? qu'est-ce que faisait mon père autrefois? lui demanda-t-il.

A cette question qui lui arrivait brusquement et sans préparation, Clémence tressaillit et se troubla.

— Ce que faisait?... balbutia-t-elle.

— Oui, mon père... quelle était sa profession? De quoi s'occupait-il? Mais toi, qu'est-ce que tu as, à ton tour? Te voilà toute saisie, toute pâle.

—Mais non... mais non, fit-elle, en essayant de se remettre.

— Si! cette question t'a fait quelque chose.

— Je t'assure que non. Et d'ailleurs, ce ne serait pas étonnant: je m'attendais si peu... tu me demandes cela d'un air. Voyons, de quoi s'agit-il?

— De mon père. Je veux savoir ce qu'il faisait, quelle était sa profession.

— Mais tu le sais bien, je te l'ai dit maintes fois, il était...

— Oui, employé, caissier dans des maisons de banque, je sais cela; mais après?

— Après... c'est tout.

— Il ne faisait pas autre chose?

— Que voulais-tu qu'il fît? Cela lui prenait toute la journée. Ah! si! le soir, il allait tenir des livres dans une maison de commerce, rue de Seine : car nous n'étions pas heureux.

— Ecoute, ma bonne mère, ne me cache rien, je t'en prie. J'ai besoin de savoir tout ce qui a trait à mon père.

— Pourquoi? à quel propos?

— Peu importe. Il y a une chose qu'il faut que je m'explique. Voyons! réponds-moi franchement. Pourquoi mon père faisait-il ce voyage dont tu m'as parlé et pendant lequel il est mort?

— Je te l'ai dit, c'était un voyage pour les affaires de la maison où il travaillait.

— Comment s'appelait cette maison?

— Comme tu m'interroges!... Mais je ne me rappelle même plus... Il est mort pendant ce voyage, voilà tout, et nous ne l'avons plus revu.

— Il n'écrivait pas?

— Comment?

— Je te demande s'il n'avait pas la manie d'écrire des livres, des articles dans les journaux?

— Mais non, pourquoi cette question?

— J'ai mes raisons.

— Je veux les savoir! je te trouve là tout à coup agité, sombre. Qu'est-ce qui est arrivé? Dis-le moi. Je l'exige.

Il hésita un instant; puis, tout à coup, il tira de sa poche le journal que lui avait laissé Paul, et, le tendant à sa mère :

— Tiens! vois! lui dit-il, et dis-moi ce que tu penses de cet article.

Clémence prit le journal. Sa main tremblait, et les lignes du fatal article vacillaient devant ses yeux.

— Je n'y vois pas, dit-elle... tu m'effrayes... jamais je ne t'ai vu ainsi.

— Écoute, dit-il.

Il prit la feuille et se mit à lire.

— Mon cher enfant, interrompit-elle; on critique injustement tes tableaux. C'est là ce qui te met hors de toi.

— Je me moque pas mal de ces critiques! Il ne s'agit pas de cela. Attends!

Il arriva à la dernière phrase, à celle qui l'inquiétait et le surexcitait de la sorte : et, tout en la lisant, en appuyant sur chaque mot, il suivait attentivement de l'œil tous les mouvements de sa mère. Il la vit tressaillir, et, comme il finissait, elle s'assit, accablée.

— Eh bien, tu vois, lui dit-il. Toi aussi, ces lignes t'impressionnent, te mettent hors de toi.

— Mon Dieu, non, dit-elle en cherchant à rassembler ses idées... je suis comme toi, je n'y comprends rien.

Elle dissimulait, c'était évident. Il comprit que toute son insistance ne lui ferait pas dire ce qu'elle voulait cacher. Lui aussi, il se contraignit et dissimula.

— Ah! tu n'y comprends rien, toi non plus? dit-il d'un ton radouci. Alors, tu dois partager ma surprise?

— Certainement... c'est incroyable! Il y a là quelque malentendu.

— C'est aussi ce que je me suis dit un moment.

— On t'aura confondu avec un autre peintre.

— C'est probable. Cependant je serais curieux de voir comment l'auteur de cet article justifierait..

— Garde-t'en bien! A quoi bon?... Si on prenait au sérieux ce que disent les journaux... .

— Oui, mais je ne serais pas fâché d'en avoir le cœur net. J'y vais de ce pas.

Elle courut au-devant de lui et l'arrêta vivement.

— Non, Richard, reste, je t'en prie.

— Pourquoi ?

— Mais je te l'ai dit... parce que cela n'en vaut pas la peine.

— Je te demande pardon.

— Non... il ne faut pas. C'est t'exposer inutilement à quelque querelle.

— Pas du tout. Je suis très-calme maintenant, regarde-moi.

Et, comme il insistait : — Attends au moins, dit-elle, que M. Iriel soit de retour. Il ne tardera pas.

— M. Iriel ? pourquoi ?

— Parce qu'il est raisonnable, sensé. Il te conseillera.

— Au fait, tu as raison, dit-il, attendons le retour de M. Iriel. Et même, dès maintenant, oublions cette niaiserie qui m'a troublé plus qu'il ne fallait. Travaillons ! ajouta-t-il. C'est la meilleure réponse à faire à tout ce qui peut se débiter sur mon compte.

Elle fut dupe de cette apparente résolution ; et, l'embrassant à plusieurs reprises, passionnément, elle se retira et le laissa seul dans son atelier.

Au lieu de travailler, il se mit à réfléchir. Il laissa ainsi une heure s'écouler ; puis, quand il pensa que sa mère le verrait sortir sans méfiance, il revint la trouver.

— Je travaille mal, dit-il ; ce sot article m'a irrité les nerfs. Je vais me promener un instant.

— Pourquoi ? où vas-tu ?

— N'importe où ; je sors pour me distraire, et me remettre. Tiens ! je vais aller voir Paul. Il doit être chez lui.

— Bien sûr, tu me le promets?

— Je te le jure.

— Et pas ailleurs?

— Non. Je reviendrai tout de suite ici.

— A la bonne heure! Je craignais que tu n'eusses encore en tête ce maudit journal.

— Allons donc! fit-il en riant.

Elle le laissa partir, sans plus d'inquiétude.

Paul, un ancien camarade d'atelier, demeurait près de là, rue Madame. Richard le trouva chez lui.

— Mon cher, lui dit-il, j'ai réfléchi à ce que tu m'as communiqué; je suis tout aussi avancé que ce matin.

— Mais ta mère?

— Je viens de lui parler. Elle ne m'a rien dit, ou elle n'a rien voulu me dire.

— Ah! c'est singulier.

— C'est ce que je ne cesse de me répéter. Il faut que cela s'éclaircisse, et sans retard. Je n'aime pas les mystères... Je puis compter sur toi?

— Pourquoi faire?

— Pour aller demander une explication au bureau du journal.

— Diable!.... nous en sommes là?

— C'est bien le moins!... en attendant que je demande réparation, s'il y a lieu.

— Allons... puisque c'est ton idée.

— Tu ne peux pas me refuser ce service, toi qui m'as apporté tout à l'heure cette gentillesse.

— Soit. Tu as raison.

— Tu vas prendre un de nos amis, n'importe lequel.

— Renaudin te convient-il?

— Va pour Renaudin.

— Il est à la brasserie. Je l'emmène.

— Bien, voici ton journal. Vous demandez une explication franche et loyale au signataire de l'article : c'est le rédacteur en chef, je crois. Et cette explication, vous me la rapportez chez moi. Je verrai alors ce que j'aurai à faire.

— C'est compris.

Paul prit en passant l'ami Renaudin à la brasserie, lui fit mettre son chapeau le plus neuf et son paletot le moins fripé ; et, tous deux, dans l'attitude grave et cérémonieuse de gens qui vont aborder une question d'honneur, se rendirent rue des Bons-Enfants, au bureau du *Goguenard*.

Là, ils trouvèrent, à côté d'un employé qui flânait faute d'ouvrage, un grand gaillard de trente-cinq à quarante ans, moustachu et militairement boutonné, qui se promenait par la chambre, et qui, en les voyant, s'arrêta devant eux pour leur demander assez brusquement ce qu'ils désiraient.

— M. Léopold Charrouin?

— C'est moi.

— Très-bien. Nous venons, de la part de M. Syramin, vous prier de nous donner quelques explications au sujet de l'article que vous avez publié sur lui dans votre numéro d'hier soir.

— Je suis à votre disposition, messieurs, dit M. Charrouin en s'inclinant.

Il les fit entrer dans une pièce séparée qui lui servait de cabinet, et s'assit en face d'eux, froid et impassible.

— Monsieur, dit Paul, l'article que vous avez publié sur M. Syramin contient une critique vive et peut-être trop sévère de ses œuvres.

— Je la crois juste, dit M. Charrouin.

— C'était votre droit. Que vous l'ayez outrepassé ou non, M. Syramin ne réclame pas.

— Alors que désire-t-il?

— Il désire que vous lui expliquiez la phrase qui termine votre article, et à laquelle il ne comprend absolument rien.

On relut la malencontreuse phrase.

— Il me semble pourtant que c'est assez clair, dit M. Charrouin. Je trouve la peinture de M. Syramin détestable, et je le dis nettement. Je m'étonne qu'un artiste, qui a jusqu'à un certain point les procédés de son art, s'obstine ainsi dans le faux; la raison, je crois la découvrir dans l'analogie qui existe entre les tableaux de M. Syramin fils et les écrits de M. Syramin père.

— C'est justement ici, interrompit Paul, que·nous ne nous entendons plus du tout. M. Syramin père n'a jamais rien écrit.

— Ah! par exemple.

— Ni son fils ni sa veuve ne se souviennent pas qu'il ait jamais rien publié, et nous venons vous prier de nous dire sur quel écrit de M. Syramin père vous vous êtes appuyé pour établir la comparaison dont vous parlez.

Cette question embarrassait évidemment M. Charrouin; mais il ne devait laisser percer ni trouble ni confusion.

— Messieurs, dit-il en se levant, il est inutile ici d'user de détours. L'article dont il s'agit a froissé M. Syramin, qui le trouve excessif : libre à lui! Il vous envoie me demander raison ; dites-le nettement: rien de mieux. Je suis, ainsi que j'ai eu l'honneur de vous le dire, à la disposition de M. Syramin.

— Pardon, dit Paul, il n'y a ici, je puis l'affirmer, ni détour ni prétexte. M. Syramin est resté, permettez-moi de vous le dire, fort indifférent à vos critiques, et c'est seulement...

— Assez, je vous prie, interrompit M. Charrouin. Veuillez rapporter ma réponse à votre ami. Probablement, vous repasserez dans la soirée : vous êtes sûrs de me trouver ici, messieurs, et j'aurai l'honneur de vous adresser à mes témoins.

A peine les deux amis de Richard étaient-ils sortis, que M. Charrouin s'approcha vivement de son commis :

— Cours chez Vaudurier, lui dit-il, et dis-lui de passer au bureau, sans retard. J'ai absolument besoin de lui parler.

Dix minutes après, il était en tête-à-tête, dans son cabinet, avec un petit homme d'une trentaine d'années, maigre et chétif, au teint bilieux.

— Ah ça, Vaudurier, dit-il, qu'est-ce que cela signifie? On est venu, de la part de Syramin, me demander des explications sur mon article d'hier.

— Cela ne me surprend pas, dit Vaudurier.

— Moi non plus; l'article est vif, éreintant, et il a porté, quoiqu'on n'en veuille pas convenir; mais ce qui me paraît singulier, c'est qu'on insiste sur cette dernière phrase que vous m'avez fait écrire, et au sujet de laquelle il faut absolument que vous donniez vous-même certains renseignements. Quels sont donc ces écrits de M. Syramin père dont vous m'avez parlé, et auxquels j'ai fait allusion sans les avoir lus, nous pouvons l'avouer entre nous?

— Ah! on a insisté là-dessus? fit le petit homme avec un sourire venimeux.

— Oui.

— Qu'est-ce qu'on a dit?

— On a dit qu'on ne comprenait rien à cette allusion, que M. Syramin père n'avait jamais écrit.

— Et vous avez répondu?

— Dame ! j'étais assez embarrassé, mais j'ai tourné la difficulté. J'ai répondu qu'on n'avait pas besoin de tant de détours pour venir demander raison à un galant homme. Seulement vous sentez qu'il est bon que je sois renseigné à cet égard, afin de ne point faire, le cas échéant, une trop triste figure.

— C'est juste. J'aurais dû vous informer plus tôt.

— Ah ça, il a écrit, ce Syramin ?

— Beaucoup plus qu'il n'aurait dû. J'ai là, dans ma poche, le catalogue de ses ouvrges, avec un commentaire qui ne manque pas d'éloquence.

— Voyons.

— Attendez. Et d'abord, n'est-ce pas, il est bien entendu que Syramin est un gâcheur ridiculement surfait, qu'il fallait absolument remettre à sa place ?

— D'accord. Cela me donne sur les nerfs, ce stupide engouement excité par les deux mauvaises croûtes qu'il a exposées.

— Quand des **artistes sérieux**, des artistes de talent **sont méconnus !**

— C'est vrai. Mais vous conviendrez, mon cher Vaudurier, qu'il ne dépend pas de moi que vos œuvres soient appréciées comme elles le méritent.

— Evidemment. Maintenant, tous les moyens sont bons contre un intrigant de cette espèce. Or, il m'en a été indiqué un dernièrement qui produit son effet, je m'en aperçois, et que j'ai dû employer : c'est de bonne guerre.

— Sans doute. Un article fulminant comme celui que nous avons écrit ensemble.

— Oh ! cet article a plus de portée que vous ne croyez.

— Comment donc?... Vous ne m'avez pas dit...

— C'était inutile. Mais cette dernière phrase, qu'on

relève avec tant de vivacité, porte à Syramin un coup
écrasant.

— Ah ça, expliquez-vous?

— Voici. Il y a huit ou dix jours, je revenais de
Vaugirard, à pied, avec ma femme. Ma femme, il
faut vous dire, est une demoiselle Urbain, dont la
famille a beaucoup connu autrefois celle de Syramin,
ou plutôt de Causson, car son nom est faux comme
son talent. Or, en suivant la rue de Sèvres, nous
voyons sortir d'une maison une vieille dame : je
la reconnais. « — Tiens ! la mère de Syramin, dis-je
à ma femme. — Ça ! fait Eugénie en la regardant à
son tour, ce n'est pas Mme Syramin, c'est Mme Causson, une pauvre dame à qui il est arrivé de terribles aventures et que je voyais souvent lorsque j'étais
toute petite. » Je persiste à soutenir à ma femme qu'elle
se trompe. Nous nous disputons même. Rentrés chez
nous, ma femme me dit qu'il est possible que cette
dame Causson ait changé de nom et qu'elle se soit
fait appeler Mme Syramin. Et alors, elle me raconte
une histoire affreuse : le mari a commis, il y a une
vingtaine d'années, des vols, des faux à n'en plus finir !

— Qu'est-ce que vous me contez là? s'écria le rédacteur en chef du *Goguenard*.

— La vérité, reprit Vaudurier. J'en suis bien sûr,
maintenant. Mais je doutais alors; ma femme pouvait
s'être trompée. Aussi lorsqu'il s'est agi d'écrire cet
article sur Syramin, je n'ai pas osé...

— Ah ça, interrompit Charrouin, je ne sais pas si
je comprends... Mais c'est ignoble !

— Quoi donc?

— Cette phrase que j'ai écrite sans réflexion, sous
votre dictée : « Le fils peint comme son père écrivait :
faux !... » Est-ce que cela veut dire?...

. Que le père faisait des faux. Oui.

— Comment! fit Charrouin en se levant furieux, vous ne me prévenez pas!

— Je doutais, je vous l'ai dit. Mais cette demande d'explications est la preuve...

— Que vous êtes un misérable, voilà tout.

— Comment! puisque je vous dis que c'est certain. Voilà un numéro de la *Gazette des Tribunaux* de 1846 que je me suis procuré à grand'peine.

— Qu'est-ce que ça me fait? s'écria Charrouin en donnant un coup de poing dans le journal. Est-ce que vous ne comprenez pas que c'est infâme, ce que vous m'avez fait faire là? A propos de peinture, venir jeter à la face du fils le crime et la honte du père!

— Mais cependant...

— Ah! plus un mot. C'est révoltant... Sortez!

Et, sans égard pour les protestations de Vaudurier, il le prit par les épaules et le poussa à la porte.

Singulier type que ce rédacteur en chef du *Goguenard*. Bon et loyal, au fond, mais d'une intelligence médiocre et d'une vanité excessive; deux infirmités qui peuvent mener loin. Pendant quinze ans il avait tenté de percer n'importe comment, sans arriver à rien. De là, sans qu'il s'en rendît compte, une sourde haine contre tout effort couronné de succès; de là un dénigrement systématique et la fondation de cette méchante feuille où il n'obtenait même pas, avec toutes ses violences, la palme de l'éreintement. Toute médiocrité (Vaudurier en était la preuve) était sûre de l'avoir pour prôneur; et il ne s'apercevait pas que ces ridicules protections étaient l'aveu implicite de ses rancunes et de sa faiblesse. Maintenant, que l'on grattât cette triple couche de vanité aigrie et d'ambition en désarroi, on

retrouvait souvent de nobles et généreux instincts ; Vaudurier venait de s'en apercevoir.

Quel parti prendre ? Dire qu'on avait, avec dessein,
jeté à la face du fils l'ignominie du père ; ou bien avouer
qu'on avait été dupe d'une mystification ; il n'y avait
pas de milieu. Charrouin avait trop d'amour-propre
pour hésiter ; il prit le premier parti.

Paul et Renaudin revinrent. Ils effectuaient conscien-
cieusement ces allées et venues, cérémonieuses et lu-
gubres, qui précèdent tout duel sérieux. Richard, b'en
entendu, avait trouvé leur rapport inadmissible, et les
avait renvoyés à la charge. Charrouin les reçut avec
une dignité calme et froide. Quand Paul lui eut exposé
les motifs peu pacifiques de leur retour :

— Je comprends cela, dit-il en se posant carrément
devant les témoins ; maintenant, messieurs, veuillez
m'écouter. En 1847 (j'avais vingt-deux ans alors), j'étais
sous-lieutenant, en garnison à Strasbourg. Un de mes
amis et moi nous courtisions la même belle : nous
étions rivaux, sans nous en douter. Les lazzis de quelques camarades nous en firent apercevoir. Une double
provocation s'ensuivit : la rencontre eut lieu à l'épée ;
elle fut malheureuse pour mon adversaire. Je n'avais
cependant que trois ans de salle. Six mois après,
en janvier 48, quelques semaines avant la Révolution,
je me trouvais en garnison à Montauban. Un soir, un
pékin de mes amis me fait dîner à table d'hôte ; une
discussion s'élève, à laquelle je prends part...

Il continua cette énumération dans le genre de don
Guritan.

Paul et Renaudin constatèrent que cet excellent
homme avait tué ou blessé cinq de ses amis et sept ou
huit indifférents. A chaque nouveau duel, ils s'incli-

naient gravement. Tous deux attendaient la conclusion de ce préambule. Charrouin y arriva enfin.

— Maintenant, messieurs, dit-il, vous devez comprendre que votre démarche auprès de moi n'a absolument rien qui puisse m'intimider, me troubler. Mais, après la visite que j'ai reçue de vous ce matin, j'ai dû me demander si, en parlant comme je l'ai fait de M. Syramin, je n'avais pas excédé mon droit. Eh bien, messieurs, j'ai réfléchi, et, sans que personne puisse m'accuser de lâcheté lorsque je fais un pareil aveu, je dois reconnaître que je suis véritablement allé trop loin. J'ai eu tort.

La figure de Charrouin était vraiment belle en ce moment.

— Oui, continua-t-il en s'animant, je pouvais reprocher à M. Syramin d'être un artiste prétentieux, plat, ridicule, et je l'ai fait. C'était mon droit. Mais ce que je n'avais pas le droit de faire, c'était de ramasser dans cette feuille la honte de son père et de la lui jeter au visage. J'ai agi sans réflexion, je le reconnais franchement. J'offre à M. Syramin mes excuses, et veuillez lui dire ceci de ma part, messieurs : c'est qu'il est jusqu'à présent le seul homme à qui j'aie fait une pareille concession. Maintenant, ajouta-t-il d'un ton dégagé, il est bien entendu que si M. Syramin exige une réparation par les armes, je suis tout à lui.

Paul et Renaudin avaient déployé le journal judiciaire que le rédacteur du *Goguenard* leur avait mis sous les yeux, et ils se demandaient quel parti excessif Charrouin avait pu tirer de ce vieux numéro. Grande fut leur surprise en apprenant la vérité.

— Vous ne saviez pas cela? leur dit le journaliste.

— Mais non.

— Au fait, je conçois que M. Syramin vous ait laissé

ignorer ces choses, et j'ai été cruel en y faisant allusion.

Il ajouta avec une nuance de tristesse :

— Il est bien difficile que cette affaire s'arrange, et
pourtant cela est désirable, dans l'intérêt même de M. Syramin. Quoi qu'il en soit, veuillez lui rapporter mes paroles de conciliation, et s'il refuse de les entendre, je
vous adresserai à mes témoins.

Paul et Renaudin revinrent rue Notre-Dame-des-
Champs... Ils trouvèrent Richard seul dans son atelier.

— Eh bien! demanda-t-il, vous a-t-on donné enfin
une réponse un peu satisfaisante?

— Oui.

— On t'offre des excuses.

— Des excuses?

— On reconnaît qu'on a eu tort de faire allusion à un
passé dont tu n'es pas coupable, après tout.

— Comment, coupable!... Qu'est-ce que cela veut
dire?

— Mon cher ami, dit Renaudin, tu aurais mieux fait
de nous mettre au courant tout de suite. Moi, pour ma
part, je t'aurais conseillé de ne pas faire attention à cet
odieux article. Il y a des outrages auxquels il faut paraître insensible.

— Ah ça, quels outrages? Je ne vous comprends
plus.

— Ici, ajouta Paul, il n'y a pas à équivoquer. Ce que
tu voudrais cacher, — c'est tout naturel! — on en a la
preuve. Tiens! la voici.

Il fit lire à Richard l'intitulé du procès de Causson en
1846.

— Mais en quoi cela me concerne-t-il? s'écria Richard
saisi malgré lui d'une poignante appréhension. Quel

est ce Causson? Quel rapport existe-t-il entre lui et moi?

— Voyons, dit Renaudin, mon cher ami, il est inutile de dissimuler avec nous.

— Mais je ne dissimule pas, encore une fois!

— Si! Tu sais très-bien que le Causson dont il s'agit là...

— Eh bien, quoi?

— C'est... ton père!

— Mon père!... Ah! par exemple!

Il éclata de rire.

— Voyons, fit-il en redevenant tout à coup sérieux, cessons cette plaisanterie. Je m'appelle Syramin et non pas Causson. Mon père était un honnête homme.

— Dame! nous te rapportons ce qu'on nous a dit.

— Mais on vous a bernés, on s'est moqué de vous!

Il s'interrompit brusquement. La terrible vérité venait de lui apparaître. Ces deux idées — cette condamnation criminelle et son père à qui on reprochait d'avoir écrit *faux*, — venaient de se combiner dans son esprit.

— Alors, s'écria-t-il, ma mère aurait donc changé de nom? Ah! mon Dieu! est-ce que ce serait possible?

Il tremblait d'émotion et fut obligé de s'asseoir. Ses deux amis s'empressèrent autour de lui. Il se remit bientôt et se redressa.

— Laissez-moi, dit-il, je vous en prie... Si j'ai besoin de vous, j'irai vous retrouver... Ma mère... il faut que je parle à ma mère!

Il renvoya les deux jeunes gens, et à peine étaient-ils dehors, qu'il entra précipitamment dans la chambre de Mᵐᵉ Syramin.

Celle-ci, encore sous le coup de la communication qu'il lui avait faite, le matin frissonna en le voyant en-

— Qu'as-tu donc? lui demanda-t-elle.

— Tu t'en doutes bien, répondit-il en tâchant de se contenir. Vois-tu, mère, tu aurais mieux fait de me dire la vérité.

— La vérité?

— Oui, cela eût mieux valu. Je me serais fait peu à peu à cette honte; je me serais caché; je n'aurais pas recherché une considération impossible.

— Que parles-tu de honte, mon cher enfant?

— Allons! fit-il en se dégageant brusquement de l'étreinte de sa mère, assez de mystère comme cela! Je te dis que je sais la vérité!... Oui, il a raison, ce misérable écrivassier: tout est faux dans mon existence; mon talent peut-être aussi bien que mon nom! Voyons, réponds-moi franchement. Est-ce que je m'appelle Syramin?

Il se laissa aller à la colère qu'il avait voulu dominer. Clémence ne répondit pas. Elle était tremblante et se cachait le visage dans ses mains.

— Non! continua-t-il; je m'appelle Causson! je me pare d'une honorabilité usurpée. Mon père était un faussaire, un forçat! Diras-tu que non? Tiens, voici qui te donnerait un démenti. Lis! mais, lis donc!

Il jeta le journal aux pieds de sa mère. Il se tut, et se mit à se promener dans la chambre. Clémence sanglotait convulsivement. Il s'arrêta touché de l'état pitoyable où il la voyait.

— Ecoute, dit-il, d'une voie radoucie en s'approchant d'elle, j'ai tort de te parler ainsi. Mais c'est plus fort que moi. Enfin! tâchons de causer tranquillement. C'est vrai, n'est-ce pas? Réponds-moi, je le veux!

— Oui, dit-elle d'une voix faible.

— Ah! tu me cachais cela!

— Mon cher enfant, j'ai cru bien faire.

— Non! tu as mal fait, encore une fois. Puisque j'étais flétri, il fallait me le dire, et ne pas me laisser... O misère! j'étais fier! j'avais des idées de loyauté, d'honneur! Je levais la tête, moi, fils d'un faussaire...

Il haussa les épaules; puis, brisé par son émotion, il s'assit, l'œil sombre et morne. Elle releva lentement la tête, et vint doucement vers lui, timide, humble, suppliante.

— Voyons, Richard, dit-elle, si j'ai eu tort, pardonne-moi. J'ai bien souffert, moi aussi! Ah! je comprends ta douleur, mon cher enfant; j'espérais te l'épargner. Mais Dieu ne l'a pas voulu. Ne m'accuse pas, ne maudis pas ton père, je t'en prie; si tu savais toute la vérité! Ton pauvre père est moins coupable que tu ne crois; il a été imprudent et faible, voilà tout, il a été perfidement entraîné.

— Tu vas l'excuser peut-être! s'écria-t-il avec colère.

— Il y a longtemps que je lui ai pardonné, dit-elle; et toi même, quand tu sauras comment il a été séduit, abusé, tu le plaindras. Laisse-moi te dire tout.

— Non, fit-il en se levant, je ne veux pas en entendre davantage. J'en sais assez comme cela. Que me faut-il de plus? A-t-il commis des faux, oui ou non? Cette condamnation qui l'a frappé a-t-elle atteint un innocent ou un coupable? Prouve-moi qu'elle est injuste, et alors, non-seulement je le plaindrai, mais encore toute ma vie sera consacrée à sa réhabilitation! Mais tu te tais. Il est juste, cet arrêt! L'homme qui l'a subi était bien réellement un voleur et un faussaire. Alors, cela suffit, n'en parlons plus!

Elle essaya encore de le calmer; mais il l'interrompit:

— Assez, je t'en prie. Plus un mot là-dessus. Adieu.

Il la quitta et s'enferma chez lui. Pendant une partie de la nuit, elle l'entendit s'agiter, marcher dans sa chambre. Elle était tentée d'aller le trouver, de lui parler encore, mais elle n'osait : il fallait attendre que la souffrance et la fatigue l'eussent un peu abattu. Enfin, vers cinq heures du matin, tout bruit ayant cessé, elle pensa qu'il reposait : brisée elle-même par ces émotions et par la fatigue, elle se mit au lit et essaya de dormir.

Elle se trompait : Richard, sous le coup de cette révélation, n'avait pu goûter un instant de repos. Dès que le jour parut, il quitta sa chambre, et descendit avec précaution, sans que sa mère l'entendît. Où allait-il ainsi, que voulait-il faire ? Il l'ignorait lui-même. Il avait besoin de respirer, de marcher, de secouer l'accablement qui pesait sur lui depuis la veille.

Il erra pendant quelque temps dans les rues encore désertes, sans but, insensible à la bise glaciale qui soufflait. Vers neuf heures, il se trouva rue Madame, et monta machinalement chez Paul. Celui-ci venait de se lever. Il fut effrayé de l'air sombre et abattu de Richard.

— Mon pauvre ami ! dit-il en lui serrant la main.

Puis il lui parla. Lui aussi, il avait réfléchi à cette situation, à ce malheur... Qu'y avait-il à faire? Rien. Ne donner aucune suite à la démarche faite la veille, laisser tomber cette lâche insulte; elle passerait inaperçue, et, sans doute, elle ne se renouvellerait pas : les excuses, sincèrement offertes par M. Charrouin, étaient une garantie. — Richard écoutait vaguement, sans répondre. Le parti que Paul lui conseillait était incontestablement le meilleur, et probablement il allait s'y résigner, lorsque Renaudin entra.

— Ah ça, c'est une infâme persécution ! dit-il.

— Qu'est-donc ?

— Écoutez un peu ce que chante la *Cigale* de ce matin.

Il déploya un journal et lut :

— « M. R. S... (tes initiales, comme tu vois) a envoyé aujourd'hui deux de ses amis demander des explications à l'un de nos confrères de la presse littéraire, M. L. Ch..., rédacteur du *Goguenard*, au sujet d'un article où ce dernier critiquait sévèrement les deux derniers tableaux de M. R. S... Nous ne savons pas encore le résultat de cette démarche. Peut-être, malgré *l'allusion si grave* contenue dans la fin de l'article incriminé, les témoins parviendront-ils à arranger cette affaire. Nous l'espérons. On comprend quelle réserve nous est imposée... »

— Elle est jolie, la réserve ! fit Renaudin en froissant le journal.

— Ah ! ça, comment a-t-on pu savoir ?... Eh bien ! où vas-tu donc ? demanda Paul à Richard, qui se disposait à sortir.

— Laissez-moi. J'ai affaire. Veuillez m'attendre ici tous deux.

— Mais qu'est-ce que tu as ?... Tu parais furieux. Richard, je t'en prie...

Richard, sans écouter les observations de ses deux amis, descendit rapidement dans la rue. Il était en proie à une exaltation fiévreuse. Il prit une voiture et se fit conduire rue des Bons-Enfants, au bureau du *Goguenard*.

A peine fut-il en présence de Charrouin :

— Vous êtes un lâche ! un misérable ! cria-t-il.

Et, ne se possédant plus, il le frappa au visage. Deux amis de Charrouin, qui se trouvaient là, empêchèrent celui-ci de se précipiter sur Richard. Un duel était inévitable. Les témoins des deux adversaires étaient tout prêts. Ils s'abouchèrent, et il fut décidé qu'une rencontre aurait lieu, le jour même, à l'épée.

Dans la soirée, deux remises, se suivant à peu de distance, sortaient de Paris par l'avenue de Vincennes.

XVIII

Madame Syramin, à son réveil, fut effrayée de ne pas retrouver Richard. Qu'était-il devenu? Peut-être s'était-il laissé aller à quelque funeste résolution. Vainement elle interrogea le concierge et tâcha de se renseigner. Dans cette cruelle incertitude, elle ne vit rien de mieux que d'aller trouver Iriel et de lui demander conseil.

Elle se fit conduire au chemin de fer et partit pour Brunoy.

Iriel en ce moment achevait de disposer la chambre de Richard. Il le voyait déjà installé, il souriait, il était heureux.

Tout à coup il aperçut Clémence à l'entrée du jardin. Il tressaillit et courut à sa rencontre.

— Ah! mon Dieu, s'écria-t-il, c'est toi!... qu'y a-t-il donc?... Un malheur?

— Viens! dit-elle en le ramenant vers la maison.

Et, quand ils furent entrés, seuls :

— Mon pauvre ami, Richard sait tout !

— Comment !... il sait que je suis son père?

— Non : il te prend toujours pour un étranger, un voisin... un ami...

— Eh bien, alors?

— Mais il sait que ce nom de Syramin ne lui appartient pas, qu'il s'appelle Causson et que son père, qu'il croit mort, a été condamné autrefois.

— Et comment a-t-il appris cela? Aurais-tu commis une imprudence, prononcé une parole?

— Non, mais... tiens! lis.

Elle lui tendit les deux journaux.

— Ah! je ne le connais que trop, celui-là, dit-il, en repoussant avec un tremblement nerveux la *Gazette des Tribunaux*.

Puis, il parcourut avidement l'autre feuille. Arrivé à la fin de l'article de Charrouin, il la froissa et la jeta avec fureur sur le parquet.

— Ah! le misérable! s'écria-t-il. O mon pauvre enfant! Quel coup! Comme il a dû souffrir! Comment cela est-il arrivé? Conte-moi tout, ma bonne Clémence...

Elle raconta ce qui s'était passé, ce qu'elle savait; puis, en dernier lieu, cette sortie matinale, furtive.

— Et tu n. m.s disais pas cela tout de suite! s'écriat-il. Ah! mon Dieu, pourvu qu'il soit encore temps!

— Que crains-tu donc?

— Rien... Laisse-moi.

Il ramassa le journal et y chercha précipitamment la signature du rédacteur et l'adresse du journal.

— Maintenant, en route pour Paris, vite! dit-il.

Sans répondre aux questions de Clémence, il ferma à la hâte les portes de la maison de campagne, et tous deux revinrent à pied, presque en courant, à la gare de Brunoy, où ils prirent le premier train descendant qui passa.

En arrivant à Paris, il renvoya Clémence chez elle,

monta dans une voiture et se fit conduire rue des
Bons-Enfants.

Le bureau du *Goguenard* était fermé.

— Y a-t-il longtemps que M. Charrouin est sorti?
demanda Iriel au concierge.

— Depuis midi.

— Était-il seul?

— Non. Je me rappelle que deux de ses amis l'accompagnaient.

L'angoisse d'Iriel fut au comble. Il attendit un quart
d'heure. Enfin il allait retourner rue Notre-Dame-des-
Champs, lorsqu'une voiture de remise s'arrêta devant
la porte. Trois hommes en descendirent.

— Tenez! dit le concierge à Iriel en désignant l'un
des trois hommes, si vous voulez parler à M. Charrouin, justement le voici.

Iriel s'approcha. Mais, avant qu'il eût pu lui adresser une question, Charrouin, l'air sombre et maussade,
avait passé outre et s'éloignait.

Iriel frissonna. Il entrevoyait la vérité. Il saisit brusquement par le bras un des témoins.

— Monsieur, dit-il, un duel vient d'avoir lieu entre
M. Charrouin et M. Syramin...

— Qui êtes-vous?

— Un parent... un ami de M. Syramin... Qu'est-il
arrivé?... Je vous en conjure.

— M. Syramin est blessé.

— Grièvement?

— J'espère que non... Ses témoins doivent en ce
moment l'avoir ramené chez lui.

Iriel remonta en voiture; dans quel état, on se l'imagine.

Arrivé à l'entrée de la rue Notre-Dame-des-Champs,
il vit devant sa maison une voiture arrêtée, et, autour,

plusieurs personnes. Il descendit précipitamment et courut. Dans le couloir, la femme du concierge faisait respirer des sels à Clémence évanouie. Au bas de l'escalier, Paul et Renaudin, aidés du concierge, portaient Richard inerte et sans connaissance. Il s'élança vers eux.

— Ah! malheureux! c'est moi qui l'ai tué! s'écriat-il.

Nul ne fit attention à ces imprudentes paroles. Iriel, d'ailleurs, eut la force, cette première explosion passée, de contenir sa douleur et de lui imposer silence. Il aida à transporter Richard et à le mettre au lit. Clémence, revenue de son évanouissement, accourut au chevet du blessé, mais tellement troublée qu'il lui fut impossible de rendre quelque service.

Richard reprit connaissance peu à peu. Un médecin, mandé à la hâte, examina sa blessure. Aucun organe essentiel n'était lésé : l'épée de Charrouin avait pénétré dans le flanc droit, au-dessous des fausses côtes, mais en s'écartant de plus en plus de la ligne du corps, en sorte que la blessure était sans profondeur. Cependant un épanchement intérieur était à craindre ; mais, au bout de deux jours, on fut complétement rassuré sur ce point. Un seul symptôme alarmant se manifesta : une surexcitation extraordinaire, une fièvre accompagnée parfois de délire.

Iriel et Clémence s'efforçaient de calmer le blessé, et ne quittaient pas son chevet, se relayant l'un l'autre. Richard se préoccupait surtout du bruit qui devait se faire autour de ce duel : tout le monde en parlait, et la honte attachée à sa famille était maintenant publique. Iriel et Clémence avaient beau lui jurer que non, il ne les croyait pas.

Ses façons avec sa mère étaient étranges, contradictoires : tantôt il la repoussait avec colère, se détournait d'elle, ne voulait plus la voir ; tantôt il l'appelait, l'attirait près de son lit, et, un bras passé autour de son cou, il lui disait : — « Pauvre mère ! toi aussi, tu as dû bien souffrir !... » Elle l'embrassait en sanglotant.

En revanche, son attachement pour Iriel semblait avoir redoublé. Il l'aimait, ce voisin, cet étranger, si attentionné auprès de lui, qui comprenait si bien sa souffrance et y compatissait avec tant de cœur. Un soir que Mme Syramin venait de les quitter :

— Vous l'avez entendue, lui dit-il, elle me supplie de pardonner à mon père : est-ce que c'est possible ?

— Sans doute, c'est difficile, balbutia Iriel ; mais, mon cher enfant, essayez.

— Non, jamais ! Quoi ! un malheureux qui, pouvant vivre honnêtement, préfère flétrir sa femme, son enfant !

— Mon cher Richard, calmez-vous... réfléchissez.

— Qu'allez-vous me dire, vous aussi ?

— Il y a des faiblesses, des entraînements... Vous êtes jeune, loyal, généreux, et vous ne comprenez pas...

— Ah ! laissez-moi ! avec vos faiblesses, vos entraînements... Est-ce qu'un homme d'honneur connaît cela ? Oui, vous l'avez dit, je suis loyal, sincère, et, en sentant battre mon cœur, je me demande s'il est possible que je sois le fils d'un pareil homme, d'un faussaire, d'un voleur ! Non, ce n'est pas vrai !

— Ah ! taisez-vous, taisez-vous !

— Voyons ! s'écria Richard en relevant la tête et en le regardant en face, vous êtes un honnête homme, vous, monsieur Iriel ; vous étiez employé, vous aussi, dans des maisons de banque, de commerce ; vous étiez gêné parfois, et vous auriez pu être tenté de commettre de

ces infâmies. Vous avez peut-être eu cette tentation,
je l'admets... mais vous n'y avez pas cédé, vous êtes
resté honnête homme. Et pourtant vous n'auriez risqué que votre honneur. Vous n'avez pas de famille, pas
d'enfant ! Ah ! ne m'en parlez plus, c'est infâme!

— Mon cher ami... Vous ne savez pas quelles influences ont pu entraîner...

— Non, encore une fois, il n'y a pas d'excuse !...
Tenez!... je voudrais qu'il fût là, mon père!... pour
lui dire que c'est hideux, ce qu'il a fait... pour le renier !
Oui, je le renie !... Je ne suis pas le fils de cet homme-
à!... Mais il est mort!... Dieu merci !

— Oh!

— Oui, c'est impie, c'est monstrueux ce que je dis
là ; je le sais... Je ne le dirais pas à ma mère... Mais
à vous, Iriel, je puis l'avouer... C'est une consolation
pour moi de savoir mon père mort, de n'être pas exposé
à le connaître!

A ces exaltations terribles succédèrent l'abattement
et une sombre résignation. En dépit des souffrances
morales, la nature reprenait le dessus; il entra en convalescence, il put se lever. Mais la force physique avait
beau lui revenir, son esprit restait dégoûté de tout et
refusait de se reprendre à la vie. — « Que faire, maintenant? — Quel avenir s'ouvrait devant lui? » Il dédaignait son art: il jetait un regard de pitié sur ses
toiles, sur ses pinceaux.

Mme Syramin espérait qu'une commande faite par le
marquis de Blave le stimulerait, le remonterait. Un jour,
sans l'avertir, elle était sortie pour aller prier le marquis de venir faire cette commande. Richard, à peu
près rétabli, s'impatienta de la longue absence de sa
mère. Il se mit à la fenêtre sur la rue, pour voir si elle
revenait. Il la vit, en effet, et rentra pour la recevoir

lui demander où elle était allée. Mais il attendit vainement : la porte de l'appartement ne s'ouvrit pas.

— Elle aura oublié quelque chose, fit-il avec un nouveau mouvement d'impatience, et elle sera ressortie.

Il alla, maussade et ennuyé, s'accouder sur le balcon, du côté du jardin. Ce balcon, continu d'un bout à
l'autre de la maison, reliait, à l'extérieur, l'appartement de Mᵐᵉ Syramin avec celui d'Iriel ; une simple
grille formait une ligne de démarcation très aisément
franchissable ; les fenêtres d'Iriel donnaient sur ce balcon comme celles de l'atelier de Richard ; l'une d'elles
était entr'ouverte.

A peine Richard était-il accoudé là, qu'il entendit
causer dans l'appartement voisin. Deux voix. Celle
d'Iriel, puis une autre, celle de sa mère !

Il écouta.

— Il y aurait un meilleur moyen, disait Iriel, ce serait d'aller trouver Antoinette.

— Oui, *tu as raison.*

— *Vas-y ; prie-la de venir...*

Richard n'en entendit pas davantage. Il s'écarta du
balcon avec une sorte de terreur, en se bouchant les
oreilles.

Sa mère, un moment après, rentra, et, en le voyant
ainsi pâle et bouleversé, lui demanda ce qu'il avait.
Mais il la repoussa.

— Laisse-moi ! cria-t-il d'une voix sourde et irritée.

Iriel s'étant présenté ensuite, il le chassa avec une
sorte de fureur. Il fallut le laisser seul.

— C'est juste ! murmurait-il, les dents serrées,
quand l'ignominie entre quelque part, il faut qu'elle y
règne en souveraine. Rien à demi !

De toute la soirée, il ne voulut voir personne. Iriel
et Clémence, épouvantés de cette exaltation, ayant es-

sayé timidement de pénétrer dans sa chambre, il se
leva et les repoussa brutalement.

Ce fut pour eux trois une nuit affreuse, pleine d'angoisses et de cauchemars. Le matin, dès l'aube, ils l'en-
tendirent se lever. Clémence entr'ouvrit avec précaution
la porte de l'atelier: Elle le vit devant une toile neuve,
dessinant avec une sorte de furie ; son visage, ses yeux
pleins de fièvre, étaient ceux d'un fou. Puis, il se mit
à peindre. Iriel vint à son tour regarder. Tous deux
étaient effrayés, n'osant l'interrompre, n'osant respirer... Les couleurs jaillissaient de la palette sur la toile,
où elles s'écrasaient, éclatantes; et, à mesure qu'il allait, cette création du délire se dégageait : un ouragan
effréné ; des arbres couchés à terre et laissant voir
leurs racines pantelantes; d'autres luttant encore, mais
tiraillés, tordus ; tout près, des roches âpres ; un ciel
noir haché d'éclairs fauves ; sur le devant, au point
lumineux, une bicoque écroulée, et, sous les décombres, un misérable tentant de se dresser sur ses moi-
gnons brisés, et jetant un regard de malédiction sur ce
ciel implacable. Tout cela rude, incorrect, mais saisis-
sant, superbe !

Ce travail forcené dura cinq heures. Près de finir,
Richard recula d'une portée, embrassa son œuvre du
regard pendant une seconde ; puis, tout à coup, haussant les épaules et pris de colère, il jeta là sa palette,
envoya un coup de pied dans le chevalet, et se laissa
tomber sur une chaise, sanglotant, le visage caché
dans ses mains. Iriel et Clémence accoururent. Egaré
par la fièvre, il les reconnut à peine, et se laissa soigner sans résistance.

Le lendemain, Mme Syramin courut rue de Sèvres.
Elle se sentit embarrassée, honteuse, en abordant
Antoinette. Elle commença par parler de la maladie de

Richard. La jeune femme, à cette nouvelle, ne put retenir un cri de douleur et d'effroi.

— Et vous ne m'avez pas prévenue ? dit-elle.

— Je n'ai pas osé. Mais aujourd'hui je n'ai plus d'espoir qu'en vous. Vous seule pouvez le sauver. Je vous en prie, venez avec moi.

— Tout de suite. Comment cela est-il arrivé ?

— C'est à la suite d'une blessure.

— Une blessure ?

— Il s'est battu en duel.

— Ah ! mon Dieu ! Et pourquoi ? Une discussion, une querelle ?

— C'est plus grave.

Et, tremblante de crainte, Mᵐᵉ Syramin raconta ce qui s'était passé. Tout en parlant, elle observait la jeune femme. Tout à coup elle la vit tressaillir, baisser les yeux.

— Ah ! c'était là ma crainte ! s'écria-t-elle, mon pauvre enfant est perdu !

Mais Antoinette avait déjà surmonté cette pénible impression. Elle se rapprocha vivement de Mᵐᵉ Syramin :

— Non, dit-elle, s'il ne dépend que de moi, il est sauvé.

— Ah !... vous consentez donc ?

— Partons ! dit Antoinette.

— Ah ! chère enfant ! s'écria Mᵐᵉ Syramin en l'attirant à elle et en l'embrassant avec effusion.

Elles trouvèrent Iriel assis au chevet de Richard. Le malade était assoupi depuis quelques instants. Antoinette s'approcha du lit, et, se penchant vers le jeune homme, l'appela doucement. Le son de cette voix, perçue comme dans un rêve, le fit tressaillir. Tout à coup il s'agita, ouvrit les yeux, et en apercevant la jeune femme, il poussa un cri de surprise et d'effroi.

Iriel et Clémence les laissèrent seuls.

— Vous ici! s'écria Richard; qui vous amène? Venez-vous me rappeler ma honte, insulter à ma douleur?

— Je viens, dit doucement Antoinette, vous supplier, au nom de votre mère, de ne pas vous laisser abattre ainsi, de vous relever, de vivre pour elle.

— Ah oui, ma mère! fit Richard avec un sourire ironique.

— Elle ne vous survivrait pas, vous le savez bien. Et, si la douleur qu'elle éprouve ne suffit pas pour vous toucher, j'oserai vous parler de moi.

— De vous! qu'est-ce que cela peut vous faire?

— Richard!

— Que vous importe un misérable? car je ne suis pas autre chose, entendez-vous! Je suis déshonoré, flétri.

— Non, vous vous trompez.

— Vous ne savez donc pas qui je suis? Je vais vous l'apprendre. Le nom que je porte ne m'appartient pas.

— Calmez-vous; votre mère vient de tout me dire...

— Ah! elle vous a dit?... mais elle a dû vous cacher quelque chose. Je vais compléter son récit. Je ne m'appelle pas Syramin, mais Causson. Oh! ce n'est pas le premier nom venu, allez! Il est à jamais célèbre.

— Richard, je vous en prie...

— Savez-vous ce qu'était mon père? Un voleur, un faussaire, rien que cela!

— Vous insultez à la mémoire de votre père; c'est mal.

— Je n'insulte pas, je constate... C'est gentil, n'est-

ce pas ? Et maintenant, qu'est-ce que vous venez faire
ici ?... que peut-il y avoir de commun entre vous et
moi ?

— Vous êtes malheureux ; la douleur vous égare.

— Je suis le fils d'un forçat !

— Richard... je vous en supplie... écoutez-moi.

— Non... je ne vous écoute pas... Laissez-moi... Je
suis indigne...

Il la repoussait.

— Richard... Je vous aime !

Elle jeta ses bras autour de son cou, et le tint étroi-
tement embrassé.

— Vous m'aimez !... balbutia-t-il tout tremblant.

— Oui, et cet aveu, longtemps contenu, qu'il s'é-
chappe de mon cœur ! J'en suis heureuse et fière. Oui,
répéta-t-elle tout bas d'une voix pénétrante, je vous
aime !

Toute son exaltation tomba tout à coup sous l'influence de ces mots magiques : il sanglotait et pleurait
comme un enfant.

— Qu'importe, continua-t-elle en s'animant à son
tour, ce qui s'est passé autrefois ? Est-ce que cela nous
regarde ? En quoi avons-nous démérité, l'un ou l'autre,
depuis que nous nous connaissons ? Ces fautes igno-
rées n'ont pas empêché notre amour de naître et de
grandir ; pourquoi cette révélation l'étoufferait-elle ?

Il l'écoutait avec ravissement, sa main pressant la
sienne, ses yeux humides et attendris fixés sur
elle.

— Oui, s'écria-t-il, aimons-nous ! Oh ! c'est en vain
que j'aurais tenté de l'étouffer, cet amour ; il est ma vie,
il ne peut s'éteindre qu'avec moi... Et vous, chère Antoinette, cette honte ne vous a pas rebutée, vous avez
eu le courage de continuer à m'aimer ?

— Davantage! murmura-t-elle en se penchant vers lui.

— Oh! que vous êtes bonne! Oui, n'est-ce pas? Vous avez compris ce que je souffrais, et que je mourrais si vous étiez perdue pour moi. Et alors vous êtes venue... Ah! vous me rendez la vie!

Il continua, la remerciant avec une tendresse et une reconnaissance infinies. Ce n'était plus l'exaltation de la fièvre, mais celle de la joie, du bonheur. Il se sentait renaître.

Elle entendit, dans la pièce à côté, Mᵐᵉ Syramin qui s'approchait.

— Chut! dit-elle, j'entends votre mère : tout ceci entre nous, monsieur!

— Chère Antoinette!

Recommandation bien inutile. Le changement opéré dans Richard était assez éloquent, sans qu'il parlât. La pauvre mère comprit, et se sentit heureuse. Dès ce moment, toute fièvre disparut et le malade se rétablit rapidement.

Les jours suivants, Antoinette revint : Mᵐᵉ Syramin savait toujours trouver un prétexte pour s'éloigner et les laisser seuls. Ils parlaient de leur amour ; ils faisaient ensemble des rêves de bonheur : c'était toujours la solitude à deux, bien loin du monde... Pourtant, quel que fût son dédain de l'opinion, du préjugé, il était un point sur lequel Richard insistait : jamais il ne donnerait à Antoinette un nom flétri ! Il changerait légalement de nom, il ferait consacrer celui de Syramin sous lequel il avait vécu jusque-là. En même temps, ses façons brusques, irritées envers sa mère, disparaissaient. Ses soupçons restaient les mêmes; mais il ne s'indignait plus : il la plaignait ; il la regardait avec une compassion douce et tendre.

— « Elle aussi, pensait-il, elle avait dû souffrir ! N'avait-elle pas dû haïr cet homme indigne à qui son sort était lié ? Avait-elle pu lui garder son cœur ? Non, sa tendresse, brusquement refoulée, s'était reportée ailleurs ; c'était naturel, cela devait être. » De même, il pardonnait à Iriel ; il ne lui en voulait plus ; il l'accueillait comme autrefois.

Iriel, heureux de ce changement, eût voulu néanmoins le voir reprendre goût à ses travaux. Un jour qu'il lui en parlait :

— A quoi bon ? répliqua Richard.

— Il est impossible que vous renonciez à votre art, au succès, à la gloire.

— A la gloire... parlons-en ! fit Richard avec un rire nerveux. Oui, j'y ai songé autrefois, c'était un beau rêve.

— Il était en train de s'accomplir.

— Il en restera là. Ah çà, vous moquez-vous de moi, monsieur Iriel ? Vous vous imaginez que je vais travailler pour illustrer le nom infâme de Causson ! Voyez-vous un descendant de Cartouche qui s'aviserait d'illustrer honnêtement son nom !

Iriel baissa la tête et ne répondit pas.

— Il y a des tâches surhumaines, continua Richard ; la gloire sur certains noms en ferait davantage ressortir l'ignominie. Pour moi, il n'y a plus d'art possible. Ah ! quand un arrêt frappe un coupable, il devrait, du même coup, enlever aux enfants un nom infamant... Est-ce qu'un état civil comme le mien n'équivaut pas à l'impuissance, à la mort ?

Il se fit entre eux un silence pénible. Tout à coup, Richard parut frappé d'un souvenir.

—Ah çà, fit-il en passant la main sur son front, vous me parlez peinture : mais est-ce que je ne suis pas

venu ici pendant ma maladie ? Il me semble me rappeler...
j'ai brossé une toile, furieusement. Attendez donc !
Oui, c'était un paysage tourmenté par un ouragan...
un homme écrasé par un arbre... non, par une maison.

Iriel secoua la tête négativement.

— Non ? fit Richard. C'est singulier... Il me semblait pourtant... Il faut croire que j'ai rêvé... c'est le
délire.

Il n'en fut plus autrement question. La vérité, c'était
qu'Iriel avait emporté ce tableau et le gardait précieusement chez lui.

Une des préoccupations de Richard, pendant sa maladie et encore maintenant, était de savoir si son père
lui avait transmis, avec son nom, les mauvais instincts
auxquels il avait cédé.

— Ce doit être dans le sang, ces choses-là, se disait-
il. Je ne dois pas être un honnête homme. Si l'occasion se présentait, je succomberais probablement.
Charrouin a raison : je dois peindre faux !

Un jour il réfléchissait à cela tandis qu'Iriel rôdait et
rangeait dans son atelier. Tout à coup il se rappela ce
tutoiement étrange et de longue date, sans doute, entre sa mère et lui ; cette amitié si dévouée ; cette ressemblance qu'il avait cru remarquer.

— Si c'était lui mon père ? murmura-t-il.

Il s'approcha d'Iriel, et, sans affectation, il lui parla
de son projet de dépouiller officiellement ce nom infâme
de Causson.

— Vous y songez donc toujours ? dit Iriel.

— Plus que jamais. Seulement j'éprouve une certaine hésitation.

— Ah !

— Oui. Je me demande pourquoi je préférerais ce
nom de Syramin à tout autre ; le fait que je l'ai porté

jusqu'ici ne suffit pas. Je voudrais un nom qui me rap-
pelât un souvenir heureux, qui me rattachât à quelqu'un.

Il eut l'air de réfléchir. Tout à coup, regardant le
vieillard fixement :

— Pourquoi pas celui d'Iriel ? dit-il.

— Le mien !...

— Oui... le vôtre... Vous refusez ?

— Ah ! mon cher ami, balbutia Iriel ému, je voudrais..
je serais heureux...

— Eh bien ! qui s'y oppose ? continua Richard en
l'observant. Ne m'avez-vous pas dit maintes fois que
vous m'aimiez comme si j'étais votre fils ? Vous me le
prouvez à chaque instant. Moi aussi, je vous aime.
Dès lors, quel obstacle à ce que je porte votre nom ?
Ce serait un lien entre nous, une marque de l'affection
qui nous unit.

Mais Iriel baissait tristement la tête. Il répondit d'une
voix sourde :

— Non, non... c'est impossible.

— Ainsi, fit Richard surpris et un peu froissé, il
vous répugne que je porte votre nom ?

— Oh ! ce n'est pas cela, vous le savez bien ? s'écria
Iriel en lui prenant la main et en la serrant avec force.
Dieu sait que je serais heureux !... Mais, je vous le
répète, c'est impossible !

Richard, stupéfait, n'insista pas. Il regarda Iriel s'é-
loigner, sans pouvoir s'expliquer les motifs de son
refus. Il dut en revenir à son premier projet. Grâce
aux bons offices du marquis de Blave, les formalités
furent promptement accomplies, et, dans le courant de
février, parut le décret qui lui conférait légalement le
nom de Syramin.

XIX

Léonce, pendant ce temps, ne restait pas inactif. A force d'insistance, il avait obtenu du notaire liquidateur la fixation d'un jour pour le payement des reprises de Mᵐᵉ Maheurtier. La veille, il parlait de ce payement à Richard :

— Avez-vous enfin, lui dit-il, cette procuration que je vous ai demandée ?

— Non, mais je la ferai signer ce soir à Mᵐᵉ Maheurtier.

— Vous êtes vraiment, permettez-moi de vous le dire, d'une négligence...

— Il n'y a pas de mal ; pourvu que vous l'ayez demain.

— Sans doute. Mais demain matin, sans faute, avant midi.

— Bien. Quant à l'emploi des fonds, vous savez mieux que Mᵐᵉ Maheurtier et moi quels sont les meilleurs placements.

— Soyez tranquille, je réponds de tout. Mais, encore une fois, cette procuration, ne l'oubliez pas.

Le lendemain, à midi, il avait la pièce tant désirée. Il courut chez Mᵉ X..., rue Saint-Honoré.

Celui-ci n'avait aucune défiance contre Léonce ; cependant il éprouva une certaine hésitation à lui remettre une somme de cette importance.

— Je suis surpris, dit-il, que Mᵐᵉ Maheurtier ne soit pas venue elle-même.

— A quoi bon ?

— Parce que cela en valait la peine.

— Mon Dieu, non, fit Léonce. Si Mme Maheurtier se présentait elle-même, vous lui compteriez les fonds, n'est-ce pas? Or, comme elle me les confierait immédiatement après pour en opérer le placement, il est beaucoup plus simple que je les touche moi-même.

— Vous avez ce qu'il faut pour toucher? demanda le notaire.

— Voici, fit Léonce en tendant sa procuration.

Le notaire l'examina.

— Mais c'est une procuration, dit-il.

— Sans doute.

— Cela ne suffit pas.

— Pourquoi donc? Est-ce qu'elle n'est pas complète? « Pouvoir de toucher et de recevoir!... » Lisez vous-même.

— Oui, je vois bien, mais pour la remise d'une somme comme celle-là... quatre cent mille francs... une simple procuration... et sous signature privée encore!

— Que vous faut-il donc? demanda Léonce.

— Je désirerais une quittance écrite et signée de la main de Mme Maheurtier.

Léonce dissimula son mécontentement sous un sourire.

— Soit! dit-il au notaire, dans deux heures vous serez satisfait.

Il prit une voiture et se fit conduire rue Notre-Dame-des-Champs. Richard était dans son atelier.

— Qu'y a-t-il donc? demanda-t-il.

— Il y a que Me X... est un singulier formaliste. Il ne se contente pas de la procuration que je lui ai présentée.

— Il ne la trouve pas complète?

— Si! mais il veut autre chose, une quittance écrite et signée de Mme Maheurtier. C'est ridicule, mais il faut bien en passer par ce qu'il veut.

Il libella, séance tenante, le projet de quittance qu'Antoinette aurait à transcrire et à signer.

— Portez-lui cela, dit-il à Richard, et, pour éviter un nouvel ennui, priez-la d'y joindre un mot pour Me X... En voilà des formalités! fit-il en haussant les épaules.

— Bien, dit Richard, ma mère va aller la voir rue de Sèvres.

Il appela Mme Syramin. Léonce ne la reconnut pas; mais il crut se souvenir *d'avoir vu cette figure quelque part*, et, peu curieux de se laisser observer, il se tint le plus possible à l'écart. Mme Syramin, du reste, ne parut pas le remarquer. Elle écouta les explications de Richard, puis sortit en promettant de revenir au plus tôt.

— Si vous voulez attendre ici? dit Richard à Léonce.

— Non, fit celui-ci, qui craignait instinctivement une nouvelle rencontre avec Mme Syramin; j'ai d'autres affaires pressées. Quand votre mère sera revenue, soyez assez bon pour m'apporter ces papiers chez moi, rue des Prouvaires, si cela ne vous dérange pas trop.

— Cela ne me dérange pas.

— Sans retard, n'est-ce pas? je vais vous attendre.

Mme Syramin fut près de deux heures absente, à ce point que Richard commençait à être inquiet. Enfin elle rentra.

— Est-ce qu'Antoinette est malade? demanda-t-il.

— Non, mais elle était sortie avec la supérieure j'ai été obligée de l'attendre.

— Et elle a signé ces papiers?

— Oui, les voici.

— Donne. Je vais courir rue des Prouvaires. Il commence à être temps.

Il se disposa à sortir.

— C'est donc une affaire pressée? demanda Iriel qui venait d'entrer.

— Oh! oui, très-pressée. Il s'agit des affaires d'Antoinette.

En ce moment on sonna. C'était Léonce.

Son impatience, à lui, était bien autre chose que l'inquiétude de Richard : Pourquoi ce retard? Est-ce qu'on avait des soupçons? Est-ce que cette proie allait lui échapper... Enfin, n'y tenant plus, il s'était décidé à revenir rue Notre-Dame-des-Champs.

Richard alla ouvrir.

Iriel, par discrétion, se retira au fond de l'atelier, derrière une grande toile qu'il se donna l'air d'examiner. En apercevant Léonce, il tressaillit brusquement... puis, dès qu'il l'eut entendu parler, il n'eut plus aucun doute.

— C'est lui! murmura-t-il avec une sorte d'épouvante.

Il évita de faire aucun bruit, de se laisser voir, et écouta.

Cependant Léonce prenait envers Richard un ton de reproche :

— Il y a plus de deux heures que je vous attends. Qu'est-ce que cela signifie?

— Ma mère vient de rentrer à l'instant. Je me disposais à aller vous trouver lorsque vous êtes arrivé.

— Et ces papiers, où sont-ils?

— Les voici.

Il jeta un coup d'œil rapide sur la quittance.

— C'est en règle? demanda Richard.

— Parfaitement. Adieu.

— Je vous demande pardon de ce retard.

— Bien, bien... Ne me reconduisez pas.

Il sortit précipitamment, et, quelques secondes après, on entendit le roulement d'une voiture qui partait au grand trot.

— Comment connaissez-vous cet homme? demanda Iriel en s'avançant vivement vers Richard.

— Cet homme?

— Oui... Comment est-il ici? A quel titre?

— Mais c'est tout simple, fit Richard, surpris de cette question, cet homme est M. Pelletier.

— Pelletier?

— Oui, agent d'affaires, rue des Prouvaires. Ah çà, vous le connaissez donc?

— Si je le connais! Et il a l'audace de porter encore son nom, de s'appeler Pelletier! Au fait, ce qu'il a le plus compromis autrefois, c'est son titre de vicomte de la Coudraye.

— Comment... Vicomte de la Coudraye! s'écria Richard, celui qui a perdu mon père!

— Lui-même; je l'ai reconnu, j'en suis sûr!

— Oh! malheureux!... moi qui viens de lui remettre...

— Quoi donc?

— Une quittance d'Antoinette, pour toucher sa dot. Quatre cent mille francs; ils sont perdus!

— Ah! quelle imprudence! Mais peut-être est-il encore temps.

— Oui, vous avez raison; courons chez le notaire.

Ils sortirent ensemble précipitamment.

Mais ils n'étaient pas encore parvenus à se procurer une voiture, que déjà Léonce était rue Saint-Honoré, dans le cabinet du notaire.

Celui-ci l'attendait.

— Vous avez les pièces que je vous ai demandées ?

— Les voici.

M° X... lut le billet d'Antoinette, examina la quittance et la trouva parfaitement régulière.

— C'est bien, dit-il, je vais vous payer.

— Enfin ! pensa Léonce.

Le notaire alla à sa caisse, l'ouvrit et en tira des billets de banque qu'il se mit à compter sur son bureau.

Le bruissement de ce papier excitait délicieusement les nerfs de Léonce. Jusque-là, il s'était contraint pour paraître grave ; mais, au moment où le notaire avait le dos tourné, il ne put s'empêcher d'exprimer sa joie par un de ces gestes intraduisibles... Qu'on suppose le geste dont un drôle, qui vient de commettre un mauvais tour, accompagnerait ces mots : Allons donc ! enfoncés les malins !

Malheureusement pour Léonce, il y avait à droite, près de la caisse, une petite glace, et M° X... aperçut le geste : ce fut toute une révélation.

— Allons, bon ! grommela-t-il, voilà que je n'ai plus que cent quatre-vingt mille francs ?

— Comment ! plus que cent quatre-vingt mille francs ?

— Eh ! mon Dieu, oui... Depuis que vous êtes venu, j'ai fait deux payements importants, et je ne me suis plus souvenu de vous.

— Ah ! mais, permettez, fit Léonce d'un ton aigre. C'est un oubli singulier que celui-là ! et j'ai peine à m'expliquer...

— Je viens de vous la donner, l'explication. J'ai tort, mais qui ne commet pas d'oublis ?... Celui-ci, du reste, est facile à réparer... le temps d'aller à la Banque.

— Allons, soit! fit Léonce en s'asseyant d'un air maussade, je vais vous attendre ici.

Mais il avait affaire à forte partie. M° X... n'avait fait cette proposition qu'après avoir jeté un coup d'œil sur la pendule. En ce moment quatre heures sonnèrent.

— Diantre! fit-il d'un air contrarié, voilà quatre heures qui sonnent. Il est trop tard.

— Comment, trop tard?

— Sans doute; passé quatre heures, il n'y a pas un guichet de la Banque qui consentît à se rouvrir pour me délivrer un centime.

— Ah! mais... c'est désagréable.

— Que voulez-vous que j'y fasse? Il faut absolument que nous remettions ce payement à demain.

— Non! dit Léonce sèchement; vous m'avez donné rendez-vous pour aujourd'hui, vous devez être prêt.

— Cependant, demain matin.

— J'ai disposé de mon temps.

— Après-demain.

— J'ai besoin de ces fonds, tout de suite.

— Hum! vous êtes pressant, fit M° X..., de plus en plus convaincu qu'il avait affaire à un gredin, mais désireux de s'en débarrasser doucement et sans esclandre. Eh bien! écoutez: Il y a un moyen de vous payer aujourd'hui même. J'ai donné ordre de vendre pour le compte de la succession des valeurs importantes; les transferts doivent être opérés et l'argent disponible. Je comptais ne passer que demain chez mon agent de change; mais, puisque vous insistez...

— Faites comme vous l'entendrez, dit Léonce, cela ne me regarde pas.

— Voyons! pouvez-vous passer ici, ce soir, à huit heures.

— A huit heures? Vous me promettez?.

— Je vous promets qu'à huit heures, ce soir, je vous donnerai satisfaction.

— Et si votre agent de change n'est pas chez lui, si les fonds ne sont pas disponibles?

— Peu importe, je trouverai un autre moyen.

— Eh bien, soit! à ce soir, mais j'ai votre parole.

— Soyez tranquille, je n'y manquerai pas.

Léonce quitta l'étude du notaire. Au moment où il remontait en voiture, il fut aperçu par Richard et par Iriel, qui accouraient.

— C'est lui! cria Richard, vite, suivons-le!

Mais Iriel, qui craignait d'être reconnu par Léonce, était blème d'effroi.

— Non, dit-il, attendez que je descende.

— Pourquoi? qu'avez-vous donc?

— Rien. Laissez-moi.

Et, sans que Richard, stupéfait de cette singularité, pût le retenir, il s'élança et atteignit tant bien que mal le trottoir.

Richard se mit immédiatement à la poursuite de Léonce; mais quelque effort qu'il fit, il l'eut bientôt perdu de vue et dut renoncer à l'atteindre. Il revenait tristement rue Saint-Honoré, lorsqu'il rencontra Iriel.

— Il n'y a pas de mal, lui cria celui-ci, rien n'est perdu.

— Comment?

— Le notaire n'a pas délivré de fonds.

— Ah! vous croyez?...

— J'en suis sûr, il vient de me le dire.

— Ah! mon cher ami!

Il lui serra vivement la main. Puis, tout à coup, se rappelant l'étrange attitude d'Iriel :

— Ah ça, qu'est-ce qui vous a pris tout à l'heure?

— Ce qui m'a pris?

— Oui; pourquoi êtes-vous descendu au risque de
me retarder ?

— Je voulais parler au notaire, savoir si ce gredin
avait fait son coup.

— Le plus pressé, ce me semble, était de le rattraper.

— C'est vrai, mais on ne réfléchit pas.

Ils revinrent chez Mᵉ X..., qui raconta ce qui venait
de se passer. Iriel dit ce qu'il savait sur le compte de
Léonce. On se félicita de part et d'autre. Puis Mᵉ X...
demanda à être déchargé immédiatement de ces fonds
en les remettant à Mᵐᵉ Mahourtier en personne. Richard
alla chercher la jeune femme et l'amena à l'étude.

— Que voulez-vous que je fasse de cette somme?
dit-elle.

Richard dut consentir à s'en charger.

— Dès demain, lui dit Mᵉ X..., déposez vos valeurs
à la Banque, croyez-moi.

— C'est ce que je ferai.

— Et pour ce qui est de leur emploi, ne vous adres-
sez plus à des agents dont vous ne connaissez pas la
moralité.

— Soyez tranquille. Cette leçon me profitera.

Léonce avait pris complétement au sérieux le prétexte du notaire; il était convaincu que, le soir, il aurait
sa proie.

Rentré chez lui, rue des Prouvaires, il consulta un
Indicateur des chemins de fer, se traça un itinéraire et
se mit à faire ses préparatifs de départ. Il se demandait s'il emmènerait Angélina ou s'il la *laisserait en
plan*, lorsqu'on sonna à la porte : c'était Lentague.
Léonce le voyait encore de temps à autre, mais en le
traitant avec le dédain d'un supérieur envers un infé-
rieur platement fourvoyé.

— Qu'est-ce qui t'amène, mon pauvre vieux? lui dit-il.

— Je viens t'emprunter dix francs; ça va-t-il?

— Ça va, en voilà vingt.

Il jeta sur son bureau un louis, dont Lentague s'empara piteusement. Puis il l'invita à dîner. Lentague accepta.

Ils entrèrent dans un cabaret en renom dans le quartier des Halles; un cabinet pour eux seuls, bien entendu. Chacun d'eux suivit sa pente : Lentague, sombre et maussade; Léonce, gai, vantard, railleur, et, au dessert, *légèrement monté*.

— Nous disons donc, fit-il, que les affaires ne vont pas ?

— Pas du tout.

— Pauvre vieil ami! conte-moi tes infortunes.

Lentague raconta comment, en dernier lieu, ses expéditions les mieux conçues avaient été traversées par des circonstances fortuites ou par les menées de la police.

— C'est navrant! fit Léonce. Mais, mon cher, c'est un peu ta faute. Tu t'en tiens obstinément aux procédés brutaux, aux entreprises violentes. Je te l'ai dit bien des fois : cela n'est plus de saison, ça ne *mord* plus; tu n'es pas de ton siècle, ma parole d'honneur !

— Oui! fit aigrement Lentague, parce que tu sais *filer la carte*, faire *sauter la coupe*. Est-ce ma faute si je n'ai jamais pu?

— Je ne te fais pas de reproche; tu manques de *délié* dans les doigts. Mais ne parlons pas de cela, c'est l'enfance de l'art. Il n'y a, vois-tu, que les affaires. Malheureusement, tu n'as jamais voulu t'y plier. J'espérais cependant te former, et même tu avais débuté d'une façon assez remarquable.

— Oui, dans cette *Distillerie-modèle*. Malheureusement, on ne rencontre pas toujours des Causson.

— Bôta ! il n'y a qu'à se baisser pour en prendre. Tiens ! en ce moment, je suis occupé à en travailler un... Quatre cent mille francs de pourboire, mon bonhomme, rien que ça !

— Allons donc ! tu te moques de moi.

— Je me moque ! fit Léonce piqué ; veux-tu parier qu'avant deux heures d'ici je te fais voir les quatre cent mille *balles*, si ça me fait plaisir ?... Mais en voilà assez. Crois-moi si tu veux, ça m'est égal.

— Je ne te crois pas du tout, dit Lentague, qui était complétement de sang-froid. Seulement, quand j'ai besoin de dix francs, tu m'en prêtes vingt, et tu m'offres à dîner par dessus le marché. Je constate que tu es un bon enfant, voilà tout.

— A la bonne heure ! Tu n'es pas un ingrat. Reviens me voir de temps à autre, et je ne désespère pas de te ramener dans les saines voies.

En sortant, Léonce qui craignait d'en avoir trop dit au sujet de ses affaires, voulut réparer sa maladresse ; mais il ne fit que l'aggraver.

— Je t'ai parlé de quatre cent mille francs que je pourrais te montrer ce soir, dit-il à Lentague, c'est une plaisanterie ; je me suis vanté.

— Ah ! je savais bien, fit Lentague pleinement convaincu du contraire.

Ils se séparèrent. Il était près de huit heures. Léonce, rafraîchi par l'air extérieur, se dirigea vers la rue Saint-Honoré. Il trouva Me X... travaillant avec son maître-clerc.

— Eh bien, demanda-t-il, je suis exact ! j'espère que, de votre côté, vous vous êtes mis en mesure, et que nous allons en finir cette fois.

— Comment, en finir ?... Mais on ne vous a donc pas prévenu ?

— Prévenu de quoi ?

— C'est un oubli que je vais réparer. Mon cher monsieur, depuis que j'ai eu l'honneur de vous voir, Mᵐᵉ veuve Maheurtier est venue ici, accompagnée de M. Syramin et de M. Iriel.

— Ah !

— Elle m'a exprimé le désir de toucher elle-même le montant de sa dot, et, tout naturellement, j'ai dû déférer à ce désir.

— Comment cela se fait-il ?

— Je n'en sais rien, et je ne veux pas le savoir.

— C'est à vous, monsieur, s'écria Léonce furieux et se contenant à peine, que je dois cette insulte, car c'en est une.

— Oh ! vous exagérez.

— J'avais pu déjà constater votre mauvais vouloir à mon égard. Vous avez fait venir Mᵐᵉ Maheurtier, et c'est d'après vos conseils qu'elle m'a retiré son mandat.

— Je ne lui ai absolument rien dit sur votre compte.

— Mais j'aurai raison de ces calomnies ; Mᵐᵉ Maheurtier me continuera sa confiance, et dès demain, ces fonds que vous avez refusé de me remettre, seront entre mes mains.

— C'est peu probable ; demain, ils seront déposés à la Banque de France.

— Au reste, peu importe ! mais je tiens à dissiper le soupçon qui a plané un instant sur moi ; je porterai plainte, au besoin.

— Croyez-moi, fit Mᵉ X... doucement, abstenez-vous de toute récrimination, monsieur le vicomte de la Coudraye !

Léonce tressaillit à ces mots ; toute son audace disparut.

— Bon ! nous verrons! grommela-t-il.

Il sortit, la rage dans le cœur. Il était connu, démasqué. Comment ? Par qui? Eh ! qu'importait! Cette proie lui échappait, voilà tout. Maintenant, que faire ?... Les fumées du dîner était dissipées. Il allait par les rues, agité, sans but. — « C'est lui, ce notaire, qui l'a prévenue, se disait-il. Déjà il avait des soupçons, ce matin ; j'aurais dû m'en douter. Maintenant, que s'est-il passé? Il l'a fait venir avec son inséparable Syramin, et un nommé Iriel. Qu'est-ce que c'est que cet Iriel ? Ça m'est égal! mais je vois la scène d'ici: « — Malheureux, à quel homme avez-vous accordé votre confiance ! » Et Mᵐᵉ Maheurtier emporte les billets de banque... Elle? Non! mais Syramin, son ami, son chéri; c'est sûr!... Les quatre cent mille francs sont chez le Syramin ! et demain à la Banque; cours après, vicomte! Ah ! triple sot que je suis ! j'aurais dû... Enfin ! »

Et toujours il en revenait à cette idée : les quatre cent mille francs sont chez Syramin!

Sans y songer, par une sorte d'instinct, il suivait les rues qui conduisaient à celle où demeurait le peintre.

Arrivé place de l'Odéon, il s'écria : — « Eh bien! ça ne fait rien!... je les aurai! » Comment? il ne le savait pas encore ; mais il marcha plus rapidement, et bientôt il arriva rue Notre-Dame-des-Champs. Il s'arrêta un instant devant la maison habitée par Richard et la regarda d'un air de colère et de menace. L'idée lui vint de sonner, de monter... A quoi bon? on le chasserait. Mais la maison avait un jardin par derrière, sur le boulevard; il s'en souvenait. Sans but arrêté, mais plein d'une ardente convoitise, il continua son chemin, et, parvenu place de l'Observatoire, tourna à droite et prit le boulevard Montparnasse.

Il était neuf heures et demie. A cette heure, ce boulevard, ces quartiers sont à peu près déserts. Mais, depuis longtemps, un homme le suivait, sans qu'il s'en doutât, des Halles à la rue Saint-Honoré, d'abord, puis de la rue Saint-Honoré à ce boulevard perdu. Pendant qu'il était arrêté et examinait les lieux, l'homme se rapprochait de lui, à pas étouffés, se dissimulant derrière les arbres. Enfin, il se trouva à deux ou trois pas de Léonce ; et tout à coup, faisant un bond, il se précipita sur lui.

XX

En quelques secondes, Léonce fut terrassé. Impossible d'appeler au secours : son agresseur, d'une main, lui fermait la bouche, de l'autre, il le fouillait précipitamment. Mais les poches étaient vides.

— Je suis volé ! s'écria le bandit avec un formidable juron.

— Lentague ! murmura d'une voix étouffée Léonce, qui le reconnut.

— Où sont les billets?... vite, ou je t'étouffe ! fit Lentague menaçant.

Il lui pressait la gorge de ses doigts nerveux.

— Imbécile ! cria Léonce.

— Comment... imbécile?

— Mais ôte donc ta main... que je respire... Oui, imbécile et canaille !... Ah ! c'est comme cela que tu me remercies ! je te prête vingt francs, je te paye à dîner...

— Trêve aux reproches ! Cet argent, où est-il?... je veux l'avoir !

— Ah! tu veux?... Il est superbe!

— Tu vas me le donner, tout de suite.

— Est-ce que je l'ai?

— Comment! tu as touché tout à l'heure.

— Eh! si j'avais touché, triple buse, est-ce que je serais venu ici, sur ce boulevard, me faire arrêter par un misérable de ton espèce?

— Ah! tu n'as pas touché!... C'est vrai, je t'ai suivi depuis la rue Saint-Honoré, et tu n'as pas pu déposer le magot nulle part.

— Voyons! as-tu fini de me fouiller?... vas-tu me laisser, enfin?

— Dis-moi où est cet argent?

— Ça ne te regarde pas.

— Il est resté chez le notaire, hein?... car c'est chez un notaire que tu allais le toucher... j'ai bien vu les panonceaux au-dessus de la porte.

— Laisse-moi.

— Et le notaire, en voyant ta mine, s'est défié; il a refermé sa caisse... Eh bien? éventrons-la cette nuit, à nous deux?

— Non.

— Tu as tort. Tu dois connaître un peu la maison, tu me guideras. Je me charge du reste.

— Voyons, encore une fois... laisse-moi et va-t'en! dit Léonce avec colère.

— Ce serait un coup magnifique. Réfléchis donc! ne boude pas et remets-toi sur pied.

Il l'aida à se relever, et, de quelques revers de main, épousseta doucement les habits de Léonce.

— J'ai été un peu brusque envers toi, dit-il, je te demande pardon. Mais il y a si longtemps que je suis dans la dèche et que je cherche une aubaine.

— Gredin!... sans cœur!...

— Oui, accable-moi, tu as raison. Mais ce n'est pas cela qui avancera nos affaires. Tâchons de nous entendre, ça vaudra mieux... Voyons ! ce magot, on te l'a refusé, n'est-ce pas ?... et tu n'es pas d'humeur à le lâcher ?

— Non, certes !

— Eh bien, moi non plus. Il faut absolument que nous mettions la main dessus, cette nuit... Nous partageons, naturellement... A nous deux, c'est facile... Tu m'as dit que j'étais sans cœur, c'est possible, mais je sais travailler, va !... Tu dois avoir remarqué un moyen de s'introduire chez ce notaire.

— L'argent n'est plus chez le notaire.

— Ah !... et où donc ?

Léonce ne répondit pas.

— Je conçois, dit Lentague, tu voudrais garder le morceau pour toi seul; c'est tout naturel. Mais, s'il s'agit d'un coup de main, tu n'es pas assez fort... tandis que moi... A nous deux, voyons, est-ce dit? Que diable ! la moitié de quatre cent mille francs vaut mieux que rien du tout.

Léonce réfléchit encore un instant; puis, tout à coup, il dit à Lentague :

— C'est convenu !

— Ah ! enfin !... Où faut-il opérer ?

— Ici, dans cette maison.

— Derrière ce mur ?

— Oui, un jardin à traverser... Tiens, viens ici.

Ils reculèrent jusqu'à l'extrémité du boulevard.

— Regarde, fit Léonce en montrant par dessus le mur la maison habitée par Richard; tu vois ces fenêtres éclairées, au second?

— Oui.

— C'est là. Il y a un balcon.

— Autant dire une échelle... Qui est-ce qui perche là?

— Une vieille femme et un jeune homme.

— Pas plus?

— Non. Le jeune homme est vigoureux et pourra faire de la résistance.

— Sois tranquille, je m'en charge.

— Eh bien, alors, commençons tout de suite.

— Comme tu y vas! On voit bien que tu n'as pas d'expérience. D'abord, il est trop tôt. Ensuite il faut des outils.

— Quels outils?

— Tu verras. Viens.

Pendant ce temps Iriel, resté en compagnie de Richard, recommandait à celui-ci de veiller avec soin sur la somme dont il se trouvait dépositaire.

— Quelles craintes voulez-vous que j'aie? dit le peintre. Demain matin, je porterai cet argent à la Banque.

— Mais d'ici là?

— D'ici là, que voulez-vous qu'il arrive?

— Je ne sais pas; mais l'homme d'affaires auquel vous vous êtes confié est un scélérat, capable de tout. Après une pareille déception...

— Je me moque bien de lui.

— Vous avez tort. A votre place, je veillerais.

Richard traita ces appréhensions de peurs chimériques, et se contenta d'enfermer les liasses de billets de banque dans un bahut qui encombrait son atelier, et dont il retira la clé.

— En ce cas, dit Iriel en s'éloignant, je ferai ce que vous refusez de faire; je passerai la nuit à veiller : nos deux appartements se touchent.

— A votre aise! fit Richard.

Vers minuit, Léonce et Lentague revinrent boulevard Montparnasse, munis cette fois d'un grand paquet enveloppé de toile : c'étaient les *outils*. Ils examinèrent par dessus le mur de clôture la maison de Richard, et s'étonnèrent que l'une des fenêtres fût encore éclairée.

— A cette heure-ci ! fit Lentague. Mauvais signe. On se défie.

— Non, dit Léonce, je me rappelle bien, c'est dans l'appartement voisin.

— C'est égal, il y a là quelqu'un qui veille, et qui entendrait. Attendons.

Léonce se résigna. Une patrouille passa. Ils se cachèrent derrière les arbres. Une, deux heures sonnèrent, et la lumière ne s'éteignait pas.

— C'est un coup manqué pour cette nuit, dit Lentague, demain nous reviendrons.

— Demain il sera trop tard.

— Tu crois ?

— Puisque je te dis que le magot sera déposé demain à la Banque.

— Ah ! diable !

— C'est maintenant ou jamais !... Et toi, qui te plains que les affaires ne vont pas, où trouveras-tu un coup comme celui-là ? Quatre cent mille francs !

— C'est vrai. Mais c'est chanceux.

— Allons donc, poltron !

— Je ne suis pas un poltron. Mais je te répète que c'est chanceux, et, en tout cas, il y aura du grabuge.

— Décidément, tu as trop de prudence pour un homme d'action.

— Écoute, dit Lentague, tu le veux absolument ? Soit ! Au moins ça vaut le coup.

Il se baissa et se mit à délier son paquet. Puis il s'approcha doucement, suivi de près par Léonce, du mur du jardin.

— Et maintenant, dit-il, allons-y rondement.

Devant eux se dressait un mur de dix pieds.

— Comment escalader cela ? fit Léonce.

— Enfant ! fit Lentague.

Il avait tiré de son paquet une longue corde garnie de nœuds : à l'une des extrémités de cette corde était adapté un grappin composé de quatre crocs.

— Qu'est-ce que tu vas faire de cela ? demanda Léonce.

— Tu vas voir.

Il lança le grappin par-dessus le mur, puis il tira doucement la corde. Elle fila la longueur d'un demi-pied, puis elle s'arrêta : le grappin avait mordu. Lentague tira plus fort, se suspendit : la corde résista.

— Rien de commode comme ces treillages ! dit-il avec satisfaction, c'est ancré. Grimpe !

Léonce grimpa.

— Pas mal pour quelqu'un qui n'en a pas l'habitude, dit Lentague en le regardant faire. Prends garde aux tessons de bouteille.

— Il n'y en a pas.

— Très-bien. J'en ferai mes compliments au propriétaire.

Il grimpa à son tour. Il y avait, en effet, un treillage contre le mur ; ils s'en servirent comme d'une échelle pour descendre.

— On n'a pas plus d'attention ! fit Lentague.

Ils étaient dans le jardin. A quarante pas d'eux s'élevait la maison. Léonce la mesurait de l'œil.

— Et toujours cette lumière qui ne s'éteint pas, grommela-t-il.

— Elle ne s'éteindra pas, dit Lentague ; c'est un parti pris. Cela ne fait rien. J'ai pour principe de ne pas reculer. Travaillons.

Il tira la corde; puis se rapprochant du treillage, il se mit à couper avec une tenaille quelques fils de fer.

— Qu'est-ce que tu fais là? demanda Léonce.

— Je prépare les moyens d'abordage.

Quatre ou cinq lattes se détachèrent. Il les adapta et les lia l'une au bout de l'autre avec des ficelles, de façon à former une longue perche. Puis ils traversèrent le jardin et s'approchèrent doucement de la maison, en s'éloignant le plus possible de la fenêtre éclairée. Lentague piqua l'un des crocs du grappin à l'une des extrémités de la perche, éleva celle-ci jusqu'à la hauteur du second étage, tâtonna un instant avec précaution, puis tira un coup sec : la perche vint seule. Le grappin était accroché à la rampe du balcon, et la corde à nœuds pendait jusqu'à terre.

— Grimpe! fit Léonce.

— Diable!

— Est-ce que tu *flancherais*, par hasard?

— Non. Tu vas voir.

Il empoigna la corde, résolûment.

— Tu sais? dit Lentague, tu as le droit de te casser les reins, mais sans bruit.

Ils arrivèrent, l'un après l'autre, sur le balcon.

— Il faut voir d'abord. de ce côté, dit Lentague en montrant la fenêtre éclairée.

— Tu crois?

— Pardieu ! de deux choses l'une, c'est un malade qu'on veille ou un espion qui veille. C'est trop près. Il faut que cette fenêtre soit muette, aveugle et sourde. Rien de possible sans cela.

Ils filèrent le long du balcon, penchés extérieurement et se retenant à la rampe, de sorte que la grille de séparation ne pouvait les arrêter.

Léonce allait le premier.

— Tiens, les battants sont ouverts, dit-il.

— Bonne affaire ! murmura Lentague, avançons.

Arrivés en face de la fenêtre, ils écoutèrent: aucun bruit ; ils tâchèrent de voir ; mais les rideaux de mousseline, tendus derrière les vitres, empêchaient de distinguer.

Ils enjambèrent la rampe. Léonce colla son œil à l'entre-bâillement de la fenêtre.

Iriel, fatigué, s'était assoupi dans un fauteuil, les pieds au feu, une bougie allumée sur la cheminée.

— Rien qu'un homme, fit Léonce qui l'aperçut, un vieillard dans un fauteuil.

— Il dort? demanda Lentague.

— Oui, je crois. Tiens! ce profil... Il me semble connaître ça.

— Voyons.

Lentague regarda à son tour. Tout à coup il recula avec un mouvement de stupéfaction.

— Causson! fit-il.

— Comment, tu crois?... En effet...

— Silence! dit Lentague.

Il se baissa et déposa doucement sur le balcon, un à un, les *outils* contenus dans son paquet; ensuite il se releva ne tenant que l'enveloppe, c'est-à-dire un grand carré de toile.

Puis il s'approcha de la fenêtre, et, après s'être assuré que rien ne pouvait arrêter le jeu des deux battants, il les poussa vivement tous deux et se précipita dans la chambre. Avant même que Causson eût pu ouvrir les yeux, il avait la tête enveloppée dans la toile. La main de Léonce étouffait ses cris. Pas un mot entre Léonce et Lentague.

Les mains et les pieds furent également attachés;

puis le lit fut défait, et le malheureux enfoui sous les matelas et les couvertures.

— Rasé l'avant-poste! fit tranquillement Lentague. Maintenant, fouillons de tous côtés. Ce gaillard-là ne veillait pas pour rien. Le magot est ici.

Avec ses *outils,* il eut bientôt ouvert et forcé tous les meubles, dans cette pièce d'abord, puis dans les deux autres qui composaient l'appartement de Causson.

— Pas de magot! fit-il désappointé.

— Il est chez Syramin, dit Léonce; en route!

Ils sortirent après avoir éteint la bougie, et reprirent le chemin qu'ils avaient déjà parcouru. Arrivés devant l'une des fenêtres de l'atelier de Richard, Lentague, au moyen d'un diamant et d'une boule de mastic, enleva, sans faire le moindre bruit, une vitre, et fit jouer l'espagnolette. Ils entrèrent, et firent une perquisition.

— C'est là! dit Léonce en désignant le bahut.

Forcer ce vieux meuble, c'était pour Lentague une plaisanterie. Alors apparurent les liasses de billets. Ils eurent peine, l'un et l'autre, à retenir une exclamation de joie. Léonce se précipita sur le tiroir.

— Un instant! fit Lentague en lui arrêtant le bras, part à deux, c'est convenu.

— Certainement.

— Partageons, tout de suite.

— Ici même?

— Pardieu!

Le partage eut lieu.

— Maintenant, la farce est jouée, filons, dit Lentague.

Ils sortirent. Lentague enjamba prestement la rampe du balcon. Au moment où il allait saisir la corde et s'y suspendre, Léonce, resté sur le balcon, se précipita sur lui, et, de tout l'effort de son corps, le poussa. Lentague lâcha la rampe, et tomba en poussant un cri.

Une chute de cette hauteur devait être mortelle. Grâce à une touffe d'arbustes qui amortit le coup, Lentague en fut quitte pour une cuisse cassée. Il resta à plat sur le terrain.

Léonce s'était laissé glisser rapidement le long de la corde. A peine descendu, il courut à Lentague qu'il croyait mort ou tout au moins évanoui, et se mit en devoir de le fouiller. Lentague essaya de se redresser.

— Misérable! cria-t-il, n'approche pas.

— Tiens! tu *jaspines* encore?

— Ah!... si j'avais su!

— C'est une revanche! Moi, du moins, je fouille les gens à coup sûr! fit Léonce en ricanant.

En un instant, il eut trouvé les billets de banque dans la poche de Lentague et il les eut fourrés dans la sienne.

— Adieu, dit-il en s'éloignant, bien du plaisir.

— Aide-moi au moins à sortir d'ici, dit Lentague d'une voix suppliante.

— Non, je n'ai pas le temps.

— Léonce! oh! le scélérat! je te dénoncerai, je te le jure.

— Si ça peut faire ton bonheur.

Il courut vers le mur de clôture, remonta à l'aide du treillage, et, une fois sur le boulevard, s'éloigna rapidement.

Cependant le cri poussé par Lentague avait été entendu. Le concierge arriva, muni d'une lampe, et fureta timidement dans le jardin. En apercevant la corde qui pendait du balcon, il comprit ce qui venait de se passer et se mit à crier: au voleur! puis, il rentra pour prévenir Richard.

En le voyant s'éloigner, Lentague, qui s'était caché dans un massif, se traîna comme il put jusqu'au treillage, se hissa à force de bras jusqu'à la crête du mur, et, de là, se laissa tomber du côté du boulevard : la douleur, cette fois, triompha de son énergie; il s'évanouit.

Pendant ce temps, Richard s'était éveillé à l'appel du concierge. Il s'habilla à la hâte en se rappelant le sinistre pressentiment d'Iriel. Il courut à son atelier, vit la fenêtre du balcon ouverte; puis, le tiroir forcé, les billets disparus !

— Oh! le misérable! s'écria-t-il en songeant à Léonce. Iriel avait raison... Mais il m'avait dit qu'il veillerait; comment se fait-il qu'il n'ait rien entendu ?

Il courut à la porte d'Iriel, frappa, appela inutilement.

— J'ai une seconde clé, dit le concierge.

La porte ouverte, ils furent saisis d'effroi en voyant cet appartement bouleversé.

— Mais lui, où est-il? demanda Richard avec anxiété.

Ils finirent par trouver Iriel lié et enfoui sous les couvertures, tel que les deux bandits l'avaient laissé. Ils le dégagèrent, croyant ne plus tenir entre leurs bras qu'un cadavre. Mais Iriel n'était qu'évanoui. — «Il respire! » s'écria Richard. Iriel, en effet, se ranimait. Bientôt il eut repris connaissance.

— On vous a volé? demanda-t-il à Richard.

— Oui, mais comment cela est-il possible? Vous veilliez? Vous me l'aviez dit.

Iriel raconta comment il s'était laissé surprendre.

— Et vous n'avez reconnu aucun de ces bandits ?

— Non. Ils étaient au moins deux.

— Alors ce ne serait pas ce Pelletier?

— Oh ! ça ne fait rien. Il connaît des gredins capables de l'aider.

— Cela s'éclaircira, dit Richard. Puis s'adressant au concierge : — Courez vite prévenir la police.

A ce mot de police, Iriel tressaillit. Toute la misère de sa situation venait de lui apparaître.

— Oh ! non, ne faites pas cela ! dit-il vivement.

— Comment !... que je ne fasse pas cela... plaisantez-vous ? — Allez vite, concierge.

— Non, non... arrêtez ! s'écria Iriel.

— Ah ça, perdez-vous la tête ? dit Richard en le repoussant.

Le concierge sortit.

Iriel se laissa tomber avec accablement sur une chaise. Il se voyait interrogé, reconnu, arrêté !... Richard le regardait avec un étonnement mêlé de crainte et de soupçon. Bien des singularités déjà l'avaient frappé dans la conduite d'Iriel, mais celle-ci était plus étrange que les autres.

— Ah ça, s'écria Richard, lorsqu'ils furent seuls, vous plairait-il de me dire pourquoi vous ne voulez pas que j'envoie chercher la police ?

— Je n'aime pas, dit Iriel en tremblant, me trouver mêlé à ces sortes d'affaires. Et, si vous permettez...

Il se dirigea vers la porte, Mais Richard lui barra le passage.

— Non ! je ne permets pas ! dit-il sévèrement.

— Monsieur Richard... oh ! je vous en prie, laissez-moi.

— Il faut que vous soyez ici pour donner des explications.

— Je reviendrai... vingt-quatre heures... je ne demande que cela.

Il suppliait, il avait les larmes aux yeux.

En ce moment M⁽ᵐᵉ⁾ Syramin entra. Tout ce bruit l'avait éveillée ; elle accourait.

— Qu'y a-t-il donc ? demanda-t-elle effrayée.

— Rien, dit Richard sèchement. On vient de me voler.

— Ah ! mon Dieu !

— Malgré M. Iriel qui avait annoncé qu'il veillerait et qui n'a rien vu, rien entendu ! Maintenant que la police va arriver, il cherche à s'enfuir ; mais je l'en empêcherai.

— Richard, je t'en prie...

— Comment... toi aussi ! fit-il en fronçant le sourcil.

— Oui, prie-le, fais-lui comprendre... dit Iriel à Clémence, en s'oubliant jusqu'à la tutoyer.

— Ah ! s'écria Richard indigné. Et il repoussa Iriel avec une telle force que celui-ci alla tomber dans un coin de la chambre.

— Malheureux ! que fais-tu ? s'écria Mme Syramin.

En ce moment des pas se firent entendre dans l'escalier : trois hommes de la police conduits par le concierge entrèrent. L'un d'eux, qui paraissait commander aux deux autres, petit, trapu, aux cheveux grisonnants, mais encore vigoureux malgré son âge, demanda de quoi il s'agissait. Tout en écoutant Richard, il fixait son petit œil gris et perçant sur Iriel.

— Tiens ! mais, interrompit-il tout à coup, me voilà en pays de connaissance. Bonjour, Causson ! dit-il en s'avançant vers Iriel.

— Causson ! s'écria Richard.

— Oui ! dit Clémence, tu viens de livrer ton père !

XXI

Richard s'était laissé tomber sur un siége, terrifié, stupide.

Moulo, l'agent de police, tout entier à la joie de cette capture que le hasard lui avait fait faire, n'avait même pas entendu le reproche adressé par Clémence à son fils. Il tenait un forçat en rupture de ban, et il satisfaisait une vengeance personnelle : double triomphe.

— Eh! eh! mon gaillard, dit-il à Causson, nous ne sommes plus ici dans la rivière, mais sur le plancher des vaches; j'aime mieux ça, quoique j'aie appris à nager depuis : c'était une leçon. Essaye maintenant de me faire boire et de tirer ta coupe.

Causson balbutia un semblant de protestation.

— Assurez-vous de ce lapin-là, dit Moulo aux deux agents qui l'accompagnaient; c'est du bon gibier, j'en réponds.

Mais Richard était sorti de son abattement.

— C'est mon père! s'écria-t-il.

— Votre père?

— Oui! Et pourquoi l'arrêtez-vous?.. Ah! je l'ai soupçonné, moi aussi, je suis un misérable!.. mais il est innocent, laissez-le!... Puis, à Causson : « Pardonnemoi, mon père!... mon cœur me le disait... mais je m'obstinais à douter... j'étais aveugle... Pardon!

Il étreignait Causson; il l'embrassait. « Cher enfant! » répétait Causson, en larmes. Clémence s'élança vers eux, et tous les trois se tinrent embrassés dans une étreinte passionnée.

Moule, surpris de cette expansion, les regardait d'un œil scrutateur. Il les écarta l'un de l'autre, et s'adressant à Richard :

— Permettez! dit-il, nous ne sommes pas ici pour faire de la tendresse. Vous êtes M. Syramin ?

— Oui.

— Et vous prétendez qu'un vol de quatre cent mille francs a eu lieu chez vous cette nuit ?

— Hélas, oui! dit Richard, quatre cent mille francs dont j'étais dépositaire.

— Ah!... Depuis quand? ..

— Depuis hier soir.

— Et monsieur est votre père? demanda Moule en désignant Causson.

— Oui, c'est vous qui venez de me le révéler.

— Très-bien! fit l'agent.

En ce moment un commissaire de police entra. Moule le prit à part et le mit en quelques mots au courant de ce qui venait d'arriver.

Causson fut d'abord interrogé.

— Vous êtes, lui dit le commissaire, le nommé Causson, condamné par contumace à vingt ans de travaux forcés pour faux.

Causson eût voulu nier; mais, la gorge serrée par l'émotion, il ne put articuler aucun mot.

— L'arrêt, continua le commissaire, est du 20 février 1846 ; par conséquent, il s'en faut d'un jour que votre contumace ne soit purgée. De ce chef déjà, nous vous constituons en état d'arrestation, et la prescription sera interrompue aujourd'hui même.

Causson baissa la tête. Richard désespéré, voulut intervenir; mais le commissaire lui imposa silence.

— Maintenant, demanda le commissaire à Causson, veuillez vous expliquer au sujet du vol qui vient d'avoir lieu dans cette maison.

En même temps, il faisait passer Richard et sa mère, sous la surveillance de deux agents, dans une pièce voisine, dont la porte fut refermée.

— Mais que voulez-vous que je vous dise ? fit Causson égaré.

Il raconta ce qu'il savait, ce qu'il avait déjà dit à Richard. Le commissaire et Moule l'écoutaient avec un sourire d'incrédulité.

— Procédons aux constatations, dit le commissaire.

Causson s'arrêta consterné, en voyant son secrétaire forcé, fouillé... Tout à coup, il courut à une cachette, pratiquée dans le mur à côté du secrétaire, et l'ouvrit.

— Ah ! ils n'ont pas vu cela ! s'écria-t-il avec un soupir de satisfaction.

Et il retira des papiers. Le commissaire s'en empara vivement.

— Comment ! des titres de rente au porteur, il y en a là pour cent cinquante, deux cent mille francs.

— Oui, deux cent mille.

— D'où vous viennent ces valeurs? Comment vous les êtes-vous procurées ?

— Mais, c'est tout simple, M. Maheurtier, en mourant, me les a données.

— Ah ! M. Maheurtier, interrompit Moule ironiquement, l'homme que vous avez volé autrefois !

— Mais il m'avait pardonné, il...

— Très-bien ! fit Moule en ricanant.

— Passons chez M. Syramin, dit le commissaire, en laissant Causson dans sa chambre sous la garde d'un agent.

Dans l'atelier de Richard, après différentes constatations sommaires, Mme Syramin et son fils furent interrogés.

25

— Et vous dites, répétait le commissaire à Richard, que ce dépôt vous été confié hier soir?

— Oui, j'étais sans défiance. Ah! si j'avais écouté M. Iriel. Mais vous paraissez le soupçonner? Oh! non, il est innocent, je vous le jure!

Le commissaire et Moule le laissaient dire et l'écoutaient, secrètement émus de cet accent sincère, mais incrédules de parti pris. Il était cinq heures du matin

— Nous ne pouvons pas, dit le commissaire, nous livrer à de plus amples constatations avant qu'il fasse jour. Nous reviendrons dans deux ou trois heures. Mais je ne dois pas vous dissimuler, dit-il à Richard, que jusqu'à présent, je ne vois rien qui indique positivement une escalade et une effraction venant du dehors, et que, naturellement, les premiers soupçons se portent sur celui que vous appelez votre père et sur vous.

— Sur moi? s'écria Richard.

— Oui, sur vous.

— Mais c'est impossible! Je vous ai dit par qui ce dépôt m'avait été confié.

— Je dois provisoirement m'assurer de votre personne. Vous allez nous suivre.

Sur le palier, Richard, en revoyant son père, se jeta dans ses bras.

— Ils me soupçonnent, moi aussi, s'écria-t-il; ah! tant mieux, cher père, ton innocence éclatera en même temps que la mienne.

Ils furent conduits l'un et l'autre au poste voisin.

En même temps qu'eux, entrait une ronde rapportant un homme ramassé boulevard Montparnasse. Cet homme ne pouvait se soutenir; il avait une cuisse cassée. Il contait aux agents qu'il avait été victime d'une attaque nocturne et que des rôdeurs de barrière l'avaient laissé pour mort sur place, après l'avoir dépouillé.

Causson, en l'apercevant, tressaillit et s'écria :

— Lentague !

— Vous le connaissez ? demanda Moule.

— Si je le connais ! Oh ! c'est lui, j'en suis sûr maintenant, lui et Léonce qui ont commis ce vol ! Justement, celui-ci a été trouvé sur le boulevard. Il sera tombé en escaladant le balcon. L'autre misérable s'est enfui.

Quoi que pût dire Causson, Lentague persista à ne pas le reconnaître et à soutenir la fable par laquelle il expliquait son accident. Tous trois furent dirigés sur la Préfecture de police et enfermés dans des cellules séparées.

Cependant, il importait de s'assurer de la personne de Léonce. Moule courut rue des Prouvaires. Il apprit du concierge que l'agent d'affaires était rentré à quatre heures du matin, qu'il était monté précipitamment chez lui, puis bientôt redescendu avec une malle et remonté en voiture. Quelle espèce de voiture, quel numéro, quelle indication Léonce avait-il donnée au cocher ? Le concierge ne savait rien de tout cela.

Évidemment, Léonce avait quitté Paris et se hâtait de gagner la frontière. Mais de quel côté s'était-il dirigé ? Son signalement et un ordre d'arrestation furent immédiatement expédiés par le télégraphe dans toutes les directions.

Dans la matinée, les trois prévenus furent ramenés rue Notre-Dame-des-Champs, sous la direction d'un juge d'instruction, qui leur fit subir un nouvel interrogatoire, procéda à de plus amples constatations et entendit des témoins.

Il était difficile que l'arrestation de Richard fût maintenue en présence des déclarations d'Antoinette.

A la nouvelle de ce vol, elle avait éprouvé une pénible surprise. Mais son étonnement s'était changé en colère et en indignation lorsqu'elle avait appris qu'Iriel et surtout Richard en étaient soupçonnés.

— Mais c'est impossible! s'était-elle écriée, c'est absurde! Ah! courons vite... Dans quel état ils doivent être l'un et l'autre!

Elle pénétra vivement dans l'atelier, où se trouvaient réunis juge, hommes de police, inculpés et témoins. Richard, en l'apercevant, tressaillit, et une vive rougeur colora son visage. Elle alla droit à lui, et, en souriant, elle lui prit la main et la serra avec force.

— Je comprends votre affliction, lui dit-elle; mais remettez-vous, mon ami. Vous n'avez rien à vous reprocher : quant à moi, je suis déjà consolée de cette perte.

— C'était toute votre fortune! dit Richard.

— Qu'importe! Au besoin, je recourrais à vous, et vous ne me refuseriez pas de me venir en aide, n'est-il pas vrai?

— Oh! toute ma vie est à vous!

Antoinette dut ensuite répondre au juge d'instruction; et comme les questions qui lui étaient adressées laissaient percer les soupçons dont Richard était l'objet :

— Vous l'accusez! s'écria-t-elle; vous le croyez capable d'une pareille action! Mais ce serait de la folie... Cet argent était à lui aussi bien qu'à moi. Il pouvait en disposer, et jamais je n'aurais songé à lui en demander compte. Il le savait bien!

Une telle protestation de la part de la partie lésée équivalait à la mise en liberté de Richard. Le juge se hâta de l'ordonner.

Quant à Causson, les témoignages les plus favorables

ne pouvaient empêcher qu'il ne fût maintenu en état d'arrestation : il avait à purger sa contumace ; et de plus, il devait justifier de la possession des valeurs trouvées entre ses mains, possession que le juge persistait à regarder comme suspecte.

Richard, en le voyant sortir sous l'escorte des agents et en compagnie de l'ignoble Lentague qu'on avait apporté sur un brancard, s'élança vers lui et lui demanda pardon en l'embrassant :

— Quand je pense, s'écria-t-il, que j'ai osé te soupçonner!... et c'est moi qui, en te retenant, t'ai livré à la justice!

Il pleurait. Causson essaya de le consoler en lui laissant entrevoir, de la part de ses juges, une indulgence, sur laquelle, au fond, il ne comptait guère.

Il était difficile que Léonce, signalé comme il venait de l'être sur tous les points, échappât longtemps aux recherches de la police. Dans les derniers jours de février, il fut arrêté à Strasbourg, encore nanti des quatre cent mille francs volés, et immédiatement dirigé sur Paris.

L'instruction, dès lors, suivit régulièrement son cours. Elle fut terminée dans le courant d'avril, et l'affaire portée aux assises du département de la Seine dans les premiers jours de juin.

Devant le jury, les trois accusés persistèrent dans l'attitude qu'ils avaient prise devant le juge d'instruction.

Lentague continua de soutenir qu'il avait été victime d'une attaque nocturne, qu'il n'était pour rien dans le vol des quatre cent mille francs : quant aux faits anciens, il les ignorait et en rejetait toute la responsabilité sur Causson.

Même système de la part de Léonce en ce qui avait

trait à la complicité dans les faux commis autrefois par
Causson. Mais quelle possibilité de nier le vol récent
qui lui était reproché, alors qu'on avait saisi sur lui la
somme volée? Il l'essaya cependant ; mais son audace,
son habileté et ses mensonges ne pouvaient faire la
moindre illusion au jury.

Quant à Causson, il confessa sincèrement cette faute
commise il y avait plus de vingt ans et qu'il avait déjà
si durement expiée : il raconta, avec une émotion que
tout l'auditoire partagea, son ambition malsaine, ses
faiblesses, les suggestions perfides auxquelles il avait
cédé, puis sa vie errante et misérable en pays étranger,
et enfin son retour, le généreux pardon de Maheurtier
et cette accusation qui venait l'arracher des bras de sa
femme et de son fils... Chacun était attendri : le pardon
et la réhabilitation du malheureux se lisaient dans tous
les regards.

Le verdict du jury fut conforme aux impressions et
aux désirs de la foule. Par son arrêt, la Cour ordonna
la mise en liberté de Causson et condamna Lentague
(récidiviste) aux travaux forcés à perpétuité, et Léonce
à vingt ans de la même peine.

Lentague entendit cet arrêt avec indifférence ;
Léonce en fut atterré. Mais peu importait au public
leur contenance. Tous les regards étaient fixés sur
Causson. Richard et Clémence l'attendaient. Ils se jetèrent dans ses bras, trop émus tous trois pour dire
une parole. La foule les regardait avec une curiosité
respectueuse et attendrie; elle s'écarta pour les laisser
passer, quelques personnes les félicitèrent. Mais il y a
des triomphes douloureux, et ils se hâtèrent de se
soustraire à celui-là... Enfin ils étaient réunis pour toujours; ils pouvaient désormais s'aimer librement et
sans crainte!

XXII

Dès ce moment, Richard et Clémence se mirent à entourer Causson d'attentions et de tendresse : ils s'efforçaient de lui faire oublier le passé. Il recevait ces soins avec reconnaissance; il y répondait de son mieux; et cependant il était triste, humble, honteux. Oublier le passé! était-ce possible, pour eux aussi bien que pour lui?

— Mais qu'as-tu donc? lui demandait parfois Richard.

— Moi! rien, faisait-il en tâchant de sourire.

— Voyons! es-tu mécontent de quelqu'un ici?... de moi... ou de ma mère?

— Ah! cher enfant, tu sais si je vous aime tous deux!

— Peut-être es-tu fâché que je ne travaille pas assez?

— Je t'assure que non.

— Si! c'est cela. Eh bien, tu as raison ; je vais travailler avec une ardeur!... J'en étais arrivé, moi aussi, à être mécontent de moi.

En effet, cette longue oisiveté commençait à lui peser. C'était assez d'angoisses et de gémissements comme cela; sa jeunesse et son tempérament reprenaient le dessus; il avait besoin maintenant d'activité, de travail. Chose étrange! pendant ce long repos, son talent, au lieu de diminuer, avait acquis de l'ampleur et de la force. Causson l'approuvait, l'encourageait. Cependant tout venait confirmer ses sombres pressentiments : il était évident que ce passé, auquel il n'était jamais fait

allusion, établirait toujours une barrière entre les siens
et lui.

Richard affectait plus d'insouciance et de gaieté qu'il
n'en éprouvait réellement. Il avait, à certains moments,
des ennuis, des impatiences, qui perçaient malgré lui.

Ainsi, un jour, il revenait de chez le marquis de Blavo,
qui lui avait fait une magnifique commande. C'était de
quoi se montrer joyeux; au contraire, il était agacé,
maussade, et, sur l'observation que lui fit sa mère, il
ne voulut pas en convenir. A quelques mots qui lui échap-
pèrent, Causson devina que le marquis l'avait félicité de
l'heureuse issue du procès de son père.

Une autre fois, c'était un peintre, un amateur, qui venait dans l'atelier de Richard, et qui, en voyant Causson,
demandait tout bas : — « Quel est donc ce monsieur ? —
C'est mon père. — Ah... oui ! » Il était question d'autre
chose ; mais ces deux syllabes avaient serré le cœur de
Richard.

Mille circonstances sans cesse renaissantes leur inter-
disaient l'oubli où ils eussent été heureux de se réfugier.
Un simple accident suffisait pour cela, quelquefois une
maladresse.

Par exemple, un matin Causson vit Richard, gai ou
tout au moins indifférent jusque-là, froncer le sourcil et
jeter brusquement dans un coin de l'atelier un journal
qu'il lisait. Causson ne dit rien, mais, quand Richard fut
sorti, il courut ramasser le journal, et lut, dans le feuil-
leton, une appréciation des derniers tableaux de son fils.
L'article était bienveillant, élogieux d'un bout à l'autre:
le critique exaltait, portait aux nues le talent de Richard;
mais il y avait cette phrase: « Tout artiste de valeur a
» des envieux, des ennemis. Ceux de M. Syramin comp-
» taient bien que ses nouvelles productions révéleraient
» quelque défaillance. Dieu merci, il n'en est rien ! Tant

« il est vrai que les dures épreuves qui abattent les fai-
« bles, servent à retremper les forts ! » Causson laissa
tristement tomber ses bras :

— Et on a aboli la marque ! murmura-t-il.

Cependant, ces retours vers le passé ne pouvaient pas
abattre complétement Richard. A ces hontes, à ces ennuis, l'amour d'Antoinette faisait de victorieuses diver-
sions. Ils s'aimaient encore plus qu'autrefois, s'il était
possible. Et maintes fois Richard avait rappelé à
sa mère que le deuil d'Antoinette était depuis longtemps
expiré.

— Sois tranquille, lui dit un jour Clémence, j'irai la
voir ce soir, et je lui parlerai de toi.

Ce mariage était depuis longtemps résolu : des événements déplorables avaient seuls pu le retarder. Aussi
Antoinette ne dissimula pas le plaisir que lui causaient
les paroles de Mᵐᵉ Syramin.

— Seulement, dit-elle, vous savez que ma mère m'a
fait jurer autrefois de consulter M. le comte de La Roche-
Houais et de me soumettre à ses conseils. Je lui dois
de la reconnaissance, d'ailleurs, et je lui parlerai de ce
projet.

C'était tout naturel, et Mᵐᵉ Syramin l'embrassa en la
quittant. Mais à la visite suivante, elle la trouva triste,
affligée :

— Qu'avez-vous donc ? lui demanda-t-elle.

— Mon Dieu... rien... Mais M. le comte de La Roche-
Houais, à qui j'ai parlé de ce mariage, a paru contrarié
Il a même refusé d'y consentir.

— Refusé ! Pourquoi donc ?

— Il ne m'a pas dit pourquoi. Peut-être a-t-il en
vue quelque parti qu'il voudrait m'imposer. Mais jamais
je ne lui obéirai. Je le reverrai, et il comprendra que son
refus est déraisonnable.

Clémence dut rapporter cette réponse à Richard qui s'indigna, s'irrita. Peut-être comprenait-il le véritable motif du refus du comte, qui ne voulait pas qu'Antoinette épousât le fils d'un faussaire.

Quant à Causson, il n'eut pas le plus léger doute à cet égard.

— Oui, c'est cela! se dit-il, et pas autre chose. Ah! je comprends jusqu'à un certain point ce refus, ce dédain ; mais, non pas de la part de M. le comte de La Roche-Houais.

Et, sans faire part de ses projets à Clémence et à Richard, il sortit et se dirigea vers la rue de l'Université, où demeurait le comte.

L'hôtel de la rue de l'Université n'appartenait pas au comte de La Roche-Houais, mais au vicomte son fils : il faisait partie du patrimoine de la comtesse, auquel le vieux dissipateur n'avait pu toucher. Le comte y occupait un vaste appartement au premier. C'était en quelque sorte sa demeure officielle, car il avait un autre appartement secret rue de la Chaussée-d'Antin : il fallait bien que ce septuagénaire continuât sa vie de jeune homme. Le vicomte, du reste, lui servait une pension, comme on fait avec les fils de famille. Cette interversion de rôles n'empêchait pas le vicomte de témoigner à son père la plus complète déférence, le plus profond respect. L'existence de l'un était aussi digne que celle de l'autre l'était peu, et cependant jamais ce fils soumis ne se fût permis une allusion aux faiblesses et aux désordres du vieillard.

Comme Causson approchait de l'hôtel, il vit Richard qui en sortait. Il courut à lui.

— D'où viens-tu? lui demanda-t-il.

— Peu importe, dit Richard d'un ton brusque.

Il voulut s'éloigner; mais Causson le retint impérieusement. Lui aussi, il était irrité, et il y avait dans sa voix et son attitude une énergie que Richard ne lui connaissait pas.

— Tu sors de cet hôtel. Tu viens de parler au comte de La Roche-Houais? demanda-t-il.

— Oui.

— Pourquoi allais-tu le voir?

— Pour l'entretenir d'Antoinette, pour lui demander, puisqu'il a des droits sur elle, quel motif l'empêche de consentir à ce mariage.

— Est-ce que tu ne le soupçonnais pas ce motif?

— Peut-être...

— Et maintenant, tu sais exactement à quoi t'en tenir? Tu as parlé à M. de La Roche-Houais, et il t'a dit crûment la raison de son refus?

Richard baissa les yeux et ne répondit pas.

— Oui, continua Causson, je vois la scène d'ici. Tu t'enquiers timidement. Le comte se redresse de toute sa hauteur et laisse tomber ces mots : Monsieur, quand on a le malheur d'être le fils d'un faussaire. C'est cela, hein?

Richard continua à garder le silence.

— Quelle misère! poursuivit Causson. Et toi, là-dessus, tu baisses la tête, et, sans répliquer, tu sors humblement, désespéré, honteux, furieux, me maudissant, moi qui suis cause de ton malheur. Est-ce vrai? Voyons! réponds-moi.

— Oui, dit Richard péniblement, c'est vrai.

— Très-bien! fit Causson. Ainsi cet homme a eu la lâcheté, l'audace de te reprocher ma honte! Il n'a pas eu le moindre ménagement, pas même un peu de pitié. Eh bien, je vais ployer son orgueil, moi! Ah! il fait le fier... Viens!

— Où donc? dans cet hôtel!

— Mais oui, pardieu !

— Non, je ne veux pas... jamais !

— Je te l'ordonne. Viens ! et ne baisse pas la tête. Nous pouvons marcher de pair avec ces gens-là.

Il prit Richard par le bras et l'entraîna avec lui dans l'hôtel.

— M. le comte de La Roche-Houais, demanda-t-il à un valet.

— M. le comte ne peut pas recevoir.

— Vous vous trompez. M. le comte me recevra parfaitement. Portez-lui ma carte.

Le valet obéit et revint, une minute après, avec la mine insolente d'un laquais qui va chasser un vagabond.

— M. le comte m'a chargé de vous dire qu'il ne recevait pas des gens de votre sorte.

— Hein ? fit Causson. C'est charmant, en vérité ! Les gens comme lui ne reçoivent pas les gens comme moi ! Nous allons bien voir.

Malgré Richard, il avait déjà bousculé le valet et passait outre, quand le vicomte, attiré par le bruit de cette querelle, intervint.

— Qu'y a-t-il donc ? demanda-t-il.

Le valet voulut s'expliquer, mais Causson lui coupa la parole.

— Vous êtes le vicomte de La Roche-Houais ? demanda-t-il.

— Oui, que voulez-vous ?

— Parler à votre père, qui me ferme sa porte, et qui a tort, car je viens l'entretenir de choses qui l'intéressent singulièrement, et vous aussi, monsieur le vicomte ! Voulez-vous me conduire chez lui ?

— Permettez, monsieur. Qui que vous soyez, du moment que M. le comte ne veut pas...

— Je vous répète qu'il a tort, qu'il ne sait pas ce qu'il fait.

— Ah! un instant ! Si vous le prenez sur ce ton.

— Eh! je le prends comme il faut. Ah çà! vous voulez donc, vous aussi, que je soufflette votre blason et que je ravale publiquement votre nom au niveau du mien. Je n'ai qu'un mot à dire pour cela, monsieur le vicomte.

Le vicomte tressaillit. Il prit vivement Causson par le bras et le regardant fixement :

— Vous venez de prononcer là, dit-il, des paroles bien imprudentes. Expliquez-vous.

— Eh! je ne demande que cela, mais pas ici; je parlerai devant votre père.

— Soit. C'est la première fois que j'aurai agi contre ses ordres : venez.

— A la bonne heure! Et vous aurez la bonté, monsieur, d'assister à notre entretien; car j'ai à cœur de vous rendre la leçon que M. le comte a bien voulu donner à mon fils.

Ils entrèrent tous trois dans l'appartement de M. de La Roche-Houais. Celui-ci vint au-devant d'eux, irrité, jetant sur son fils un regard sévère.

— Mon père, pardonnez-moi, dit le vicomte en s'inclinant, si je transgresse les ordres que vous aviez donnés, mais il est telle circonstance...

— Allons au fait! s'écria Causson. Je suis Causson, un faussaire! Et je trouve singulier, monsieur le comte, que ce titre, qui devrait me faire ouvrir votre porte, me la fasse au contraire fermer.

— Comment?... que signifie?... balbutia le comte, suffoqué de surprise et de colère.

— Mon père!... Monsieur!... firent le vicomte et Richard en s'interposant.

— Cela signifie, continua Causson, que je suis porteur des titres d'une certaine créance Folster, que vous n'avez pas oubliée, monsieur le comte. Ce fait seul suflit pour me donner un libre accès et une certaine autorité ici. Comprenez-vous ?

Le premier mouvement du comte avait été de se précipiter sur l'insolent qui lui parlait ainsi ; mais à ces mots de créance Folster, il s'arrêta tout à coup, et, tremblant, recula et se laissa tomber sur un siége.

Le vicomte courut à lui, tandis que Richard essayait de calmer son père ; mais celui-ci continua :

— Bien, fit-il, vous avez bonne mémoire, à ce qu'il paraît. Maintenant, causons tranquillement... Mon Dieu ! oui, monsieur le comte, je me trouve, grâce à M. Maheurtier, en possession de cette vieille créance Folster, que vous avez tant de fois essayé de racheter et toujours inutilement.

M. de La Roche-Houais s'était un peu remis.

— Vicomte, sortez ! dit-il à son fils.

Celui-ci allait obéir, bien qu'à regret. Mais Causson était implacable.

— Non pas, s'il vous plaît ? s'écria-t-il. J'exige que M. le vicomte reste ; car je ne suis pas un ingrat, et je ne veux pas faire moins pour lui que vous n'avez fait pour mon fils tout à l'heure.

Le vieillard eut un tressaillement nerveux ; puis il baissa la tête avec une résignation effrayante.

Le vicomte resta, et Causson continua sans qu'aucun des trois hommes osât l'interrompre.

Il fit l'histoire de cette créance Folster, si précieusement gardée par le vieil usurier, dans un but d'exploitation, puis, à la mort de celui-ci, adroitement achetée par Maheurtier, afin de tenir le comte sous sa main dans les relations qu'ils allaient avoir ensemble. Il indiquait les faux commis par le comte et contenus dans les titres de cette créance : — « Il y a prescription, disait-il, et vous n'êtes plus justiciable de la cour d'assises, je m'y connais ! mais vous êtes justiciable de l'opinion publique, et votre honneur, votre nom, dont vous êtes si fier, monsieur le comte, sont à ma disposition. »

Puis, s'adressant au vicomte : — « Mon Dieu, oui, votre père, ce vieillard que voilà, a fait cela! C'est un faussaire comme moi! Étourderie de jeunesse, comme moi! Et j'avais une excuse qu'il n'avait pas!... Je suis vraiment aux regrets de vous dire ces choses, mais il le faut. C'est la peine du talion! »

Vingt fois le vicomte avait été sur le point de se précipiter sur Causson; mais toujours il s'était contenu sous le regard de son père.

— Maintenant, continua Causson, il y a deux choses qui me surprennent. C'est d'abord ce droit que vous vous arrogez d'ordonner ou de défendre en ce qui concerne Mᵐᵉ Maheurtier. Comment l'avez-vous acquis, ce droit-là, s'il vous plaît? Il est bien étrange, savez-vous ?

Ici le comte jeta un regard à Causson : ce regard était suppliant, autant que le regard de cet homme pouvait l'être.

— C'est juste! fit Causson. J'ai tort de parler de cela. S'il ne s'agissait que de vous!... Seulement vous me permettrez de constater que si vous avez reçu quelques blessures honorables en votre vie, vous portez des cicatrices qui le sont peu !

Il parla ensuite de ce refus insolent fait à Richard parce qu'il était son fils. Son irritation allait croissant, et chaque mot, sifflant comme une flèche, frappait, au cœur, le comte et son fils. Puis, tout à coup, satisfait de cette vengeance : — J'ai fini, dit-il. Maintenant, c'est à vous, monsieur le comte, de décider ce que je dois faire de cette créance Folster. Cela vous regarde.

Le comte se leva. Il était grave, calme, sans émotion

apparente ; seulement son visage, pâle d'ordinaire, était
livide.

— Vous aurez demain ma réponse, dit-il froidement.

Causson et Richard sortirent.

Le lendemain Antoinette accourait rue Notre-Dame-
des-Champs, et annonçait que M. de La Roche-Houais
la laissait complétement libre dans son choix.

Le mariage fut fixé à la fin de janvier 1867.

Huit jours avant, Causson dit qu'il était indisposé,
souffrant. Ce malaise parut s'aggraver ; Richard et Clémence s'alarmaient.

— Ce n'est rien, leur dit-il ; seulement je crois que
l'air de la campagne me ferait du bien.

L'air de la campagne à la fin de janvier ! Il y avait
de la neige.

— C'est égal, répétait-il, je sens que je serais mieux
qu'à Paris.

Il s'obstina si bien qu'il fallut, bon gré mal gré, le
conduire au Plantin, dans la maison de campagne louée
par Richard. On l'installa tant bien que mal.

Cependant il se disait tout aussi souffrant qu'à Paris ;
il fit venir un médecin, et, à force d'insistance, obtint
qu'on le saignât.

— Là ! dit-il, je me sens un peu soulagé maintenant.

C'était deux jours avant le mariage. La veille, il se
trouvait si bien remis qu'il eût pu, avec un peu d'effort,
retourner à Paris. Mais il n'y voulut jamais consentir.

Comme Clémence et Antoinette proposaient d'ajourner la cérémonie jusqu'à son entier rétablissement, il
s'emporta à cette idée. Il voulait que le mariage eût lieu
tout de suite, et il fallut encore lui céder.

Quelques jours plus tard, il se faisait raconter par
Clémence tous les détails de la cérémonie, qu'on avait
faite, du reste, aussi simple que possible.

— Et le comte de La Roche-Houais? demanda-t-il.

— Comme vous, il n'a pu venir, dit Clémence. C'est peut-être un peu de bouderie.

— Non, c'est du tact, dit Causson.

Le soir, il adressa au comte un paquet contenant les pièces de la créance Folster avec ce mot: « Brûlez ces « papiers; c'est ce qu'il y a de mieux à faire, et je suis « sûr que vous n'y manquerez pas. On me dit que vous « êtes resté chez vous toute la journée du 31, je vous « en félicite; vous avez su, comme moi, être malade à « propos. »

Mais la maladie du comte n'était pas feinte. Frappé à mort par la terrible scène qui avait eu lieu quelques semaines auparavant, il rendait le dernier soupir au moment où Causson écrivait ces lignes : ce fut son fils qui reçut le paquet et se hâta de le jeter au feu.

Quant à Causson, à partir de ce moment, il parut à peu près rétabli. Il fut question de le ramener à Paris.

— Non, dit-il, je me trouve parfaitement à la campagne; pourquoi n'y resterais-je pas?

C'était étrange. On eût dit un parti pris de s'éloigner.

— Ils sont si heureux! disait Clémence. Qu'as-tu donc à les fuir de la sorte?

— Je ne les fuis pas.

— Si! Du reste, ton absence les afflige.

— Bah! j'espère qu'ils sont assez heureux pour ne pas s'en apercevoir.

Il disait cela d'un ton dégagé. Au fond, son cœur saignait. Aucune supplication ne put le vaincre. Il trouvait cette campagne charmante; et, le propriétaire étant venu le voir, il la lui acheta le double de ce qu'elle valait.

— Je veux y finir mes jours, dit-il.

— Eh bien, soit! dit Clémence; mais je viendrai l'habiter avec toi.

Causson voulut s'y opposer; mais elle insista, elle aussi, et il dut lui céder, à regret.

— Tu as tort, dit-il en l'embrassant avec force..., et pourtant je te remercie!

XXIII

Ils vécurent là plusieurs mois, isolés, tristes. Causson restait plongé dans de sombres préoccupations, et des journées se passaient sans qu'il adressât un mot à sa femme.

— Qu'as-tu donc? lui disait-elle parfois.

— Moi!... Rien.

— Si! Et pourtant qu'est-ce qui peut t'inquiéter, t'affliger? Richard et Antoinette s'aiment, ils sont heureux; et nous aussi, nous le serions, si tu voulais.

— Je te demande pardon, je suis parfaitement heureux, moi. C'est toi qui y mets du mauvais vouloir.

Il plaisantait!

Plusieurs fois, il la surprit essuyant furtivement une larme : elle s'excusait en disant qu'elle était tourmentée de le voir ainsi. C'était vrai, mais ce n'était pas tout : elle souffrait d'être séparée de son fils et de sa belle-fille, de ne les voir qu'à de si longs intervalles. Il le comprit, et un jour il lui parla avec autorité :

— Écoute, dit-il, cette vie isolée, qui me va parfaitement, ne te convient pas du tout. Je te prie de retourner à Paris auprès de Richard et d'Antoinette.

— Mais toi?

— Je resterai ici.

— C'est impossible... Tu es souffrant, je le vois bien.

— Tu te trompes ; jamais je ne me suis si bien porté. Voyons, pas d'objection. Si tu refusais, je partirais, et j'irais vivre autre part, seul.

Il fallut qu'elle obéît...

Elle s'entretint longuement avec Richard et Antoinette de cette noire misanthropie où elle le voyait s'enfoncer chaque jour davantage. Tous trois, dans leur affliction, semblaient n'y rien comprendre ; peut-être en soupçonnaient-ils la cause sans oser se la communiquer.

Quant à Causson, il sentit une sorte de soulagement après le départ de Clémence : il pouvait, du moins, souffrir sans être aperçu ni interrogé ; il était libre de gémir et de pleurer.

Il accueillait très-mal les visites de Paris ; il repoussait avec colère les supplications de sa femme et de son fils pour le faire consentir à revenir auprès d'eux. — « Que ne le laissait-on ? N'avait-il pas le droit de vivre à sa guise ?... » On eût dit qu'il les haïssait, que leur présence le faisait souffrir. Et cependant, il ne se passait guère de jour sans qu'un homme, enveloppé d'un manteau, vînt, à la tombée de la nuit, rôder autour de la maison de la rue Notre-Dame-des-Champs : l'ombre glissait le long des murs en face, s'arrêtait, levait la tête, et après avoir contemplé la fenêtre du second étage, s'éloignait avec un soupir. Le concierge avait remarqué cet individu ; l'équipée de Lentague et de Léonce l'avait rendu vigilant, et il commençait à s'inquiéter de ce manége.

Vers la fin de juillet, le promeneur mystérieux cessa de paraître. Causson, sans que Clémence et Richard en fussent informés, était malade, alité. Il se sentait mourir et il s'en réjouissait.

— Enfin ! murmurait-il avec un sourire, ils pourront donc être heureux, franchement, sans honte !... Pourvu qu'ils n'arrivent pas avant que ce soit fini !

Il ne cessait de se rappeler les dernières paroles qu'il avait recueillies de la bouche de Maheurtier. « — Et moi aussi, disait-il, je fais bien de mourir. Moi aussi je suis de trop ! »

La vieille paysanne qui le servait voulait absolument envoyer chercher un médecin : il s'y opposa. — « Et d'ailleurs, ajouta-t-il, ce serait bien inutile, Dieu merci! » Il recommanda spécialement à cette femme une liasse de papiers qu'il avait achevé, quelques jours avant, de corriger et de mettre en ordre. — « Quand M. Syramin viendra, dit-il, veillez à ce que ce paquet lui soit remis. » C'était le résumé des notes et mémoires que nous avons publiés au commencement de ce récit, et qu'il avait, l'année précédente, écrits pour sa défense.

Dans la nuit du 1er au 2 août, il sentit que l'heure de la délivrance était venue, et il dit à la domestique, d'une voix si faible que celle-ci l'entendit à peine : — « Envoyez quelqu'un prévenir Mme Syramin. » Il était certain d'expirer avant l'arrivée de son fils.

En effet, le 2, vers midi, quand Richard, Antoinette et Clémence accoururent, ils ne trouvèrent plus qu'un cadavre. Clémence l'embrassa avec désespoir ; Richard, le visage baigné de larmes, pressait dans la sienne cette main froide et inerte.

. . . .

Le lendemain, au retour du convoi, Richard parcourut ces notes où s'étaient exhalées les douloureuses confidences de son père. Puis il referma ces papiers, et, grave, silencieux, se mit à se promener par la maison, regardant machinalement çà et là. Il ouvrit une armoire dans la chambre à coucher, et, tout à coup, recula de surprise. Les rayons avaient été enlevés, et, au fond, apparaissait un splendide tableau.

— C'est donc vrai! s'écria-t-il. Ce n'était donc pas une illusion?

Il voyait la scène de tourmente et de désolation qu'il avait peinte dans le délire de la fièvre. Il resta un instant en contemplation devant cette toile. Sa prunelle fixe se dilatait: ses larmes étaient séchées; et, la poitrine gonflée, fier de cette souffrance qui avait doublé son talent, il s'écria: — « Mais je n'ai jamais rien fait de cette force-là ! »

L'artiste, du moins, avait pardonné.

FIN.

Paris. — Société d'imprimerie Paul DUPONT. (Cl).

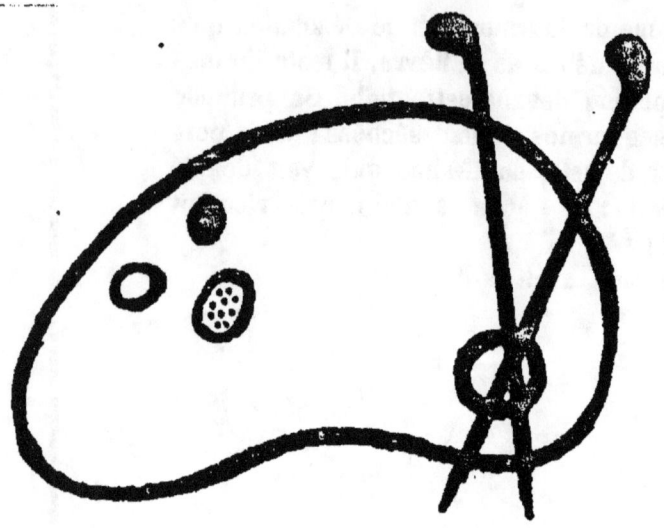

Original en couleur

NF Z 43-120-8

CHEMINS DE FER DE L'EST.

LIVRET

DE LA

MARCHE DES TRAINS.

SERVICE

à partir

du 1er Juin 1883

www.ingramcontent.com/pod-product-compliance
Lightning Source LLC
Chambersburg PA
CBHW070753030726
47504CB00003B/545